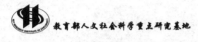

教育部人文社会科学重点研究基地
南京大学中国新文学研究中心
Center for Research of Chinese New Literature of Nanjing University

教育部人文社会科学
重点研究基地
南京大学中国新文学
研究中心学术文库

———————

主　编　丁　帆
执行主编　王彬彬
　　　　　张光芒

王爱松　著

中国新文学的多元审美选择

南京大学出版社

目　录

京海派论争与南北文化差异

中国现代文学史上的京派和海派概念,是自古以来中国地域文化南北比较概念在近现代的延伸和发展。在京海派论争中,鲁迅等作家试图借助时间链条上的历史回溯澄清现代空间维度上的京派与海派对峙的本质,从而建立起了京海派论争与南北文化比较中"由北入南""重北轻南"等议题间的关联,并折射出了现代文化场景中"由南入北""京海合流"的新趋势。放在世界文化的更大范围中看,古老的南北文化差异的议题,在京海派论争中已潜在地转化成了地理决定论和西方中心观支配下的中西文化差异议题。

一 由北入南与重北轻南

在《京海派论争前后的文学空间》一书中,我将京派和海派定义为一种地域文化概念,并将它们视为自古以来中国地域文化南北比较在近现代的延伸和发展。建立这一判断的两个前提,一是中国幅员辽阔,在地理环境、生存条件、风物民情、宗教信仰、文学艺术等方面,南方和北方自古以来均呈现出了同中有异、异中趋同的复杂面貌,南北文化的比较,不论在日常生活还是学术话语中,都是一个重要议题;二是在1933年底、1934年初所展开的京海派论争中,鲁迅等作家频繁将京海派的分野与中国历史上的南北文化差异议题联系起来,试图借助时间链条上的历史回溯澄清现代空间维度上的京派与海派对峙的本质。

有关中国历史上的南北文化差异及在此基础上形成的南北文化观,前人多有论列。《晏子春秋·杂下》"橘生淮南则为橘,生于淮北则为枳",是从水土差异寻找南北差异的著名例证。朱熹《四书集注》对《中庸》"南方之强与? 北方之强与?"一段的注释,是对南北方民风的高度概括:"南方风气柔弱,故以含忍之力胜人为强,君子之道也。""北方风气刚劲,故以果敢之力胜人为强,强者之势也。"颜之推在《颜氏家训·音辞》中解释了南北水土差异与语言音辞特征之间的关联:"南方水土和柔,其音清举而切诣,失在浮浅,其辞多鄙俗;北方山川深厚,其音沉浊而鈋钝,得其质直,其辞多古语。"顾炎武在《日知录》卷十三中比较了"南北学者之病":"'饱食终日,无所用心,难矣哉',今日北方学者是也。'群居终日,言不及义,好行小慧,难以哉',今日南方学者是也。"此类南北文化的比较,还广泛存在于对南方、北方的宗教、绘画、书法、文学等的比较中,且延续到近现代学者对南北文化的观察,例如:王守素说,"禅家有南北二宗,画家亦分南北二宗。其刻画精细必求神似者为北宗;侧重神韵,笔画草率,不拘拘于形者为南宗。重精工者精工之极,近于自然,然则神韵自足,及其弊也,则流于板滞。重神韵者,神韵足则形自全,及其弊也,则失之犷野。二者各有利弊,难分轩轾也。"①吴家熙说:"综观我国文学,北人主理,南人主情,此其大较,然南人主情之文,迄唐初而止;北人主理之文,至唐后而大炽。"②陈锺凡说:"南北文学,其形式有整齐参差之异;音节有径直迂曲之殊;物色之质实优美不同,思想之征实凭虚各异。推之情感之表示,宗教之信仰,彼此咸乖异而互韦。对镜而观,知文学固阐发性灵之工具,其关系于时间空间,亦昭昭不可忽也。"③此类论述,还可以举出相当多的例证,但这种例证的更多罗列,不过是一种数量的增加,不会导致质的判断的改变。

---

① 王守素:《画家南北宗派论》,《中日文化月刊》1942 年第 2 卷 9 期。

② 吴家熙:《中国文学南北派沿革概要》,《中日文化月刊》1941 年第 1 卷第 6 期。

③ 陈锺凡:《周代南北文学之比较》,《国学丛刊》1923 年第 1 卷第 3 期。

近代以来的南北文化差异议题，大抵强调中国文化的源头是在中国北方黄河流域，强调南北朝和宋金对立时期的南北分治既是中国南北文化差异突显的时期，也是中国文化中心由北入南的重要节点。由于中国黄河流域开发较早，长江流域及更南的珠江流域开发较迟，中国文化和文学的重心首先是在北方，然后经历了一个漫长的文化中心由北入南的转移过程。刘经庵通过比较中国历代南北文学家数量的变化，说明了这种文化中心的迁移："周秦至晋朝的文学家，北方的——黄河流域一带——占有三十九位，南方的——长江流域一带——占有十六位，其中如刘彻及曹氏父子的籍贯，均近北方，并非南人，若将他们四位改入北方，那末，南方的作家近有十二位，北方的多至四十三位了，是北方之数，几超过南方的四倍。自南北朝至元代，北方的文学作家占九十三位，南方的占九十八位，将颜延之、王融、刘勰、任昉、王褒及颜之推，列入江苏籍，其实他们原是山东籍，二者之数，相差无几。及至明清两代，北方的作家仅有二十人，而南方的作家则有九十位，已超过北方的四倍以上。从此看来，中国文化中心的迁移，可一目了然了。"①他人或后人的统计数字或许会更为详尽准确，但这种南北文人数量从一比四到大致持衡、再到四比一所构成的宏观面貌，大抵不会有变。

近代以来的南北文化差异议题，还热衷于探讨南北文化的性质，从中国文化的起源区分南北文化的差异。王国维说："我国春秋以前，道德政治上之思想可分之为二派：一帝王派，一非帝王派。前者称道尧、舜、禹、汤、文、武，后者则称其学出于上古之隐君子，或托之于上古之帝王。……前者大成于孔子、墨子，而后者大成于老子。故前者北方派，后者南方派也。""夫然，故吾国之文学亦不外发表二种之思想。然南方学派则仅有散文的文学，如老子、庄、列是已。至诗歌的文学，则为北方学派之所专有，《诗》三百篇大抵表北方学派之思想者也。""北方派之理想，置于当日之社会中；南方派之理想，则树于当日之社会

---

① 刘经庵：《中国纯文学史纲》，东方出版社1996年版，第368页。

外。易言以明之,北方派之理想在改作旧社会,南方派之理想在创造新社会,然改作与创造,皆当日社会之所不许也。"①朱右白持有和王国维大同小异的看法:"支配中国全部学术思想,有两大派:一派是黄河流域的思想,牢守自尧、舜、禹、汤、文、武以来一贯之道德主张,做人方法,以实践为本,始自修身、齐家,终于治国平天下的儒家思想,在文艺方面便产生了一部《诗经》。""一派是长江流域的思想,就是以老庄为本位,寡欲,无为,思与天地精神相往来的道家思想。庄子这部书,尤其神思飘渺,令人不测,这就产生南方正宗文学的《离骚》。"②这种一分为二、以一人一书大而化之区分南北两个文化系统的方法,颇类似于斯达尔夫人区分欧洲南北文化的方法③,所强调的是大处着眼,而不是小处入手,它在大刀阔斧地区分了中国文化两个系统的宏观面貌的同时,也大而化之地遮蔽了其复杂形态和内部差异,并容易引起争议。例如,张振之便认为,许多人依据《史记》称老子为楚人便认为老子是南方学派,"以别于孔子的北方学派,其实错了。老子本来是陈人,后来陈灭于楚,司马迁没有把这段历史体认清楚,才武断老子为楚人,老子和荆楚实在毫无关系"④。而王国维本人也认为,"屈子南人而学北方之学者也"⑤。如果老子是否为南人尚存争议,那么,何来老子是南方学派的代表? 如果屈原是"南人而学北方之学者",那么,《离骚》又在多大程度上能承担"南方正宗文学"的名号?

但这样的问题似乎难以阻断人们谈论南北文化差异的热情和脚步。人们在对文化中心南移和南北文化差异做出种种描述的同时,还对南北文化的性

---

① 王国维:《屈子文学之精神》,《王国维全集》第 14 卷,浙江教育出版社 2010 年版,第 97—98、98、99 页。

② 朱右白:《中国文学之南北宗派论》,《中大周刊》第 35 期,1941 年 9 月 15 日。

③ 斯达尔夫人曾说:"我觉得存在着两种完全不同的文学,一种来自南方,一种源出北方;前者以荷马为鼻祖,后者以莪相为渊源。希腊人、拉丁人、意大利人、西班牙人和路易十四时代的法兰西人属于我所谓南方文学这一类型。英国作品、德国作品、丹麦和瑞典的某些作品应该列入由苏格兰行吟诗人、冰岛寓言和斯堪的纳维亚诗歌肇始的北方文学。"(斯达尔夫人:《论文学》,徐继曾译,人民文学出版社 1986 年版,第 145 页。)

④ 张振之:《中国文化之向南开展》,《新亚细亚杂志》1930 年第 1 卷第 3 期。

⑤ 王国维:《屈子文学之精神》,《王国维全集》第 14 卷,浙江教育出版社 2010 年版,第 100 页。

质做出了互有千秋、各有利弊的价值判断,并注意到了南北文化比较中的"重北轻南"的文化心态和传统,且普遍认为这种心态和传统来自中国历史上北人对南人的统治:万里长城的修建虽然阻断了汉族文化向更北方向的扩张,却没能阻断少数民族对北方和中原地区的入侵。这种入侵一方面加剧了中国文化中心的南移,一方面也强化了北人对南人的藐视和贬低。虽然每次南北分治的结果都是实现了汉族文化对游牧民族文化的改造,但军事上的每一次交锋,都加剧了北方人在南方人面前的优越心态。在京海派论争过程中,鲁迅便指出:"北人的卑视南人,已经是一种传统。这也并非因为风俗习惯的不同,我想,那大原因,是在历来的侵入者多从北方来,先征服中国之北部,又携了北人南征,所以南人在北人的眼中,也是被征服者。""杨衒之的《洛阳伽蓝记》中,就常诋南人,并不视为同类。至于元,则人民截然分为四等,一蒙古人,二色目人,三汉人即北人,第四等才是南人,因为他是最后投降的一伙。最后投降,从这边说,是矢尽援绝,这才罢战的南方之强,从那边说,却是不识顺逆,久梗王师的贼。孑遗自然还是投降的,然而为奴隶的资格因此就最浅,因为浅,所以班次就最下,谁都不妨加以卑视了。"①原有文化中心的优越感加上新的军事上、政治上的征服感,使"北人的卑视南人"的心态,获得了双倍的膨胀和保证。当然,这种总体上的"重北轻南",在具体情境下仍然会遭遇到一种相反方向的强有力反证。钱锺书便注意到中国古代文献中种种"南人轻北,其来旧矣"的证据,但他更多地将其解释为文人群体自古以来就有的"文人相轻"现象:"文人相轻,故班固则短傅毅;乡曲相私,故齐人仅知管晏。合斯二者,而谈艺有南北之见。虽在普天率土大一统之代,此疆彼界之殊,往往为己长彼短之本。至于鼎立之局,瓜分之世,四始六艺之评量,更类七国五胡之争长,亦风雅之相斫书矣。"②在京海派论争中,苏汶在对沈从文《文学者的态度》做回应的文章中,一开头便道:"照古今中外的通例,文人莫不善于骂人,当然也最容易被骂

---

① 鲁迅:《北人与南人》,《鲁迅全集》第5卷,人民文学出版社1981年版,第435页。
② 钱锺书:《谈艺录(补订本)》,中华书局1984年版,第150页。

于人……连个人的极偶然而且往往不由自主的姓名和籍贯,都似乎也可以构成罪状而被人所讥笑,嘲讽。"①说的就是这种自古以来就有的"文人相轻"现象的遗存和恶化。苏汶并且试图将沈从文对海派的批判,直接等同于文人的好骂人和文人的相轻。

总体而言,无论是中国文化的"由北入南"还是"重北轻南",都是相对中国古代文化的版图而言的。到了近现代,这种"由北入南"和"重北轻南"的现象开始出现倒转,从而构成了中国现代文学史上京海派论争的一个强有力的文化背景。

二　西学东渐与由南入北

从 1840 年代开始,西方的坚船利炮打开了古老中国的大门,中国面临着李鸿章所说的"三千年来未有之大变局"。中国历史在经历了汉族之中国、中国之中国之后,到此时进入了世界之中国的阶段。西学东渐的一个结果,是中国的南方开始得地利之便,在政治、经济、军事、思想、文化等方面全方位反转中国文化史上由北入南的传统,而以由南入北的方式决定了中国近现代的文化走向和风貌。特别是经由戊戌变法、辛亥革命、护国运动、"五四"运动、北伐战争,珠江流域文化圈在中国近现代舞台上发挥了前所未有的作用,与长江流域文化圈一起,改写了中国文化的总体面貌。此一过程,陈序经在《南北文化观》中多有论述。

在此背景下,中国南北文化的差异获得了新的意义。梁园东说:"自欧洲势力侵入中国以来,中国的南部数省,已起了极大的变化,无论在政治上社会上经济上文化上无不有极重大的改变。现代中国的南方,和历史上的南方所有的差异,较之现代北方和从前北方所有的差异,大过不止倍蓰。现在的北

---

① 苏汶:《文人在上海》,《现代》第 4 卷第 2 期,1933 年 12 月。

方，绝寻不出多少社会元素，和历史上的北方不同，但是南方却不然！因是南北的关系也就变了。"①这无非是说，经由西学东渐的濡染，中国南方早已不是中国历史上的那个南方，但中国北方仍然过着那亘古不变的生活，仍是中国历史上那个北方。在中国古代，虽然也有所谓南北文化的差异，但那差异，是同一个中国文化系统内部两个子系统之间的差异。而近现代中国南北文化的差异，在本质上却几乎衍变成了中西文化的差异。用陈序经的话来讲：

> 要是南方文化而和北方文化有了差异，那么这个差异据史实而得到一个结论就是：
>
> **南方文化是新的文化，北方文化是旧的文化。**
>
> 所谓旧的文化，就是我们的五帝三王所遗下，以及孔家所形成的文化，所谓新的文化，就是中西文化接触以后，而从西方输入的西洋文化。所以新的文化，和旧的文化的意义，又不外是：
>
> **中国文化，和西洋文化。**②

这样的南北文化比较，虽然是建立在陈序经最终想提倡"全盘西化"的学术思想上的，并免不了所有宏观文化比较的大而化之的特征，但在总体上把握到了中国近现代文化的一个重要动向：虽然此时中国的乡村，无论南方和北方的乡村，同中国历史上的南方乡村和北方乡村，在本质上并无大的变化，但在上海和北京这样的南方城市和北方城市，其文化风貌却呈现出了质的差异。郁达夫曾将北京归入"具城市之外形，而又富有乡村的景象的田园都市"③，胡风曾说从京海派论争中得来一个直观印象："所谓'京派'文人底生活大概是很雅的，或者在夕阳道上得得地骑着驴子到西山去看垂死的落日，听古松作龙吟

---

①　梁园东：《现代中国的北方与南方》，《新生命杂志》1930 年第 3 卷第 12 期。

②　陈序经：《南北文化观》，《岭南学报》1934 年第 3 卷第 3 期。

③　郁达夫：《住所的话》，《文学》第 5 卷第 1 期，1935 年 7 月 1 日。

或白杨底萧萧声,或者站在北海底高塔上望着层叠起伏的街树和屋顶做梦,或者到天坛上去看凉月……"①这无非都是说北京和京派文化保持着与中国传统的农耕文明和文化的更深联系,文人的生活还停留在自古以来的琴棋书画、诗酒风流的不变状态。然而,此时的上海,由于1843年的开埠,以及太平天国所导致的杭州、苏州、扬州、南京等城市的衰落,大批人口与财富流入上海,地处长江和沿海交汇处的上海得地利和租界之便,在19世纪末20世纪初实现了华丽转身,由当初一个普通的县城摇身一变为现代经济大都市,更不用说到20世纪30年代,已发展成为可与纽约、伦敦、巴黎、柏林、东京相媲美的世界大都市,一跃而为西方冒险家的乐园,古老中国国土上的"另一个中国"。我曾经对徐霞村的短篇小说《L君的话》中的一个细节做过详细分析,用以说明此时上海和北京与西方文明之间的心理距离关系。该作涉及身在巴黎的中国留学生L君的一次解决青春期苦闷落败的故事。L君对叙述者"我"说:"譬如找女人这件事,如果叫我们到北京那种头等窑子里去,先打几次茶围,然后再同妓女发生关系,我们或者还办得到,否则如果叫我们到上海或巴黎这种地方来打野鸡,一见面就性交,我们就有点应付不来。其实事情明明还是一件事情,但我们却愿意先和对方——即使不生热情——熟悉一点。"值得注意的是,在这里,L君是将北京作为一方,将上海或巴黎作为另一方加以比较的。这也就是说,在文化的某些方面,到那时,上海和巴黎之间的差异,是远远小于上海和北京之间的差异了。上海在L君的眼里,确实是"另一个中国"了。"籍贯之都鄙,固不能定本人之功罪,居处的文陋,却也影响于作家的神情。"②正是近现代上海和北京不同的地域文化特征,构成了京海派论争中谈论京派文学、海派文学异同的强有力基础。

　　当然,将上海文化和北京文化作为近现代中国南北文化差异的典型来谈论所面临的一大挑战,是深刻影响中国现代思想文化面貌的"五四"运动即发

---

①　胡风:《"京派"看不到的世界》,《文学》第4卷第5号,1935年5月1日。
②　鲁迅:《"京派"与"海派"》,《鲁迅全集》第5卷,人民文学出版社1981年版,第432页。

生在北京。然而,在陈序经这样的学者看来,"五四"新文化运动在北京的发动和崛起,并不是近现代北方文化自身作用的结果,而是近现代南方文化北移的结果,这正像中国古代历史上宋朝的南迁带来了江南文化的繁兴,本质上却仍不过是北方文化的南迁而不是一种新的南方文化的崛起一样。陈序经曾引用过民国13年5月间河南省省长李倬喜发表过的一番荒诞不经的言论:"自古以来,只有北方人统治南方人,没有南方人统治北方人。北大校长蔡元培与南方孙中山最为接近,知南方力量不足以抵抗北方,乃不惜用苦肉计提倡新文化,改用白话文,藉以破坏北方历来之优美天性与兼并思想……至于新文化全是离经叛道之言,我们北方人千万不要上他的当。"①这番诞生在现代南北军阀混战背景之下的"阴谋论",无意中道出了一个不争的历史事实——问题的本质,不是所谓南方的"某系""某籍"导演了新文化,而是在于,新文化运动是孙中山、蔡元培、胡适、陈独秀、鲁迅、周作人这样的南方人所代表的现代新文化得到迅速传播和深入的一个结果。这正印证了中国古人早已观察到的"壤地有南北,人物无南北,道统文脉无南北"②的现象。"壤地有南北",故有空间的南方和北方之分;"人物无南北",是因为人物可以到处流动;"道统文脉无南北",是因为思想如风,可以在东西南北穿梭往来、四处传播。当然,正如风可以区分为南风、北风、东风、西风,一种思想从其起源处而言仍可叫一种南方的思想或北方的思想、东方的思想或西方的思想。一种南方的思想文化在北方传播扎根、开花结果,仍不妨视为一种南方的思想文化。京海派论争的一个重要背景是,随着1928年6月北伐胜利,北京改为北平,政治中心转向南京;而随着大批文人的南来,北新书局及《语丝》《现代评论》杂志的南迁,文化中心转移至上海。北平则进入所谓"文化古城"时期。随之而来的是,"中国新文学的势力,由北平转到上海以后,一个不可免避的变迁,是在出版业中,为新出版物起了一种商业的竞卖。一切趣味的俯就,使中国新的文学,与为时稍前低级趣

① 转引自陈序经:《南北文化观》,《岭南学报》1934年第3卷第3期。
② 见钱锺书:《谈艺录(补订本)》,中华书局1984年版,第151页。

味的海派文学,有了许多混淆的机会"①。正是这种混淆,使原有的"海派"文学
变得复杂起来;而与此同时留在"文化古城"的京派文人和京派文学,反而变得
相对单纯起来——这或许正是后来钱锺书在小说《猫》中进行讽刺的一个基
础:"……当时报纸上闹什么'京派',知识分子们上溯到'北京人'为开派祖师,
所以北京虽然改名北平,他们不自称'平派'。京派差不多全是南方人。那些
南方人对于他们侨居北平的得意,仿佛犹太人爱他们入籍归化的国家,不住地
挂在口头上。"京派文人一旦上溯到北平和北方文化的悠久历史和传统,便容
易在海派面前获得一份得意和文化的优越感。这份得意和文化优越感,甚至
多少也反映在沈从文所提出的"北方作家"和"京样文学"等概念之上。

三 南北差异与京海合流

近现代南北文化差异议题的讨论,一个重要的特点是注意到了空间意义
上的南北的相对性问题,尤其是因为有了世界性和全球性的地理文化背景,人
们大多意识到所谓南北,都是相对的,古人以扬子江流域为南方,今人则视之
为中国的中部,甚至以西江流域为南方时,以扬子江流域为北方亦未尝不可。
邓海容的《中国南北的相对性》、陈序经的《南北文化观》等都谈到这种南北概
念的相对性。陈序经说:"南北这两个字是相对的,一省一县,以至一乡一户,
都有南北之分,只要看看我们所研究的范围而定。"②这不无道理。当刘师培强
调南、北学派之不同,认为"北人重经术而略文辞""南人饰文词以辅经术"③时,
即是在今日江苏与安徽、江南与江北的相对较小的地理范围里来谈南、北学派
的。这是一个在比通行的中国文化南北比较意义要小的地理范围里来谈的南
北差异,可称为区域性的南北比较。所谓苏南苏北、淮南淮北、湘南湘北等,均

---

① 沈从文:《论中国创作小说》,《沈从文全集》第 16 卷,北岳文艺出版社 2002 年版,第 196 页。
② 陈序经:《南北文化观》,《岭南学报》1934 年第 3 卷第 3 期。
③ 章太炎、刘师培等:《中国近三百年学术史论》,上海古籍出版社 2006 年版,第 202 页。

可从这样的意义上来理解。这种区域性的南北比较，比全国性的和全球性的南北文化比较所涉及的地理范围要小。

鹤见祐辅的《古典文明和近代文明》，是在世界范围中来进行南北文化比较的典型例证。该文认为，南方文化是古典文化、北方文化是近代文化："古典文明多发生在温暖的地方，沿尼罗河的埃及，临多岛海的希腊，和纱发拉河畔的巴比伦，恒河畔的印度，扬子江畔的中国等，比比皆是。要之那是发生于衣食住生活之烦累少的地方，田野不待费力耕耨而五谷繁实；山林美果，累累喧染枝头，仅要收获采摘之，便可以生活；此外便是吟风弄月地过日子了。所以古典文明的特色是为生活之故的劳动少，因而说物质的观念稀薄。所以那特色势必文艺的，宗教的，哲学的，即对于美的鉴赏，对于善的追求，对于真的理解等热烈。""北方民族因为少沐天地自然的恩惠，与风雪斗争，耕种硗薄的土地而营营勠力于衣食住之获得，所以他们生活意识，非常浓厚。找寻衣食住以御寒，这对于他们是人生不可缺的一大事件。所以北方文明是衣食住为中心的文明。南方人可以说是艺术的人。反之，北方人则为经济的人。"①鹤见祐辅所持的这种南方文化和北方文化观，折射出了多方面的问题，其中之一即南北文化差异议题中的相对性问题——这种相对性，堪比冯友兰所观察到的城乡问题的相对性："文化都是以我们所谓城市为中心。不过城里乡下是相对底。对于此为城里者，对于彼或为乡下。一个县城，对于其乡下为城里，但对于省城说，则此整个底县，连带其县城在内，都是乡下。对于中国说，上海南京是城里；但对于英美等国说，整个底中国，连带上海南京在内，都是乡下；整个的英美等国，连带其中的村落，都是城里。"②在单一民族国家的范围里谈南方文化、北方文化，有所谓中国的南方文化和北方文化，而跳出单一民族国家的范围，中国却成了一个与埃及、印度并列的拥有"南方文化"的国家。结合今日世界的南方国家和北方国家的区分来看，其间所隐含的西方中心观是不言而喻的。

---

① 转引自陈序经：《南北文化观》，《岭南学报》1934 年第 3 卷第 3 期。
② 冯友兰：《新事论·辨城乡》，《三松堂全集》第 4 卷，河南人民出版社 2001 年版，第 229 页。

近现代南北文化差异议题的讨论，深受环境决定论和地理决定论的影响。梁启超在解释文明进化的先后和等级时说："热带之人得衣食太易，而不思进取；寒带之人得衣食太难，而不能进取。惟居温带者，有四时之变迁，有寒暑之代谢，苟非劳力，则不足以自给，苟能劳力，亦必得其报酬。此文明之国民，所以起于北半球之大原也。"①梁启超甚至从河流的走向解释地理环境对文明的影响："文明之发生，莫要于河流；中国者，富于河流之名国也。……凡河流之南北向者，则能连寒温热三带之地而一贯之，使种种之气候，种种之物产，种种之人情，互相调和，而利害不至于冲突，河流之向东西者反是，所经之区，同一气候，同一物产，同一人情。故此河流与彼河流之间，往往各为风气。在美国则东西异尚，（美国之河流皆自北而南）而常能均调，在中国则南北殊趋，（中国之河均自西而东）而间起冲突于统一之中，而精神有不能悉一统者存，皆此之由。"②这一类的描述和解释，在其客观描述部分是没有问题的，其主观解释部分却问题多多——看似建立在客观事实基础之上的主观解释深受环境决定论和地理决定论的影响。"环境决定论是在 19 世纪有目的地为解释欧洲殖民者与其殖民地之间生活标准的不一致而发展起来的。"③它被发明出来是为西方殖民者的殖民扩张张目和服务的。它被发展中国家知识分子接受后，进而会引出更强烈和更焦灼的文化落伍感和自我殖民心态，心甘情愿地接受建立在环境决定论基础之上的文明等级观。问题也正在这里：地理和环境并不能解释一切。如果中国古代的南北分立和现代的南北军阀混战可以用河流的走向来寻求解释，那么，美国何以也有南北战争呢？看来，在梁启超的主观解释之中，中国近现代人基于文明等级论基础之上的"赶英超美"心态是其中的一个重要决定因素。

---

① 梁启超：《地理与文明之关系》，《梁启超哲学思想论文选》，北京大学出版社 1984 年版，第 75 页。

② 中国之新民（梁启超）：《中国地理大势论》，《新民丛报》1902 年全编地理卷，第 23 页。

③ ［美］卡洛琳·加拉尔等：《政治地理学核心概念》，王爱松译，江苏教育出版社 2013 年版，第 2 页。

"北京是明清的帝都,上海乃各国之租界,帝都多官,租界多商,所以文人之在京者近官,没海者近商,近官者在使官得名,近商者在使商获利,而自己也赖以糊口。要而言之,不过'京派'是官的帮闲,'海派'则是商的帮忙而已。"①在京海派论争中,当鲁迅做出"'京派'是官的帮闲,'海派'则是商的帮忙"时,也是从地理与文明的关系做文章的。当然,应当看到,虽然鲁迅在同一文中强调"官之鄙商"是一种中国的旧习,但这时的"商"因为与租界搭上了关系,因而已不同于中国古典文明场景中的"商"——商之鄙官也不能不说是一种随处可见的文化心态和现象。因此,我们看到,当京派通过时间的回溯建立起同北平和北方文化的悠久历史与传统间的联系并获得了文化优越感的同时,海派则通过时间的前瞻建立起了同现代世界和西方世界的联系而获得了自身的文化优越感。曹聚仁在将京派和海派分别比喻为大家闺秀和摩登女郎之时,强调说:"若大家闺秀可嘲笑摩登女郎卖弄风骚,则摩登女郎亦可反唇讥笑大家闺秀为时代落伍。""海派文人百无一是,固矣。然而穿高跟鞋的摩登女郎,在街头往来,在市场往来,在公园往来,她们总是社会的,和社会接触的。那些裹着小脚,躲在深闺的小姐,不当对之有愧色吗? 沈从文先生要叫来扫荡海派,只怕言之过早呢!"②在北京与上海、帝都与租界、京派与海派之间,曹聚仁分明已建立起了后者对前者的文化优越感。这种建立在进化论基础上的文化优越感,在后来又进一步演化出了更具意识形态和政治化色彩的主张:"今后我们需要的海派新作风,是要学习英国人的沉着,美国人的创造,和俄国人的实干。"③"京派是落伍的,所走的是末路。海派是进步的,然而也有限度。我们把希望寄放在农民派的作家身上,随着中国农民运动的成功,我们农民派的作家,将在文艺上放出胜利的光芒。"④这一类的主张,如果前者透露出我们一度

① 鲁迅:《"京派"与"海派"》,《鲁迅全集》第5卷,人民文学出版社1981年版,第432页。
② 曹聚仁:《京派与海派》,《申报·自由谈》,1934年1月17日。
③ 姜豪:《海派新作风的培养》,《上海十日》1946年第2期。
④ 杨晦:《京派与海派》,《文汇丛刊》1947年第4期。

还存在着英、美、俄的多种道路的抉择,后者则标志着,因为我们最终选择了苏联的道路,一种新的文艺风尚将崛起为中国文学定为一尊的主流。这种风尚,即 20 世纪 30 年代以来左翼作家一直在追求的革命文学、人民文学、工农兵文学的方向。与 30 年代京海派论争时相比,到 1940 年代末,人们的立论更多了些意识形态化和政治化色彩。封建主义、资本主义、帝国主义一类的字眼频繁地出现在杨晦、夏康农等的文章中,京派被视为与封建主义文化有更多的联系,而海派被视为资本主义、帝国主义文化的产儿。海派虽然也被视为要被抛弃的,但在一种线性历史发展观的作用下,海派还是实现了"咸鱼大翻身",被视为比京派更进步和更时尚的。

在给刘师培的《南北文学论》做笺注时,程千帆写道:"吾国学术文艺,虽以山川形势、民情风俗,自古有南北之分,然文明日启,交通日繁,则其区别亦渐泯。东晋以来,南服已非荒徼;五代以后,中华更无割据。故学术文艺虽或有南北之分,然其细已甚,与先唐大殊。刘君此论,重在阐明南北之始即有异,而未暇陈说其终则渐同,古则异多同少,异中见同;今则同多异少,同中见异。"①可以说,站在更高的角度来看,20 世纪 30 年代的京派、海派从最初的论争到最终走向"京海合流",大半也是因为随着现代交通条件的改善、传播手段的增多、人员流动的加强,中国文化自古以来就有的南北差异走向了"今则同多异少,同中见异"。而放到世界文化的更大范围里来考察,古老的南北文化差异的议题,这时本质上已潜在地转化成了中西文化差异的议题。而随着全球化时代的到来,古老的南北文化差异的议题,今天更是面临着全球文化同质化潮流的巨大挑战和考验。

---

① 程千帆:《文论十笺》,黑龙江人民出版社 1983 年版,第 125 页。

从神圣到屈辱：中国新文学中一个主题的兴衰

很长时间里,今天被某些人视为美丽的帝国的美国,在欧洲人眼里曾经是一个荒蛮粗野、不懂礼貌、政商勾结、腐败横生的社会。1876—1879 年曾游历美国的波兰作家显克维奇,在《旅美书简》里便对当时美国社会的种种阴暗面多有记录:"世界上没有一个法庭像他们的法庭那样在诉讼的事务上,有那么多的营私舞弊。""这是一个坏透了的制度,美国和外国的报纸今天所以能够描写这么多的营私舞弊,都是这个制度造成的。不管这个制度如何发展,它和美利坚合众国的发展是联系在一起的,它是这个国家本质的表现,所以改变不了。"[1]那时正是美国 GDP 将要超过大英帝国、成为世界第一大经济体的社会转型时期,美国社会具有所有社会转型期国家所具有的既乱象丛生又生机勃勃的双重特征。因此,另一方面,显克维奇也从美国社会对劳动的尊重、教育平等的重视等现象看到了美国的勃勃生机和巨大希望:"人们习惯了的民主的一个主要的表现是尊重劳动。在美国,所有的劳动都受到尊重,都是神圣的,因为没有理由把参加社会劳动看成有高低之分。我们欧洲人对于美国的劳动如何受到尊重既不理解,也不可能理解。在这方面,美国的社会无可争议地比欧洲所有的社会都高一等。""对劳动的尊重和热爱是一种不可战胜的力量,预

---

① ［波兰］亨利克·显克维奇:《旅美书简》,张振辉译,中国社会科学出版社 2013 年版,第 125 页。

示着扬基们将要统治世界的光辉的前景。"①一百多年以后,显克维奇对有着双重影像的美国的某些预言和判断,早已得到现实的验证。而这种预言和判断,对于目前大到世界格局走势的观察、小到劳动意义的思考,包括本文将要展开的对中国新文学中一个主题的考察,都不无参考和警醒意义。

一 "劳工神圣"与劳动异化

"五四"新文化运动时期,是人的自觉和文的自觉的时期。这种人的自觉和文的自觉的一个重要思想背景,是"劳工神圣"思潮的兴起。由于十月革命的胜利,第一次世界的结束,特别是服务于"一战"战场的 15 万中国劳工的付出使中国跻身于战胜国之列,中国传统文化中固有的"君轻民贵"的民本思想和此前已被引入中国的无政府主义的"劳工神圣"观念、晚年托尔斯泰的"泛劳动主义"思想纷纷被激活,中国现代早期的社会主义者和共产主义者所持的平等和解放话语迅速发酵,"劳工神圣"思潮一时成为主流话语之一。

"五四"新文化运动时期的"劳工神圣"思潮,呈现出一种思想的杂糅性和多元性,既在基本观念上有趋同和重叠,也在重大问题和局部细节上存有差异和矛盾。趋同和重叠主要表现在,都认为现有制度下存在着体力劳动和脑力劳动、主人和奴隶(劳心者和劳力者、大人和小人、工人和资本家)之间的差别,都主张不劳动者不得食、消除体力劳动与脑力劳动间的差别并达成人类的平等,推崇劳工的神圣与崇高、劳动的美与愉快。差异和矛盾则主要表现在,采取何种途径消除体力劳动者和脑力劳动者之间的差别、拟用何种社会文化制度确保劳动者的尊严和人类的平等。这一类的同与异,不仅存在于"泛劳动主义者"与社会主义者之间,而且存在于社会主义者与无政府主义者之间。"脱

---

① 〔波兰〕亨利克·显克维奇:《旅美书简》,张振辉译,中国社会科学出版社 2013 年版,第 183、289 页。

氏的劳动主义，就是凡人皆不可不劳动之一种主义而已（此处所说劳动专指肉体的劳动）。无论什么人，总没有利用他人劳动，掠夺他人储积，和他人生产物的权利。人欲得衣食，须要靠着自己的勤劳。"①这种对"人人自劳而食"的推崇，既不为李大钊、陈独秀、李达等社会主义者所反对，也不为刘复、黄凌霜、区声白等无政府主义者所抵制。只不过推崇托尔斯泰的"泛劳动主义者"的人，是建立在以博爱、禁欲为前提的道德自我完善、不以暴力抗恶的基础之上："若能从陀氏之教，以每日之四分之一，在田野间做工，握锄持镰，种竹艺蔬，而更以四分之一，治其著作，则其乐滋甚。至于社会间之劳工，则宜减少其劳动时间，使之读书报，听演讲，讨论政治，探索哲理。如是调剂，于个人之为益非浅，而社会间之各人，亦自然渐跻于平等。无大人小人之分别。阶级既除，特权自灭，较之过激之社会主义，以破坏特权要求平等者，难易安危，迥不同矣。"②与这种完全建立在大人与小人、主人与奴隶的相向而行所达成的平等不同，社会主义者和无政府主义者自然激进得多。李达在《劳动者与社会主义》一文中写道："社会主义主张推倒资本主义，废止财产私有，把一切工厂一切机器一切原料都归劳动者手中管理，由劳动者自由组织联合会，共同制造货物。制造出来的货物，一部分作为下次再行制造的资料；一部分作为社会的财产；一部分作为自己的生活资料大家享用。这时候大家都要作工，都能得饭吃得衣穿，资本家也变为劳动者了。大家都享自由，都得平等。这是劳动问题的根本解决方法，所以劳动者非信奉社会主义，实行社会革命把资本家完全铲除不可。"③在"人人皆以得官为荣，作工为辱"的现实历史条件下，无政府主义者区声白同样主张："故欲救今日之社会，废除政府，铲灭资本制度，实为当务之急也。"④另一位无政府主义者则说："故此现在的劳动问题，并不是改善劳动条件

---

① 《脱尔斯泰之泛劳动主义》，晨曦译，《解放与改造》1919 年第 1 卷第 4 期。
② 伦父：《劳动主义》，《东方杂志》1918 年第 15 卷第 8 号。
③ 立达（李达）：《劳动者与社会主义》，《劳动界》第 16 号，1920 年 11 月 28 日。
④ 区声白：《平民革命》，白天鹏、金成镐编《民国思想文丛·无政府主义派》，长春出版社 2013 年版，第 146 页。

的问题,也不止要改正工场组织,更不是由劳动所得的分配问题,实在是劳动者要直接,把工场,把从前由资本家掠夺去的生产机关,一切收回社会公有,然后按着自由的原则,共同生产,共同消费。这就叫做直接行动,这就是劳动问题的真意义,劳动节的真精神!"①对于"根本解决办法"和"直接行动"的鼓吹,使"五四"时期的"劳工神圣"思潮,一方面激活了中国古代的"民贵君轻"的民本思想,并赋予其现代意涵,一方面也将"劳心者治人,劳力者治于人"的等级系统整个颠倒了过来,使之得到了一种全面的价值重估。陈独秀即直截了当地主张:"只有做工的人最有用最贵重","中国古人说:'劳心者治人,劳力者治于人。'现在我们要将这句话倒转过来说:'劳力者治人,劳心者治于人。'"②其间的差别在于,无政府主义者希望建立的是一个无国家、无政府的劳动者直接管理的理想社会,社会主义者则希望通过铲除资本主义制度,渐进到一个"各尽所能,按需分配"的共产主义社会。

"五四"新文化运动时期的"劳工神圣"思潮的另一个特点,是将劳工理解为一个十分宽泛的概念,不仅限于经典马克思主义者所指的"工人阶级"的范围。蔡元培 1918 年 11 月 16 日在天安门举行的庆祝协约国胜利大会上说:"我说的劳工,不但是金工、木工等等,凡用自己的劳力作成有益他人的事业,不管他用的是体力、是脑力,都是劳工。所以农是种植的工,商是转运的工,学校职员、著述家、发明家,是教育的工,我们都是劳工。"③陈独秀也将世上的五行八作的人归到劳工的范围之内:"这世界上若是没有种田的,裁缝,木匠,瓦匠,小工,铁匠,漆匠,机器匠,驾船工人,掌车工人,水手,搬运工人,我们便没有饭吃,没有衣穿,没有房屋住,没有车坐,没有船坐。可见社会上各项人,只有做工的是台柱子,因为有他们的力量才把社会撑住,若是没有做工的人,我

---

① 朱谦之:《劳动节的祝词》,白天鹏、金成镐编《民国思想文丛·无政府主义派》,长春出版社 2013 年版,第 205 页。
② 陈独秀:《劳动者底觉悟——在上海船务、栈房工界联合会演说》,《独秀文存》,安徽人民出版社 1987 年版,第 300、301 页。
③ 蔡元培:《劳工神圣》,高平叔编《蔡元培政治论著》,河北人民出版社 1985 年版,第 178 页。

们便没有衣食住和交通，我们便不能生存。"①这种劳工概念的泛化现象，主要由于当时的中国还基本停留在农耕社会，现代工业不发达，工人阶级占人口总数的比例偏低。即使是上海、广州一类城市的工人，许多也是从农耕社会中的工匠转变身份而来，进入城市后，为了生存和发展，不少人甚至还与行会、同乡会乃至黑社会保持着千丝万缕的联系。这种劳工概念的泛化现象，一方面造成了劳工面目的复杂多元，甚至影响到随后风起云涌的工人罢工运动受制于党派、阶级、行会、地方等多重势力，一方面也使"五四"时期因"劳工神圣"思潮而起的"平民文学"主张，与"人的文学""国民文学"等主张产生了多重交织和联系。周作人即说，"平民文学不是专做给平民看的，乃是研究平民生活——人的生活——的文学"②，直接以"人的生活"代"平民生活"，表明周作人眼中的"平民文学"与他自己提出的"人的文学"实大同小异。"五四"新文化运动时期的"人的文学""国民文学""平民文学""民众文学"等概念，虽然内涵和外延不尽相同，但套用茅盾评估"为人生"的文学所说的一句话来说则是，这种种文学都堪称"为平民的非为一般特殊阶级的人的"③，它们都立意"为平民"，而指归都在将平民、国民、民众提升到真正的人的层面。正是在这样的背景下，文坛才产生了利民《三天劳工的自述》、叶圣陶《这也是一个人》、刘半农《铁匠》等文学作品和后来梁实秋所称的"人力车夫派"。

　　"五四"新文化运动时期"劳工神圣"思潮的第三个特点，是具有了一种全球背景和世界眼光，认识到了世界劳工是一个命运共同体，存在着全球劳动者联合起来改变自己命运的可能性。中国在经历了汉族之中国、中国之中国以后，到19世纪，已进入世界之中国的阶段。这种趋势随着一战的结束和十月

----

① 陈独秀：《劳动者底觉悟——在上海船务、栈房工界联合会演说》，《独秀文存》，安徽人民出版社1987年版，第300页。

② 周作人：《平民文学》，《中国新文学大系·建设理论集》，上海良友图书公司1935年版，第211页。

③ 《新旧文学平议之评议》，《小说月报》1920年1月25日第11卷第1号。

革命的胜利而得到了进一步加强。虽然世界的变局，仿佛同中国的国民没有什么关系，但 15 万中国劳工在"一战"战场上的出场，分明又表现出了中国现代种种眼花缭乱的历史事变，都被卷入了一个总的世界历史潮流之中。1918年《新青年》第 5 卷第 5 号集中刊出了"关于欧战的演说三篇"：李大钊《庶民的胜利》，蔡元培《劳工神圣》，陶履恭《欧战以后的政治》。同期还刊出了李大钊《Bolshevism 的胜利》、蔡元培《欧战与哲学》等文。其中讨论到劳工问题的文章，都拥有了一种全球背景和世界眼光。李大钊认为，"一战"的胜利，是资本主义的失败和劳工主义的胜利："原来这回战争的真因，乃在资本主义的发展。国家的界限以内，不能涵容他的生产力，所以资本家的政府想靠着大战把国家界限打破，拿自己的国家做中心，建一世界的大帝国，成一个经济组织，为自己国内资本家一阶级谋利益……世间资本家占最少数，从事劳工的人占最多数。因为资本家的资产，不是靠着家族制度的继袭，就是靠着资本主义经济组织的垄断，才能据有。这劳工的能力，是人人都有的，劳工的事情，是人人都可以作的，所以劳工主义的战胜，也是庶民的胜利。"①十月革命的胜利同样如此："Bolshevism 这个字，虽为俄人所创造；但是他的精神，可是廿世纪全世界人人心中共同觉悟的精神。所以 Bolshevism 的胜利，就是廿世纪世界人类人人心中共同觉悟的新精神的胜利！"②此后的"二七"工人大罢工、"五卅"运动的崛起，证明了世界性的资本转移促成了中国现代工业的发展和劳工队伍的壮大。伴随着世界无产者阶级意识的觉醒和传播，中国的劳工运动卷入了世界性的劳工解放运动潮流之中，并为 20 世纪 30 年代左翼文学的兴起奠定了坚实的历史基础。

　　一种思潮一旦酿成并传播开来，便既会产生自身思想系统内部的连续性与非连续性，也会转化为外部的巨大的改变世界的思想力量和物质力量。随着"劳工神圣"思潮的兴起和传播，思想文化界发掘本土的"劳动文艺"资源和

---

① 李大钊：《庶民的胜利》，《新青年》第 5 卷第 5 号，1918 年 11 月 15 日。
② 李大钊：《Bolshevism 的胜利》，《新青年》第 5 卷第 5 号，1918 年 11 月 15 日。

译介域外的劳动阶级文艺从此成为一种不大不小的传统①，组建平民、劳工社团成为一时的时代风尚，知识分子到民间去、到工厂去的呼声不绝于耳。尤其是政党力量介入工人罢工一类的劳工运动之后，"劳工神圣"思潮更是走向了历史的前台，与劳工主体产生了真正的历史联系。正如毛泽东所说的，"五四"新文化运动，"当时还没有可能普及到工农群众中去。它提出了'平民文学'口号，但是当时的所谓'平民'，实际上还只能限于城市小资产阶级和资产阶级的知识分子，即所谓市民阶级的知识分子"②。但经由"二七"工人大罢工、"五卅"运动、省港工人大罢工、上海工人三次起义，"劳工神圣"思想开始深入劳工群体，并衍变为巨大的行动力量。而伴随着成仿吾所说的"从文学革命到革命文学"的风尚性转变，在1930年代左翼文学创作中，作为关键词，"劳工阶级"被更具阶级意识的"无产阶级"一词替代，描绘无产者的劳动异化和反抗精神的觉醒，成为当时的一个重要主题与题材领域。"劳动为富人生产了珍品，却为劳动者生产了赤贫。劳动创造了宫殿，却为劳动者创造了贫民窟。劳动创造了美，却使劳动者成为畸形。劳动用机器代替了手工劳动，同时却把一部分劳动者抛回到野蛮的劳动，而使另一部分劳动者变成机器。劳动生产了智慧，却注定了劳动者的愚钝、痴呆。"③刘一梦的《失业以后》《沉醉的一夜》《车厂内》，华汉的《马桶间》《趸船上的一夜》，郭沫若的《一只手》，戴平万的《小丰》，杨邨人的《入厂后》，冯乃超的《慰恤金》等小说，欧阳予倩的《车夫之家》，叶沉的《蜂起》，李白英的《资本轮下的分娩》，方文的《五卅》等戏剧，汪静之的《劳工歌》，森堡的《罢工后的第三天》，洪灵菲的《躺在黄浦滩头》，戴伯晖的《血光照耀着的五月》等诗歌，都触及了只能靠出卖自己的劳动力为生的无产者的劳动异化

---

① 例如，玄庐：《诗与劳动》，《星期评论》1919年《劳动纪念号》第8张；孙俍工：《唐代的劳动文艺》，《国立劳动大学月刊》1929年第1卷第2期；M.戈理基著、雪峰译《劳动阶级应当养成文化的工作者》，《文艺讲座》1930年第1期；Erich Trunz著、杨丙辰译《劳动阶级与文艺》，《天地人》1936年第1、3、4期。

② 毛泽东：《新民主主义论》，《毛泽东选集》第2卷，人民出版社1966年版，第660页。

③ 马克思：《1844年经济学—哲学手稿》，刘丕坤译，人民出版社1979年版，第46页。

和异化所引起的反抗。丁玲的《水》，匡庐的《水灾》，欧阳山的《崩决》，徐盈的《旱》，蒋牧良的《旱》《荒》，洪深的《五奎桥》《青龙潭》，田汉的《洪水》《旱灾》，茅盾的《春蚕》，叶紫的《丰收》，夏征农的《禾场上》，叶圣陶的《多收了三五斗》，罗洪的《丰灾》，洪深的《香稻米》，白薇的《丰灾》等小说、戏剧作品，则纷纷以农村的"水旱成灾""丰收成灾"为主题和题材，描绘农民的劳动异化和乡村经济的不堪一击。早在1924年，张劭英便在题为《劳工神圣》的诗里写到了思想与现实间的矛盾："'劳工神圣'/这话是真的吗？/呸！劳工——神圣……/怎样劳工就是神圣呢？/简直就是实业家，资本家的牛马呵！"1930年代的左翼作家，则纷纷从制度层面挖掘这种矛盾的成因，并力图从政治制度层面找到一劳永逸的解决方法。

抗日战争爆发以后，民族矛盾上升为主要矛盾。但"劳工神圣"思想在知识界仍得以延续，并与战时的民族解放运动勾连了起来：战争的最后胜利，依赖于我们的人力，"这里所说的人力，除了前线的战士，就是我们后方的劳工。凡后方运输，生产，军需，弹药，通讯，及其他的一切，全都在我们后方的劳工者的肩上。在战时我们劳工，要不分昼夜的拼命运用那万能的两手，加紧工作，劳动生产；争取战时所需的一切，战时的劳工啊！最后胜利在你们的手里！"[①]针对民间的命定观和工人的不觉悟，张浩1938年11月5日在六中全会上发言主张想方设法对工人进行思想启蒙，从而改变整个工人阶级的命运："你说劳工神圣，他说当不得饭吃。你只有将计的向他解释为：工人分开，确是永远没有出头的日子，若是工人联合起来，便有天大的力量。不信，请看工字与人字合起来不就成为一个'天'字么？自来水工人罢工全市的人没有水喝；电灯工人罢工，全市立即成为黑暗世界……若是全国以至全世界的工人阶级的统一战线成功了，发动一个全国或全世界工人的总同盟罢工及反法西斯的起义，

---

① 朱化龙：《谈劳工神圣》，《工合之友》1939年第1卷第5—6期。

则法西斯恶鬼只有死路一条，这不是比天的力量还大么？"①在此背景下，标题为《劳工神圣》的文艺作品仍有所见（如 1944 年发表于《大众》的杨赫文的《劳工神圣》）。有些作品甚至在劳工群体身上发现了新的时代精神和未来的希望："此刻也许重新卷来逆流/你们在周旋，以潮浪压退潮浪/要不然一定在加紧挥动铁锹/因为你们已经摸到了方向。"（卞之琳：《一处煤窑的工人》）"你们辛苦了，血液才畅通/新中国在那里跃跃欲动/一千列火车，一万辆汽车/一齐望出你们的手指缝。"（卞之琳：《修筑公路和铁路的工人》）尤其值得一提的是，在共产党领导的解放区，由党派的理想和客观的环境等多重因素促成的"大生产"运动，某种程度上既打破了人类的体力劳动与脑力劳动、官（兵）与民的社会分工，也加强了劳工神圣思想的传播，确立和扩张了劳动光荣的传统，同时在很大程度上以生产自救解决了根据地的夹缝求生问题。② 在此背景下，《兄妹开荒》《夫妻识字》等歌颂劳动光荣、文化解放的文艺作品纷纷面世。

　　对于这一类的文艺创作和文艺表演形式，无论当时还是后来都有人借纯文学和纯艺术之名贬低其价值，但我们同样可以看到，早在 1936 年即进入过陕北苏区的埃德加·斯诺，却不惜高调地为这种将"艺术搞成宣传"的艺术形式辩护，并强调其中的思想启蒙与意识觉醒因素："他们真诚的迫切的宣传目标始终是要震撼、唤起中国农村中的亿万人民，使他们意识到自己在社会中的责任，唤起他们的人权意识，同儒道两教的胆小怕事、消极无为、静止不变的思想作斗争，教育他们，说服他们，而且没有疑问，有的时候也缠住他们，强迫他们起来为'人民当家作主'——这是中国农村中的新现象——而斗争，为共产党心目中的具有正义、平等、自由、人类尊严的生活而斗争。"③而斯诺之所以做出这种辩护，一个重要的原因，是他作为一个中国通，明白当时中国另一些地

---

① 张浩：《关于抗战中职工运动的任务》，中央档案馆编《中共中央文件选集（一九三六—一九三八）》，中共中央党校出版社 1991 年版，第 738—739 页。张浩即林彪之弟林育英。
② 参见《积极推行"南泥湾政策"！》（社论），《解放日报》，1942 年 12 月 12 日。
③ ［美］埃德加·斯诺：《西行漫记》，生活·读书·新知三联书店 1979 年版，第 100—101 页。

方的穷人过着怎样的生活。在他写到吴起镇工人的生活时,他联想到了物质水平更为发达的上海的穷人生活:"我还记得一九三五年在上海的街头和河浜里收敛的二万九千具尸体,这都是赤贫的穷人的尸体,他们无力喂养的孩子饿死的尸体和溺婴的尸体。"而对吴起镇的工人来说,"不论他们的生活是多么原始简单,但至少这是一种健康的生活,有运动、新鲜的山间空气、自由、尊严、希望,这一切都有充分发展的余地。他们知道没有人在靠他们发财,我觉得他们是意识到他们是在为自己和为中国做工,而且他们说他们是革命者!"[①]任何人,只要不心怀先入为主的党派偏见,只要稍稍接触过夏衍的《包身工》一类的报告文学,便不得不像斯诺一样承认,与享受不到任何尊严、看不到任何希望的"芦柴棒"式的"罐装劳动力"相比,享受着还有充分发展余地的自由、尊严和希望的吴起镇的工人,是何其幸运!他们所追求的理想,也正是"五四"新文学运动以来"劳工神圣"思潮所追求的理想。而随着抗日战争的结束、解放战争的到来,中华人民共和国的建立被提到议事日程上来,中国底层民众那种以往从来没有真正享受过的"劳工神圣"的理想状态,正在进一步逐渐敞开现实的大门。

二　劳动光荣与劳动的屈辱

在共产党的思想体系中,新民主主义革命被直接定义为资产阶级性质的民主革命。地主阶级被视为纯粹反动、落后的食利者和寄生虫,资产阶级相对来说则代表了先进的生产力。民族资本家与官僚资本家被区别开来,前者一直被视为团结的对象。这样的思想体系直接影响到了历史转折时期的战略战策。1948 年 3 月 1 日,毛泽东明确指出:"中国现阶段革命的性质,是无产阶级领导的、人民大众的、反对帝国主义、反对封建主义和反对官僚资本主义的革

---

① 〔美〕埃德加·斯诺:《西行漫记》,生活·读书·新知三联书店 1979 年版,第 227 页。

命……所谓劳动人民，是指一切体力劳动者（如工人、农民、手工业者等）以及和体力劳动者相近的、不剥削人而又受人剥削的脑力劳动者。中国现阶段革命的目的，是在推翻帝国主义、封建主义、官僚资本主义的统治，建立一个以劳动者为主体的、人民大众的新民主主义共和国，不是一般地消灭资本主义。"①在稍前的《关于工商业政策》一文中，在谈到领导方针时，毛泽东指出："应当预先防止将农村中斗争地主富农、消灭封建势力的办法错误地应用于城市，将消灭地主富农的封建剥削和保护地主富农经营的工商业严格地加以区别，将发展生产、繁荣经济、公私兼顾、劳资两利的正确方针同片面的、狭隘的、实际上破坏工商业的、损害人民革命事业的所谓拥护工人福利的救济方针严格地加以区别。"②这一类的指示和方针，使中国共产党在实现农村包围城市、建立人民共和国的转型阶段，对城市工商业的改造采取了相对渐进、稳妥的方式，甚至避免了农村土地革命某些阶段一定程度上的过激、暴力和非理性特征。过渡时期服务于"公私兼顾、劳资两利、支援战争"的"降低成本，增加生产，便利推销"③的工商业策略，虽然不一定能增加工人阶级的眼前福利，但事实上有益于工人阶级的长远利益，某种程度上保证了转型期社会的更平稳过渡。

但另一方面，与此同时，当共产党人意识到自己即将把建立共和国的愿景化为现实时，就已经在相对稳健、按部就班地酝酿代表劳动者利益的劳动法规。1948 年 3 月 6 日颁布的"关于召开解放区工人代表大会有关事项的指示"，虽然一方面意识到在当时的战争时期和全国工业中心多未解放的条件下，制订全国性的劳动法等法规的条件尚未成熟，另一方面却提出可以制订一个具有弹性的解放区战时劳动纲领和条例，其中可以包括"新民主经济方针，工人劳动态度，战时生产责任，公私企业中工人地位，工人参加生产管理与厂

---

① 毛泽东：《关于民族资产阶级和开明绅士问题》，《毛泽东选集》第 4 卷，人民出版社 1966 年版，第 1182—1183 页。
② 毛泽东：《关于工商业政策》，《毛泽东选集》第 4 卷，人民出版社 1966 年版，第 1180 页。
③ 毛泽东：《关于工商业政策》，《毛泽东选集》第 4 卷，人民出版社 1966 年版，第 1180 页。

务委员会,劳动条件,劳动合同,工会组织,工人福利,工人教育,社会保障,劳动竞赛,工人团结"①等内容。这样的内容堪称日后共和国劳动法和工会章程等法规、条例的理论框架和制度雏形,为此后中国工人阶级经济、社会、文化地位的提高,劳动条件的改善及工厂、工会的组织制度等奠定了有力的基础。

中华人民共和国的成立,为"劳工神圣"的理想从单纯的愿景转化为真正的现实提供了全面的制度保证。在意识形态层面,工人阶级上升为领导阶级。在"包起来"和"组织起来"的双重策略之下,所有工人都进入了一个单位之中,其生老病死都得到了单位和国家的保障和照顾,基本生活没有了后顾之忧,八小时工作制得到了落实,失业的风险接近于无,劳动力市场的恶性竞争成为过去;与此同时,所有工人也被组织到了社会主义建设的宏伟事业之中,每个人都成了国家建设、工业发展的当下任务和中长期计划的一颗螺丝钉,其劳动的意义感和价值感超出了个人的柴米油盐的狭小范围,获得了一定的超越性,与阶级的解放、民族的独立、国家的强盛紧密地结合到了一起。建立在劳动光荣之上的工人的加班,班组的竞赛,普通工人对技术的改进和开发、对工厂事务的一定程度的民主参与,都以收获巨大的精神荣誉感为前提。李学鳌的《当我印好一幅新地图的时候》《印刷工人之歌》,黄声孝的《我是一个装饰工》,蔡秋声的《我是一个推车工》,福庚的《天线工人之歌》,都充满了劳动的巨大幸福感和使命感。今昔的对比是自然而然的:"在那漫长的年代里啊/我们有什么自由和劳动权/我们给资本家当牛当马/得到的却是眼泪、饥寒。""今天,我不能不纵情歌唱/幸福在我的心中卷起狂澜/……我们是共和国的公民/我们有神圣的劳动权。"(李学鳌《印刷工人之歌》)劳动权是被写进联合国《人权宣言》之中的人人赋有的天生权利,但中国劳动者在很长时间里只有出卖劳动力和丧失劳动权的自由,而并无为自己的劳动力定价和议价的自由,更谈不上将自己的劳动与国家建设一类的宏伟目标联系到一起的荣誉感。同时,劳动权还不

---

① 《中央关于召开解放区工人代表大会有关事项的指示》,中央档案馆编《中共中央文件选集(一九四八)》,中共中央党校出版社1992年版,第78页。

只限于简单的劳动的权利，它还和劳动者的基本的生存权、财产权和人的自由、尊严联系在一起。在共和国建立之前，劳动者的劳动权得不到保证，常常意味着他们的生存权得不到保证，更不用说他们的自由和尊严得到保证。正是在这样的前提下，夏衍才不无感慨地说："那么，我想，回头来知道一些过去的事情，就会更深刻地感觉到作为一个毛泽东时代的工人的幸福。人吃人的社会已经一去不复返了，工人给资本家当牛马，当虫豸的时代，已经一去不复返了，可是我们得记住：要赶走帝国主义，要推翻这个人吃人的社会制度，我们的先人曾付出了无数的生命、血汗和眼泪。"[1]中国的工人是容易满足和懂得感恩的。一旦他们摆脱了当牛做马的命运，社会地位和生活条件得到提高，便会产生前所未有的幸福感、荣誉感和使命感，全身心投入集体的事业和国家的建设之中。艾芜的《百炼成钢》、周立波的《铁水奔流》、罗丹的《风雨的黎明》、草明的《原动力》《乘风破浪》、李云德的《沸腾的群山》等作品，对此都有一定程度的记录和描绘。

经由土地改革运动，中国大陆农民实现了"耕者有其田"的理想。为了打破中国历史上循环往复出现的土地集中—平均地权—土地集中的魔咒，加强中国农村抵御外来压力和自然灾害的能力，中国大陆农民其后又在共产党领导之下走向了农村合作化和人民公社化的发展道路。尽管其间政策的失误曾一度带来人间的惨剧，国家建设的顶层设计与历史遗留的问题带来了城市和农村的不均衡发展，农村的资源呈现出向城市的单向流动和集中，农民为国家的发展和建设做出了巨大的贡献和牺牲，但在此过程中，农民仍表现出了对劳动和改变自己命运的巨大热情。对"不劳动者不得食"的朴素认识和对新时代劳动伦理的情感认同，催生出了一大批梁生宝式的"社会主义新人"。与同一时期的工业题材作品一样，劳动加爱情的主题一度成为农村题材文学创作的时代风尚。力扬在评论闻捷的诗歌时曾说："歌颂劳动，表现劳动，塑造劳动人

---

[1]　夏衍：《从〈包身工〉所引起的回忆》，《夏衍七十年文选》，上海文艺出版社1996年版，第47页。

民的形象,用来教育读者认识劳动的意义,并鼓舞他们在劳动中的积极性和创造性,这是社会主义现实主义的作者底中心任务。"而闻捷《吐鲁番情歌》所歌颂的正好"是解放了的劳动人民底爱情;是和劳动紧密地相结合着的爱情;是服从于劳动的爱情;是以劳动为最高选择标准的爱情;是有着崇高道德原则的爱情"①。一个时期的爱情观念往往折射出一个时期的主流价值观念。劳动者在获得劳动的快乐与光荣的同时也最终收获爱情,是"十七年"文学中一种十分典型的情节模式。在艾芜的《百炼成钢》中,丁春秀开导张福全说:"俗话说得好:男爱女,隔千里;女爱男,隔个板。你还要晓得这一点,现在的姑娘,同以前大不同了,以前图男人有田有地又有钱,现在呢,就喜欢你工作做得好,能做劳动模范。像你们炼钢工人,她就喜欢你炼钢炼得又好又快,隔不多久,就创造出什么新纪录。"在这里,以及在闻捷的《苹果树下》《追求》《种瓜姑娘》等一类作品中,爱情既是劳动的自然成果,也是对优秀的劳动者的最高奖赏。可以说,在这一时期,无论哪一行业,都已形成了劳动光荣的主流舆论导向。

　　"文革"结束以后,在最初阶段,意识形态领域里的劳动观念既保持着某种历史的连续性,同时也酝酿着更大的新变。在中共中央的文件中,"工业学大庆"的话语仍得以延续,甚至不排除毛泽东对中国工人阶级的看法②,但"工人阶级"一词的主流地位在发生微妙变化,逐渐为"广大职工"一词所取代。在文学创作中,"十七年文学"中某些被遮蔽的现象和问题被暴露出来:政治挂帅和计划经济的弊端被触及,党委书记和厂长的角色地位出现翻转,工人群体内部的年龄、性别差异受到关注,劳动者个体的诉求不再湮灭于集体的要求之中。"我请求人们和我一道深思/我爷爷的身价/曾是地主家的二升小米/我父亲为

---

　　① 力扬:《谈闻捷的诗歌创作》,见贾植芳、唐金海、周春东等编《闻捷专集》,福建人民出版社1982年版,第141、144页。

　　② 例如:"毛泽东同志曾经指出,我国工人阶级是中国新的生产力的代表者,是近代中国最进步的阶级,做了革命运动的领导力量,他们最有远见,大公无私,最富于组织纪律性,最富于革命的彻底性,特别能战斗。"(《中共中央转发国家经委党组〈关于工业学大庆问题的报告〉的通知》,中共中央文献研究室编《三中全会以来重要文献选编》下册,人民出版社1982年版,第1052页。)

了一个大写的'人'字/用胸膛堵住了敌人的火力/难道我仅比爷爷幸运些/值两个铆钉,一架机器。"(舒婷《风暴过去之后——纪念"渤海二号"钻井船遇难的七十二名同志》)在这里,在大写的"人"的观念观照之下,本可避免遇难的普通劳动者的生命价值和意义获得了新的辩证,"铆钉"和"机器"的隐喻意义出现了微妙变化。"要说那车间可实在漂亮/新产品就像流水一样/可惜这'水'并没有流进'大海'/几乎都被锁进了库房。"(顾城《车间与库房》)顾城将"主任"和"厂长"的头脑与耗子、野猫常来常往的库房相比,讥讽了计划体制之下管理者只管生产、不问销售的僵化思维。而总体上,以蒋子龙《乔厂长上任记》为代表的一批改革文学对改革风云人物的呼唤,折射出的是曾为社会主体的工人阶级的历史作用正在下降。等到孔捷生的《普通女工》、池莉的《烦恼人生》一类作品面世,则意味着工人阶级作为一个群体已经土崩瓦解,走向了各自为政的个体化和原子化,更多地由社会的生产场域退回到了个人的日常生活场域。印家厚每天仍然在忙忙碌碌地上班,但他与单位的那点儿精神联系,仿佛只剩下整日担忧自己的迟到、早退是否会影响到月底足额地从管理者那里领到有限的几元奖金。他的精神世界已经无法与更宏大的世界建立有效的联系。用池莉的另一篇作品的题目来说,印家厚的生活哲学正被迫向"冷也好热也好活着就好"全面退缩。"安全奖啊三块钱安全奖/一年三百六十五天啊/一年春夏秋冬/我们每天活着回家/搂妻亲儿的奖励/是……/是一分钱",默默的《安全奖》以"银光闪闪的国徽/梦里才能照耀我们"结尾,是在斤斤计较奖金的多寡,还是在呼唤赋予劳动者以更多的意义感、价值感和安全感,或许只有站在一个更长历史时段的工人阶级社会地位的历史衍变的高度,才能做出恰当的理性判断。

印家厚式的全面退缩还仅仅只是开始,因为还有更大的历史变动要来。进入 20 世纪 90 年代以后,随着市场经济的全面展开,一方面,大批农民工涌入城市,为中国的经济腾飞带来了巨大的廉价的劳动力市场,另一方面,城市原有国有工厂的体制改革,造成了大批工人下岗,既一定程度上激发了企业的生产活力,也引发了诸多社会问题,特别是工人身份认同的迷乱和危机。按薄大伟的归纳:"自从 1988 年管理者被赋予解雇职工的权力以来,职工保住饭碗的压力就开始出现。20 世纪 90 年代,改革的力度加大,职工这种压力变得空前巨大,1998 年 3 月,当国务院总理朱镕基宣布亏损企业将会在三年内'扭亏为盈'时,压力达到顶峰。截至 1997 年,已经有约 1500 万国有企业员工下岗,估计另外还将裁减 500 万工作岗位,国有企业员工数量减少了 2600 多万,几近国有部门所有劳动力的四分之一。"①而与此同时,从事个体经营的城市居民,"从 1978 年的 15 万增加到 1992 年的 800 万左右,1999 年达到令人难以置信的 2400 多万,在 20 年里增长了 160 倍"②。身份的转变,意味着工人阶级的无可逆转的个体化与原子化。虽然政府也进行了分享艰难、自主创业一类的正面舆论引导,也为过渡期的下岗工人生活颁布了保护性措施,但由于改制和宣布破产的企业本就是入不敷出的企业,所以有制度而难实施的情况并不少见,下岗工人的安顿和补偿问题、退休工人的福利和医保问题、所有工人转型之后的身份认同和心理平衡问题等,具体到每一个个体,都不是"改革的阵痛"这样几个简单的字眼所能概括的。

"现实主义冲击波"中以李佩甫《学习微笑》、李肇正《女工》为代表的部分作品,以及稍后曹征路《那儿》为代表的"新左翼文学",都不同程度地对这一时期中国工人阶级的身份认同危机进行了文学描绘。《学习微笑》中下岗女工刘小水走在阳光很好的大街上自己"却成了一只老鼠"的感觉,十分典型地突显出了一个勤劳、本分、只求生活安稳的女工失业之后的那种卑微感和屈辱感。这种卑微感和屈辱感,与杨赫文 1940 年代所发表的《劳工神圣》中的秦志高走在大街上怕见熟人的那种羞耻感有所不同。后者是身为"读书人"而不得不从

---

① [澳]薄大伟:《单位的前世今生:中国城市的社会空间与治理》,柴彦威、张纯、何宏光、张艳译,东南大学出版社 2013 年版,第 177—178 页。
② [澳]薄大伟:《单位的前世今生:中国城市的社会空间与治理》,柴彦威、张纯、何宏光、张艳译,东南大学出版社 2013 年版,第 169 页。

事体力劳动而羞于见人，前者是因为失去了此前安稳的体力劳动工作岗位而羞于见人。刘小水此前所工作的单位，由于是采取"包起来"的方式建立起来的，实际上是典型的低头不见抬头见的"熟人社会"，此时她失去了生活的保障和安全感，其羞于见人的心理是不难理解的。

拥有前国有工厂经验的工人诗篇，更集中、精炼地记录下了改制后工人的各种情绪。有对当下劳动生活的无可奈何的愤恨、不满（绳子《失魂落魄》《狗日的工厂》），有对过去工厂生活的五味杂陈的回忆、怀恋（徐晓宏《梦里回到家乡的工厂》，殷常青《论铁人精神》《像铁那样生活》）。"一枚螺钉，多么像我/曾经被安放在这里的某个角落/它的冷暖，收藏了我少年的激情与荣辱/驱散了彼此的孤独与忧伤"，在杨东标明"作于曾在生产一线工作过的企业因改制而宣告破产之时"的《最后的工厂》中，"螺钉"的意象再一次出现，宣告了一个时代的结束，也表明了从"工厂"到"企业"，并不是一个简单的可以一刀两断的告别的故事："千万不要带走它们/请把它们一齐放进我的身体/成为我的骨头，我的脉络，我的血液/成为我永恒的青春岁月。"如何评价一种经验和制度的得失，当事者的切身情感似乎总是比作为旁观者的研究者所理解的要多。

来自乡村的无数农民工，有着比改制转岗而来的城市工人更尴尬的社会地位和身份认同。从乡村到城市，虽然一般说来，他们从事的是最脏最累的工种，拿的是少得可怜且常常拖欠的工资，但与他们的乡村劳动生活相比，产出与效益确实获得了改善，物质生活条件确实得到了提高。然而，这种劳动力由乡村到城市的单向流向，始终伴随着夫妻分居、儿童留守、工资拖欠、同工不同酬等诸多问题。农民工在推动了整个国家经济腾飞的同时，却并没有同比例地分享到国家经济发展的红利。总体上说，除少数幸运儿之外，进不去的城市、回不去的乡村，成了大多数每年像虫蚁般迁徙的农民工摆脱不掉的宿命。与此相应，在农民工诗人的笔下，"打工"的故事，成了背井离乡的故事（李永普《浪迹的依据》，唐以洪《退着回到故乡》，李笙歌《跋涉者》，程鹏《打工村庄》，谢湘南《葬在深圳的姑娘》，辛酉《我们这些鸟人》），工伤的故事（唐以洪《寻找那条陪我回乡的腿》《我写过断指》,谢湘南《一起工伤事故的调查报告》,池沫树《断指,没有哭声》),夫妻分居的故事(郑小琼《月光:分居的打工者》),讨薪的故事(郑小琼《跪着的讨薪者》),跳楼的故事(郭金牛《纸上还乡》,许立志《一颗螺丝掉在地上》)……"一颗螺丝掉在地上/在这个加班的夜晚/垂直降落,轻轻一响/不会引起任何人的注意/就像在此之前/某个相同的夜晚/有个人掉在地上",在《一颗螺丝掉在地上》中,许立志将一颗掉在地上的螺丝与一个跳楼的人并置在一起,不动声色地呈现了"沉默的大多数"中的农民工生命的无足轻重和无声无息,从而赋予了螺丝以新的隐喻意义。这种无足轻重和无声无息,理所应当受到人们质疑。农民工诗人田晓隐写下了题为《我用钉子螺丝悬疑中国短板》的诗,有着同样身份的湖北青蛙写下了"他们是中国的喜鹊/但他们是中国的忧伤"(《喜鹊》)的诗句。2014 年 9 月 30 日,26 日刚与富士康公司签订了为期三年的劳动合同的许立志,将自己变成了一颗螺丝,坠地而死,让有心的读者猛然想起他曾写过"在祖国的领土上铺成一首/耻辱的诗"(《我咽下一枚铁做的月亮……》)的诗句。这一类的诗,不由我们不追问:时代在进步,科技在发展,甚至劳动者实际的物质生活水平也有了很大提高,但为什么劳动反而从神圣变成了屈辱、"劳工神圣"的思想相应地烟消云散了呢?

三　让每一个劳动者都有尊严

在中国现代思想史上,无论是无政府主义者,还是社会主义者,抑或是基督教社会主义者,在宣扬"劳工神圣"之时,都不同程度地追求让每个劳动者过上一种自由、平等、有尊严的生活,尽管在如何达成这种生活的途径上和如何为这种生活提供制度性的保障上不无分歧。无政府主义者追求一个绝对平等、没有剥削压迫、没有贫富差别的无政府社会;社会主义者强调消除私有制,实现人人平等,但同时建立一个强有力的国家权力以保证实现社会主义的目标;基督教社会主义则反感马克思主义社会主义的劳工专政,仅主张政府只有在劳资矛盾不可自行解决时才出面加以调解，所主张的是"本着救己淑人的宗旨，实行扶贫济弱的责任"[①]。但宏观地看，"劳工神圣"思潮的总的发展趋势，是在 1930 年代左翼文学思潮兴起之时，更多地统一到了马克思主义社会主义的"劳工神圣"思潮之中。反映在文学创作中，"工农革命"的主题成为一时之选，甚至新感觉派代表作家穆时英也创作了《黑旋风》《咱们的世界》《手指》《偷面包的面包师》《断了条胳膊的人》等表现劳动异化、无产者的挣扎与反抗的作品。

当然，我们不必夸大"劳工神圣"思想的普及度和影响力。斯特朗便注意到，在 1927 年国民革命风起云涌的背景下，后来将自由和人权挂在嘴边的胡适却"只字不提怎样去满足饥饿的农民和疲惫不堪的工人们的要求"，上海由九名妇女组成的妇女委员会的委员，"闭眼不看每天都在屠杀劳工领袖的暴行，却把这一行动称之为'恢复秩序'"，斯特朗从她们九人中有五人具备留学国外的背景中找到了其阶级根源——她们都属于在中国享有特权的中产阶级家庭，"她们之所以采取这样的立场，就因为她们一生中从来不曾体验过中国苦力和农民的苦难。在她们看来，湖南农民在革命高潮中杀死一名地主或学者要比当局为恢复军事秩序而绞死二十名工人更为可怕"[②]。此种由立场的不同所引起的对同样的社会运动的不同态度和评价，此后还将反复出现，并反映在今日某些具有"后见之明"的研究者对工农革命和土地改革一类社会运动的合法性的质疑之中。

当然，我们同时也注意到，在这种貌似客观、理性的质疑出现之前，同样有人早已为这类社会运动的合法性做出了强有力的辩护："强烈的求生欲望是人类最大的激情，当中国社会秩序陷于崩溃，统治阶级的苛政逼得人民走投无路时，人民这种求生的欲望表现在政治上便是强烈要求实现平等。此种平等要求，与其说是政治宣传煽动起来的，倒不如说是那些一无所有的人们为了活

---

① 曾勉：《劳工神圣与政府的义务》，《新北辰》1935 年第 5 期。
② 李寿葆、施如璋主编《斯特朗在中国》，生活·读书·新知三联书店 1985 年版，第 9、10 页。

命,迫切需要分享生产成果所致。当人们因为没有东西吃而濒于死亡时,一部分人比大家多占有东西,那是不道德的事情。在中国,这就是为什么对物质平等的强烈要求往往带上宗教感情的色彩。甚至地主士绅对这种要求平等的感情也不能无动于衷,因为他们很快开始感到自己的行为不符合道德准则。"①问题的症结在于,要实现"劳工神圣"的理想、达成人民的平等,不能只诉诸个人的道德良心。面对某些外国专家和国民党农业专家认为共产党土地改革纲领完全多余的说法,贝尔登坚定地指出:"土地改革并不只是土地问题,还涉及同地主经济紧密相连的整个社会制度。如果不进行土地改革,有的人就会活活饿死,农民就会被任意残杀,妇女就会像牲口一样被买卖。""中国人口过多,生活水平是世界所有大国中最低的,人民在死亡线上挣扎。在这样一个国家中,任何政府所能给予人民的最宝贵的自由,不是言论、选举或集会的自由,而是生存的自由。""很明显,共产党领导的革命给解放区人民的最大恩典是使他们免于饥饿。土地改革并没有使农民摆脱贫困,但至少使贫困平等化。只要村里有粮食,人人就不会饿死。这种经济上的公平是通过和地主豪绅进行殊死斗争赢来的。它产生了巨大的精神影响,使贫困无地的农民获得了他们一生中从未有过的感情——希望。"②贝尔登的看法清楚地表明,在特殊的历史情境之下,只提抽象的人权或少数人的财产权,而无视多数人的生存权,是站不住脚的。很长时间里,无论中国的工人还是农民,生活的要求其实一点也不高。斯特朗就曾提到一个勤劳本分的矿工。③ 可注意的是,即使像唐寿一这样温和、本分的矿工,也和上海、广东的更自觉的工人一样,投入了工农革命的洪

---

① 〔美〕杰克·贝尔登:《中国震撼世界》,邱应觉等译,北京出版社 1980 年版,第 582 页。

② 〔美〕杰克·贝尔登:《中国震撼世界》,邱应觉等译,北京出版社 1980 年版,第 614、622、622 页。

③ "唐寿一的要求是多么温和,多么不像革命的样子。此人从光绪以来一直在矿中劳动,任何社会主义和工团主义的思想都钻不进他的头脑中去。他是在一个落后国家里的一名诚实的矿工。他对生活的要求不过是太太平平过日子,有一个稳定的职业,能拿到一般能过得去的工资,再加上组织工会的权利就行了。"(李寿葆、施如璋主编《斯特朗在中国》,生活·读书·新知三联书店 1985 年版,第 42 页。)

流之中，这只能解释为革命给他们解决了最基本的生存问题，带来了前所未有的希望。无独有偶，在解释吴起镇的工人为什么非常重视工作之外的每天两小时的读书识字、政治课且认真参加各种个人或团体的比赛时，斯诺曾说："所有这一切东西，是他们以前从来没有享受到的东西，也是中国任何其他工厂中从来没有过的东西。对于他们面前所打开的生活的大门，他们似乎是心满意足的。"①所谓民心所向，大抵不过如此。共产党的胜利、国民党的失败，均可从中找到最终极的原因：共产党所领导的工农革命，让广大劳工群体看到了生活的曙光。这同时也是 1949 年以后工业题材小说中老工人比年轻工人更满足和感恩当下生活的一个重要原因。

1968 年 3 月 18 日，马丁·路德·金在孟菲斯做了《所有劳工都有尊严》的演讲："今晚让我告诉你们，无论何时当你从事服务人类或是为人性建设的工作之时，你都有尊严，有价值。总有一天，我们的社会会看到这一点。如果我们的社会想要生存下去，总有一天它会尊重我们的环卫工人，因为最后的分析结果是，帮我们清理垃圾的人与医生有着同样的重要性，如果没有环卫工人清理垃圾，疾病将会泛滥。所有劳工（所有劳工！）都有尊严！"②历史地看，劳工的尊严从来不是从天而降的，而是通过斗争和努力争取来的。当 1958 年谢晋将全国劳动模范、纺织女工黄宝妹的故事搬上银幕并由黄宝妹亲自出演时，当 1959 年 10 月 26 日国家主席刘少奇紧握时传祥的手说"你掏大粪是人民勤务员，我当主席也是人民勤务员，这只是革命分工不同"时，可以说，在争取让所有劳动者都有尊严的路上，中国甚至还走到了整个世界的前列。

当然，工人、农民的翻身，是一条漫长的道路。它不仅体现为物质生活条件的改善，而且体现为社会地位的提高和文化身份的转变。"中国的工农（尤其是农民），在反动统治下，一向没有享受教育文化的机会，以致不识文字，知识浅陋。自抗战后，在许多解放区（尤其是北方）用开办识字班、出版黑板报等

---

① ［美］埃德加·斯诺：《西行漫记》，生活·读书·新知三联书店 1979 年版，第 227 页。
② ［美］马丁·路德·金：《所有劳工都有尊严》，张露译，南海出版社 2013 年版，第 148 页。

方法,教他们识字,教他们知识,他们的教育文化程度慢慢地提高了,甚至还能够编报、写作、通讯了。这种转变,就叫做'文化翻身'。"①1930年代,在谈到文艺的大众化时,鲁迅即觉悟到:"倘若此刻就要全部大众化,只是空谈。""若是大规模的设施,就必须政治之力的帮助,一条腿是走不成路的,许多动听的话,不过文人的聊以自慰罢了。"②到了1950年代,文艺的大众化和工农的文化翻身,已到了有政治之力帮助的时期,扫盲运动的展开,工农兵作家的培养,都是工农"文化翻身"运动的一部分。甚至以追求"人人是诗人,诗为人人所共赏"③为终极目标的新民歌运动,也是这种"文化翻身"运动因激进而走向畸形的一部分。毋庸讳言,这种激进和冒进,一定程度上也葬送了"五四"以来伴随"劳工神圣"思潮而来的劳工解放运动的美好前景。

在改革开放时代,劳工的社会身份和文化身份开始变得复杂多元、模糊不清。一度曾为领导阶级的工人阶级的社会地位开始下降,不断趋向原子化和个体化。工人这个称呼,"作为一个词,总是遭遇尴尬/全民所有制、合同制、市场经济下的打工者/在档案上变换一次/就有一些人永远消失/在凋敝的厂房里游移/我开始怀念那些消失的名字/他们像包袱一样被堆积/当我突然看到自身的悬置/才知道我们都是没有过去和未来的/尴尬的一群"(绳子《工人这个称呼》)。与工人群体的尴尬相比,农民工群体则游移于农民与工人、乡村与城市之间,身份更为暧昧不明。但与此同时,很大程度上,正是这些尴尬莫名或暧昧不明的群体,促进了中国经济最近30年的腾飞:"以规划的工业区和市场网络为依托的聚群经济,一支健康和受过教育的劳动力大军(很大程度上是毛泽东时代公共健康和普及教育的遗产),发展良好的交通运输和物流体系,以及国内市场的规模,这些效应都构成了在中国投资的强烈的动机。"④值得

---

① 《新编新知识辞典》,北新书局1951年版,第95页。
② 鲁迅:《文艺的大众化》,《鲁迅全集》第7卷,人民文学出版社1981年版,第349、350页。
③ 周扬:《新民歌开拓了诗歌的新道路》,《红旗》1958年第1期。
④ [美]贝弗里·J.西尔弗:《劳工的力量——1870年代以来的工人运动与全球化》,"中文版序言"第5页,张璐译,社会科学文献出版社2012年版。

注意的是，虽然经济繁荣的成因是多元的，但缺少了劳动者的劳动支撑的投资和资本，都不过是纸上的数字和财富而已。然而，令人遗憾的是，正如约翰·贝拉米·福斯特所说的，劳动在今天的社会中已经成了一个谜："没有任何一个其他社会存在领域像劳动一样如此令人一头雾水，如此热情洋溢地被流行的意识形态遮遮掩掩（'除了买卖，一切免谈'）。……那些被迫没日没夜遵守乏味的机控例行程序、与自己的创造性潜能脱节（所有这一切都以效率和利润的名义）的人的残酷经验，似乎总在镜头之外，永远没能进入人们的视野。"①在全球化的消费文化背景之下，市场转型、企业家精神、小政府、自主创业等说法已成为社会结构重组的主流话语。一线工人的生产退居幕后，商品、广告、消费占据中心舞台。当产品从遥远的异域经由物流以成品的形式摆放在消费者面前时，它仿佛是不需要经过生产过程、不需要劳动者的劳动付出的东西。而另一方面，在一线的劳动者那里，建筑工买不起自己建造的房子（程鹏《建筑工人之歌》），制衣工穿不起自己精心制作的衣服（邬霞《吊带裙》），都不是什么农民工诗人的矫情或虚构。在脱离了手工业生产的现代化生产流水线上，无论采用计时工资制还是计件工资制，一线工人都只是在进行单调、重复、乏味、机械的劳作，很少能体验到完整的、创造性的工作所带来的心灵满足，更体会不到将自己的汗水融入某一宏伟事业之中时所产生的劳动的欣喜（郑小琼《流水线》《产品叙事》《女工：被固定在卡座上的青春》，池沫树《在橡胶厂》《在印刷厂》）。由于企业主也被卷入了全球性的恶性竞争，不得不千方百计以延长工人的劳动时间、压低工人的工资、节省劳动成本来增加自己产品的竞争力，工人的劳动强度和心理失衡于是更趋严重。即使企业主出于偶然的良心发现或追求利润的目标以提高工资相刺激，一些相信了成功学的鼓噪或实际上为生活所迫的工人相应地也表现出了"求加班""求剥削"的现象，但正如马克思所

---

① John Bellamy Foster, "Introduction to the New Edition", in Harry Braverman, *Labor and Monopoly Capital : the Degradation of Work in the Twentieth Century*, Monthly Review Press, 1998, p.ix.

说的："工资的提高引起劳动者的过度劳动。他们越是想多赚几个钱，他们就越是不得不牺牲更多的时间，以致完全放弃一切自由来替贪婪者从事奴隶般的劳动。这就缩短了劳动者的寿命。"①此外，在财富日益集中、贫富两极极端分化的时代背景之下，工人阶级作为一个整体的抗争能力和兄弟情谊日趋涣散，甚至由于底层社会也在出现混得好和混得孬的内部分化，第一代农民工基于地缘和血缘集中前往某地打工、寻求相互照应的现象和心理都在淡化，第二代、三代农民工甚至更愿意在一个完全由陌生人所组成的社会中独立奋斗或自生自灭，工人的团结感已经被争取个人"小确幸"的虚幻幸福感取代。通过刘庆邦的《神木》这样的作品，读者甚至知晓了社会底层的最阴暗一面：以制造矿难假象、夺取同伴生命的恶劣方式骗取抚恤金。这是在冯乃超创作《慰恤金》、龚冰庐创作《炭矿夫》《矿山祭》《炭矿里的炸弹》的时代所没有表现过和难以想象的现象。但这样的现象在今天又绝不是作家凌虚蹈空、哗众取宠的虚构，它本质上是将"人不为己，天诛地灭""人为财死，鸟为食亡"的观念体系化和常态化的必然结果。

在这样的背景之下，底层写作、"新左翼文学"等创作中不时出现的怀旧话语便不难理解。问题不在于劳工阶层的生存处境是否比以往更为恶化或不幸。同 1930 年代左翼文学所反映的工人阶级的绝对贫困相比，新左翼文学中的工人阶级的贫困实际上是一种相对贫困。关键的问题在于，即使劳工阶层的物质、精神生活条件比以往改善了、提高了，今日的底层劳动者仍然会留恋和回首另一个时代有价值的精神遗产。在周浩所拍摄的纪录片《棉花》中，制衣车间的女工情不自禁地说，以前大家穷一点，但一家人在一起，有安全感；来自河南的女工长，在车间高温已令人窒息、私营制衣厂厂主却仍规定不许开空调的情况下，怀念起了原国营纺织厂不计成本的恒温工作环境。更高屋建瓴地看，这种怀旧，还不只是一种单纯的中国式的怀旧。萨金特便观察到，在德

---

① 马克思：《1844 年经济学—哲学手稿》，刘丕坤译，人民出版社 1979 年版，第 7 页。

国，在经历了国家社会主义和共产主义之后，许多德国人都欣喜地相信乌托邦的终结将会带来更好的生活，然而，"并不是每个人都相信会这样，许多人，尤其是前东德的许多人，相信生活在共产主义制度之下更好，因为尽管贫困、没有自由，但他们感到（这种感觉既不完全准确、也不完全不准确），他们那时有经济安全感"①。理性地来看，这里的是否更好的判断，与其说是一种基于社会生态的理性判断和事实判断，不如说是一种基于社会心态的感性判断和价值判断。无独有偶，甚至宣布了"历史的终结"的福山，不久后也认为历史的终结是极为令人伤感的事情："为了获得社会认可而去奋斗，心甘情愿地为了一个纯粹抽象的目标而去冒生命危险，为了唤起冒险精神、勇气、想象力和理想主义而进行的广泛意识形态斗争，必将被经济的算计、无休无止地解决技术问题、对环境的关注以及对经济消费需求的满足所取代。在后历史时代，既不会有艺术，也不会有哲学，唯一剩下的仅仅是对人类历史博物馆的精心照料。"②令人伤感的事情当然还不只限于此，其中理所当然还应包括：在中国经济全球化的过程中，工人阶级的社会地位实际上在下降，"劳工神圣"思潮总体上在衰落。

　　在《重提"劳工神圣"》一文中，张曙光注意到美国《时代周刊》2009 年底将中国普通工人列为封面人物，向为中国经济和世界繁荣做出巨大贡献的中国普通工人致敬。他也注意到当下中国普通工人的社会地位正面临三大反差："过去与现在的反差"，"理论与现实的反差"，"社会认识与实际作用的反差"。他最后倡议，在中国制造已称雄世界的当下，为普通劳动者重新喊一声"劳工神圣"。③ 回首过去，立足现在，着眼未来，可以肯定地说，这样的倡议不仅是必要的，而且是及时的。

---

①　Lyman Tower Sargent, *Utopianism*：*A Very Short introduction*，Oxford University Press，2010，p.103.

②　转引自[美]拉塞尔·雅各比：《乌托邦之死：冷漠时代的政治与文化》，姚建彬译，新星出版社2007 年版，第 16 页。

③　张曙光：《重提"劳工神圣"》，《中国经营报》，2010 年 5 月 31 日。

出版制度与 20 世纪三四十年代的中国文学

　　20 世纪三四十年代,国民党、共产党、汉奸"政府"出于各自政治利益和意识形态斗争的目的,颁布了形形色色的出版法规,建立起了对文学的预先审查、事后检查或不成文的潜在审查制度,在一定程度上影响了此一时期中国文学的创作、出版和流通,成为文学生产过程中一种重要的制约力量。

一

　　1914 年 12 月 4 日,袁世凯政府公布了我国第一部《出版法》。袁记出版法一方面沿袭了《大清印刷物专律》《大清报律》的基本内容,另一方面也对新闻出版自由进行了更严格的规定。袁记《出版法》后来一方面为北洋军阀政府所继承,另一方面也不断遭到社会各界的非议和反抗。在 1926 年初上海新闻文化界争取废止《出版法》的过程中,中国国民党即发表宣言表示同情和支持:"言论自由载在中华民国临时约法,并为世界文明国家国民所公有之权利","本党对于国内不良政府颁布之出版法即早已否认,促其废止"。① 迫于舆论的巨大压力,1926 年 1 月 27 日,北京政府在国务会议上通过了废止该《出版法》的决议。

---

　　①　见马光仁:《袁记〈出版法〉的制定与废止》,《新闻与传播研究》1987 年第 2 期。

虽然国民党对取消袁记《出版法》表示过同情和支持,但一旦自己成为执政党、成立国民党南京政府,便似乎忘记了《中华民国临时约法》早已颁布的"人民有言论著作刊行及集会结社之自由"①的主张,而自始至终热衷于自己的一党统治和舆论一律。在其统治大陆期间,国民党曾连续颁布三部出版法:1930 年 12 月 15 日公布的第一部《出版法》,1937 年 7 月 8 日公布的从 1935 年便开始修订的第二部修正版《出版法》,1947 年 10 月 24 日公布的第三部出版法《出版法修正草案》。这三部出版法不仅反映了不同时段国民党追求一党文化统治、舆论高度一律的现实需要,而且折射出了不同政治势力、文化团体追求言论自由、创作自由的民主需求及由此与执政党的文化高压政策构成的激烈冲突和政治博弈。

国民政府司法院 1930 年公布的《出版法》计六章共 44 条,与袁记《出版法》的 23 条相比更为详尽。结合 1931 年 10 月 7 日内政部公布的《出版法施行细则》来看,国民政府的这一出版法与袁记《出版法》相比,一个重大变化是增加了强烈的党派色彩:除将新闻纸及杂志、书籍及其他出版物区别对待之外,还将涉及党义、党务或政治事项的出版品视为一种特殊出版物加以另行规定。

1930 年公布的《出版法》,与 1927 年 12 月 20 日国民政府大学院公布的《新出图书呈缴条例》、1928 年 12 月发布的《取缔各种匿名出版物令》、1929 年 1 月 10 日国民党第二届中央执委会第 190 次常务会议的决议《宣传品审查条例》、1929 年 4 月国民政府颁布的《查禁伪装封面的书刊令》、1929 年 6 月 4 日国民政府颁布的《查禁反动刊物令》、1929 年 6 月 22 日国民政府公布的《取缔销售共产书籍办法令》、1930 年 3 月 28 日国民政府教育部公布的《新出图书呈缴规程》等法令一起,构成了一张强大的网,给 20 世纪 20 年代末 30 年代初的文学书籍的创作、出版、发行、流通以巨大的约束和压制,特别是对左翼文学的

---

① 《中华民国临时约法》,商务印书馆 1916 年版,第 2 页。

创作、出版、发行、流通形成了动辄得咎的高压。在革命文学运动中,左翼作家所追求的不是什么"纯艺术的艺术"或中立的艺术,而是带有强烈意识形态色彩的无产阶级文学。在"一切的文学,都是宣传"的文学观念指导下创作出的文学作品,本质上与所谓"宣传品"并无明显界限,极容易触犯《宣传品审查条例》一类法令或法规的红线。而更准确地说,《查禁伪装封面的书刊令》《查禁反动刊物令》《取缔销售共产书籍办法令》等法令的制定与颁布,本就是为了用来对付那时风起云涌的左翼文化和文学运动的。当然,作为广义的出版和出版审查制度之一部分,这些法令和法规大多不仅适用和针对文艺著作,而且适用和针对所有政治派别和文化力量。《宣传品审查条例》将不良宣传品区分为反动宣传品和谬误宣传品,并且对各种宣传品审查之后的处理方法做出了分别"嘉奖提倡""纠正或训斥""查禁查封或究办"的规定。此类规定不只针对文艺出版物,但文艺极容易与"有关党政宣传之各种戏曲电影""其他有关党政之一切传单、标语、公文、函件、通电等宣传品"[1]发生关联,尤其是强调将文学当作标语口号和宣传的喇叭来使用,主张"文艺是战斗的"左翼作家,更容易触犯这类法令、法规的红线,成为这类法令、法规的牺牲品。这类以出版法和出版审查制度的面貌出现的法令、法规,一旦与《危害民国紧急治罪法》(1931年)、《危害民国紧急治罪法施行条例》(1931年)结合到一起,甚至会成为一种杀人无算的利器,成为一种迫害持不同政见者的"合法化"力量。某种程度上,对"左联五烈士"为代表的左翼文化、文学人士的迫害、监禁和杀戮,即借助了这种"合法化"的制度的力量。

特别应当一提的是,1934年2月,国民党中央宣传委员会突发密函查禁149种文艺书籍。查禁书目涉及25家书店、28位作家,涉及范围之广,堪称前所未有。上海书业界某些人士为求自保,出于商业利益考虑,建议采取事先审查制度,由官方审查原稿。在此背景下,1934年4月5日,国民党第四届中央

---

① 《宣传品审查条例》,《中国新文学大系1927—1937》第19集《史料·索引一》,上海文艺出版社1989年版,第564—566页。

执行委员会第 115 次常务会议通过了《中央宣传委员会图书杂志审查委员会规程》，决定设立图书杂志审查委员会。委员会下设总务、文艺、社会科学三组，据称设立该组织的目的是"为审慎取缔出版刊物，增进审查效能，并减除书局与作家之损失"，其工作职责是"遵照中央颁布之宣传品审查条例，及审查标准、出版法、出版法施行细则等法令，审查一切稿件"①。1934 年 6 月 1 日，国民党中宣部发布《图书杂志审查办法》。该《办法》规定"凡在中华民国国境内之书局、社团或著作人所出版之图书杂志，都应于付印前依据本办法"②，将稿本呈送国民党中央宣传委员会图书杂志审查委员会申请审查。这一办法的出台，显然旨在加强国民党中宣部对图书杂志出版的预先检查。1934 年 6 月 15 日，吴醒亚、潘公展、童行白颁布《图书杂志审查委员会开始工作通令》，这标志着设立于上海的图书杂志审查委员会正式开始运作。这一机构的成立，连同 1934 年 7 月 17 日国民政府内政部公布的《取缔发售业经查禁出版品办法》、9 月 7 日上海市教育局转发的《文艺书刊须送中宣会备查令》等法令、法规，无疑在当时的文学创作和图书杂志出版之上又加了一套紧箍咒。

1934 年号称"杂志年"，但杂志出版数量的增加代表的并不是文化和文学的繁荣。正是在这一年前后，舆论界充满了杀气腾腾的文化统制、"文化剿匪"的议论和喧嚣。《前途》1934 年 8 月第 8 期、《文化与社会》1935 年第 1 卷第 8 期均辟有"文化统制"专号，而 1934 年 1 月 1 日出版的《汗血周刊》、1 月 15 日出版的《汗血月刊》都标明"文化剿匪"专号。有人甚至声称："文化需要统制，特别是中国现时的文化需要统制，这已经多数报章杂志热烈讨论过的问题，在目下，可以说已是一致公认的确切不易的定论了。"③大部分提倡文化统制和"文化剿匪"的文章，都认为国民党过去在文化上大多采取放任主义，现在转而

① 《中央宣传委员会图书杂志审查委员会组织规程》，《中国新文学大系 1927—1937》第 19 集《史料·索引一》，上海文艺出版社 1989 年版，第 584 页。

② 《图书杂志审查办法》，《中国新文学大系 1927—1937》第 19 集《史料·索引一》，上海文艺出版社 1989 年版，第 585 页。

③ 陈起同：《文化统制的实施问题》，《社会主义月刊》第 2 卷第 1 期，1934 年 3 月 1 日。

采取干涉主义,虽属"贼出关门""亡羊补牢",但急起直追,尚未为晚。[①] 有人将文化统制理解为中国民族复兴运动的两大部分之一:新生活运动"养成国民个人的新生活",文化统制运动"产生民族团体的新生活"[②]。有人认为文化统制的任务不在成立一个统制机关,而在于"建立一个共同的信念。以复兴民族夺回民族生存权的抗争精神为今日中国文化的基本精神"[③]。那时,虽然吴铁城颇费周章地论证"统制系兼爱非霸术""统制系民主非独裁""统制系法治非专制"[④],更多的作者和文章却肆无忌惮地宣扬文化统制需要政治独裁,统制和独裁相得益彰。殷作桢毫不掩饰"文化统制是适应独裁政治的需要而产生的。文化统制可以推进独裁政治的发展,也只有在独裁政治的卵翼之下,文化统制才能顺利地完成的",他同时狂热地主张"独裁可以统一中国""独裁可以复兴民族!"[⑤]《社会新闻》的社论在提出"文化剿匪"的四种办法之外,还赤裸裸地强调:"其实要发动文化剿匪的运动,则除却消极的铲除赤色文化以外,还应该积极的用法西斯蒂的精神,来建立三民主义的文化,一方固应仿焚书坑儒的先例杀共产党而焚其书,另一方还该仿摩罕默德左手握刀右手经典的办法,把三民主义的文化基础建立起来,使赤色的文化没有死灰复燃的余地。"[⑥]这类史料一方面让我们见识了当日国民党力图达成文化专制、舆论一律的思想来源,另一方面也让我们看到了对 1930 年《出版法》进行修订的宏观文化背景。

　　历经各种查禁风波的出版界和文化界认为 1930 年的《出版法》过严,图书杂志审查委员会的某些举措过于荒唐,但官方依然认为 1930 年的《出版法》过

---

　　① 涤尘:《文化统制政策与复兴中国》(《政治评论》第 84、85 号合刊,1933 年 1 月 11 日)、陈起同《文化统制的实施问题》以及《社会新闻》1933 年第 5 卷第 1 期的社论《文化剿匪的认识》等文都持此种观点。

　　② 沈琳:《中国文化统制的目标与方法》,《前途》第 2 卷第 8 期,1934 年 8 月 1 日。

　　③ 萧作霖:《文化统制与文艺自由》,《前途》第 2 卷第 8 期,1934 年 8 月 1 日。

　　④ 吴铁城:《统制真诠——为前途杂志文化统制专号作》,《前途》第 2 卷第 8 期,1934 年 8 月 1 日。

　　⑤ 殷作桢:《文艺统制之理论与目标》,《前途》1934 年第 2 卷第 8 号。

　　⑥ 《文化剿匪的认识》,《社会新闻》1933 年第 5 卷 1 期。该文提出的"文化剿匪"的四大方法是:"第一,是查封解散赤色文化的团体。""第二,是严厉取缔鼓吹赤色文化的出版物。""第三,是取缔电影。""第四,是统制教育。"

宽,留有制度上的漏洞和可乘之机。不过,无论认为过严还是认为过宽,各方都表现出了对 1930 年《出版法》加以修订的意愿。在此背景下,从 1935 年 2 月起,国民政府内政部会同中宣会、行政院等部门代表多次就《出版法》的修订进行审议或审查,并于同年 7 月 12 日由立法院通过了《修正出版法》。但此《修正出版法》在《大公报》等媒体全文刊出后,其过苛的新条文遭到新闻界的强力抵制和反对,未进入正式公布实施阶段。① 1937 年 7 月 8 日国民政府公布的《修正出版法》和 7 月 28 日内政部公布的《修正出版法施行细则》,堪称 1935 年国民党对《出版法》的修正和新闻舆论界积极抗争而达成的一个结果:比 1930 年的《出版法》更严,比 1935 年未正式公布实施的《修正出版法》要松。其中第二十四条"战时或遇有变乱及其他特殊必要时,得依国民政府命令之所定,禁止或限制出版品关于政治军事外交或地方治安事项之登载"②比 1930 年《出版法》涉及同样内容的第二十一条多出了"政治""地方治安"六字。这六个字已隐隐地露出了战争的威胁和政府乃至地方势力可以借用"战时"大打政治牌的端倪与伏笔。

抗战时期,国民党制定了相当多的有关出版和图书杂志审查的法规和制度,并建立了专门的图书杂志审查机关。1938 年 7 月 21 日,国民党第五届中央常务委员会第 86 次会议通过《战时图书杂志原稿审查办法》《中央图书杂志审查委员会组织大纲》《修正抗战期间图书杂志审查标准》。《战时图书杂志原稿审查办法》的第一条称:"在抗战期间,中央为适应战时需要,齐一国民思想起见,特组织中央图书杂志审查委员会(以下简称中央审查机关),采取原稿审查办法处理一切关于图书杂志之审查事宜。"第四条称:"为便利各地图书杂志之迅速出版起见,各大都市(或省会)之党政军警机关得在中央审查机关指导

---

① 有关 1935 年国民党对《出版法》进行修订并"功亏一篑"的过程,可参见张化冰:《1935 年〈出版法〉修订始末之探讨》,《新闻与传播研究》2007 年第 1 期。

② 《国民政府公布的修正出版法》(1937 年 7 月 8 日),《中华民国史档案资料汇编》第五辑第二编《文化》(一),江苏古籍出版社 1998 年版,第 276 页。

之下成立地方图书杂志审查委员会(以下简称地方审查机关),办理各该地方之图书杂志审查事宜……"①这实际上是重提组建1935年5月因"《新生》事件"而被迫撤销的不得人心的图书杂志审查委员会。经过一段时间的筹备组建,由中宣部副部长潘公展兼任主任委员的中央图书杂志审查委员会于同年10月开始运作,并在武汉、西安、重庆、桂林、云南、广东、湖南等地设立了相应的地方图书杂志审查委员会,图书杂志原稿审查办法因此比一度在上海所推行的涉及范围更广、渗入程度更深。《修正抗战期间图书杂志审查标准》对"反动言论"和"谬误言论"的界定比战前的《宣传品审查条例》的相应界定范围更广,分别由原来的五条和三条变为八条和七条,具体内容的界定更多地突出了战时的国家使命和执政党的现行权力(如"宣传共产主义及阶级斗争者"衍变成了"鼓吹偏激思想,强调阶级对立,足以破坏集中力量抗战建国之神圣使命者")。②

　　同样是在1938年7月,国民党中央宣传部颁布了《通俗书刊审查标准》。而1939年,先后颁布了《修正印刷所承印未送审图书杂志原稿办法》《修正检查书店发售查禁出版品办法草案》《图书杂志查禁解禁暂行办法》。1940年,公布了《战时图书杂志原稿审查办法(修正)》。1942年,公布了《图书送审须知》《书店印刷厂管理规则》。1944年,颁布了《战时出版品审查办法及禁载标准》《战时书刊审查规则》。从这里仅举其要的有关出版和出版审查的文件来看,抗战时期国民党对图书杂志的规范和查禁、对意识形态领域的监控和斗争从来就没有停止过。这类制度上的部署和约束,不仅沿用了政治上的专权、思想上的统制的一贯路线,而且利用了世界通行的战时例外论所带来的某些制度设计上的便利。这些法规和机构的设置,不只是针对文学艺术领域,但同样适

---

　　① 《国民党战时图书杂志原稿审查办法》,《中华民国史档案资料汇编》第五辑第二编《文化》(一),江苏古籍出版社1998年版,第549页。
　　② 《国民党修正抗战期间图书杂志审查标准》,《中华民国史档案资料汇编》第五辑第二编《文化》(一),江苏古籍出版社1998年版,第549页。

用于文学艺术领域。

抗战胜利以后,社会各界发出了风起云涌的争取自由民主、言论自由的呼声,这促成国民党迅速结束"训政",开始"宪政"被提上议事日程。政治协商会议 1946 年 1 月 31 日通过的《和平建国纲领》对"人民权利"的第一条规定即:"确保人民享有身体、思想、宗教、信仰、言论、出版、集会、结社、居住、迁徙、通讯之自由。现行法令有与以上原则抵触者,应分别予以修正或废止之。"有关"教育及文化"的第七条规定:"废止战时实施之新闻出版、电影、戏剧、邮电检查办法,扶助出版、报纸、通讯社、戏剧、电影事业之发展,一切国营新闻机关与文化事业均确定为全国人民服务。"《和平建国纲领》"附记"之七则规定:"修正出版法,将非常时期报纸、杂志、通讯登记管制办法,管理收复区报纸、通讯社、杂志、电影、广播事业暂行办法,戏剧电影检查办法,邮电检查办法等予以废止,并分别减轻电影、戏剧、音乐之娱乐捐与印花税。"①在此宏观背景下,最高国防委员会于 1946 年 1 月 28 日决议修正出版法。1947 年 10 月 24 日,行政院临时会议通过了经一年多时间反复修改的《出版法修正草案》。修正后的出版法减弱了党化色彩,然而在实际的落实和履行中却并无放松的迹象,反而在一个历史的混乱期和转型期增加了对出版的控制和言论的钳制。

二

与当时的执政党国民党相比,由于力量的薄弱和组织的不完善,共产党最初并没有建立起完整的出版和出版审查制度,更不用说建立起完整的文学出版和文学出版审查制度。在中央苏区,1931 年底成立了中央出版局。1932 年 6 月,则成立了中央教育人民委员会编审委员会。文化艺术类读物的出版和编审工作部分地隶属于这类机构之下。但此时还谈不上对出版特别是文学出版

---

① 《政治协商会议五项协议(一九四六年一月三十日通过)》,见中共代表团梅园新村纪念馆编《国共谈判文献资料选辑》,江苏人民出版社 1984 年第 2 版,第 82、86、87 页。

的全面统制。不少其他部门都出版有自己的书籍,甚至有自己的编审委员会。不过,总体来看,这样的编审委员会的审查本质上是局部的、有限的,大抵相当于同一时期上海这样的大都市左翼文坛的某个文学刊物或文学社团的编审委员会所承担的功能。

抗战时期,延安及各抗日民主根据地实施的是抗日民族统一战线的文艺政策,出版和出版检查制度首先服务于抗战的大业。陕甘宁边区文化界救亡协会公开号召"组织成千成万的干部到火线中去,到民间去,为保卫祖国和开发民智而服务,展开新启蒙运动,发挥科学文化的教养,创造三民主义的文化,创造中华民族的新文化",并认为为达成这种任务而急需完成的工作之一,是"出版界之间彼此应有联系或组织,在某种可能范围,每人依赖自己的能力,决定对于抗战文化某部门,进行特殊的贡献"①。与此同时,"为了开展边区的文化运动,加强抗战的文化工作",《抗敌报》所发表的社论强调"建立并健全全边区统一的文化工作的领导机构,提高文化工作的组织性与计划性"②。陆定一针对戏剧运动则提出:"我们希望我们的政府,对于戏剧运动的抗日统一战线,给以有力的帮助。一方面,帮助戏剧协会,把抗战的戏剧运动到各村里去开展,并办理一切剧团的登记(完全免费);另一方面,审查剧本,对于内容恶劣的若干剧本,应下令禁止其出演,并按时审定若干最好的抗战的新旧剧本,大量印发给各剧团,限令所有剧团,在上演时必须演出其中的一个以上,否则不准出演。关于编辑与审查剧本的工作,政府可以委托戏剧协会,而戏剧协会必须尽最大的努力。如此,政府和剧协通力合作,才能把戏剧运动提高到新的阶段。"③当然,陆定一这里所指的"政府",并非指国民党政府,而是共产党领导之下的边区政府。这又从一个角度证明:"无论什么样的政治集团或统治形式,也无论在哪个历史时期,审查制度在任何地方都作为社会控制的重要机制发

---

① 《我们关于目前文化运动的意见》,《解放》第 39 期,1938 年 5 月 21 日。
② 《论边区的文化运动(社论)》,《抗敌报》,1938 年 12 月 29 日。
③ 陆定一:《目前宣传工作中的四个问题》,《陆定一文集》,人民出版社 1992 年版,第 205 页。

挥着作用。统治者历来限制那些他们以为与自己的利益对立或者有损于公众利益的思想的传播。"①当然,为了自身的生存和发展,特别是进入抗战的相持阶段以后,由于觉悟到日伪势力和国民党的分裂势力试图使抗战团结的纲领化为投降反共或"和平防共"的汉奸纲领,边区和左翼文学界也开始在更大的范围内明确推行新民主主义的文化运动,主张"全国进步的文化界及进步的人士应该联合起来,共同反对政治上文化上的一切倒退现象,反对新的复古运动,反对对于进步思想言论出版方面的压迫和限制,努力参加促进宪政运动,要求实现《抗战建国纲领》及第二次国民参政会决议中关于言论思想出版的自由及废除关于书报杂志检查和禁止的法令"②。中华全国文艺界抗敌协会延安分会第五届会员大会的通电同样称:"今天我们还痛心的看到某些地方有这样的现象:言论出版的自由没有保障,作家的人权没有保障。报纸刊物和书店随意查封和限制,原稿书籍和图卷随意删涂和没收,作家行动经常受政治侦探监视。这些障碍如不除去,言论出版如不自由,作家的民主权利如不获保障,还谈得到什么任务的完成和抗战文艺工作的开发!所以我们认为:言论自由必须争取,作家人权必须保障!"③这里所说的"某些地方",显然不包括当时的边区在内,因为在边区文化人的眼里,边区早已存在的是另一种现象:"这里,看不见所谓封闭书店、报馆和查禁书籍。这里看到的,是一切出版物和出版事业的蓬蓬勃勃的建立发展和长大。"④当然,事实上,出版和文艺创作的绝对自由是不存在的。此时的抗日民主根据地也存在着不成文的潜在的文艺检查制度。这从话剧《中华母亲》、秧歌剧《白毛女》的演出及王实味的命运可以略见一斑。

---

① [美]刘易斯·科塞:《理念人:一项社会学的考察》,郭方等译,中央编译出版社 2001 年版,第 90 页。

② 《陕甘宁边区文化协会第一次代表大会宣言》,《新中华报》,1940 年 1 月 20 日。

③ 《中华全国文艺界抗敌协会延安分会第五届会员大会记录(专载)》所附录的《通电》,见《中国文化》第 3 卷第 2、3 期,1941 年 8 月 20 日。

④ 师田手:《记边区文协代表大会》,《中国文化》第 1 卷第 2 期,1940 年 4 月 15 日。

抗战结束以后,共产党所领导的进步文艺界一方面投入了反对国民党专制文化统治、争取言论出版自由的斗争,另一方面也开始酝酿统一的出版法,为实现独立的文化领导权做准备。1948 年 1 月 12 日,晋冀鲁豫中央局宣传部公布了《晋冀鲁豫统一出版条例》。该条例共八条,奠定了日后中华人民共和国出版法的雏形和基础。其中第二条规定:"中央局设出版局,各区党委设出版委员会。出版局(委员会)之主要工作,在于培育和奖励宣传毛泽东思想与提高劳动人民阶级觉悟的著作和读物,并克服目前出版工作中的投降主义、自由主义,单纯营业观点等。"第八条规定:"各区党委应管理公私书店,规定私人书店登记制度,取缔宣传资本主义之腐朽制度及文化,偷贩法西斯主义,蒋介石思想,毒害人民大众意识之读物,淫荡读物及一切有害之书籍图书等。"①所有这些规定,确立了共产党较完整的有关出版的领导机构的组织原则和出版审查制度的宏观框架。

20 世纪三四十年代,汉奸政府也公布了多部出版法。因篇幅所限,此处不赘。

"无一社会制度允许充分的艺术自由。每个社会制度都要求作家严守一定的界限,比如,为了保护青少年、宪法、人权而绳趋尺度。然而,社会制度限制自由更主要的是通过以下途径:期待、希望和欢迎某一类创作,排斥、鄙视另一类创作。这样,每个社会制度就——经常无意识、无计划地——运用书报检查手段,决定性地干预作家的工作。甚至文学奖也能起类似的作用。"②从出版制度与文学的关系看,20 世纪三四十年代,无论是国民党政府、左翼文学界,还是伪满政权、汪伪政府,都通过出版制度特别是出版审查制度建立起一定的界限,在读者和作家、文学团体、文学潮流之间设置起某种思想的防火墙,阻止不希望扩散的思想或被认为不正确的(特别是政治不正确的)思想在社会上广泛

---

① 中央局宣传部:《晋察鲁豫统一出版条例》,《人民日报》,1948 年 1 月 21 日。

② [德]菲舍尔·科勒克:《文学社会学》,见张英进、于沛编《现当代西方文艺社会学探索》,海峡文艺出版社 1987 年版,第 38 页。

传播。正是在这样的意义上,20 世纪三四十年代由各种政治势力所颁布的出版审查制度尤其多。而且值得注意的是,随着戏剧运动的兴起和电影艺术的发达,与前代相比,有关戏剧艺术和电影艺术的检查法规以前所未有的规模涌现出来。这一类法规的制定和颁布,无疑成为 20 世纪三四十年代文学艺术生产、流通、传播等环节中的一股重要的制约力量。

在 1934 年 6 月 1 日国民党中宣部发布《图书杂志审查办法》之前,20 世纪三四十年代的图书杂志审查一般为事后检查,即查封已经问世的图书杂志(包括文艺图书杂志)。其中 1934 年 2 月国民党中央宣传委员会突发密函查禁 149 种文艺书籍,是专门针对文艺书籍的最集中的一次查禁。1934 年 9 月 7 日上海市教育局转发上海市书业同业公会的《文艺书刊须送中宣会备查令》,甚至将文艺书刊视为一种等同于党义书刊的特殊出版物,不仅在发行时得寄送行政机关备查,而且得寄送中宣会备查,其理由是"按文艺书刊内容多与党义有密切关系,自仍应照有关党义书刊办法,于发行时以一份寄送来会,以凭审查"[①]。这种事后审查在此后也一直延续,《中央图书杂志委员会取缔书刊一览》第一辑和第二辑[②]中,即有大量文艺书刊,诸如丁玲的《一颗未出膛的子弹》、萧军的《八月的乡村》等,查禁理由是"触犯审查标准",而夏衍的《一年间》、徐懋庸的《文艺思潮小史》等,查禁理由是"故不送审原稿"。

事后检查不仅很难禁止一部分被查禁的书刊事先流出,而且给出版商带来严重的经济损失,并让部分编辑人对查禁标准产生把捉不定的苦恼。在此背景下,经过国民党官方与部分出版商和编辑人的协商及博弈,国民党中宣部于 1934 年 6 月 1 日发布《图书杂志审查办法》,开始实施对图书杂志的预先审查。预先审查制度的提出和实施,甚至引出了鲁迅对施蛰存产生不良印象的

---

① 《文艺书刊须送中宣会备查令》,《中国新文学大系 1927—1937》第 19 集《史料·索引一》,上海文艺出版社 1989 年版,第 581—582 页。
② 见王煦华、朱一冰合辑《1927—1949 年禁书(刊)史料汇编》第 2 册,北京图书馆出版社 2001 年版。

一桩著名公案。鲁迅在致姚克的信中曾写道:"前几天,这里的官和出版家及书店编辑,开了一个宴会,先由官训示应该不出反动书籍,次由施蛰存说出仿检查新闻例,先检杂志稿,次又由赵景深补足可仿日本例,加以删改,或用××代之。他们也知道禁绝左倾刊物,书店只好关门,所以左翼作家的东西,还是要出的,而拔去出骨格,但以渔利。"①在另一处,鲁迅关于此事有大致相同的说法。②虽然此事按施蛰存后来的解释,另有曲折和苦衷,不是针对左翼文艺,但此事当年无疑给鲁迅留下了坏印象,施蛰存因此被鲁迅视为取悦当道的新帮闲。应当说,结合后来 1936 年 7 月 1 日开始实行的《上海市书业同业公会为划一图书售价办法公告》、1937 年 1 月 1 日开始实行的《上海市书业同业公会业规》、1937 年 6 月 20 日会员大会改正的《上海市书业同业公会章程》等文件来看,部分出版人和编辑人所提议的原稿送审制度,主要是为自身利益考虑,特别是为了规避出版人自身的经济风险和编辑人自身的政治风险。革命文学运动风起云涌之时,出版商热衷于出版左翼文学书籍,主要是受到经济利益的驱动。而官方决心动用法西斯文化专制的武器,对文化进行高度一体化的统制时,出版商所考虑的则主要是如何规避自身的经济风险。当然,从客观效果来说,官方的政治眼和商人的经济眼的结合所造就的原稿送审制度,最终所带来的是检查官的为所欲为和文学特别是左翼文学的灾难。

除建立在成文法基础上的预先审查和事后检查之外,20 世纪三四十年代的中国实际上还存在着不成文的潜在的出版检查制度。延安抗日根据地对话剧《中华母亲》、秧歌剧《白毛女》演出的干预及王实味的批判,即是典型的例证。

无论是预先审查、事后检查还是不成文的潜在检查制度,都属于文化建设的消极措施。相比之下,文艺的奖励制度则更多地体现了文化建设的积极措施。20 世纪三四十年代,为了各自的利益考虑,各种政治和文化势力都在创立

---

① 鲁迅:《331105 致姚克》,《鲁迅全集》第 12 卷,人民文学出版社 1981 年版,第 254—255 页。
② 鲁迅:《且介亭杂文二集·后记》,《鲁迅全集》第 6 卷,人民文学出版社 1981 年版,第 460 页。

和实施自己的文艺奖励制度。值得注意的是,由于时代的动荡,无论国民党所设置的文艺奖项,还是共产党领导下的苏区和解放区所设置的文艺奖项,都很少形成具有自身连续性的文艺评奖活动,往往是偶然有之,有规章制度而不具有连续性的具体实施,对文艺创作的引导和示范作用相当有限。当然,个中原因,除了时代的动荡导致无法形成文学评奖制度的连续性之外,还因为文学的评奖不比竞技体育水平高下的判定,其标准的拿捏有其特殊性。梁实秋在《所谓"文艺政策"者》中便注意到,同一部《北京人》,张道藩在《我们所需要的文艺政策》中认为其"意识不正确",但国民党教育部学术审议会则认为其有价值而给予资金。梁实秋以此来说明推行文艺政策的困难,而张道藩在后来的答辩中则认为是文艺政策的建制不完备的结果。然而,平心而论,其中最重要的原因,还是所谓"一千个读者眼中即有一千个哈姆莱特"。

三

出版和出版审查制度的设置,一方面当然是现代民族国家法制建设的一部分,但另一方面也是各个党派和政治势力为了自身利益、实现各自的意识形态统治而进行角斗的一个场域。国民党在 1927 年进行清党运动,却没能阻止左翼文学运动的风起云涌。"马克思主义文学,无产阶级文学,在民十八以后,(恕我不写一九二九)其名词在文坛上发现而至使用,这无疑的,是共产党的政治宣传员奉行彼党文艺政策的结果。"①面对这种结果,国民党也试图提出自己的文艺政策和文学主张,并颁布了众多试图与这种文学政策和主张相配套的出版和出版审查制度。为了切断左翼作家与读者之间的有效联系,甚至还颁布了《密令邮局查扣讨蒋书刊》(1927 年)、《全国重要都市邮件检查办法》(1929年)、《邮电检查划归军统局办理》(1935 年)等邮电检查法令和法规,对书店的

---

① 焰生:《马克司主义文学与无产阶级文学》,《新垒》第 3 卷第 2、3 期合刊,1934 年 3 月 15 日。

检查和查禁也从来没有停止过。特别是1934年图书杂志审查委员会的创立、1938年图书杂志审查委员会的恢复，在文学界张起了一张无处不在的文网，使作家特别是左翼作家动辄得咎，极大地限制了作家的言论自由和创作自由。国民党的这种文化统制措施的思想根源，显然来自德国、意大利的法西斯式文化统制措施。"……白桦先生是反对共产党文艺运动的，要以意大利法西斯蒂的'前卫队'及'少年团'的精神，以蓖麻油与棍棒为武器，开始中国文坛的扫毒运动的。"①当时，类似于"白桦先生"的人还不算少。一篇《怎样安内？》的文章更是赤裸裸地声称："……近年来谬论邪说、愈出愈杂，左翼作家专门麻醉青年，这是极大的危机。……这班作家的罪恶多大？党国受这种邪说谬论的影响多深呢？我们看德国国家社会党当政之后，……将多种妨害国本的邪谬书籍，一律毁灭，使国人的思想统一、国社党这种不顾一切的魄力，真使人惊佩不置。现在我们亟谋投救，只有不顾一切的厉行革命专政，绝对不允许任何反对中国国民党的言论存在，一方面厘订本党文化运动的纲领，指正一般作家的错误，倘再敢挑乱青年的意旨，危吾国家，那就作政治犯问罪。"②这种将思想、言论自由上升到政治罪的高度来讨论的倡议，一旦与政党和国家层面的出版法和出版审查制度结合到一起，就会构成"几条杂感，就可以送命"③的可怕后果。

20世纪三四十年代，出版法和出版审查制度成为作家特别是左翼作家头上的一道紧箍咒。小到一篇文章或一本著作的删削与禁止出版，大到一个杂志或出版社的禁止发行或运作，乃至一个作家的生命的无声无臭的消亡，无不与出版法和出版审查制度有千丝万缕的联系。那时，宣扬阶级斗争和马克思主义成为左翼文学和左翼作家的一大原罪，也成为检查官为所欲为、实施讹诈甚至满足其某种变态心理的一大利器。鲁迅曾在信中说："在这里，有意义的文学书很不容易出版，杂志则最多只能出到三期。别的一面的，出得很多，但

---

① 焰生：《马克司主义文学与无产阶级文学》，《新垒》第3卷第2、3期合刊，1934年3月15日。
② 刘尚均：《怎样安内？》，《汗血周刊》第12期，1933年9月25日。
③ 鲁迅：《而已集·答有恒先生》，《鲁迅全集》第3卷，人民文学出版社1981年版，第457页。

购读者却少。"①"杂志原稿既然先须检查,则作文便不易,至多,也只能登《自由谈》那样的文章了。政府帮闲们的大作,既然无人要看,他们便只好压迫别人,使别人也一样的奄奄无生气,这就是自己站不起,就拖倒别人的办法。"②鲁迅并且将图书杂志的审查制度与对国家未来和文学前途的忧虑联系到一起。③国家意志与检查官变态心理的结合,诞生了图书杂志检查中的种种怪现状,鲁迅在致刘炜明的同一封信中所谈到的《二心集》的遭遇④,即这种怪现状的明证之一。

图书杂志审查制度所带来的怪现状之一是"开天窗"。由于实行预先审查,预先排版好的书刊报纸被检查官删削之后,便留下空白,此之谓"开天窗"。留下空白,有时是因为出版时间的限制——来不及以其他稿件补足、替换,有时是为了生意眼,减少重新排版的麻烦,有时甚至是故意不采取补救措施,一方面使当局和检查官难堪,另一方面也向读者传达某种迫不得已的消息。对这类"开天窗",老练的读者甚至能够凭借长期的阅读经验补足被删削的信息。但总而言之,不论何种情况,这种"开天窗"无论如何总是一种惩罚措施,有人甚至联想到了昔日土匪捉到了敌人之后在敌人脑袋上开洞"点天灯"的行为⑤。邹韬奋曾举例说明重庆图书杂志审查会老爷们对文艺的"贡献":欧阳山的小说《农民的智慧》描写了一个地主出身的伪军司令宋文楷,"审查老爷把全篇中的'地主'二字,用墨浓浓地涂得一团漆黑";沙汀的一篇小说《老烟的故事》,写一个爱国青年被特务跟踪,又烦恼又恐惧,他的朋友安慰他说:"现在救国无罪,你怕什么呢?"结果被审查老爷改为"这里又不是租界,你怕什么呢?","地

①　鲁迅:《340606　致吴渤》,《鲁迅全集》第 12 卷,人民文学出版社 1981 年版,第 449 页。
②　鲁迅:《340609　致杨霁云》,《鲁迅全集》第 12 卷,人民文学出版社 1981 年版,第 454 页。
③　鲁迅:《341128　致刘炜明》,《鲁迅全集》第 12 卷,人民文学出版社 1981 年版,第 577 页。
④　鲁迅提道:"《二心集》我是将版权卖给书店的,被禁之后,书店便又去请检查,结果是被删去三分之二以上,听说他们还要印,改名《拾零集》,不过其中已无可看的东西,是一定的。"(《鲁迅全集》第 12 卷,人民文学出版社 1981 年版,第 577 页。)
⑤　莫闲:《"开天窗"》,《骨鲠》1934 年第 44 期。

主"和"救国无罪"都犯忌,甚至"前进""顽固""光明""黑暗"一类字词也入不了检查官的法眼,"他们把文艺作品'修改'以后,往往和原作者的意思完全相反"①。更可恶的是,后来为了遮掩检查官的滥禁滥删,国民党官方又明文规定出版物不许留下检查官的任何刀削斧凿的痕迹。1942 年 4 月 23 日公布的《杂志送审须知》第七条规定:"各杂志免登稿件,不能在出版时仍保留题名,并不能在编辑后记或编辑者言内加以任何解释与说明。其被删改之处,不能注明'上略'、'中略'、'下略'等字样,或其他任何足以表示已被删改之符号。"②实施这条规定的结果,是经过审查删削后的稿件已面目全非、贯注了官方和检查官的意志,文责却要由原作者来承担。

任意删削比起查禁和不予通过来,只能算小巫见大巫——被查禁和不予通过的作品堪称胎死腹中、先天夭折,有的甚至连原稿的所有权也被剥夺了。胡风在回忆自己抗战时期在桂林的编辑活动时写道:"有的被书审处通过了,有的就不行。我的《密云期见习小纪》,本来已被广西书审处通过(被删去了五篇),中央图书杂志审查委员会忽然来训令查禁了。鲁藜的《为着未来的日子》没能通过,后来我拿回来改名为《醒来的时候》,给审查官送了礼,才算是通过了。但是,杜谷的《泥土的梦》和何剑薰的一本讽刺小说就不但没通过,连底稿都没收了(那时还不知道可以向书审处的官们打通关节)。"③如是看来,文艺图书杂志的禁载标准又是有弹性的,全看检查老爷的喜怒和脸色,有时还要加一点运气甚至"潜规则"的因素。

"审查者在作家和读者之间设置障碍,以此禁止作家在读者中的直接影响,这一事实使他成为知识生活中一个重要但往往被忽视的决定性力量。审查者试图在读者和具有潜在危险的作者之间建起一道防护墙。当然,在很多

---

① 参见韬奋:《经历》,生活·读书·新知三联书店 1979 年版,第 194—198 页。

② 《杂志送审须知》,倪延年编《中国报刊法制发展史(史料卷)》,南京师范大学出版社 2006 年版,第 202 页。

③ 胡风:《胡风回忆录》,人民文学出版社 1993 年版,第 281—282 页。

情况下,预想的坚固墙垣,不过是一层多孔的隔板。然而,审查制度确实在一定程度上成功阻止了思想的'自然'流动。因此,在任何地方审查制度都是自由的精神生活的障碍。"①审查制度对言论自由和思想自由的阻碍,关键还不限于检查官们对某个作品或某个作家的删改和禁绝,更在于它酿造出了一种无孔不入的文化恐怖与思想钳制的气氛。这种气氛迫使作家为了全身远祸乃至争取作品公开面世的机会,有意无意地在创作过程中建立起了自我审查机制,使创作中的思想和艺术的表达的自由大打折扣。当然,正如科塞所指出的,审查制度既是作者和读者之间的一道防护墙,但同时又是一层多孔的隔板。作家们总是能够凭借自己的勇气、信仰和智慧,以及审查制度天生的弱点和漏洞穿墙而过,建立起与读者之间的思想的连接。

20 世纪三四十年代,中国作家特别是左翼作家通过频繁变换笔名或书刊封面和名称、故意不送检等方式规避出版法和出版审查制度,以达到巧妙地与图书杂志检查机关和官员周旋的目的。这种变换名目的手法用得如此之多,以致国民政府于 1929 年 4 月和 6 月分别颁布了《查禁伪装封面的书刊令》和《取缔销售共产书籍办法令》。

审查机构和审查官的贪得无厌、徇私枉法常常也使检查制度沦为一层多孔的隔板,从而为自由思想和左翼文学获得流通的渠道和生存的空间。赵家璧曾详细写到编辑《中国新文学大系》过程中与审查官打交道的一则轶事。②邹韬奋在给国民参政会的提案中甚至记录下了检查们更奇葩的事件:"搜查者纷至沓来,亦无一定标准,今日甲机关认为非禁书,明日乙机关来却认为禁书,甚至有些机关借口检查,将大量书报满载而归,从不发还,亦不宣布审查结果。(衡阳有一个机关的检查老爷居然利用这个机会,把这样'满载而归'的书

---

① ［美］刘易斯·科塞:《理念人:一项社会学的考察》,郭方等译,中央编译出版社 2001 年版,第 90 页。
② 赵家璧:《编选〈中国新文学大系·小说二集〉——对审查会的斗争》,见赵家璧等:《编辑生涯忆鲁迅》,河北教育出版社 2000 年版,第 106—107 页。

籍另开一爿小书店大做生意,这个事实后来被发现,在出版界传为笑谈,但却无可奈何……)"①且不论检查制度本身是否合理,但当制度的执行者也将其视为儿戏,甚至将其当作可以兑换成名和利的自肥手段时,检查制度本身的荒谬性和不攻自破就不言而喻了。

"像其他类型的法律控制一样,审查制度只有在人口和执法官员中有相当一部分人接受并同意贯彻它时,才能成功地付诸实施。也就是说,在现代社会里——除了极权主义社会——公众舆论实际上比审查制度更厉害。如果舆论拒绝认可审查者的行为,这种行为将是无效的。"②在国民党政府、伪满政府、汪伪政府试图以出版法和出版检查制度推行文化统制的过程中,文化界(包括文学界)对言论自由和出版自由的呼吁自始至终便没有停止过。1934年,在图书杂志审查委员会出笼时,甚至中间派作家也多有非议。邵洵美(郭明)当时即写道:"人民有言论及出版之自由,条文早已明载法典。关于出版方面,民法中亦有所谓出版法,违法者当局尽可依法给以相当的处分。那么,这个审查委员会,假使有权干涉言论出版,则不啻在法院以外,另立了一个司法机关。此中矛盾,不言可知。"③1945年2月,300位文化名人签名的《文化界对时局进言》所提出的实现民主的六大措施的第一条即"审查检阅制度除有关军事机密者外不应再行存在,凡一切限制人民活动之法令皆应废除,使人民应享有的集会、结社、言论、出版、演出等之自由及早恢复"④。抗战胜利后,重庆《东方杂志》《新中华月刊》等八大杂志的主办人认为战争时期已经过去,图书杂志审查制度已无存在必要,故函请国民党中宣部等单位明令废止,同时决定从9月初起拒绝将原稿再送审查。此举首先得到了成都17家新闻杂志团体的支持,然后在西安、昆明、桂林等地蔓延开来,从而掀起了广泛的"拒检运动"。迫于压

---

① 韬奋:《经历》,生活·读书·新知三联书店1979年版,第242—243页。
② [美]刘易斯·科塞:《理念人:一项社会学的考察》,郭方等译,中央编译出版社2001年版,第91页。
③ 郭明:《言论自由与文化统制》,《人言周刊》1934年第1卷第1期。
④ 《文化界对时局进言》,重庆《新华日报》,1945年2月22日。

力,9 月 22 日,国民党第十次中常会通过决议,明确宣布从 10 月 1 日起撤销战时的新闻和图书杂志审查制度。但与此同时,国民党仍保有一套钳制人民思想、言论自由的制度,例如:申请登记制或特许制,事后检查、事后惩罚制度,等等。① 正是在此前后,各界文化名人发表了大量呼吁和争取民主与出版自由的文章,出版界提交了《出版业争取出版自由致政治协商会议意见书》。《意见书》从法理上详细论列了现行出版法与其他法规之矛盾或重叠处,明确提出了"废止《出版法》""取消期刊登记办法""撤销收复区检审办法""明令取消一切非法检扣""取消寄递限制"五项措施。② 可以说,解放战争时期,舆论已呈现一边倒的态势,思想、言论、出版自由的呼声已完全压倒了文化统制的呼声。此一阶段,甚至国民党内部的文人,也发表公开信,请求陈立夫出面致力于"主张废止旧出版法,反对新出版法之提出",其理由是:"实在国家既有宪法为根本大法,又有刑法民法在,不必再有其他法律的。就文化而言,有内乱罪与诽谤罪,皆有惩治的条文(风化治安均在内),又何必再有出版法之颁行。若是本之旧日的观念,以防止中共的宣传,则戡乱条例已有。中共既为内乱犯,则不必再要出版法以为之治。即为中共宣传而工作的人,也可以同样治之,又何必多此一举,这不是等于俗语所谓,脱裤放屁么?"③当自己人也认为出版法和出版检查制度是多此一举、脱裤放屁时,这种制度本身的合法性就岌岌可危了,并成为国民党政权摇摇欲坠、大势已去的一种文化征候。

---

① 《在"拒检运动"压力下 国民党宣布部分"废检"仍保有窒息思想言论自由的一套制度》,《晋察冀日报》,1945 年 10 月 29 日。
② 《出版业争取出版自由致政治协商会议意见书》,重庆《新华日报》,1946 年 1 月 9 日。
③ 李焰生:《为文化统制致陈立夫先生一封公开信》,《客观》1948 年第 1 卷第 7 期。

论抗战时期国共两党文艺政策的分与合

抗战时期,无论国民党还是共产党的文艺政策,都与上一个十年既保持某种历史的连续性,也呈现出由时代变化所引起的一定程度的非连续性和断裂。共产党执行的是坚持抗日统一战线和坚守文化领导权双管齐下的文艺政策,国民党则试图达成全国一致同意的文艺政策、实行党治文化而未能成功。此时国共两党文艺政策的制订,都受到了苏联文艺政策的影响,本质上呈现出了强烈的同质化趋势。当然,双方文艺政策在具体文学空间的推行和实践,都不是均质的,由此总体上构成了抗日统一战线基础上国共两党文艺政策分中有合、合中有分的复杂面貌。

一

所谓"文艺政策",按 1934 年出版的一本辞典的说法,是指"政党、政府或全国的领导文艺团体,为适合于一般的政治路线,其所决定的文艺活动的路线与策略"[①]。在特定的历史场域中,政党、政府或全国性的文艺团体的领导人常常是这种文艺政策的颁布者或代言人,这种文艺政策还经常与特定地域一个时期的文化政策形成交织和重叠,构成更大系统的文化政策的一个子系统。

---

① 邢墨卿:《新名词辞典》,新生命书局 1934 年版,第 19 页。

　　一般认为,文艺而有政策,在中国始自 20 世纪 20 年代后期。天羽在发表于 1934 年的《殖民地文艺政策》一文中说:"把'文艺'和'政策'扭合在一块来,还是晚近四五年的事。"①梁实秋则说得更为详细:"文艺而有政策,从前大概是没有的,有之盖始于苏联。我记得大约在民国十五六年的时候,鲁迅先生用'硬译'的方法译出了一部《文艺政策》,在上海出版。那是苏联的文艺政策。在那时我们中国有些人很显然是拥护苏联的文艺政策的,有意识或无意识的服从苏联文艺政策的指导,所以发起了澎湃一时的普罗文学运动,继之以左翼作家联盟。"②梁实秋所说的这段史实,与苏联的一场涉及文艺政策的论战及其在中国的介绍和影响有关。1923 年至 1924 年间,苏联文艺界爆发了一场涉及文艺政策的论争。卷入这场文学论争的,有《列夫》《在岗位上》《红色处女地》等杂志为代表的一系列文学团体及众多作家与政治、文艺领导人。论争过程中,各派所持观点并不一致,甚至差别颇大。为了解决分歧,1924 年 5 月 9 日,召开了俄共(布)中央所催开的关于文艺政策的讨论会。1925 年 1 月,"全联邦无产阶级作家联盟"第一次大会形成了有关无产阶级文学和"同路人"的决议《意识形态战线与文学》。1925 年 6 月 18 日,俄共(布)中央委员会通过了《在文艺领域内的党的政策》的决议,最终为这场论争做出了官方总结。该决议既强调无产阶级文学领导权的建设,"文学方面的领导权是属于拥有其全部物质的和精神的资源的整个工人阶级的。无产阶级作家的领导权现在还没有建立,因而党应当帮助这些作家去赢得领导权这一个历史权力",也强调文学领域内的自由竞赛,"党应当主张文学领域中的不同集团和流派的自由竞赛。任何别的解决问题的方法都只是官僚主义的官样文章,无助于真正解决问题。同样,不允许用一纸命令或党的决议来使某个集团或文学组织对文学出版事

---

① 《殖民地文艺政策》,《清华周刊》1934 年第 42 卷第 3、4 期合刊。
② 梁实秋:《关于"文艺政策"》,《文化先锋》第 1 卷第 8 期,1942 年 10 月 20 日。

业的垄断合法化"。①

　　有关苏联这场文艺论争的过程及党的文艺政策的出台,中国文艺界先后通过任国桢、冯雪峰、鲁迅的译介工作获得了较集中的了解。1925 年 8 月,北新书局出版了任国桢所译的《苏俄的文艺论战》,内收褚沙克的《文学与艺术》、阿卫巴赫等的《文学与艺术》、瓦浪斯基(沃隆斯基)的《认识生活的艺术与今代》、瓦列夫松的《蒲力汗诺夫与艺术问题》。按任国桢自己所写的《小引》,其中前三篇代表的是论争中三大队伍有关艺术问题的论文,反映的是《在文艺领域内的党的政策》颁布前苏联文艺界有关文艺问题和文艺政策的一些看法。特别是前两篇的副标题均为《讨论在文艺范围内苏俄左党的政略》,更是标明了文章本身与文艺政策论题之间的关联。② 1928 年,冯雪峰以《新俄的文艺政策》为书名翻译了日本藏原惟人、外村史郎共同辑译的《俄国 K.P. 的文艺政策》,该书在光华书局出版,收入了 1924 年 5 月 9 日座谈会的速记材料《关于在文艺上的党底政策》、"全联邦无产阶级作家联盟"第一次大会的决议《Ideology 战线与文学》和俄共(布)中央委员会的《在文艺领域内的党底政策》。在不知情的情况下,鲁迅同样开启了对藏原惟人、外村史郎共同辑译的《俄国 K. P. 的文艺政策》的翻译,并且开始从 1928 年《奔流》第一卷第一期起陆续刊出,全部译稿于 1930 年 6 月辑为《文艺政策》一书由水沫书店出版,书中同时附收了日本冈泽秀虎所作、冯雪峰所译的《以理论为中心的俄国无产阶级文学发达史》。

　　20 世纪 20 年代苏联有关文艺政策论战的文献,给后来中国文学的发展以

---

　　① 《关于党的文学政策》,白嗣宏编选《无产阶级文化派资料选编》,中国社会科学出版社 1983 年版,第 140、141—142 页。

　　② 例如,阿卫巴赫等的《文学与艺术》便提出,着眼于文艺的具体写作技巧问题,"左党要参杂自己的意见是没有什么意思的,左党不但不能实行什么政略,并且也不应当实行什么政略。这不是左党应该干涉的事情,实在在这些地方左党应守中立,让各派的作家去维持自己的主张,发表个人的意见的",但着眼于文学是一种武器,却不存在所谓无党派的文学,"左党就不能,并且不应当在文艺的问题上持'中立不倚'的态度,在文学的范围上,左党很应当实行一定的政略"。(《苏俄的文艺论战》,任国桢译,北新书局 1925 年版,第 9、10 页。)

重要影响。在 20 年代末的"革命文学"论争中,苏联的文艺政策论战文献表现出了对中国左翼作家的文学观念、话语模式、审美取向等的强大塑形能力,一种无处不在的气氛开始改变"五四"以来中国文学的走向,形成了成仿吾所说的"从文学革命到革命文学"的方向性转变。无论是文艺的宣传论、阶级论,还是对待工农作家、同路人的态度和立场,或者是一些具体词句的表达,人们都不难从中找到苏联文艺政策论战对中国左翼文学理论和创作产生影响的例证。① 虽然由于传播条件和鲁迅等人"硬译"②的影响,有的左翼作家对苏联文学和文艺政策的接受通常只能得其大意,但在总体形貌上正如梁实秋所说的,中国的普罗作家和左翼作家的"口吻颇多与俄国共产党的文艺政策相合的地方",而同样按梁实秋的说法:"俄国共产党的文艺政策虽然也有十几段,洋洋数千言,其实它的主旨也不过是——'无产阶级必须拥护自己的指导底位置,使之坚固,还要加以扩张……'"③以今日的眼光来看,这里所涉及的无产阶级的"指导底位置",也就是葛兰西所说的无产阶级的文化领导权问题。这种对文化领导权的强调,不仅从 1929 年 6 月中国共产党第六届中央执行委员会第二次全体会议通过的《宣传工作决议案》中体现出来,而且从"左联"成立大会所通过的"理论纲领"和左联执委会 1930 年 8 月 4 日通过的《无产阶级文学运

---

① 例如:《关于文艺领域上的党的政策》说,"在阶级社会里,中立底艺术,是不会有的"(《鲁迅译文全集》第 5 卷,福建教育出版社 2008 年版,第 121 页);成仿吾则说,"谁也不许站在中间。你到这边来,或者到那边去"(《从文学革命到革命文学》,《创造月刊》第 1 卷第 9 期,1928 年 2 月 1 日)。

② 例如,鲁迅对《关于文艺领域上的党的政策》第十五条的翻译,即有明显的"硬译"痕迹:"党应当竭一切手段,排除对于文学之事的手制的,而且不懂事的行政上的妨害。党为了保证对于我们文学的真是正当的,有益的,而且战术底的指导起见,应该虑及那在职掌出版事务的各种官办上,十分留心的人员的选择。"(《鲁迅译文全集》第 5 卷,福建教育出版社 2008 年版,第 125 页)。40 年代收入周扬编选《马克思主义与文艺》的陈雪帆对这一段的翻译,仍不无"硬译"痕迹:"党对于文学的事情,应该用尽一切手段排除杜撰的、不懂事的行政上的妨碍。为了保证对于我们文学的真是正当的,有益的,而且战术的指导起见,应该慎重考虑各种官办事业上掌管出版事务的人选。"(《马克思主义与文艺》,大连大众书店 1946 年版,第 246 页)。1984 年作家出版社改版重印的《马克思主义与文艺》,采用人民文学出版社 1953 年版的《苏联文学艺术问题》一书中对该文的新译,则明白晓畅多了:"党应当用一切办法根除对文学事业的专横的和不胜任的行政干涉的尝试。党应当仔细注意出版事业机关的人选,以便保证对我们文学的真正正确的、有益的和有分寸的领导。"(第 252 页)

③ 梁实秋:《所谓"文艺政策者"》,《新月》1932 年第 3 卷第 3 期。

动新的情势及我们的任务》表现出来。《无产阶级文学运动新的情势及我们的任务》明确提出:"目前中国无产阶级文学运动已经从击破资产阶级文学影响争取领导权的阶段转入积极的为苏维埃政权而斗争的组织活动的时期。……'左联'这个文学的组织在领导中国无产阶级文学运动上,不容许他是单纯的作家同业组合,而应该是领导文学斗争的广大群众的组织。"①这类理论表述,一方面折射出了当时共产党的政治路线所导致的对革命形势的激进判断与"左倾"色彩,另一方面也反映出了"左联"不是一个纯粹的文艺社团和群众组织,而是肩负着争取文化领导权使命的一个准政治团体。其组织方式是政治化的组织方式,所遵循的文艺政策与同时期中央苏区的文艺组织如工农剧社没有本质差异。强调文学的阶级性、大众化、武器论,无一不表明 20 世纪 30 年代左翼文学运动所执行的是充满强烈党派意识和政治意识的文学政策。同时,与苏联文艺政策的关联,更多地吸收了其中对文化领导权的强调,而忽视了其中对自由竞赛的鼓励和对同路人作家的联合问题。

当革命文学运动如火如荼展开之时,右翼文人也在摩拳擦掌,呼吁国民党出台文艺政策。针对"我们的党政府及党人不曾真真注意到文艺方面"的现状,廖平提出:"第一:我们国民党的文艺界要联合起来,成一个大规模中国国民党文艺战争团……第二:政府要给这种团体相当的援助,以及指导。此外对于一切反革命派的刊物,要检查,禁止,以免影响青年,致有错误的思想。"②1929 年 6 月,国民党中宣部召开第一次"全国宣传会议",通过了《确定适应本党主义之文艺政策案》《规定艺术宣传方法案》。这两个文件既呼应了此前右翼文人对于出台文艺政策的吁求,也搭建了此后国民党文艺政策的宏观框架。《确定适应本党主义之文艺政策案》提出了创造"三民主义文学"的总方针,强调:"第一,创造三民主义文学(如发扬民族精神,阐发民治思想,促进民生建设等文艺作品);第二,取缔违反三民主义之一切文艺作品(如斫丧民族生命,反

---

① 《无产阶级文学运动新的情势及我们的任务》,《文化斗争》第 1 卷第 1 期,1930 年 8 月 15 日。
② 廖平:《国民党不应该有文艺政策吗》,《革命评论》周刊 1928 年第 16 期。

映封建思想,鼓吹阶级斗争等文艺作品)。"①—创造,一取缔,基本规定了此后国民党文艺政策的两大方向。不过,由于国民党意识形态宣传的空洞和无能,更因为国民党文艺统制机构的政出多门、相互掣肘,此时国民党文艺政策的实施总体上取缔长于创造、口号多于实践,其结果正好构成了毛泽东所提出的一个经典问题,那就是在 1927 年至 1937 年期间,"其中最奇怪的,是共产党在国民党统治区域内的一切文化机关中处于毫无抵抗力的地位,为什么文化'围剿'也一败涂地了?"②这一问题或许只有放到更长的历史时段中才能获得圆满解答。

二

全面抗战之前近十年的国共两党的文艺政策,构成了抗战时期国共两党文艺政策的"前史"。抗战时期,无论是国民党还是共产党的文艺政策,都与上一个十年既保持某种历史的连续性,也呈现出由时代的变化所引起的一定程度的非连续性或曰断裂。这种变化的由来,首先表现在中国共产党自 1935 年 8 月发表《为抗日救国告全体同胞书》(《八一宣言》)、12 月举行瓦窑堡会议确定抗日统一战线的方针,率先对自己的战略、战策做出了调整。1936 年春"左联"的解散及随之而来的"两个口号"的论争,正是这种政治路线的调整在左翼文坛所引起的转型和转型期的短暂混乱的反映。西安事变的和平解决,卢沟桥事变的爆发,特别是 1937 年 7 月 17 日蒋介石庐山谈话的发表,标志着中国共产党从反蒋抗日、逼蒋抗日到联蒋抗日的政策调整有了现实的必要和可能。而随后到来的国共两党的第二次合作,进一步促成了抗战时期共产党文艺政

---

① 国民党中执委宣传部编《全国宣传会议录》,第 31 页,1929 年 6 月。转引自牟泽雄:《民族主义与国家文艺体制的形成——国民党南京政府时期(1927—1937)的文艺政策研究》,云南人民出版社 2013 年版,第 45 页。

② 毛泽东:《新民主主义论》,《毛泽东选集》第 2 卷,人民出版社 1966 年版,第 663 页。

策的主动调整。

　　坚持抗日统一战线和坚守文化领导权是抗战时期共产党文化和文艺政策的两个重要主题。在日寇进攻武汉期间，中共中央所强调的宣传鼓动工作中应注意的事项之一是："说明抗战的目前任务是克服困难，坚持抗战，准备反攻，以争取对日抗战的最后胜利，为达到这个任务，必须坚持统一战线，拥护蒋委员长与国民政府，反对日寇亲日分子托派之分裂中国团结反蒋运动和酝酿对日妥协的一切阴谋。"①即使是在皖南事变之后，中央宣传部在规划共产党在文化运动上的任务时，第一条仍然是"团结一切抗日不反共的文化力量，建立文化运动上最广泛的统一战线，向着一个共同的目标：反对民族敌人——日本帝国主义，反对民族投降主义，反对黑暗复古主义"②。

　　值得注意的是，在坚持抗日统一战线和坚守文化领导权之间，共产党将优先性赋予了坚持抗日统一战线。1938年4月28日，毛泽东在鲁迅艺术学院演讲时便强调，为了共同抗日，艺术界同样需要统一战线，"今天第一条是一切爱国者的抗日民族统一战线，第二条才是我们自己艺术上的政治立场。艺术上每一派都有自己的阶级立场，我们是站在无产阶级劳苦大众方面的，但在统一战线原则之下，我们并不用马克思主义来排斥别人。排斥别人，那是关门主义，不是统一战线"③。正是在这种抗战救国优先、统一战线优先的时代背景下，海伦·斯诺1937年上半年才在延安观察到了一种典型的文艺服从于政治和政策的现象："无论何时，政治路线一旦有所变化，舞台戏剧就完全变了过来，适应其需要。……我在延安时，正值取消苏维埃之际，一切戏剧的武器都搬了出来，为这一改变进行解释、宣传，赢得人们的同情。反对国民党、反对蒋介石的话听不见了；任何赞成内战的观点不允许说了。一切都朝着促成统一

----

① 《中央关于目前日军进攻武汉对各政治机关宣传鼓动工作的指示》(1938年10月7日)，《中国共产党宣传工作文献选编》(1937—1949)，学习出版社1996年版，第24页。
② 《中央宣传部关于党的宣传鼓动工作提纲》(1941年6月20日)，《中国共产党宣传工作文献选编》(1937—1949)，学习出版社1996年版，第257页。
③ 毛泽东：《在鲁迅艺术学院演讲》，《毛泽东文艺论集》，中央文献出版社2002年版，第16页。

战线的方面发展。戏剧的主要内容变成促进群众运动,反对日本侵略,唤起民众,要求民主,而没有宣传苏维埃的内容了。"①这种变化,实际上是建立在对毛泽东后来所说的"党的一切政策,都是为着战胜日寇"②的基础之上的。对于这种文艺政策的调整,海伦·斯诺给予了充分的同情和理解。而某些接近国民党的文人,则无法理解或装作不理解这种随时代变化而来的调整,并从中找到了攻击共产党的口实——他们由此认为中共没有一贯的文艺政策,要说有,也只有"机会主义"与"盲动主义"③。

在具体历史情境中,坚持抗日统一战线与坚守文化领导权两种取向之间,无疑会形成某种紧张关系。而这种紧张关系,集中地落实到了对文学合法性的垄断和竞争之上——反映在战时文艺政策上即如何处置文学与三民主义之间的关系。从 20 世纪 30 年代国民党提倡三民主义文艺和民族主义文学运动开始,三民主义与文学之间就建立起了牵扯不清的关系。国民党派文人一直力图通过三民主义与民族意识建立起对文学的权威话语的垄断,左翼作家则对那种只谈民族、不谈民权和民生的狭隘的三民主义与民族意识保持高度警惕。进入抗战时期,这种分歧常常因为对三民主义的不同理解和不同层面的强调而加剧。事实上,长期以来,无论国民党人还是共产党人,始终都承认存在着对三民主义的多重、纷乱的理解。毛泽东不仅在多个地方指出存在着真、假三民主义,而且反复强调"我们同意以孙中山先生的革命的三民主义、三大政策及其遗嘱,作为各党派各阶层统一战线的共同纲领"④。而所谓"革命的三民主义",即"联俄、联共、扶助农工三大政策的三民主义。没有三大政策,或三大政策缺一,在新时期中,就都是伪三民主义,或半三民主义"⑤。中国共产党的另一重要领导人张闻天,则不仅旗帜鲜明地表明"我们反对对三民主义的曲

---

① [美]海伦·斯诺:《卓有成效的延安舞台》,安危译,《陕西戏剧》1984 年第 4 期。
② 毛泽东:《一个极其重要的政策》,《毛泽东选集》第 3 卷,人民出版社 1966 年版,第 836 页。
③ 杜华:《中共的文化政策》,《青光》第 1 卷第 4 期,1945 年 12 月 1 日。
④ 毛泽东:《和英国记者贝特兰的谈话》,《毛泽东选集》第 2 卷,人民出版社 1966 年版,第 348 页。
⑤ 毛泽东:《新民主主义论》,《毛泽东选集》第 2 卷,人民出版社 1966 年版,第 650 页。

解,反对一民主义,反对假三民主义"①,而且在《抗战以来中华民族的新文化运动与今后任务》一文中详细分析了孙中山三民主义思想体系中的积极因素和消极因素:"为民族、为民主、为科学、为大众而斗争的政治思想"及其中的不符合中华民族新文化的"复古的倾向""反民主、反大众的倾向""唯心的、反科学的倾向"。张闻天最后得出结论说:"因此,孙中山三民主义的政治主张与政治纲领,可以成为各党派、各阶级抗战建国统一战线的政治纲领;但它的思想体系,它的理论与方法,正因为存在着上述的弱点,所以不能成为新文化运动的总的理论的与方法的基础。而且对于新文化运动的贡献也比较的少。""应该坚决反对以三民主义来垄断新文化运动的任何企图,反对以政治力量来强迫新文化运动者去全部接受或信仰三民主义的思想体系,以及对于三民主义的思想体系的自由讨论与科学批判的限制与取缔。三民主义不能限制新文化。相反的,三民主义只是新文化的一个组成部分而已。"②这种对三民主义思想体系的归纳和概括,清楚表明了抗战时期共产党人所服膺的是将三民主义作为抗日建国统一战线的政治纲领,而不是当作新文化运动的思想体系和理论纲领。而如果我们将毛泽东思想当作集体智慧的结晶,那么,可以说,这种对三民主义的认识,以及其中所折射出的坚持抗日统一战线与坚守文化领导权之间的某种紧张关系,正好构成了毛泽东《新民主主义论》和《在延安文艺座谈会上的讲话》出台的一个重要思想背景。

三

抗战时期,国民党政府和中央及所属各机构制订、通过、颁发了相当多的

---

① 张闻天:《支持长期抗战的几个问题》(1939 年 8 月 23 日),《中国共产党宣传工作文献选编》(1937—1949),学习出版社 1996 年版,第 76—77 页。

② 张闻天:《抗战以来中华民族的新文化运动与今后任务》,《张闻天文集》第 3 卷,中共党史出版社 1994 年版,第 44—45 页。

有关文化政策、文化运动、文化出版、文化组织等的提案、决议、纲领、法规,其中或多或少涉及国民党的战时文艺政策。这类文艺政策,尤以国民党中央宣传部、社会部、军委会政治部等机构制订和颁布的数量为最多,影响也最广,在战时的文化动员和文化统制方面产生了重要影响(这种影响主要在国统区但不限于国统区)。不过,总体上,国民党抗战时期试图推行全国一致同意的文艺政策、实行党治文化的目标始终没有实现。

1938年3月31日,国民党临时全国代表会议通过了陈果夫等的关于确定文化建设原则纲领的提案。该提案提出了中华民国文化建设的三大原则和二十二条纲领。其中三大原则是:"一、根据总理'保持吾民族独立地位,发扬我固有文化,并吸收世界文化而光大之'之遗训,以建设中华民族之新文化。二、以文化力量,发扬民族精神,恢复民族自信,加强全国民众之精神国防,以达民族复兴之目的。三、对于一切文化事业,尽保育扶持之责,以督促、指导、奖励及取缔方法,促成全国协同一致之发展。"二十二条纲领中与文艺相关者有五条:"十五、建立三民主义的哲学、文艺及社会科学之理论体系。十六、实施总理纪念奖金办法,以策励文艺、社会科学、自然科学、教育及社会服务之进步。……十八、明定奖励出版办法,保障著作人之权益,以提高出版道德,文化水准,并取缔违反国家民族利益或妨害民族意识之言论文字。十九、推广新闻、广播、电影、戏剧等事业,以发扬民族意识为主旨。二十、设立国家学会、选拔文学、艺术、科学等积学之专家,以奖进学术研究之深造。"[①]这个提案基本规定了国民党战时文化、文艺政策的基本指导思想和方向。无论是《国民党中央宣传部文化运动委员会工作纲领》(1942年)、军委会抄发的《当前之文化政策与宣传原则》(1942年5月1日)、中央宣传部所检送的《各省市县党部三十年度通俗宣传实施纲要》(1942年5月15日),还是国民党第五届中央执行委员

---

① 《国民党临时全国代表会议通过陈果夫等关于确定文化建设原则纲领的提案》(1938年3月31日),中国第二历史档案馆编《中华民国史档案资料汇编》第五辑第二编"文化",江苏古籍出版社1998年版,第1、2—3页。

会第十一次会议所通过的《文化运动纲领案》(1943 年 9 月 8 日)、国民党中央宣传部所奉发的《文化运动纲领实施办法》(1945 年 4 月 23 日),都沿袭了陈果夫等的提案的基本思路:强调文化建设对于建国和抗战的重要意义,强调三民主义作为文艺运动和文化政策的思想基础,强调文化活动和文学实践以民族国家为本位,当然,同时也强调对马克思主义的传播和共产党主张的流传持警戒态度。

抗战初期,国民党作为执政党在全民抗战的热潮中声望得到提高。军委会政治部第三厅和中华全国文艺界抗敌协会的成立,给开展全国性的文化运动、进行全国性的文艺动员带来了新的可能和便利。但是,国民党的战时文艺政策更多是一种惯性运动。在处理文艺与时代的关系时,仍如 20 世纪 30 年代的文艺政策一样,被动多于主动,消极措施多于积极措施。1931 年,在谈及民族主义文学运动和三民主义的文艺时,朱应鹏曾说:"所谓党的文艺政策,又是由于共产党有文艺政策而来的;假如共党没有文艺政策,国民党也许没有文艺政策。"①国民党这种被动创设文艺政策的局面,实际上到抗战时期也没有根本改变。1942 年 9 月,张道藩发表《我们所需要的文艺政策》,意在改变这种被动局面。该文提出了"六不""五要"的政策。所谓"六不"政策即:"(一) 不专写社会黑暗,(二) 不挑拨阶级的仇恨,(三) 不带悲观的色彩,(四) 不表现浪漫的情调,(五) 不写无意义的作品,(六) 不表现不正确的意识。""五要"政策即:"(一) 要创造我们的民族文艺,(二) 要为最苦痛的平民而写作,(三) 要以民族的立场来写作,(四) 要从理智里产作品,(五) 要用现实的形式。"②鉴于张道藩国民党文化官员的身份等因素,该文发表后在文坛引起相当大反响。按王集丛的说法,"一时之间,中国文艺政策问题,成了文坛议论的中心。这可说

① 《朱应鹏氏的民族主义文学谈》,《文艺新闻》,1931 年 3 月 23 日。
② 张道藩:《我们所需要的文艺政策》,《文艺先锋》第 1 卷第 1 期,1942 年 9 月 1 日。

是抗战建国期中中国文艺界的一件大事"①。而多年之后,目前学界多倾向将该文所主张的文艺政策当作战时国民党的文艺政策。然而,结合该文发表后的种种遭遇来看,此种说法言过其实。该文当时虽然引起右翼文人相当多的附和与赞同,但也激起不少的反对和嘲讽。有左翼文人嘲讽"嚷嚷'不描写黑暗'的论客们"是"驼鸟主义在作祟"②。自由主义文人梁实秋则秉持他20世纪30年代以来的一贯主张,认为文艺政策是一种妨碍文艺自由发展的、带有一定强迫性的统制文艺的企图。③更值得注意的是,甚至附和张道藩观点的右翼文人也多指出《我们所需要的文艺政策》的种种不足。有人不满于该文没有名正言顺地叫我们所需要的文艺为"三民主义的文艺"或"三民主义文艺"④,有人指出"这六不五要""作为纲目条文,其间界限未清,而含义大小不一,有的可以合并,有的可以补充"⑤。更有人提出:"时至今日,不止是我,恐怕广大的读者们看到'政策'这字面,都会感觉头痛。现在,作者既是站在主义和国家民族的立场,提出文艺的建设性和永久性的法则,并不是为了应付眼前,维持现状的'政策',那么,在标题上取消'政策'的字面,干脆发出一个洪亮的号召:'我们所需要的文艺!'实在尤为允当而适切。"⑥但这样的主张,一旦真的付诸实践,则恰恰等于取消了张道藩所主张的文艺政策。而张道藩自己,面对梁实秋的诘难,后来似乎也显得底气不足——声称"我们绝不是'奉命'开场",自己之所以"未曾称为'政府的文艺政策'或'中国的文艺政策',而只称为'我们所需要的文艺政策'",实际上是期盼"全国的文艺界来批评、补充,以求一全国一致同意的政策"。⑦可以说,自20世纪30年代以来,国民党人一直在渴望由"党的文艺政

---

① 王集丛:《三民主义文艺政策的提出和其意义》,《中国新文学大系(1937—1949)》第一集《文学理论卷一》,上海文艺出版社1990年版,第91—92页。

② 苏黎:《驼鸟》,《新华日报》,1942年9月27日。

③ 梁实秋:《关于"文艺政策"》,《文化先锋》第1卷第8期,1942年10月20日。

④ 易君左:《我们所需要的文艺原则纲要》,《文艺先锋》1943年第2卷第4期。

⑤ 王梦鸥:《戴老光眼镜读文艺政策》,《文化先锋》1943年第1卷第21期。

⑥ 王平陵:《评〈我们所需要的文艺政策〉》,《中央周刊》1942年第5卷第16期。

⑦ 张道藩:《关于文艺政策的答辩》,《文化先锋》第1卷第8期,1942年10月20日。

策来统制中国的文艺"①,从而实现党治文化的梦想,但这个梦想直到进入 40 年代也始终无法实现。

一种制度只有在相当一部分人接受并同意贯彻它时,才能被成功实施。从这个角度上讲,张道藩所主张的"我们所需要的文艺政策",还只能算是一种文艺政策的设想,而不能说是一种获得同意并贯彻的文艺政策。他有感于建立"全国一致同意的政策"的必要性,实际上却无法推出这种"全国一致同意"的文艺政策。相比之下,毛泽东的《在延安文艺座谈会上的讲话》则堪称建立起了一种受到相当一部分人接受且成功付诸实践的文艺政策。

《在延安文艺座谈会上的讲话》也是在要建立一个具有高度合法性的文艺政策的背景之下出台的。它一方面是毛泽东文艺思想长期发展的水到渠成的结果,另一方面是革命文艺发展需要的迫切要求。据王德芬回忆,1941 年萧军要求离开延安时曾向毛泽东建言。毛泽东在当面回答萧军的"党有没有文艺政策"的询问时回答:"哪有什么文艺政策,现在忙着打仗,种小米,还顾不上哪!"而萧军则说:"党应当制定一个文艺政策,使延安和各个抗日根据地的文艺工作者有所遵循有所依据,统一思想统一行动,加强团结,有利于革命文艺工作正确发展。"②结合后来的历史文献来看,王德芬这里所述的对话的细节或许可能与历史场景有出入,但其基本骨骼应当是真实的。1944 年 3 月 22 日,毛泽东在中共中央宣传委员会召开的宣传工作会议上说:"在内战时期、抗战初期,甚至于现在,在我们一些同志中间还有一种思想,就是认为政治、军事是第一的,经济、文化是次要的。这样一种看法有没有理由呢?的确,政治、军事是第一的,你不把敌人打掉,搞什么小米、大米,搞什么秧歌,都不成。因为还有敌人在压迫。"③在 1944 年 10 月 30 日陕甘宁边区文教工作者会议上,毛泽

---

① 殷作桢:《文艺统制之理论与目标》,《前途》1934 年第 2 卷第 8 号。
② 王德芬:《萧军在延安》,《新文学史料》1987 年第 4 期。
③ 毛泽东:《发展陕甘宁边区的文化艺术》,《毛泽东文艺论集》,中央文献出版社 2002 年版,第 103—104 页。

东又说:"我们的工作首先是战争,其次是生产,其次是文化。没有文化的军队是愚蠢的军队,而愚蠢的军队是不能战胜敌人的。"①毛泽东并不看轻文化对革命工作的必要性和重要性,但也从不讳言战争环境中政治、军事、经济、文化的主次轻重和先后次序。而萧军后来在"延安文艺座谈会"上发言时明确提议:"可能时应制订一种'文艺政策',大致规定共产党目前文艺方针,以及和其他党派作家的明确关系。"②在"延安文艺座谈会"结束后几天的中央学习组会议上,毛泽东通报了座谈会的情况:"党中央关于知识分子的决定已经有了,但是对于文学艺术工作,我们还没有一个统一的很好的决定。现在我们准备作这样一个决定,所以我们召集了三次座谈会……其目的就是要解决刚才讲的结合的问题,即文学家、艺术家、文艺工作者和我们党的干部相结合,和工人农民相结合,以及和军队官兵相结合的问题。"③毛泽东数次提到"政策"一词。④ 所有这些,都表明《在延安文艺座谈会上的讲话》中所提出的文艺为什么人的问题、普及和提高的问题、文艺统一战线问题、文学批评标准问题等相关命题,都是作为政策和制度来设计的。当然,这并不意味着此前共产党没有文艺政策,毛泽东当年所说的"哪有什么文艺政策",大抵是指没有较纯粹的"成文法"意义上的文艺政策。而此后,随着中央总学委 1943 年 10 月 20 日颁布《关于学习毛泽东〈在延安文艺座谈会上的讲话〉的通知》、中央宣传部 1943 年 11 月 7 日颁布《关于执行党的文艺政策的决定》,《讲话》所体现的文艺政策在各解放区的传播和贯彻获得了制度性的护航与保证,直到第一次文代会后成了中国大陆获得成功实施的、具有绝对文化领导权的文艺政策。

---

① 毛泽东:《文艺工作中的统一战线》,《毛泽东文艺论集》,中央文献出版社 2002 年版,第 110 页。

② 萧军:《关于文艺诸问题的我见》,《解放日报》,1942 年 5 月 14 日。

③ 毛泽东:《文艺工作者要同工农兵相结合》,《毛泽东文艺论集》,中央文献出版社 2002 年版,第 87—88 页。

④ 例如:"这个问题的解决当然不是一天两天的事,而是一个长期的过程,但是我们要了解党对待这个问题的政策。"(《毛泽东文艺论集》,第 86 页)"我们要使文艺工作者了解这些问题,掌握党的政策。"(第 94 页)"所以文艺家要懂得这样的政策,其他同志也要懂得这样的政策,这是一个结合的过程问题。"(第 95 页)

四

在全面抗战展开的过程中,众多作家发表文章主张建立战时文艺政策。①或者就战时文艺政策的纲领展开宏观讨论,或者就战时文艺政策的具体措施献言献策。在此背景下,无论共产党的文艺政策,还是国民党的文艺政策,都既是抗战救国的需要,也是民意的一定程度的表达,同时毋庸置疑地融入了各自的党派意识。在具体推行和实施的过程中,随着时局的变化,国共两党的文艺政策既有联合,也有竞争,甚至不无斗争。正是在这种联合、竞争、斗争的复杂纠结关系中,国共两党的文艺政策引导着抗战文艺的前进方向、创作实践,一定程度上决定了抗战文艺的潮起潮落和文学版图。

抗战时期国共两党的文艺政策,使战前许多作家呼唤的建立全国性的文艺界抗日统一战线的动议化为现实,在抗战初期便建立起了中华全国文艺界抗敌协会、中华全国戏剧界抗敌协会、中华全国电影界抗敌协会、中华全国美术界抗敌协会等全国性文艺界抗敌救亡团体。这些全国性文艺团体的建立,凝聚了全国文艺界的力量,扩大了抗日救国的舆论宣传。尤其是"文协"及其散布各地的十余个分会的成立,一定程度上形成了左、右翼和中间派作家之间的新联合。当然,由于战时环境中,中华大地实际上已处于支离破碎的碎片化的政治地缘文化环境中,如"文协"延安分会首先得服从边区政府的领导,这种新联合实际上不可能达到全国一致的理想状态,但这些全国性抗敌救亡团体的成立,仍然在推进中华民族解放运动的过程中做出了相当贡献。

抗战时期国共两党的文艺政策,促成了"文章下乡,文章入伍"的新气象,

---

① 如西谛:《战时的文艺政策》,《战时联合旬刊》1937 年第 3 期;周行:《论战时文艺政策》,《武装》1938 年第 3 期;董文:《战时文艺政策》,《弹花》第 3 卷第 2 期,1939 年 12 月 1 日;杜埃:《确立文艺政策》,《文艺阵地》第 4 卷第 7 期,1940 年 2 月 1 日;沙雁:《确立抗战文艺政策》,《东南青年》第 1 卷第 5 期,1941 年 11 月 15 日。

促进了新文学在中国大地尤其是内地和乡村的传播,加强了作家、艺术家与底层民众的广泛接触和结合。尤其是军委会政治部所领导的诸多抗敌文艺宣传团队,以及如延安解放区丁玲所率领的"西北战地服务团",在深入底层、深入第一线传播民族意识、进行战争动员等方面,做出了极大努力。

抗战时期国共两党的文艺政策,还促进了广泛的文艺民族化、大众化、通俗化运动。无论是国统区还是解放区的作家和艺术家,都看到了街头剧、墙头诗、壁报、图画、歌曲在传播抗战救亡意识、改造民众的精神世界中的巨大作用,纷纷利用各种民族化、大众化、通俗化的文学手段拉近文艺与普通民众间的距离。国民党中央宣传部制定了《各省市县党部三十一年度通俗宣传纲要》,军委会战地党政委员会制定了《文化食粮供应计划大纲》与《战地书报供应办法》。共产党人在推动文艺的大众化与通俗化上更是付出了巨大努力。从各解放区所发表或公布的一些社论、决议和规章来看①,共产党所领导的解放区的文艺的民族化、大众化、通俗化,比国民党在国统区进行得更为彻底和深入,推进到了民风、民俗、节日等层面,深入了最底层民众的日常生活实践之中,对普通百姓的精神世界进行着潜移默化的熏陶和改造。

抗战时期国共两党的文艺政策,还促成了出版制度、图书杂志审查制度、文艺奖励制度、作家救助制度等的出台。作为当时的执政党,国民党及其下属机关所制定和颁布的这类法规和文件不计其数。如果说,出版法和图书杂志审查制度更多地体现了战时国民党文化建设的消极措施,那么,文艺奖励制度和作家救助制度则更多体现了其积极措施。受宏观战争环境的影响,当时国统区不少作家贫病交加,基本日常生计成了问题。文艺奖金和文艺界贷金、补助金的发放,虽然不能从根本上解决作家的物质贫困问题,但在战时环境中仍成为作家抱团取暖的一个措施。比较而言,抗战时期,延安等解放区由于采用

————————

① 例如:《晋察冀边区首届艺术节宣传大纲》(《抗敌报》,1940 年 10 月 16 日)、《新年戏剧工作大纲》(《晋察冀日报》,1940 年 12 月 24 日)、《从春节宣传看文艺的新方向》(《解放日报》,1943 年 4 月 25 日)、《关于发展群众艺术的决议》(《解放日报》,1945 年 1 月 12 日)。

供给制,作家的基本生存获得了更多保证。赵超构曾记录道:"当我想多知道一点他们的日常生活时,多数作家都向我们保证他们生活得很满意。写不写,写多或写少,一种作品写作时间的长短,并无拘束。反过来说,公家虽保证他们基本生活,并不要求一定的写作,假如他们有作品,所有的稿费和版税也是私有的。"①这种生活和创作状态,后来久而久之虽然衍化出了一种不思进取、由"圈养"所生成的惰性,但在战时环境之下构成了"解放区的天是明朗的天"的一部分。而解放区的文学奖励,总体上更偏重于培养新作家和工农兵作者。至于共产党在国统区所展开的出版发行工作,尤其是在特殊和敏感时期,所执行的大体是一种相对谨慎的策略:"在国民党区域的出版发行工作(党的和同情者的),要以精干政策战胜国民党的量胜政策,以分散政策抵抗其统制政策,以隐蔽政策对抗其摧残政策。因此,需要改变和改善宣传战方面的组织工作,主要是出版发行工作。"而之所以采取这种策略,所依据的是共产党进行宣传战的基本政策:"一方面坚持抗日第一与抗战到底,坚持抗日民族统一战线与新民主主义政治,坚持真正三民主义与总理遗嘱,并多方揭露国民党反共投降的阴谋罪行,及其违反三民主义与总理遗嘱的言论行为,以推动国民党进步分子,争取中间分子,孤立其反动分子。又一方面,争取社会的广大同情者和同盟军,来共同反对国民党的反共、投降,反对其反动的复古主义和一党专制主义,在这方面,我们要强调思想、信仰、言论、研究、创作、出版、教育之自由,要赞助广大中间分子自由主义立场,要同情被压迫、被排斥的地方势力。"②总体上,正是在一种对国民党既联合、又斗争,对被排斥的地方势力既争取、又利用的灵活策略中,左翼抗战文学运动在国统区里也得以夹缝中生存,甚至在桂林、香港等地开展得如火如荼。

---

① 赵超构:《延安一月》,中国国际广播出版社 2013 年版,第 112 页。
② 《中央宣传部关于展开对国民党宣传战的指示》(1941 年 5 月 7 日),《中国共产党宣传工作文献选编》(1937—1949),学习出版社 1996 年版,第 225、223 页。

五

抗战时期,中国版图上存在着多股政治势力,国土分裂成了多个碎片化的地理政治空间。以广义的国统区、解放区、沦陷区而论,每一政治空间的政治势力都在追求各自的文化领导权,都在推行各自的文化与文艺政策。特别是日伪推行的所谓"共存共荣"的"大东亚文化战略",使战时国共两党的关系和文艺政策更趋复杂和多变。对于国共两党来说,在民族救亡的层面上,日伪势力始终是一个他者。不过,由于历史的惯性和自身的利益所决定,国民党顽固势力虽然表面上已走出了"攘外必先安内"的策略怪圈,但在反苏、反共一点上仍存在与日伪结成利益共同体的苗头和可能,与此同时,共产党人则始终警惕着这种苗头和可能。毛泽东曾多次明确地谈到所谓"友军"和"异军","友党"和"异党"问题。事实上,自国共两党第二次合作、建立抗日统一战线之后,双方就都在警惕、排除对方身上的他者性,有意无意地实施法国文化人类学家列维—斯特劳斯所概括的两种文化策略。

在《忧郁的热带》中,列维—斯特劳斯曾提出,在人类的历史上,无论何时,当需要处理他者的他者性时,通常会运用两种策略:一种是人的区隔策略,一种是人的噬食策略。鲁迅曾说:"我以为文艺家在抗日问题上的联合是无条件的,只要他不是汉奸,愿意或赞成抗日,则不论叫哥哥妹妹,之乎者也,或鸳鸯蝴蝶都无妨。但在文学问题上我们仍可以互相批判。"[1]这种文化策略后来在毛泽东所说的"今天第一条是一切爱国者的抗日民族统一战线,第二条才是我们自己艺术上的政治立场"[2]中获得了相当完整的延续。而总体上,如果毛泽东所说的第一条是一种典型的注重同化他者性的噬食策略,那么,他所说的第

---

① 鲁迅:《答徐懋庸并关于抗日统一战线问题》,《鲁迅全集》第6卷,人民文学出版社1981年版,第530页。

② 毛泽东:《在鲁迅艺术学院演讲》,《毛泽东文艺论集》,中央文献出版社2002年版,第16页。

二条则是一种典型的注重消除他者性的区隔策略。可以说,抗战时期共产党人对国民党人所主张的三民主义文艺所持的态度,相当集中地折射出这两种典型策略:愿意在政治基础上接受三民主义,但在思想文化基础上更强调新民主主义的文化和文学的建设。

值得注意的是,抗战时期,无论共产党的文艺政策,还是国民党的文艺政策,都受到苏联文艺政策的影响。"党的领导机关,除一般的给予他们写作上的任务与方向外,力求避免对于他们写作上人工的限制与干涉。我们应该在实际上保证他们写作的充分自由,给文艺作家规定具体题目、规定政治内容、限时限刻交卷的办法,是完全要不得的。"①给作家以充分的写作自由,其思想来源、政策根源显然是列宁的《党的组织和党的文学》。当然,写作的自由并不是无限制的,具体的实践更是另一回事。赵超构便注意到:"苏联有'文艺政策',延安也有'文艺政策'。延安的文艺理论,是全盘承受苏联的,主要的是列宁和高尔基的文艺观。这理论的要点,只有两句话:一,任何时代的文艺,都是带着阶级性的,都是为着它本阶级的政治利益而服务的;二,'无产阶级'的文艺家,应该为无产阶级的政治利益服务。"②这样的观察是正确的。对文艺的政治立场和倾向的强调,是共产党的文艺政策对作家的第一要求。成仿吾甚至特别强调:"关于文艺与政治的关系问题,文艺为政治服务的'政治'还是抽象的说法,法西斯也是政治。应该更具体些:文艺为一定阶级的阶级斗争服务。"③相比之下,国民党对苏联文艺政策的态度颇多游移和暧昧,甚至可以说充满了今日所说的"羡慕嫉妒恨"的情绪:一方面,他们反复地指责共产党追随苏联的文艺政策,声称"苏联的文艺政策,不是我们所需要的文艺政策"④,"我们不希望以三民主义的文艺政策与日、苏、德、意的文艺政策相提并论。三民

---

① 《中央宣传部、中央文化工作委员会关于各抗日根据地文化人与文化团体的指示》(1940年10月10日),《中国共产党宣传工作文献选编》(1937—1949),学习出版社1996年,第163页。

② 赵超构:《延安一月》,中国国际广播出版社2013年版,第108页。

③ 成仿吾:《在北岳区党的文艺工作会议上的发言》,《晋察冀日报》,1943年5月21日。

④ 王梦鸥:《戴老光眼镜读文艺政策》,《文化先锋》1943年第1卷第21期。

主义的政治是民主政治"①,但另一方面,又颇为羡慕苏联的文艺统制政策,不断地论证文艺统制政策的合法性②。梁实秋曾说:"在苏联德意,文艺作家是一种战士,受严格的纪律,不合乎某一种'意德沃洛基'的作品是不能刊行的,有时还连累作者遭受迫害,不能在本国安居,或根本丧失性命。"③张道藩等人虽然矢口否定这不是"我们"所需要的文艺政策,但是,从国民党20世纪30年代以来实际上所推行的文艺政策来看,从抗战时期国民党所颁布和实行的诸多图书杂志审查标准和制度来看,他们所施行的实际上是那种高度一体化的文艺统制政策的最坏部分。而实际上,即使在苏联,也是有相当多的人反对政党对文化的统制的。在20年代的文艺政策论争中,布哈林说:"凡有文艺上的政策的一切问题的解决,常常有人想求之于党——宛然是对于政治及其他的生活的些细的问题,党都给以回答一般。然而这是党的文化事业的完全错误的Methodologie(方法),为什么呢,因为这是自有其本身的特殊性的。"④托洛茨基同样强调文学艺术的特殊性。他在《文学与革命》的第七章《共产党对艺术的政策》中说:"艺术必须开辟自己的道路,并且用自己的方法。马克斯的方法不是和艺术的方法相同的。党领导无产阶级,但并不领导历史底历史进程。有些领域,党在其中直接地命令地领导。有些领域,党在其中仅只合作。最后还有些领域,党在其中仅规定自己的方向就是了。艺术领域不是要党去命令的领域。党能够而且必须去保护并帮助艺术,但是他仅只间接地领导它。"⑤帕斯捷尔纳克在1935年于巴黎召开的一个作家代表大会上,更是不留任何情面地说:"我知道这是一次作家的聚会,目的是组织起来共同抵制法西斯主义。

---

① 张道藩:《关于文艺政策的答辩》,《文化先锋》1942年第1卷第8期。

② "本世纪来,能确定一个文艺政策而且行之有效——确能有助于整个国策之运用的,自然要数苏联。这个国家对文艺政策的重视,证明了这话的正确:'一个主义具有完整建国理论的国家必需有一个与那理论一致的文艺政策。'"(丁伯骝:《从建国的理论说到文艺政策——〈我们所需要的文艺政策〉读后感》,《文化先锋》1942年第1卷第8期。)

③ 梁实秋:《关于"文艺政策"》,《文化先锋》1942年第1卷第8期。

④ 见《文艺政策》,《鲁迅译文全集》第5卷,福建教育出版社2008年版,第67页。

⑤ 特罗茨基:《文学与革命》,韦素园、李霁野译,未名社1928年版,第288页。

我只想对你们说一句话：不要去组织。组织是对艺术的扼杀。只有独立的个性才是最重要的。无论是 1789 年、1848 年还是 1917 年，作家们都没有组织起来拥护什么或者反对什么。不要组织，我恳求你们，不要去组织。"①帕斯捷尔纳克如此决绝地反对组织作家，除了以艺术的例外论和独立的个性的名义之外，显然还与苏联国内的一系列变动不无关联：1932 年 4 月 23 日，联共(布)中央通过《关于改组文艺团体》的决议，决定成立单一的苏联作家协会；1934 年 8月，召开苏联第一次作家代表大会，将"社会主义现实主义"定为一尊；1934 年 12 月 1 日，谢尔盖·基洛夫在列宁格勒被暗杀，成为大清洗的导火索。大致上从此时起，1925 年所颁布的《在文艺领域内的党的政策》为"不同集团和流派的自由竞赛"留下的空间被彻底取消。可以说，无论中外，文艺的统制与文艺的自由始终是一对矛盾。早在 1934 年的中国，就有人注意到了超功利的文学论与所谓的文艺政策之间的冲突和矛盾：文艺在具有其超时间和空间的超越性的同时，"也最容易为人沾污，为人利用，为人强奸！文艺正像一个不贞节的娼妓，对谁都邀之以青睐，也对谁都同样的被御用。爱护文艺的人是无法加以置辩的"②。当然，有利用和御用便总是有反利用和反御用，这是任何时代都无法抹去的历史事实和无法摆脱的历史辩证法。

抗战时期，由于抗日统一战线的出现，国共两党之间为文化领导权而展开的斗争同战前相比，表面减缓了斗争的力度，不像此前十年那样显得剑拔弩张、势不两立，在全面抗战的初期，甚至形成了更多的联合竞争的局面，推动着民族救亡事业的文化动员的开展，然而，在本质上，两党此时所推行的文艺政策大同小异，呈现出强烈的同质化趋势：在服务于民族利益的旗帜和口号之下，推广自身的政治主张，维护各自的党派利益。当然，由于受战时环境的制约，国共两党的文艺政策在国统区和解放区以及在国统区和解放区内部的各

---

① 见［英］以赛亚·柏林：《苏联的心灵：共产主义时代的俄国文化》，潘永强、刘北成译，译林出版社 2010 年版，第 56 页。
② 天羽：《殖民地文艺政策》，《清华周刊》1934 年第 42 卷第 3、4 期合刊。

板块之间的影响都不是均质的。国统区各地方政府和势力在抗战时期的某一阶段都曾制定和颁布过某些地方性的文艺政策和法规。共产党则一方面设法扩大革命文化和文艺在国统区的影响，另一方面也谨慎地防止这种扩大造成对统一战线的动摇。在各解放区内部，由于交通和传播条件等的限制，对《在延安文艺座谈会上的讲话》一类文艺法规和政策的传播与贯彻，也有一个渐进的过程，同样不是均质的。

总体上，从文艺政策的创设、推广和实施状况来看，抗战时期共产党无疑比国民党做得更为成功。国民党败居台湾之后，曾反思自己政权落败的一个重要原因是没有如共产党一样利用文艺展开有效的意识形态斗争。这当然不无道理。但过分夸大这一原因，也就会沦为典型的避重就轻。正如易劳逸所说的："其实，国民党政权在推行其政策、计划，在改变根深蒂固的中国社会的政治习俗方面，很少表现出有何统治能力。它的存在几乎完全依赖于军队。事实上，它只有政治和军事的组织机构，而缺乏社会的基础。它与生俱来就是所有政治体制中最为动荡的体制之一。"① 一个政权之社会基础的薄弱和动摇，才是这一政权不得人心、最终落败的终极原因。唐纵 1941 年 4 月 24 日的日记，如实记录了张道藩对自己政权的真实看法："张部长云，许多地方治安不好，一有乱子，便归咎中共的煽动，其实以现在政治经济情形，没有中共也要出乱子……"② 当一个政权的统治者本身都对这个政权充满了不满、失去了信心之时，这个政权离在政治竞争的场域中落败就不远了。此时任何看似有效的宣传政策和文艺政策，都解决不了这一政权本身的最根本的合法性危机。

---

① ［美］易劳逸：《毁灭的种子：战争与革命中的国民党中国（1937—1949）》原序第 2 页，王建朗、王贤知、贾维译，江苏人民出版社 2009 年版。
② 唐纵：《蒋介石特工内幕：军统"智多星"唐纵日记揭秘》，团结出版社 2011 年版，第 124 页。

"伤痕文学"与生命政治

　　人类的记忆,特别是为同时代人所共享的代际记忆,是产生于时间之中并随着时间的流逝而消失或更替的。按扬·阿斯曼的说法,具体地讲,"八十年是一个边界值,它的一半,即四十年,似乎意味着一个重要门槛。……四十年之后,以成年人身份见证了某一重大事件的亲历者们逐渐退休,他们之前的职业生活更多是面向未来的,而退休之后,他们进入了一个回忆不断增加且欲将这些回忆固定和传承下去的年龄段"[①]。而八十年之所以是一个边界值,是充当记忆(无论是个体记忆还是集体记忆)载体、将记忆实体化的一代人基本已经死亡,对重大历史事件的记忆和回忆不再以活生生的形式存在,而是以物化和档案化的形式借助媒介手段传播,甚至为新的代际记忆所取代、覆盖或改写。2016 年是"文革"结束四十年。在此时间节点的前夕,重新反思当年以"文革"记忆为基础的"伤痕文学"的某些创作现象,或许不无裨益。

---

　　① ［德］扬·阿斯曼:《文化记忆:早期高级文化中的文字、回忆和政治身份》,金寿福、黄晓晨译,北京大学出版社 2015 年版,第 44 页。

一 "伤痕文学"与创伤经验

关于"伤痕文学"概念的起源和流变,学界已做过相当多的描述和探讨。①"'伤痕文学'的提法,始于一九七八年八月十一日《文汇报》发表短篇小说《伤痕》后引起的讨论中。之后,人们通常习惯地把以揭露林彪、'四人帮'罪行及其给人民带来的严重内外创伤的文学作品,称之为'伤痕文学'。有人把'伤痕文学'又称为'暴露文学'、'感伤文学'、'批判现实主义文学'等,蕴含着明显的贬斥、不满之意。"②研究者虽然在某些细节问题上仍不无争议③,但对"伤痕文学"概念的所指和流变已基本达成共识:其一,"伤痕文学"是指"文革"结束之后几年以《伤痕》为代表的描绘"文革"十年给人民所造成的精神上和肉体上的伤痕的作品;其二,"伤痕文学"概念的意涵经历了一个从否定到基本肯定的过程。此一过程折射出了"文革"后中国大陆"拨乱反正"的意识形态调整过程,与官方对"文革"的重新评价保持了同步。正是在这样的意义上,刘锡诚说:"'伤痕文学'因一篇作品而得名,最初是用来否定这类作品的贬义词,后来竟然被文艺评论界反其义而用之,成了新时期文学中反映十年'文革'题材的文学创作和文学思潮的专用名词。这是在特殊年代中特殊情况下出现的一种特殊的文学现象。"④

作为一种特殊的文学现象,"伤痕文学"以各种方式直接描绘了"文革"所造成的生命的消失和肉体的伤痕。这种伤痕描写有时是直观的、详尽的、不加

---

① 例如:蒋守谦:《"伤痕文学"概念的生成和操作》,《管窥蠡测——蒋守谦当代文学评论选》(新疆人民出版社1999年版);刘锡诚:《在文坛边缘上——编辑手记》(河南大学出版社2004年版),"伤痕文学作为概念"一节;张业松:《打开"伤痕文学"的理解空间》,《当代作家评论》2008年第3期。

② 朱寨主编《中国当代文学思潮史》,人民文学出版社1987年版,第540页。

③ 如许多人认为"伤痕文学"创作的起点是刘心武的《班主任》,但也有人认为《班主任》不是"伤痕文学"(谢新华:《〈班主任〉不是伤痕文学》,《青岛大学师范学院学报》2000年第1期)。

④ 刘锡诚:《在文坛边缘上——编辑手记》,河南大学出版社2004年版,第108—109页。

任何掩饰的,如路遥的《惊心动魄的一幕》对县委书记马延雄受到迫害的身体采取了照相式的实录形式:"任何一个人,如果他还有点心肝的话,看见这个脊背都会难过的:这瘦弱的脊背,从肩膀到勒裤带的地方,已经没有一块正常的皮肉了。有的地方结着干痂,干痂的四周流着粘黄的脓液;有的地方一片乌青,像冻紫茄子的颜色一样。那些红色的斑痕是不久前留下的。破裂的地方正渗着血。"有时则是概括的、简明的、蜻蜓点水式的,卢新华的《伤痕》即仅仅通过王晓华的眼观察到母亲"瘦削的、青紫的脸裹在花白的头发里,额上深深的皱纹中隐现着一条条伤疤"。还有些作品采取了一种有意识省略的形式,将伤痕的描写付诸艺术的回避原则和一种往事不堪回首、不说也罢的情绪。古华《芙蓉镇》在写到李国香下令"把富农婆的衣服剥光,把她的两个奶子用铁丝穿起来"时,即求助于艺术的回避原则:"胡玉音发育正常的乳房,母性赖以哺育后代的器官,究竟被人用铁丝穿起来没有? 读者不忍看,笔者不忍写。反正比这更为原始酷烈的刑罚,都确实曾经在二十世纪六十年代中下叶的中国大地上发生过。"而宗璞的《我是谁》则诉诸一种不说也罢的情感:"昨天,韦弥和孟文起同在校一级游斗大会上惨遭批斗。在轰轰烈烈的革命口号声中,他们这一群批斗对象都被剃成了阴阳头。呵! 那耻辱的标记! 这一群秃着半个脑袋的人,被驱赶着,鞭打着,在学校的四个游斗点,任人侮辱毒打。详情又何必细说。"

"伤痕文学"对受害者身体伤痕的描写,构成了一种不言而喻的身体政治或者说身体美学。为了强化这种身体政治和身体美学的表达效果,作家们还有意识地将受害者在战争年代落下的光荣的伤疤与"文革"时代受冲击时所留下的"耻辱"伤痕加以并置,在新伤与旧痕的比较与映衬中强化对一个时代的人妖颠倒、是非不清的控诉。矢志革命、身有残疾的老干部特别是将军受到冲击、迫害的故事,是不少"伤痕文学"作品最喜欢讲述的故事之一,几乎成为那时作家的一种创作套路。陈世旭《小镇上的将军》中的将军"跛了一条腿",作者还特别注明"那显然是战争留下的标记",莫应丰《将军吟》中的陈镜泉是一

位"独臂将军","那条左臂一部分被日本人的炸弹炸飞了,一部分留在一个简
陋的战地医院",方之《内奸》中的田司令员脸上有着"月牙形的刀疤",路遥《惊
心动魄的一幕中》的马延雄"肩窝和下腰部有两个地方的肌肉萎缩成坑状——
这是四七年胡宗南匪兵留下的枪伤;大腿上也还有这样一个坑和一条刀痕"。
旧痕与新伤的叠加与并置,无疑强化了对"文革"伤痕的描写的控诉效果。而
古华《芙蓉镇》将南下干部谷燕山的旧伤设置在下半身的关键部位,一方面是
将革命的、光荣的伤疤铭刻于谷燕山的身体之上,一方面也先行排除了读者对
谷燕山与"干女儿"胡玉音之间关系的暧昧想象。

　　当然,"伤痕文学"对身体伤痕的描绘仍是多样态的。古华《爬满青藤的木
屋》中的李幸福,虽然一边的衣袖也是空荡荡的,但这种身体修辞与陈镜泉的
"独臂"大为不同,李幸福的伤痕是与"红卫兵"一代的命运联系在一起的,"一
九六六年'红卫兵'大串联使他着了魔,有一回他扒火车,把好端端的一只手臂
丢在铁轨上了",作者给他取了个"一把手"的绰号,其中包含了颇为暧昧和游
移的戏谑气息。刘心武《班主任》中的宋宝琦,有着"从殴斗中打裂过又缝上的
上唇",如果没有作品中的"文革"背景和思想启蒙的叙事框架,这一形象最多
不过是一般校园文学中那种热衷于打架斗殴、称王称霸的"坏孩子"形象,但在
"伤痕文学"的宏观背景和阐释框架里,宋宝琦却理所当然地成了一个时期文
化专制与愚民政策的牺牲品和畸形儿,人们可以顺理成章地将有着"一疙瘩一
疙瘩的横肉"的宋宝琦当作老鬼《血色黄昏》中一度盲从盲信、相信一拳打遍天
下的林胡①的少年版。应当说,给人带来伤害和伤痕的暴力倾向,在任何时代
和任何人群身上,都是存在的,但在"文革"的"例外状态"中,暴力失去了法律
和制度的约束,无疑以更为集中的形式爆发出来。从维熙《大墙下的红玉兰》
在写到葛翎"腿腕那块伤疤""鲜红的血透出了包扎的手绢"时,还顺便让血液
里"浸透流氓素质"的俞大龙"拍拍葛翎的肩膀,指指自己肋下的刀疤说:'你出

----

　　① 《血色黄昏》的主人公在初版本中叫林鹄,在修订版中改为林胡。本文使用的是2005年中国社
会科学出版社的修订版。

这点血算什么？看我这儿，一刮刀进去，血流了半桶，我俞大龙没有皱一下眉头，接着，我还了他一刀，他就归了西天，你审讯了我，法院判我无期！正好！'"这种将不同人的伤疤加以并置比较，与前述将同一人的过往伤痕和当下伤痕并置比较有所不同，它一方面建立起了许子东所说的"少数坏人迫害好人"①的"文革"故事叙述模式，一方面也隐约透露出了"文革"伤痕故事的超时代的人性根源。

　　"伤痕文学"对"文革"创伤经验的书写当然不仅限于对最直观的身体伤痕、肉体创伤的描写，而且包括对更为深层和普遍的精神创伤的描绘。这种描绘不仅以《伤痕》中"妈妈"的遗言中"孩子心上的伤痕"的简单形式表现出来，而且以《班主任》中谢惠敏这样一个"不幸患上传染病的健壮孩子"的更为复杂形式体现出来。刘心武从谢惠敏认定《青春之歌》和《牛虻》是"黄书"的症候中警觉到了文化专制和蒙昧主义的可怕基础。当然，无论王晓华还是谢惠敏所遭遇的精神创伤，相对她们处于政治漩涡中心的父母一辈所遭受的精神创伤来说，只能是小巫见大巫。"文革"是一个政治高涨的时代。而按照徐贲所概括的施米特有关政治的看法，"政治的基础是关于敌人的知识。而且，只要有政治，就必然有关于敌人的知识。政治的意义和关于敌人知识的意义都是来自某种不容置疑的'启示'，不是来自人的理论思辨或辩论的结果。对这一启示意义的全然而无条件的接受就是'信仰'"。② 在大多数人只信不思的"文革"十年，中国大陆充满了有关敌人的知识。人被区分成了"我们"和"他们"，"敌人"和"朋友"。一个人一旦被归入"地富反坏右""叛徒""特务""走资派"等的行列，便沦为了"牛鬼蛇神"，丧失了人之为人的基本权利。王蒙《蝴蝶》中的张思远在回忆自己被揪斗的过程时，总是觉得不可思议，"觉得是另一个张思远被揪了出来，被辱骂，被啐唾沫，被说成是走资派，叛徒，'三反'分子……然而

---

　　① 　许子东:《为了忘却的集体记忆:解读50篇文革小说》,生活·读书·新知三联书店2000年版,第167页。

　　② 　徐贲:《人以什么理由来记忆》,吉林出版集团有限责任公司2008年版,第346—347页。

现在又出现了一个张思远,一个弯腰缩脖、低头认罪、未老先衰、面目可憎的张思远,一个任凭别人辱骂、殴打、诬陷、折磨,却不能还手、不能畅快地呼吸的张思远,一个没有人同情、不能休息和回家(现在他多么想回家歇歇啊!)、不能洗发和洗澡、不能穿料子服装、不能吸两毛钱以上一包的香烟的罪犯、贱民张思远,一个被党所抛弃,一个被人民所抛弃,一个被社会所抛弃的丧家之犬张思远"。一个人只要落入张思远一样的境地,就异化了,成了非人,成了丧家之犬,成了类似于印度种姓制度中的不可接触者,其生命的价值意义已丧失最基本的存在根基,而生与死的选择仅在这异化之人的一念之间。陈村《死》中的傅雷选择了死,给北岛的诗句"卑鄙是卑鄙者的通行证,高尚是高尚者的墓志铭"做了血淋淋的注解和诠释。《我是谁》中的孟文起和韦弥都选择了主动结束自己的生命,因为他们在"我现在是条大毒虫"的意识中于死亡里看见了希望:"他们知道,很快要隔离审查,便会失去甚至是死的自由。一切都是这样残酷,残酷到了不可想象的奇特地步。只有死,现在还在自己的掌握之中。"《血色黄昏》中的林胡则选择了"毫无尊严的活着","死死抓着生命不撒手。如同一个没双腿的瞎乞丐,在一堆垃圾里乱爬乱摸,希图找点残羹剩饭",支撑他活下去的是"要留着生命与那帮坏蛋干! 反革命的帽子一天不摘,就一天不能咽气"。在一个非常规的时代环境中,无论是选择生还是死,都是不容易的。从生命政治学的角度看,生存权是最基本的人权,但那个时代的人们为获得这种最基本的人权付出了十分惨重的代价。"伤痕文学"因此契机也获得了对屈辱与尊严的较为集中的文学表现。

"当道德律令让我们看清楚我们是什么人、我们应该是什么人之间的距离的时候,它制造出羞耻,它一样可以让我们产生自尊。"[①]羞耻感与自尊感产生于人的自我意识和内心的道德律令。人觉得自己的行为、处境、生存状态没有达到人之所以为人的要求,便会产生羞耻感和对人的尊严的要求。由于"文

---

① [英]迈克尔·罗森:《尊严:历史和意义》,石可译,法律出版社2015年版,第23页。

革"时期的受害者经常被贬低为非人,他们内心常常产生出强烈的屈辱感和自尊感,在人的尊严感得不到基本维护的情况下,其中许多人会走上自绝之路,以成全人格的完整和生命的尊严。然而这种以放弃自己的生命作为代价的对于人世的不公和时代的荒诞的抗议,和人的最基本的求生意志是冲突的,因此也有人选择像《芙蓉镇》中的秦书田告诫胡玉音时所说那样"活下去,像牲口一样地活下去"。胡玉音之所以能走到"好死不如赖活,赖着脸皮也要活,人家把你当作鬼,当作黑色的女鬼也要活"的一步,正是凭借了这种"像牲口一样地活下去"的信念。某文化名人在谈及自己之所以能够活过十年"文革"的诀窍时曾说,一是不要脸,二是不着急。所谓不着急,就是利用时间的延宕来冲淡死亡的冲动,坚信只有活着才能看到平反的真正希望;而所谓不要脸,则并非不要人的尊严,而是采取一种暂时的忍辱负重、苟且偷生的策略活过乱世。和平时代的人们也许不能完全理解这种"赖着脸皮也要活"的生存哲学,更难以体察那个时代人的屈辱与尊严的复杂交织和冲突,但"伤痕文学"作家对这种生存哲学和文学母题似乎多有洞察、深有会心。秦书田奉命给镇里的"地富反坏右"每人塑一尊跪像摆放于各自的家门口,他将自己的塑像造得最像,却有意地"忘"了给胡玉音造像。读者既从中看到这个外号叫"秦癫子"的人的苦中作乐、赖着脸皮也要活的生存策略,也看到了他对美和善的象征的刻意维护和内心向往。对人和生命的尊重当然是多层面和多样态的。《血色黄昏》通过草原上的一场大火、69位知青的无辜牺牲形成了对人的尊严和生命权利的不同于"文革"时代主流意识形态的理性思考与辨证。"草原烧了,来年还会长,人死了,再也活不了。他们咋不明白这个道理呢?"牧民日常的思维和朴素的话语,构成了对国家利益高于一切的宏大叙事的瓦解。刘副师长对将知青的尸体横七竖八地像"摞冻羊"一样堆放在地上大为不满,呈现出的也是有关人的尊严的问题:人类对同类尸体的态度紧密联系着如何对待人的价值观念。而该作对任长发的遭遇的描绘,堪称一幕有关人的尊严与屈辱的黑色幽默喜剧。任长发因为不堪班长的有意刁难和毒打,要求连长将自己关进监狱以避祸。他迫不得已以主动说"反动话"达到了入狱的目的,但狱中让人生不如死的处境又使他神情黯然地发下了"只要放我出去,哪怕是狗洞,我也钻"的誓言。"不是说无产阶级要解放全人类吗？为什么同是国家公民没有平等权利？凭什么把人民分为红几类黑几类？凭什么无法无天把人整死？凭什么把我打成现行反革命？革命和反革命法律上的依据在哪里？"孔捷生《在小河那边》中穆兰的一连串发问,实际上还提出了被打入另册的"异类"的生命权利和人生尊严问题。

无论是对肉体伤痕的展现,还是对精神伤痕的描绘,"伤痕文学"对"文革"的创伤经验均有一些深浅不一的记录和描绘。不过,由于当时的主流意识形态是主张团结一致向前看,对表现"文革""反右"等历史所取的是不是"不能写,只是少写或不写,特别不能从消极方面来写"[1]的态度,因此对"文革"创伤经验的文学表现和艺术描绘,并不全面和深入,这就为后来者留下了相当多的拓展空间。

二 "伤痕文学"与"例外状态"

许子东在解读"文革"题材小说时曾发出了这样的感慨:"我们虽见全部的症状,却不知道病是什么。"[2]这种感慨或者说困惑不只是他个人的,而是许多人的。对这种感慨和困惑,"伤痕文学"当时即给予了多方面的反映。《惊心动

---

① 1981 年 8 月 24 日,于蓝写信给胡乔木,谈到自己及周围同志对 1981 年 8 月 8 日胡乔木在思想战线座谈会上的讲话的理解:一种是认为党要求不要再写、再拍摄有关"文革""反右""反右倾运动"三段历史题材的作品,一种是认为不是"不能写,只是少写或不写,特别不能从消极方面来写"。胡乔木在回信中说:"我认为你所说的第二种理解是对的。""总之,对于'文化大革命'中的打砸抢、悲惨、阴险、丑恶、残酷、野蛮的场面在电影中出现过多是不利于下一代人或下几代人的教育的,我们这一代人能够理解党和人民的这一页伤心史,也是费了很大的代价和努力,何况下一代呢?"(《关于文艺作品怎样反映"文化大革命"的问题》,《胡乔木谈文学艺术》,人民出版社 1999 年版,第 203、204 页。)

② 许子东:《为了忘却的集体记忆:解读 50 篇文革小说》,生活·读书·新知三联书店 2000 年版,第 8 页。

魄的一幕》中的马延雄感到不寒而栗的是："天啊！怎么人民和人民打起来了？群众批他、斗他，他想得通——共产党员嘛，怕群众批评还行？可是，怎么坏人也赶来斗上好人了？好人打好人，坏人打好人，这成了什么社会了！这样下去怎么行呢？"《在小河那边》中穆兰在追问："我们的国家这十年遭到一场大灾难，这是为什么？如果仅仅因为林彪、'四人帮'，那些野心家又是怎么爬上去的？让他们当权，问过人民的意见没有？"而尤其让《血色黄昏》中的林胡感到困惑不解的是，他不仅无法解释正直善良的女知青刘英红对他的违心的激烈批判，而且无法解释他本人抄自己母亲的家、贴母亲的大字报时所表现出的绝情和狂热。

对于"文革"及其种种怪现状的成因，人们曾做出过各种各样的解释，例如归咎于封建主义的遗毒、民主和法制的不健全、个人专断和个人崇拜，等等。《中国共产党中央委员会关于建国以来党的若干历史问题的决议》写道："中国是一个封建历史很长的国家，我们党对封建主义特别是对封建土地制度和豪绅恶霸进行了最坚决最彻底的斗争，在反封建斗争中养成了优良的民主传统；但是长期封建专制主义在思想政治方面的遗毒仍然不是很容易肃清的，种种历史原因又使我们没有能把党内民主和国家政治社会生活的民主加以制度化，法律化，或者虽然制定了法律，却没有应有的权威。这就提供了一种条件，使党的权力过分集中于个人，党内个人专断和个人崇拜现象滋长起来，也就使党和国家难于防止和制止'文化大革命'的发动和发展。"[①]周扬也有大同小异的解释："建国以来，毛泽东同志反复多次深刻地阐述过破除迷信、解放思想的重要性。但是，令人痛心的是我们党的这一优良传统，遭到了林彪、'四人帮'的疯狂破坏。他们利用毛泽东同志在我们党和人民中的崇高威望，又利用我们队伍中一些同志思想上的僵化，以及一些青年人的幼稚，采用极'左'的口号，极力制造现代迷信。他们假'高举'以营私，通过宣传'顶峰论'、'天才论'，

---

① 见中共中央文献研究室编《三中全会以来重要文献选编》（下册），人民出版社1982年版，第819页。

制造偶像崇拜、宗教仪式,提倡封建伦理、愚民政策,完全否定了延安整风精神,使得'句句是真理'、'句句照办'的现代迷信,风靡一时,流毒全国。这种现代迷信,成了林彪、'四人帮'借以进行篡党夺权的最重要的精神武器。一方面,用来伪装自己,欺世盗名,给人们以只有他们才是'最忠、最忠、最忠'的假象。另一方面,又是打人的大棒,用它来推行封建专制主义,对我们的干部和群众,特别是对坚持党的优良传统的老一辈革命家,进行暴虐摧残,实行'全面专政'。"①这一类的解释,无疑具有政治的正确性。但是,这些解释,并不能全部解开人们心头的困惑,特别是解开"伤痕文学"所触及的各种怪现状。

迄今为止,无论是官方还是民间,都倾向于将"文革"视为一个特殊时期或一种"例外状态"。在这样一个时期和这样一种状态中,全国上下乱得不能再乱,公检法被砸烂,所有常规的法律制度和道德伦理失去了最基本的约束能力,"红都来电"和"中央首长讲话"通过福柯所说的权力的毛细血管作用而使乡村城镇成了"大字报、大标语、声明、勒令、通信、通缉令"的红色海洋。《惊心动魄的一幕》的开头对此"例外状态"进行了高度概括的描绘:"有些家庭分裂了,有的父子决裂了,同志可能变为仇敌,冤家说不定成了战友,过去的光荣很可能成为今天的耻辱;今天引以骄傲的,也许正是过去那些不光彩的事。看吧!许多过去有权力和有影响的人物,正戴着纸糊的高帽子,手里敲打着破铁桶或者烂马勺,嘴里嘟囔着自己的'罪行',正一溜一串地游街哩;而另外一些普通的群众,正站在权力的讲坛上大声演说着,号召着,命令着……"面对这种失控和失序的状态,人们往往容易从某个领袖的个人魅力或决策错误(如通过"大乱"达到"大治")寻求解释,但是这样的解释显然是匆忙的、片面的。因为正像阿伦特所观察到的,"每一个由复数性的人完成的行动都可以分成两个阶段:一个'领导'发动的开端,和一个多数人加入其中从而变成一项共同事业的实现过程。在我们的语境中,全部的关键就在于这个洞见:无论一个人多么强

---

① 周扬:《三次伟大的思想解放运动——在中国社会科学院的纪念"五四"运动六十周年学术讨论会上的报告》,《人民日报》,1979 年 5 月 7 日。

大，没有别人的帮助他就不能成就任何大事，无论这事情是善还是恶"①。没有多数人的服从和合作，任何高高在上的领袖人物在社会运动中都会表现得像孩童一样无能为力。从这样的意义上说，今天采取一种从下至上的观察视角来反思"文革"的社会基础和群众基础，也许是不无意义的。

　　笼统地说，"文革"是一场通过领袖人物建构外部的敌人并进而发动群众清除内部的敌人的社会运动。这种社会运动构成了一种典型的例外状态或者说紧急状态。此时，依照"需要之急，无法无天"的格言，政治—司法的例外状态或紧急状态此时被合法化了。按阿甘本的说法，"紧急状态不是独裁，而是一个缺乏法律的空间"。这种状态在结构上甚至与古罗马的农神节、中世纪的狂欢节等反常的节日存在某种相似："这些节日悬置并反转了定义规范秩序的法律和社会的关系。主人转而从事仆人的服务工作，人装扮起来并像动物一样行动，在正常情况下非法的坏习惯和罪行突然得到了授权。"在法律被悬置的状态中，"不经过审判而杀人，摧毁他的房屋，夺走他的财产是可能的"②。"文革"的混乱状态或许正是这样一种状态。《大墙下的红玉兰》中的葛翎最难忍受的是与自己过去审讯过的罪犯同囚一室，《惊心动魄的一幕》中的马延雄突然发现批斗自己最卖力的有"金国龙的同案犯、百货公司前门市部主任贺崇德，有城关小学因调戏女学生被开除党籍的教师许延年，有机械厂因贪污而下台的干部高建华"，而《芙蓉镇》中的胡玉音一觉醒来察觉到自己辛苦建起的吊脚楼突然归到了王秋赫的名下……所有这些反常状态，在被人们视为例外状态的时期却成了常态，以致人们一想到这一时期，便会以是非不清、黑白颠倒来概括它的特征。

　　人们很容易将这种反常状态当作少数历史罪人和道德小丑兴风作浪的结果，某些"伤痕文学"作品确实也按照此一思路建构了许子东所说的"少数坏人

　　①　[美]汉娜·阿伦特：《反抗"平庸之恶"》，陈联营译，上海人民出版社2014年版，第70—71页。
　　②　[意]吉奥乔·阿甘本：《紧急状态》，见汪民安、郭晓彦主编《生命政治：福柯、阿甘本与埃斯波西托》，江苏人民出版社2011年版，第30、32页。

迫害好人"的"文革"故事,但这种视角实际上无法解释此一时期暴力的普遍性和施害、受害人群的广泛性。在此,霍布斯对人类天性的概括也许不无启发意义。霍布斯认为人的天性中存在着三种造成争斗的主要原因:"第一是竞争,第二是猜疑,第三是荣誉。人们攻击他人的第一个原因是求利,第二个原因是求安全,第三种原因是求名誉。在第一种情形下,人们使用暴力奴役他人、他人的妻子儿女和牲畜。在第二种情形下则是为了保护自己。在第三种情形下,则是由于一些琐事,如一言一笑、一点意见上的分歧,以及任何轻视他们的迹象,无论是直接指向他们本人,或是针对他们的亲友、民族、职业或名誉。"① 竞争是能动主体追求自身利益的结果:"谁能够将竞争者逐离有限的资源,比如食物、水和生存空间的生存机器,谁就能够得到更大的机会繁衍滋生,在数量上超过竞争者;谁能够适应这一竞争,谁就能在这个世界生存。"② 此种看法虽然具有浓厚的社会达尔文主义的色彩,但只要我们稍稍关注一下《血色黄昏》中那些掌握了生杀大权的人物如何地害人、如何地自利,便不难明白这种哲学中的残忍的真实。后来毕飞宇曾将这种哲学总结为一种"人在人上"的哲学——其核心是对权力的竞争和占有:"我们的身上一直有一个鬼,这个鬼就叫做'人在人上',它成了我们最基本的、最日常的梦。这个鬼不仅仅依附于权势,同样依附在平民、大众、下层、大多数、民间、弱势群体,乃至'被侮辱与被损害的'身上。"③ 求名誉是一种超乎人的基本生存需要的更高欲求,许多时候甚至与信仰和理想联结在一起,我们在下一节再稍做论述。在霍布斯所说的引起争斗的三个原因中,第二个原因(猜疑、求安全)在"文革"这样的时期几乎与所有人相关。"如果你有理由怀疑你的邻居,感觉他蓄意将你从竞争中铲除,就是说,要杀死你,那你自然会想到要先发制人,抢先干掉邻居,保护自己。即

---

① 转引自[美]斯蒂芬·平克:《人性中的善良天使:暴力为什么会减少》上册,安雯译,中信出版社 2015 年版,第 48 页。

② [美]斯蒂芬·平克:《人性中的善良天使:暴力为什么会减少》上册,安雯译,中信出版社 2015 年版,第 49 页。

③ 毕飞宇:《我们身上的鬼》,《沿途的秘密》,昆仑出版社 2013 年版,第 22 页。

使你是一个连苍蝇都不愿意伤害的人,只要你不想放弃,不想被杀,你就会感到要去杀人的诱惑。悲剧在于,你的竞争者也完全可能因同样的计算而忧心如焚,尽管他也是一个连苍蝇都不愿意伤害的善良之辈。事实上,就算他知道你本来无意冒犯,他还是有正当的理由忧虑,他会认为,你满心疑窦,担心他将要伤害你,因此准备消灭他;而你也有同样先下手为强的动机。以此类推,无限循环。"[①]这种猜疑和求安全基础上的情境,极易构成典型的"霍布斯陷阱"和"囚徒困境"。在此陷阱和困境中,甚至"连苍蝇都不愿意伤害的善良之辈"也会因为简单的求生欲望和心怀疑窦而行为失控,做出相互伤害之举。"文革"的例外状态,所带来的是一种人人自危、相互猜忌、父子分裂、夫妻反目的社会氛围,人们道路以目,人与人之间失去了基本的信任,每个人都在惶惶不可终日中将他人视为了潜在的敌人。在此恐怖气氛中,甚至善良之辈也可能难以经受得起先下手为强、后下手遭殃的"霍布斯陷阱"和"囚徒困境"的考验。冯骥才的《啊!》便颇具说服力。作者通过一封信的失而复得,将既不愿意做造反派、也不愿意做保皇派而想做逍遥派的普通人吴仲义的惶恐不安做了相当成功的文学表现。面对"'该杀的就杀,该关的就关,该管的就管!'我们要立即行动起来,迎接这场大揭发、大检举、大批判、大斗争的阶级斗争的新高潮"的压力,吴仲义寄希望于自己的同学陈先智"并不见得把我说出来,那样做也丝毫不能减轻他的罪过,相反还得加上一个当初包庇了我的罪责"。然而吴仲义的心存侥幸如果在碰上他人的戴罪立功、卖友求荣之类的任何一种自私自利的选择时,都有可能显得过于天真、不堪一击。他此时理论上已陷入了典型的"囚徒困境":"当同伙忠诚于合作,当事人却背叛同伙时能得到最大收益;当同伙背叛,当事人仍忠诚于合作时会得到最严厉的惩罚;两个人都坚持合作,总收益最大;而两人都背叛对方,总收益最少——每当面对这些选择,人类立刻

---

① [美]斯蒂芬·平克:《人性中的善良天使:暴力为什么会减少》上册,安雯译,中信出版社2015年版,第49页。

就陷入困境。"①尽管共同的自私自利的结果是毁灭性的（《啊！》也没有朝这个方向进一步去展开故事情节），但在结果没有到来之前，自私自利的选择的诱惑仍然是巨大的。也只有在这样的背景之下，读者才有可能理解《血色黄昏》中的金刚面对林胡的责备时何以显得那么振振有词："生存权是人的最基本权利，你应理解别人对你的疏远。拿破仑说过，有两个杠杆推动社会前进，一个是个人利益，一个是恐惧。真的，恐惧是社会秩序的必要保障。没有害怕，社会就乱了套。你不应也没有权利责备大家疏远你，和你划清界限。"生存权是基本的人权，免于恐惧的自由也应当是人的基本自由。可惜这种基本的自由在"例外状态"下却成了奢侈品。人人惶恐不安的结果是造成了相互信任的丧失，并衍生出了各种各样的损人不利己的相互猜忌、相互争斗、相互伤害。《将军吟》《血色黄昏》等"伤痕文学"作品对此多有表现，且集中构成了所谓"好人打好人"的"文革"故事。

三 "伤痕文学"与"平庸之恶"

长期以来，人们对"伤痕文学"存在着一种不满，那就是多有控诉、少有忏悔。钱锺书认为杨绛《干校六记》"漏写了一篇，篇名不妨暂定为《运动记愧》"，言外即包含着这一层意思。他认为"文革"中的过来人少不了有三类，假如写回忆录，在运动中受冤枉、批斗的人也许会写《记屈》或《记愤》，一般群众大约都得写《记愧》："或者惭愧自己是糊涂虫，没看清'假案'、'错案'，一味随着大伙儿去糟蹋一些好人；或者（就像我本人）惭愧自己是懦怯鬼，觉得这里面有冤屈，却没有胆气出头抗议，至多只敢对运动不很积极参加。也有一种人，他们明知道这是一团乱蓬蓬的葛藤帐，但依然充当旗手、鼓手、打手，去大判'葫芦

---

① ［美］斯蒂芬·平克：《人性中的善良天使：暴力为什么会减少》下册，安雯译，中信出版社2015年版，第616页。

案'。按道理说,这类人最应当'记愧'。不过,他们很可能既不记忆在心,也无愧怍于心。"①正是在这样的意义上,礼平的《晚霞消逝的时候》、金河的《重逢》显示出了各自特别的意义。前者让曾经的造反派在自我的成长和思考中产生了忏悔意识,后者让曾经的造反派和受害者劈面重逢,并提出了受害者也可能一度是害人者的敏感问题。叶辉对朱春信说:"您能够承认自己并非一贯正确,您是诚实的,有良心的。有的干部在'文化大革命'中既干了一些不光彩的事,后来也遭受林彪、'四人帮'的残酷迫害,可是他们在平反昭雪,官复原职后,对自己的错误缺点只字不提,只谈受迫害的光荣……"这就将受害者和害人者的交织问题明确化了:写《记屈》《记愤》之人也许有理由同时写《记愧》,写《记愧》之人也许有理由同时写《记屈》《记愤》。读者不要忘记,即使《芙蓉镇》中那可憎可恨之人李国香,也一度曾被"红卫兵"小将要求跳"黑鬼舞"而只好"含着辛酸的泪水,爬了下去,手脚并用,像一条狗"的。面对这样的桥段,我们切莫以"罪有应得"的道德判断简单地付之一笑,它实际上突显出了"例外状态"中一时为人、一时为鬼,此时被害、彼时害人的复杂性,它甚至使钱锺书的运动中三类人的划分复杂化了。

　　"伤痕文学"中最令人困惑的,可能是群众的面貌和影像——其中呈现出了群众的集体形象与个体形象、公开形象与私下形象的重叠和差异。集体的、公开的形象大多是模糊的、狂暴的、非理性的,个体的、私下的形象却大多是形象的、本分的,甚至是温情的。张贤亮《灵与肉》中的李秀芝,刘心武《如意》中的石义海,王蒙《悠悠寸草心》中的老吕,《惊心动魄的一幕》中的柳炳奎,《将军吟》中的赵师傅、朱大娘,莫不是那种最底层的善良本分、明辨是非的群众中的一员,正是他们的出现给困境中的受害者们以人性的温暖和生存的勇气——他们各自成了支撑受害者活下去的重要动力和坚强后盾。然而,这类形象的出现无法解释大规模群众运动所带来的普遍的灾难性后果。遇罗锦在谈到纪

---

① 钱锺书:《小引》,杨绛:《干校六记》,中国社会科学出版社1992年版,第1—2页。

念自己哥哥遇罗克的意义时说:"我们纪念他,是希望一个人在生的时候要受到公平合理的对待,不要总是在他死后才给带上桂冠;我们纪念他,是希望每一个人自省——使遇罗克走向刑场的,自己是否也有一份责任? 单凭'四人帮'能杀死遇罗克吗? 万一将来另有一个'四人帮'式的人物上台,在工人体育场上会不会再次出现一个盲目呼啸的海洋?"①在"伤痕文学"中,事实上存在着一个典型的悖论:一方面,受害者不断地暗示和说服自己"群众的眼睛是雪亮的";另一方面,他们实际上大多数时候所见证的却是群众的眼睛是盲目和盲从的。那么,问题便出现了,在大规模群众政治运动中,群众是从什么时候、因为什么原因成为暴民和乌合之众的呢?

勒庞认为:"通过不同的阶段,个人可以被带入一种完全失去人格意识的状态,他对使自己失去人格意识的暗示者唯命是从,会做出一些同他的性格和习惯极为矛盾的举动。"处于此种状态中的心理群体中的个人,会像被催眠师所操纵进入迷幻状态中的人一样,有些能力得到了弱化,另一些能力则得到了强化。"有意识人格的消失,无意识人格的得势,思想和感情因暗示和相互传染作用而转向一个共同的方向,以及立刻把暗示的观念转化为行动的倾向,是组成群体的个人所表现出来的主要特点。他不再是他自己,他变成了一个不再受自己意志支配的玩偶……孤立的他可能是个有教养的个人,但在群体中他变成了野蛮人——即一个行为受本能支配的动物。他表现得身不由己,残暴而狂热,也表现出原始人的热情和英雄主义。和原始人更为相似的是,他甘心让自己被各种言辞和形象打动;而组成群体的个人在孤立存在时,这些言辞和形象根本不会产生任何影响。"②这样的观察无疑是有道理的。在"伤痕文学"所描绘的"例外状态"中,不仅那些沦为敌人的人成了"非人",而且普通的百姓也不再是常态之下的他们自己。他去个性化了,角色化了。批斗会、抄家现场一类的场合仿佛建立起了一种临时性的制度。"一旦这个制度被建立起

① 遇罗锦:《乾坤特重我头轻》,《冬天的童话》,人民文学出版社1985年版,第277页。
② [法]古斯塔夫·勒庞:《乌合之众》,冯克利译,广西师范大学出版社2007年版,第50、51页。

来，它可以自动再生，自动定位与它匹配的角色。一个人在这样的制度中扮演什么样角色，起什么作用，由不得他个人的性格和素质来做主……一旦作恶的制度建立起来，把任何人放进这个制度，只要他在其中起作用，就不可避免地会担当某种作恶的角色。"①阿伦特所说的"平庸之恶"的起源和症结正在这里。而更有甚者，运动中的个人的行动甚至还会带上某些戏剧性和表演性。雨煤《啊，人……》中的群众既可以风风火火地批斗肖淑兰，又可以私下劝这个地主婆"不能往绝路上想"。中杰英《罗浮山血泪祭》中的叙述人"我"早就领教到一条规律："谁待我们最残忍，他就是超级革命的。"《惊心动魄的一幕》中的马延雄，也观察到了"当两派批斗他的时候，为了显示各自的造反精神比对方强，他们比赛着看谁把他批得更狠，斗得更凶"，正是因为这一点，他才甘冒生命危险规劝支持自己的农民兄弟远离批斗会场，那样的场合不是个讲道理的地方。徐友渔在回顾自己的经历时说："'文化大革命'对我是一场噩梦，我在那些年月里表演得很充分，过分的充分。和大多数人一样，我的行动全然受'革命理想'的支配……不管我在'文革'中做过多少令自己悔恨的事，不管我遭到多少人的误解、攻击、咒骂，我从未怀疑过，我的一切行为出于要当'革命者'这一动机，我想向人表明，我可以做一个不比别人差的'革命者'。"②群众运动中的失去理性的个人暴力行为一旦同理想、信仰联系起来，个人就会丧失对求"革命者"一类名誉的过激行为的基本反思能力，在越疯狂、越革命的思维怪圈中体察不到任何罪恶感，反而会收获一种莫名其妙的虚幻的崇高感。

　　在"伤痕文学"中，群众事实上裂变成了人民和暴民两种形象。人民形象更多地以善良的底层民众的形象表现出来，暴民形象则大多以"坏人"或模糊的集体群像表现出来。问题是，这两种不无矛盾的形象谁代表了通常人们所说的人民的形象呢？人民这个概念，正如同自由、民主等概念一样，大多数人并不了解它的意涵，但人们经常谈论它，将其挂在嘴边念念不忘，甚至只要谁

---

① 徐贲：《人以什么理由来记忆》，吉林出版集团有限责任公司 2008 年版，第 311 页。
② 徐友渔：《蓦然回首》，河南人民出版社 1999 年版，第 2 页。

打出了人民的旗帜,谁就占领了道德的高地,理所当然地要获得他人的尊敬和拥护。而实际上,正如阿甘本所总结的,人民的概念包含着某种语义学的含混:"我们所说的人民好像实际并非一个完整主体,毋宁说是对立的两极之间的某种辩证摇摆:一极是作为整体政治实体的(大写)人民,另一极则是作为细类并作为穷苦人与被排除者的碎片式多样性的人民;一极是号称无一遗漏的兼容概念,而另一极则是人们所知道的施予无望者的排他性的概念;一极是主权的总体国家和整全公民,另一极则是对受苦人、受压迫者和被征服者的放逐。"①在"文革"这样的时期,暴力行为往往是以人民的名义来施行的,但问题是,阿甘本所说的第二种意义上的人民那时实际上并不掌握生杀予夺的权力,过多地强调人人有罪实际上会面临阿伦特所说的那种困境:"哪里所有人都有罪,哪里就没有人有罪。"②《血色黄昏》为我们提供了权力的中心与边缘的迥然不同的运动景观:"在连续批斗中,我发现,越是离团部中心近的地方,斗起人来就越狠,越远则越轻松。""去 11 连批斗最愉快,该连离团部 80 里。虽是批斗,到连后,却受到了热情接待。要茶有茶,要屋腾屋……食堂的知青大师傅还给我们饱餐了一顿有肉块儿的白面条。批斗会就和聊天会一样轻松,没一点敌对气氛。人们在底下开小会,嘻嘻哈哈,心不在焉。从头到尾,连句口号都没喊,只半个小时就草草收场。大多数知青根本不听发言,互相交头接耳,望着我们时,目光友善,充满同情。"如是看来,权力的毛细血管作用在同一时代和同一国土上也会呈现出极端多样化和差异化的特征。而所谓人民的内部也是分层的,来自最底层的人即使在成为人民的敌人时,也比另一些人更为低贱。同样在《血色黄昏》中,林胡由刘毅和自己的经历体察到:"反革命也是有等级的。知青反革命比农工反革命还强一点。对农工反革命,可以任意打,任意骂,任意玩儿。这都是些盲流,从内地跑来的农民,本来就是最底层,当了反

---

①　[意]吉奥乔·阿甘本:《无目的的手段:政治学笔记》,赵文译,河南大学出版社 2015 年版,第 40 页。

②　[美]汉娜·阿伦特:《反抗"平庸之恶"》,陈联营译,上海人民出版社 2014 年版,第 57 页。

革命,成了最最底层。相比之下,对我这个知青反革命就文明客气多了。"因此,在这种权力和地位的差序格局的背景之下,当我们谈论人民这个概念时,有必要追问谈论的是哪一部分人民。

　　人民本质上是不断清除"敌人"的一个结果。在"文革"这样的时期,它是通过对无产阶级的概念不断进行阶级净化来实现的。但正如迈克尔·曼在观察苏联的阶级清洗时所指出的,阶级并不像族性那样是自明的,而是一直在变动的:"最不起眼的在街头销售香烟和马铃薯的商贩真的是小资产阶级敌人吗? 如果地主或资本家被剥夺了财产,他们还是阶级敌人吗? 阶级是一个被硬性规定的、永久的特征而二次教育不能改变它吗? 阶级是个人还是家庭的特征? 配偶和孩子也是富家或小资产阶级吗? 阶级是遗传的吗? 孩子、表兄弟(或姐妹)以及孙子和孙女永远是阶级敌人吗?"①《内奸》中游走在鬼子、汉奸、土匪、顽固派、革命者之间的田玉堂就得回答这一类的问题。《芙蓉镇》中靠卖米豆腐发家的"富农婆"胡玉音也面临这样的问题——她自视是与五类分子不同的:"不,不,五类分子才坏哪,他们是黑心黑肺黑骨头,是些人渣、垃圾,自己怎么也跟他们牵扯不到一起去。"甚至秦书田发表自己的"施政纲领"时,也认为所有入了另册的黄种黑人,也"黑"得有深有浅,日后进地狱,也还分上、中、下十八层。这样看来,所谓人民、敌人,都是不断地设置边界以进行排除和净化的一个结果。而"文革"时期的所谓阶级斗争的扩大化,带来的是无数的人间灾难,其代价和教训都是深重的。

　　一般认为,"文革"是一个失去理性的时代。但是从"伤痕文学"众多作品的描写来看,这一时期与其说是一个失去理性的时代,不如说是一个理性战胜情感或者说理性与情感的交织和冲突陷入混乱的时代。王晓华离家之前的回头一瞥,是革命的理性战胜血缘情感的最佳例证。马克斯·韦伯曾将人类的行为区分为工具理性的、习惯性的、情绪性的和价值理性的。"工具理性行为,

---

　　① [英]迈克尔·曼:《民主的阴暗面:解释种族的冲突》,严春松译,中央编译出版社2015年版,第414页。

正如理性选择理论研究的那样,在人类事务中显见地重要。但在权力关系或种族身份内化的地方,如果我们被本群体其他成员告知我们受到了威胁,我们可以不假思索地采取习惯性行为,不加理性地算计。然后我们用这个群体的团体认同来界定我们的利益。只有在这种认同消失之后我们才工具性地计算我们的利益。在战争中我们习惯性地服从一个杀人命令,即使我们与受害人毫无仇恨。然后,随着种族敌意的升级,情绪性行为出现,对个体自己群体的爱与对另一个群体的恐惧、仇恨和愤怒可能会越过工具性关注。最后,我们可能会进入价值理性行为,不计代价地把我们自己献给某个目标。这是由意识形态驱动的行为。当人们愿意为追求价值而冒险甚至冒生命危险时,工具理性可能会一时降到次要地位。”①“文革”中的阶级清洗正如种族清洗一样,全民都在这几种行为中进行着选择和转化,在一种法律缺席、制度失控的“例外状态”中陷入了理性的迷狂、情感的混乱、价值的颠倒,个人的算计、人性的阴暗面和对乌托邦理想的狂热追求混杂在一起,构成了一个时代的总体的异化和畸形面貌。

“伤痕文学”之后,不少中国作家对“文革”灾难进行了进一步的描绘和反思。如铁凝的《大浴女》便通过尹小跳的个人成长经验和灵魂反思达到了对生命的尊严和存在权利的理解与尊重——哪怕是一个由罪恶催生出的生命也有他生存的理由,从而确立了生命神圣不可侵犯、生命高于一切的观念。是的,最后,请让我们牢记约翰·邓恩《丧钟为谁而鸣》中的诗句:“每个人的死亡都是我的哀伤,因为我是人类的一员。”

---

① [英]迈克尔·曼:《民主的阴暗面:解释种族的冲突》,严春松译,中央编译出版社2015年版,第32—33页。

知青作家创作立场的演变与分化

　　知青作家的创作，最初与整个"文革"后中国文学的主流保持了高度一致。描写"文革"给人们的肉体和心灵造成的伤痕，控诉"左"倾思潮给国家和民族所造成的巨大灾难，几乎是他们最初创作的共同题材与主题取向。卢新华的《伤痕》、郑义的《枫》、陈建功的《萱草的眼泪》、王安忆的《广阔天地的一角》、孔捷生的《在小河那边》、甘铁生的《聚会》、竹林的《生活的路》、陈村的《我曾经在这里生活》、徐乃建的《杨柏的"污染"》等创作，普遍将"红卫兵"生活和知青生活叙述为信仰遭践踏、青春遭浪费的生活，后来为他们所追念、怀想的农村社会，也被他们表现为落后、愚昧、蕴藏"左"倾与专制的温床。只有少数作者如张承志一方面在创作中将知青隐喻为城市的弃儿，一方面又让这城市的弃儿在广漠的民间社会中获取了母亲般的温暖（《骑手为什么歌唱母亲》《阿勒克足球》）。与"归来"一代作家描写伤痕稍有不同的是，知青作家对苦难的描绘不仅是愤激的，而且是苦涩的。"归来"一代作家可以将自己笔下的主人公塑造为社会的受难者、信仰的坚守者形象，将历史的灾难归咎于少数的历史罪人；知青作家却难以做出这种一清二白、是非分明的文学描述，因为他们既是历史的受害者，也一度是历史灾难的制造者，无论他们怎样表述自己一代人最初的狂热是出自怎样真诚的信仰和纯洁的动机，他们事实上已构成了对他人的伤害和历史的危害。所以这些作家几乎是带着追悔莫及、悔恨参半的心情来描绘苦难和伤痕、控诉"左"倾错误的。那时，知青作家刚刚从农村重返城市，他们的不少同龄人还在为重返城市做着种种的努力，这代作家对刚刚过去的历史灾难仍记忆犹新并心有余悸。他们亲身经历、耳闻目睹了昔日曾抱着美好理想和巨大激情投身农村土地的同龄人后来如何以自己也不耻的手段争取回城，因此他们最初几乎是以厌恶的心情来对待刚刚过去的历史的。他们急于同自己的过去告别，普遍发出了"我不相信"的感叹，以一种上当受骗者心有余悸的眼光来打量理想、信仰、革命、崇高等字眼，仿佛是这些字眼本身带来了他们这一代人青春的浪费和人生的苦难。于是，在这一段时期，尽管知青一代作家与"归来"一代作家一样，都是站在政治文化立场去描绘伤痕、控诉灾难的，但理想、信仰、革命、崇高在"归来"一代作家那里仍是可堪骄傲和自豪的词，在知青作家这里却成了意义暧昧不明的词。在前者，有真假信仰、真假革命等的区分，两者间的界限一清二楚，并且真的最终必定战胜假的；而后者，在经历了一场大的灾难后，对真假一类的是非区分也发生了动摇，真诚带来了苦难，热情带来了冷漠，扬言要改天换地、拯救世界的青年却连自己的命运也把握不了，立志要共同扎根农村、献身祖国的人们在回城潮中纷纷露出了自己的真容，巨大的希望带来了巨大的失望。在理想与现实的巨大反差中，知青作家几乎是以逃避瘟疫的心态去回顾过去、反观乡土社会了。

然而，一俟历史的尘埃稍稍落定，人们开始更为理智地看待历史、反思人生，知青作家对待自己一代人经历的情感态度发生了微妙而复杂的变化。他们不再采取一种简简单单的与过去划清界限的方式去看待历史，特别是"红卫兵"的历史和知识青年上山下乡的历史，而是带着一种既要与过去告别、又要从过去剥离出有价值的东西来的双重心态去回顾评判往事。对"红卫兵"生活和知青生活的描述开始趋于多元。作家们普遍地将它们当作自己一代人的一个必要的成长阶段，并将其间的幼稚无知、简单粗暴所产生的严重后果视为成长的必然代价。不少知青作家在不同场合流露出一种总体判断：这一代人的经历是独一无二的，这一代人的过往经历不仅规定着这一代人的现在，而且规定着这一代人的未来。孔捷生说："无论后世以什么标准，从何种角度去评价，事实都无可变更——它铸造了一代富有特质的中华儿女！"①韩少功说："一次夭折的移民，使一批小知识分子曾辗转于城乡之间，挣扎于贵贱之间，求索于真理与伪学之间，终以摆货摊或得硕士等等为各自归途。不必夸大他们的功绩和美饰他们的品质，但那穷乡僻壤、天涯海角里成熟的心智和肌骨，将烙印于中国直跨入下一个世纪的历史。"②共同的经历铸造了一代人共同的精神气质，也决定了一代人的价值取向。但与此同时，也开始有越来越多的知青作家认识到，在共同的时代背景和成长经历的基础上，其实也存在着各种各样的精神追求和价值取向，以及各种各样的对于这一代人历史的文学叙述。陶正、田增翔便说："知识青年上山下乡运动，是特殊历史条件下的产物，可谓空前绝后。它的旗帜是杂色的，它的标志也像立体画片一样，可以随着视角而变幻不定。真理与谬误滚成了一个雪球——它的剖面，足以让后人目瞪口呆！"③张抗抗在《塔》一开头便引用了纪伯伦的一句话："正如上帝对你们每个人的了解都是不相同的，所以你们对于上帝和大地的见解，也应当是不相同的。"作品通过一班曾在北大荒共同战斗过的老知青在杭州六和塔下的聚会，展现了一代人在过去和当下的不同境遇和追求。确实，即使是同一代人，由于他们当时所去的地域有所不同，各人接触到的人与事大不一样，有的真正是插队落户，有的过的是一种相对独立的知青点或生产建设兵团的生活，故知青作家对被统称为"上山下乡"一类运动的体会、记忆、评判都会有所不同。何况，即使同一个人在不同的时期面对同一件事，其看法都有可能由于眼界的拓宽、认识的深入等发生微妙的变化，因而随着时间的流逝，知青作家对自己一代人经历的叙述开始趋向多元。

　　知青文学的多元化不仅仅因为作家对历史的叙述和判断由激情走向了理性，知青一代的现实境遇也是导致这种多元化倾向的一个重要原因。20 世纪

---

① 贺绍俊、杨瑞平编《知青小说选》，四川文艺出版社 1986 年版，第 1 页。
② 贺绍俊、杨瑞平编《知青小说选》，四川文艺出版社 1986 年版，第 241 页。
③ 贺绍俊、杨瑞平编《知青小说选》，四川文艺出版社 1986 年版，第 299 页。

70 年代末,知青一代所想的是如何尽快离开农村这块"恶土"回到城市,然而愿望达成之后,却发现城市生活仍不是自己的理想生活。由于学业耽搁得太久,他们中有的人不能如愿进入大学;由于先前想的只是尽快回城,他们中不乏有人被迫选择了并不理想的工作和单位;由于在农村耗费了最好的青春年华,他们有的回城后甚至失去了从容选择自己恋爱婚姻方式的空间和余地;再加上社会的冷眼、住房的紧张等,都可能导致回城知青心理失衡。王安忆《69 届初中生》中的雯雯,回城后的第一个发现是"这是一个人尽其能的时代",可自己却一无所能;《本次列车终点》中的陈信,发现在住房极度紧张的家庭生活条件下,自己仿佛成了家中一个多余人。当下生活的种种不如意于是化为对过去生活的怀念,曾经想尽一切办法逃离的乡村土地开始露出其可亲可近之处,在有的作家那里甚至成为自己的第二故乡,成为自己流浪灵魂最好的安居之所。知青作家的创作中因此兴起了一股迅猛的"回归"潮。在这种"回归"潮中,又可以细分出三种流向:

其一是去知青一代历史中发掘有价值的精神因素,使之成为新的乐观主义和理想主义的基础。张承志是这种流向的典型代表。这一作家一直小心翼翼地回避着对"红卫兵"运动的直接文学描述,对知青生活中的屈辱的一面也是点到为此。他是当代作家中最倾向正面肯定知青一代成长经历的作家。在《北方的河》题记中,张承志写道:"我相信,会有一个公正而深刻的认识来为我们总结的:那时,我们这一代独有的奋斗、思索、烙印和选择才会显露出意义。但那时我们也将为自己曾有的幼稚、错误和局限而后悔,更会感慨自己无法重新生活。这是一种深刻的悲观的基础。但是,对于一个幅员辽阔历史悠久的国度来说,前途最终是光明的。"后来,他又用更明确的语言说:"我不以为下述内容是一种粉饰的歌颂:无论我们曾有过怎样触目惊心的创伤,怎样被打乱了生活的步伐和秩序,怎样不得不时至今日还感叹青春;我仍然认为,我们是得天独厚的一代,我们是幸福的人。在逆境里,在劳动中,在穷乡僻壤和社会底层,在痛苦、思索、比较和扬弃的过程中,在历史推移的启示里,我们也找到过真知灼见；找到过至今感动着、甚至温暖着自己的东西。"①正是凭借着对自己一代人成长经历中有价值因素的坚信，张承志在《绿夜》《老桥》等描绘知青、"红卫兵""回归"题材的作品中，总是以对明天的期望和未来的期许弥补现实生活中的失望。当大多数人仔细地甄别过往理想的真伪与价值或是嘲笑一切理想与信仰时，张承志却在《金牧场》中用断然决然的语气写道："人心中确实存在过也应该存在一种幼稚简单偏激不深刻的理想。"梁晓声也倾向于用一种辩证的眼光来看待知青运动，他一方面认为它"是一场狂热的运动，不负责的运动，极'左'政策利用了驾驭着极'左'思潮发动的一场运动"，但另一方面又认为"荒谬的运动，并不同时也意味着被卷入这场运动前后达十一年之久的千百万知识青年也是荒谬的"。② 他在《这是一片神奇的土地》《今夜有暴风雪》等作品里，既描绘了那个特定的历史时代在李晓燕、裴晓云们身上打下的鲜明的可悲的时代烙印，也描绘了他们身上所具有的勇于牺牲的可贵的理想主义气质和英雄主义精神。孔捷生的《南方的岸》是知青文学"回归"潮中的代表作。它既写了海南知青当年各自不同的选择，也写了一种不死的浪漫主义的理想精神在不同时期不同人物身上的延续。易杰、暮珍的回归海南，构成了作品中最激动人心的不以成败论英雄的价值取向。有意思的是，张承志《绿夜》中的"我"，在表弟的眼里是一个堂吉诃德式的人物；而在易杰看来，在世人的眼里，自己也最多是个持矛冲向风车的堂吉诃德。与"伤痕文学"潮流中的知青文学有所不同的是，作者并不认为这种与风车战斗的堂吉诃德式的姿态是一种荒诞的姿势。恰恰相反，作者认同这种看似不识时务的价值取向——因为它有着充分的抗击时俗的精神价值。陆星儿的《达紫香悄悄地开了》，更是通过一个重返北大荒的知青的眼，塑造了一个至今仍战斗在无数青年抛洒过热血的土地上的老知青形象。显然，作者要借这一人物脚踏实地、至死不悔的英雄行为说明："'知青'这个称呼所拥有的真正内涵，以及这段经历带给我们这代人

---

① 贺绍俊、杨瑞平编《知青小说选》，四川文艺出版社 1986 年版，第 387 页。
② 梁晓声：《我加了一块砖》，《中篇小说选刊》1984 年第 2 期。

的命运,绝对不应该只是哀叹和感慨。"①

其二是立足于当下生活,试图在知青的青春理想与当下生活中架起桥梁,以更加入世的态度走向明天。王安忆的《本次列车终点》,张辛欣的《我们这个年纪的梦》,陶正、田增翔的《星》是这种倾向的代表作。三部作品的共同点,是其主人公对当下生活都有所不满,这种不满又促使他们以一种眷恋的姿态回首当年的知青生活。当下生活的琐碎平庸反衬出了当年青春理想的单纯可爱。然而,主人公经过一番沉思,觉悟到回归当年的生活只能是梦想,理想只有附着于现实才能找到其现实的基础,不能用对美好过去的追忆来代替对美好未来的追求。这类作家作品都试图在理想与现实、过去与未来之间找到一个平衡点。《我们这个年纪的梦》的每一节都以一个童话故事开头,多彩的童话映衬出了现实的平庸,主人公认定不幻想不做梦的生活是可悲的,但作家并没有愤激到像张承志那样在高蹈理想的同时去蔑视一切卑污龌龊的生命,而是让主人公于"在那些无形的梦和实在的生活之间,是不是有着一座桥"的沉思中形成了一种达观。作品以"于是,她去淘米、洗菜、点上煤气,做一天三顿饭里最郑重其事的晚饭"结尾,无疑传达出了一个信息:梦想归梦想,日常生活还得继续。《星》中的"星",既是一首诗的题目,同时也是主人公理想世界的代名词。作品一方面借主人公的心理活动抨击了鄙俗的人生取向,另一方面也借他人的反驳阻击了一味怀旧的价值取向:"你想,氏族社会多好呀,那时的人和生活一定很淳朴;山顶洞人更值得怀念,他们穿树叶,吃兽肉,从不制造污染;周口店人可能连火都不会生呢! 他们所看到的,准是最最灿烂的夜空!"正是这种充满讽刺意味的话,使《星》不至于成为一种单纯高扬理想、只有一种声音的独白体小说。这批作品的回归怀旧倾向,都不如第一种流向的作品那么浓烈,作品中具有知青身份的主人公,都没有像易杰们那样真的去旧地重游。显然,他们的作者,也无意于塑造具有理想气质的英雄人物。他们似乎更理解

---

① 贺绍俊、杨瑞平编《知青小说选》,四川文艺出版社1986年版,第641页。

普通人的苦恼和欲望,对普通人在世俗和现实面前的妥协也更倾向于一种同情的态度。《69届初中生》中,任一以烟酒打通了雯雯的回城之路,事成之日,任一在雯雯眼中却成了一个令人厌恶的陌生人。王安忆在这里的处理是相当艺术化的。在任一"我是没有办法,没法子! 没法子""我们都是很普通的人,我们都是小人物"的哭诉声中,雯雯与任一抱头痛哭。作为普通人,他们朝思暮想地期望回到自己的出生地上海;作为普通人,他们又找不到其他任何改善自己生存环境的途径。他们是为放弃了自己的理想和做人的原则而痛哭。王安忆是带着一种怜悯和同情的态度来写知青的选择的。她不愿将任一一类的知青处理成普通人之外的另一类人,他们不过是普通人中的一员。这也印证了王安忆自己所说的一席话:

> 现在,我不愿说:我们这一代,是如何如何的一代。置身在我们民族四千年的历史上,我们这一代似乎并没什么值得特别强调的。
>
> 现在,我不愿意说:知识青年的生活,是如何如何的生活。置身在我们八亿多人的人生之中,这生活也似乎并没什么值得特别在意的。
>
> 何况,还有世界,还有宇宙。①

当众多作家在强调夸耀知青一代的特殊性时,王安忆却主张将知青生活放到更广阔的时空背景下去看,她所从事的几乎是一种去神圣化的工作,在她那里,知青生活不过是普通人日常生活的一个变种。正是这种将知青当作普通人来写的倾向,导致了她后来在《岗上的世纪》中对特殊时期里日常生活之流的关注,对普通人欲望的关注。《岗上的世纪》中的女知青李小琴,既是社会人,也是自然人。作为社会人,她试图利用自己的色相达到回城的目的,杨绪国这时在她的眼中是丑陋的;作为自然人,她在同杨绪国的暧昧交往中得到了

---

① 贺绍俊、杨瑞平编《知青小说选》,四川文艺出版社1986年版,第179页。

欲望的极大满足,杨绪国这时在她的眼中是强健的。可以说,如果张承志、梁晓声们是将知青当作虽败犹荣的英雄来写,其作品中贯穿了"青春无悔"的声音,王安忆们则是将知青当作有血有肉的普通人来写——他们有普通人的向往和追求,也有普通人的苦恼和欲望。

其三是有意地回避对知青生活的正面评价,并从知青生活中引出对更大的人生境遇的思考。韩少功的《归去来》是这一倾向的代表作。作品以如梦如幻的形式,写了"我"(黄治先)被误认为当年知青马眼镜的经历。作者通过这种有意无意的身份混淆,艺术地表现了知青主体身份的迷乱和困惑感。知青作家喜欢用"梦"来表现自己这一代人的理想,或是对知青生活的怀念,韩少功却用一次如梦似幻的"归去来"表现知青一代的恍若隔世感。韩少功曾在《月兰》《西望茅草地》等作品中描绘了"左"倾的危害,又在《飞过蓝天》中表现过知青的沉沦与追求,还在《远方的树》中传达过知青对已逝生活的情感上的留恋,但我们注意到,《远方的树》中,田家驹将要离开自己插队的土地时,内心升起的是一种"熟悉又陌生,亲近又遥远"之感,甚至产生了"自己曾在这里生活过么"的奇怪想法。《归去来》表现的不过是数年后"回归"潮中知青的那种"熟悉又陌生,亲近又遥远"之感。黄治先赤身裸体洗澡时对自我身份的思考,正代表了作家对知青主体身份的思索:"由于很久以前一个精子和一个卵子的巧合,才有了一位祖先;这位祖先与另一位祖先的再巧合,才有了另一个受精卵子,才有了一个世世代代以后可能存在的我。我也是连接无数偶然的一个蓝色受精卵子。来到世界干什么?可以干些什么?……""我"是偶然之物,正如"我"被"命名"为马眼镜是偶然的一样。推而广之,所有的知青包括整个的知青运动都是偶然的,都只是人类历史上的一环。"我"的这种思考实际上瓦解了梁晓声式的"我们是时代的活化石,我们是独特的一代。无论评价我们好或不好,独特本身就是历史的荣耀"①式的文学叙述。而一旦瓦解了知青一代的

---

① 梁晓声:《年轮》封底题词,贵州人民出版社1994年版。

独特性,知青主体的身份就成了一个问题,《归去来》的结尾("我累了,永远走不出那个巨大的我了。妈妈!"),传达的或许正是这种主体身份的迷乱感与困惑感。而这种迷乱感与困惑感,只不过是人的迷乱感与困惑感的寓言式表达。

知青作家的创作,尽管最初呈现出向主流文学靠拢的趋势,但大多还是从自己个人的经验起步的。随着创作的深入,不少作家开始从自身的经验里超脱出来,从而获得了更大的文学视野,注意到了更具普遍性的人生。这种变化无疑是知青作家创作中的一个突破。确实,知青和知青生活都是独特的,但将其置于更广大的人生背景下去审视,知青与知青作家的问题其实也是整个人类和所有作家的问题。如知青作家身上所具有的那种对乡土的"逃离与回归"情结,我们在所谓青年农裔作家如贾平凹、莫言等身上同样可以看到。青年农裔作家对故土的那种既爱又恨的情感,与知青作家对乡土的那种"逃离与回归"的矛盾情感何其相似?距离产生美,只有失去的才是最好的,其间的奥妙,也只有放在普遍人性的基础上才能得到解释。王安忆、韩少功、阿城、史铁生等作家后来都脱离了单一的知青立场去反映更广更大的人生。如果说,"伤痕文学"时期的知青作家创作同"归来"一代作家一样立足于"我们国家""我们党"的立场,"回归"潮中的创作是立足于"我们这一代"的立场,后来的知青作家的创作则开始逐渐向民族文化立场和民间立场转移。阿城曾说:"我有幸与我极佩服的作家贾平凹谋面,并请他对《棋王》讲些真实而不客气的话。他说:知青的日子好过。他们没有什么负担,家里父母记挂,社会上人们同情,还有回城的希望与退路。生活是苦一些,但农民不是祖祖辈辈这么苦么?贾平凹的这些话使我反省自己,深感自己不只是俗,而且是庸俗,由此也更坚定了我写人生而不是写知青的想法……"①确实,知青上过当,受过苦,但比起中国广大的受苦受难的农民来,所经受的苦难可以说微不足道。立场的变化带来了创作风貌的相应变化。阿城的《棋王》,主人公王一生虽为知青,也追求精神化

---

① 阿城:《一些话》,《中篇小说选刊》1984 年第 6 期。

的生活,但他的生活态度相当平民化。"此去的地方按月有几十元工资,我便很向往,争了要去,居然就批了。"叙述的是乱世,作者的叙述语调却是从容的,镇定的;王一生是一个异人,但在叙述人眼里也没有什么了不得,倒是精神上同历史上的那些无名小辈有些相通。旁观王一生进行"车轮大战"的"我"心里涌起的是一种很古的东西:"平时十分佩服的项羽、刘邦都目瞪口呆,倒是尸横遍野的那些黑脸士兵,从地下爬起来,哑了喉咙,慢慢移动。一个樵夫,提了斧在野唱。"阿城写王一生下棋,肖疙瘩护树,王福抄字典,是要写出一种老老实实的人生,诚诚恳恳的态度,发掘出一种贯注于中国文化和历史中的"气"。王福写作文,自言自己发愤读书是因为父亲是一个不能讲话的人,"所以我要好好学文化,替他说话"。某种程度上,阿城创作的《棋王》《树王》《孩子王》等小说,写知青是其次,替"哑了喉咙"的普通百姓和中国文化说话才是真义。张承志的创作,本质上始终有一种以自我为中心的倾向,但他在《金牧场》里,仍借叙述人之口写下了这样的话:"我只是记得在那两年里我劳动过。我只是牢牢地记得:活在底层的人是多么艰难。"知青运动的最大功绩,也许就在于让一代人真正同社会的底层有了接触,认识到真正的人生和中国文化是什么样子。陈村说自己"是从农村开始认识人生的"①,张抗抗也曾谈到自己在北大荒的两个发现,并说"正是那两个幼稚而真诚的发现,开拓了荒野上曲曲弯弯的小路;开拓了我的一生,开拓了一个属于我们的时代"②。韩少功在《远方的树》中借田家驹的视角写道:"每个土房黑洞洞的门里,都有陌生的男女老少,都有忧和乐,有历史和现实,有艺术的种子和生活的谜。"王安忆在《69届初中生》中借雯雯上调县城的机会写道:"最主要的是,雯雯从此吃上商品粮了,每月有定量,

---

① 贺绍俊、杨瑞平编《知青小说选》,四川文艺出版社 1986 年版,第 317 页。
② 贺绍俊、杨瑞平编《知青小说选》,四川文艺出版社 1986 年版,第 541 页。张抗抗所说的两个发现是:"在严冬的风雪中,我第一次发现,天空可以压在你的肩头。天地间的空隙是如此狭小。我是一片芦叶、一粒雪沫,消失在冰窟里。""在夏日的原野上,我第一次发现,地球是一个巨大的圆平面。每个人,都可以是这圆平面的轴心。"这无非是说,人在天地宇宙之间,既是渺小的,也是伟大的,既不可过分自大,也不可过分自卑。

三十一斤半粮,半斤油。有了这份商品粮,今后一辈子的生活似乎都有了基本保证。雯雯从小吃着它长大毫不觉得什么,而当它失去之后再重新获得的时候,便深深体会到了它的可贵。"韩少功后来从事"寻根"文学的提倡与创作,王安忆后来在《喜宴》《开会》《青年突击队》等作品中以一颗平常心去写普通人的日常生活,应该说与他们的知青经历都有紧密的联系。在谈到史铁生小说创作中的宿命母题和玄思特色时,人们通常溯源到他的身体残疾,但从《我的遥远的清平湾》《插队的故事》等作品来看,底层百姓那种强烈的生存意志同样是形成其作品中与命运抗争母题的一个重要精神资源。

　　"寻根"文学的提倡与创作是知青作家最后一次以群体形象集体亮相。进入 20 世纪 80 年代末期,随着中国文学创作由一元化向多元化发展,作为一个创作群体的知青作家的影响力开始减退,但其中的一些佼佼者如王安忆、韩少功、张承志、史铁生等,其个人的影响力开始逐渐增加。当然也有一些曾为人们看好的知青作家,由于创作乏力而淡出文坛。文学创作就是这样,作为一项艰苦而又寂寞的事业,不进则退,这是谁也无法反抗的规律。

新潮小说的历史叙事

一

苏童、余华、格非等新潮小说作家,一般被视为没有自己的历史、然而又表现出强烈的历史虚构热情的一代。他们不像老一代作家那样,有旧时代的生活和自身的人生坎坷作为创作的基础,也不像知青作家那样,有上山下乡和"文革"的经历可堪咀嚼和回味。但是,凭借过人的创作才华与丰富的艺术想象力,他们依然讲述了自己各具特色的历史故事,并传达了自己对历史的独特体验和理解。

新潮作家的历史叙事,最突出的一个特点是将以往貌似客观的历史改写为主观形态的历史,将线性的、完整的历史改写为断裂的、非逻辑的历史,将集体经验形态的历史改写为个体经验形态的历史。与以往高张现实主义旗帜的作家不同,这批作家并不热衷于做历史的书记员,甚至对以文学这种虚构形式客观地反映、把握历史的"真"不抱过高的期望。余华曾坦言《往事与刑罚》的创作,是因为当时看了伽达默尔的一些文章,非常喜欢他的理论,而伽达默尔认为"客观主义的历史观是不存在的,一个人不可能摆脱自身时代的限定性而进入另外一个时代"。^① 从人物的设置和叙述的方法来看,《往事与刑罚》不无模仿卡夫卡《在流放地》的痕迹,但它处理的题材和表现的主题近似于曾风云一时的"伤痕文学",我们甚至不妨将其称为新潮小说中的"伤痕小说"。一封来历不明的"速回"电报将"陌生人"带回了错综复杂的蚯蚓般的历史道路,"陌生人"来到一个名叫"烟"的小镇与刑罚专家谈论起了与当代五种时间相对应的五种刑罚,熟知刑罚的刑罚专家最终选择了"被糟蹋的刑罚"自缢身亡,结果"永久地割断了他(指陌生人——引者)与那四桩往事联系的可能"。在这里,余华不仅揭露了当代社会特殊时段里国家机器和"刑罚"的异化,而且通过"陌生人"的经历象征性地暗示了人彻底重返历史、理解一个时代的不可能和重重困难。这种不可能性和困难性的起因,用伽达默尔的哲学化语言来说,是因为"真正的历史对象根本就不是对象,而是自己和他者的统一体,或一种关系,在这种关系中同时存在着历史的实在以及历史理解的实在"^②。作为创作主体,作家面对某个历史时代和历史对象时,其历史思维也具有自身的历史性。作家对历史的艺术想象,既由历史对象本身所决定,也由作家个人的目的、意愿和偏见所决定。真实的历史和作家个人对这种历史的主观理解都为文学的历史叙事提供了某种东西。从这个角度来说,从事历史叙事的作家既是历史的书记员,也是历史的"陌生人",他远不能夸耀自己的历史叙事经得起"客观""真实"尺度的穷追不舍的考验。

问题的症结还在于,即使是历史的当事人和目击者也难以达到对历史的全知全能的了解,时间的距离和记忆的特性总使他们的历史叙述离开历史的本真形态。格非的《青黄》,即采用"目击者提供证据体"的小说结构方式,形象地展示了人根本无法抵达一种"终极历史"。《青黄》的创作,起源于格非在浙江听说的"九姓渔户"的故事。作者虚构了"我"对九姓渔户历史的调查,特别

---

① 见林舟:《生命的摆渡——中国当代作家访谈录》,海天出版社1998年版,第162页。
② [德]汉斯-格奥尔格·加达默尔:《真理与方法》上册,洪汉鼎译,上海译文出版社1999年版,第384—385页。

是对其中一个有争议的名词"青黄"的终极意义的追寻。然而,"我"对历史的目击者和当事人的调查和采访,不仅没有澄清"青黄"的歧义,而且增加了"青黄"的歧义,无论给羊圈加固木栅栏的老人、外科郎中、康康,还是小青、看林人、李贵,都只能通过记忆之网捕捞起沉入时间长河河底的历史碎片,而且,面对"我"的调查,他们仿佛出于各种原因在揭示一些事情的同时也掩盖了一些事。于是,"青黄"在传说中是"一个漂亮少妇的名字",又有人说它是"春夏之交季节的代称",谭维年教授则认为是"一部记载九姓渔户妓女生活的编年史";在我的询问下,外科郎中猜测"'青黄'会不会是那些年轻或年老妓女的简称?"李贵则说"青黄"是一条良种狗。当读者以为"我"得到了"青黄"的终极所指时,"我"又在《词踪》上得知"青黄"是"多年生玄参科草本植物"。很大程度上,《青黄》展示了九姓渔户的历史在时间的长河和人类的记忆中被文本化的过程。"青黄"作为一个历史符号,正像索绪尔论述语言符号时所说的,它本质上由能指和所指两部分组成。在历史上,"青黄"的能指和所指也许有着某种约定俗成的联系,但时间的流逝使得"青黄"的意义走向了德里达所主张的那种意义的无限扩散和延宕。"我"的麦村之行实际上是为能指符号"青黄"寻找相对应的所指的过程:"在麦村的日子里,我在白天像游魂一般四处飘荡,追索往昔的蛛迹,却把一个又一个的黑夜消耗在对遥远过去的悬想之中。"在暗哑无声的历史时空里,"青黄"的意义是忽隐忽现地飘浮着的,始终无法固定在一个终极的所指上,众多的有关"青黄"的解释可以说构成了一个意义链,每一种说法都只是留下了"追索往昔的蛛迹"——它类似于德里达所说的踪迹(trace)。每一种"青黄"的意义总是为后一种意义所涂抹、改写,同时也在意义链上留下自身的痕迹。格非在《青黄》中自始至终没有为读者提供"青黄"的终极意义,相反,还暴露了那种要将"青黄"的意义固定于某个终极所指上的企图的虚妄和滑稽。从创作过程来看,《青黄》可以说是一个绝对的语言游戏的文本,堪称后结构主义理论的形象演绎。从历史观的角度而言,则寄寓了对历史的元叙述的怀疑,暗寓了文本之外别无历史的历史理念。

　　一旦新潮作家意识到客观主义的历史并不存在,感同身受的历史生活的匮乏便不能摧毁他们进行历史想象的信心,相反倒是增强了他们进行历史叙事的勇气。余华曾说:"很多作家写了许多作品,但他仅仅记录了某个时代的一些事情而已,没有写出更宽广的东西……我们写'文革'和从'文革'中走过来的作家写'文革'是不一样的。他们写'文革'往往处于'身临其境'的这么一种状态;而我们写'文革'可以选择一个比较好的距离,可以进去也可以出来,可以说进出自由。他们进去以后出不来,也不可能会出来。还会受到叙述的训练方面的限制。"①他所创作的《往事与刑罚》《一九八六年》,不仅打破了过去与现在、历史与现实的时空界限,而且突破了逻辑性与荒诞性、日常性与超验性之间的樊篱,将当代社会生活中"刑罚"的异化与古代社会中墨者守门、劓者守关联系起来,通过"春天来了,疯子也来了"的象征性语言表现出了一种深沉的历史反思意识和历史忧虑。苏童也曾坦言自己没有见过妻妾成群的封建家庭,不认识什么颂莲、梅珊或陈佐千,但这并不影响他择取中国文学史上屡见不鲜的题材,给封建大家庭中姨太太们的悲剧故事以新的文学阐释。《妻妾成群》的成功,更重要的是得益于作者"'白纸上好画画'的信心和描绘旧时代的古怪的激情"②。同样,格非对新旧交替时代的历史并未身临其境,却也创作了广受赞誉的小说《大年》。《大年》的题记标明"我想描述一个过程",表明作者有意识地要写一段特殊时期历史的自然进程。与以往革命历史题材小说不同,历史在《大年》中是以人的自然生存选择和生存形态的面貌出现的,"革命"不再呈现为一个进步的神话,而是表现为一个人为的历史文本。特别是像豹子这样不识字的贫民,其历史是可以由唐济尧这样掌握着文化霸权的人随意涂抹和虚构的。格非并不标榜自己的作品是历史的忠实记录。他所想做的是描述一个过程,描述自己对一个特殊时代的想象。这种历史想象无疑是属于他个人的。

---

① 见林舟:《生命的摆渡——中国当代作家访谈录》,海天出版社1998年版,第161页。
② 苏童:《〈婚姻即景〉自序》,江苏文艺出版社1993年版。

新潮作家对虚构的热情远远高于对历史进行纪实的热情，对个人存在的精神真实的热情远远超出对大众理解的日常真实的热情，是与他们对文学和现实的理解分不开的。在《虚伪的作品》和《我的真实》两文中，余华一方面认为自己的作品十分真实，一方面又说自己意识到了其形式的虚伪，而"所谓虚伪，是针对人们被日常生活围困的经验而言的"①。以一种悖论的方式，余华将自柏拉图和亚里士多德以来在文艺的真实问题上的古老争端统一了起来，但他并没有着重说明怎样以虚伪的形式达到文学的真实，而是先验地走向了对日常经验所理解的真实的控诉。他认为，由于人们过于科学地理解真实，以致真实似乎只对早餐一类的事物有意义，而对深夜月光下某个人叙述的死人复活故事采取了毫不犹豫的回避态度，这就导致了我们的文学只能在缺乏想象的茅屋里度日如年。与余华区分出日常真实和精神真实不同，格非设想了"存在"和"现实"两个完全不同的概念："存在，作为一种尚未被完全实现了的现实，它指的是一种'可能性'的现实。……现实是完整的，可以被阐释和说明的，流畅的，而存在则是断裂状的，不能被完全把握的，易变的；'现实'可以为作家所复制和再现，而存在则必须去发现，勘探，捕捉和表现。现实是理性的，可以言说的，存在则带有更多的非理性色彩。现实来自群体经验的抽象，为群体经验所最终认可，而存在则是个人体验的产物，它似乎一直游离于群体经验之外。"②正是由于新潮作家将断裂状的、易变的、非理性的、个人的、精神的等以往被排斥至文学的真实的边缘的因素拉回了中心位置，因而作家的想象和虚构等精神活动不再受到过于呆板的"真实性"尺度的框范，"虚构在成为写作技术的同时又成为血液，它为个人有限的思想提供了新的增长点，它为个人有限的视野和目光提供了更广阔的空间，它使文字涉及的历史同时也成为个人心灵的历史"③。这种对文学和现实的理解、对虚构的张扬，带来了这批作家历

① 余华：《虚伪的作品》，《上海文论》1989 年第 5 期。
② 格非：《小说艺术面面观》，江苏文艺出版社 1995 年版，第 22 页。
③ 苏童：《虚构的热情》，见《纸上的美女》，人民日报出版社 1998 年版，第 161 页。

史叙事的新面貌。在《古典爱情》中,余华一改古典才子佳人小说的创作套路,既通过灾荒之年人类同类相食的惨烈现实揭露历史的残酷和人性的凶险,也通过柳生和惠小姐真诚相恋、死而复活的故事透露了人性的温馨一面和人类的希望之光。在《我的帝王生涯》中,苏童发挥自己历史想象的才能,随意地虚构了燮国国王端白大起大落、峰回路转的一生。燮国是虚构的,时代也是虚构的,人物似真亦幻,宫廷的争夺和血肉的相残却同那些依靠史料典籍建构起来的宫廷故事极为相近。《我的帝王生涯》是无法用史料的"真实"来检验的,不过它同样折射出了人生的无常和历史的无情,触及了权力与自由互相悖反的主题。

除了在历史观念、历史叙事方法上表现出了与以往历史题材小说创作的差异以外,新潮小说还试图借虚构的历史背景,传达出富有哲理意味和人生内涵的形而上主题。在他们那里,常常反映历史是假,传达形而上的主题才是真。格非的《敌人》,将潜藏于人内心的恐惧表达为赵少忠家族始终未露面而无时不在的"敌人";余华的《鲜血梅花》则最大限度地保留了武侠小说这一传统通俗小说的形式特征,采用了为父复仇的经典情节,表达了一个具有存在主义色彩的文学主题。苏童则希望读者将《妻妾成群》理解成关于"痛苦和恐惧"的故事,而不仅仅是一个"旧时代女性故事"或者"一夫多妻的故事"。① 即使是创作那些相对中规中矩的历史小说,新潮小说作家也不满足于求取历史的表面真实,而试图挖掘其中更广泛的历史、人性和哲学文化内涵。格非、北村、苏童所创作的《武则天》(又名《推背图》)、《武则天——迷津中的中国王》《紫檀木球》(又名《武则天》),之所以在新时期的十几部以武则天为对象的小说中格外醒目,除了三位作者在叙事方法上做出了一些新的探索外,还因为他们没有停留于政治层面的阴谋、权术与搏杀的描绘,而将笔触深入到了人物的内心和历史的深层结构,对人在历史中的地位、作用和价值进行了思考和追问。这种思

① 苏童:《我为什么写〈妻妾成群〉》,见《纸上的美女》,人民日报出版社1998年版,第167页。

考和追问,比单纯围绕政治斗争和男尊女卑来写武则天的故事,便更为深刻。从这一角度来讲,苏童、余华、格非、北村等作家的历史叙事,不仅区别于以往作家的历史叙事,而且显示出一种人文关怀,与更年轻的被称为新生代的作家相比,更少一点历史的虚无主义色彩。

二

进入 20 世纪 90 年代以后,苏童、余华、格非、北村等人的创作先锋色彩开始减弱,故事色彩增强,特别是在他们创作自己的长篇小说时,更不可能长时间地维持在一种紧张的探索和实验之中。然而,由这批作家所确定的历史观念、历史叙事方法,却为比他们更年轻的一批作家所继承,并在个别作品中被发挥到了极致。

90 年代新潮小说历史叙事的一般特征,是对死亡和宿命母题的关注,对历史中偶然性因素和非逻辑性因素的强调,结构上的空缺与断裂、重复与循环。正如福斯特所说的:"人的生命是伴随着一种遗忘了的经验开始,又伴随着一种虽然参与但又无法了解的经验告终","我们最后的经验正如最初的经验那样,都是凭臆测得来的"。[1] 死亡是一种人人都得面对而又无法由经验者自我描述的历史经验,它构成了人生和历史中一种晦暗难明的神秘境遇,既超出了局外人的理性所能把握的范围,同时也切合文学虚构和想象的特质。或许正因为如此,新潮小说才一次又一次地利用死亡这种神秘境遇来展示命运的无情和历史的残酷,并渲染历史的偶然性和非逻辑性。须兰的处女作《仿佛》,叙述的是四十年以后"我"携新婚妻子对"我"作为绸布庄庄主的大哥死亡之谜的寻访。由于年代相隔已久,"我"大哥死亡的前因后果变得众说纷纭,仅谁是真正的凶手就有三种版本,"我"因此陷入了历史认识的迷茫之中。在另一小说

---

① [英]爱·摩·福斯特:《小说面面观》,花城出版社 1984 年版,第 42 页。

《捕快》中,须兰再一次利用死亡造成的结构性空白来结构作品。查赈大员李毓昌吊死在灾荒之县山阳县,捕快蔡老七受县令王伸汉之命展开调查,从此李大人为何而死和为何人杀死便陷入了重重迷雾之中,几乎每一个出场人物都成了杀死李毓昌的潜在凶手。红柯的《林则徐之死》,同样虚构了书童、长毛刺客、大内高手、巫师、死者鬼魂的声音,对林则徐的死因做出了相互冲突的解释。无论是《仿佛》还是《捕快》《林则徐之死》,都充满了一种人无能把握历史、历史不可知的反历史主义的氛围。对历史的客观性和可认知性,作者表现得疑虑重重。正是创作主体对历史客观主义的怀疑情绪,使作品的历史叙事蒙上了一层恍恍惚惚、捉摸不定、似是而非的色彩。这类作品的吸引力并不在于找出了杀害大哥、李大人、林则徐的真正凶手,而是由几个可能的当事人所做的相互矛盾、相互冲突的历史叙述产生的艺术张力构成了云遮雾罩的艺术氛围。

在结构上,《仿佛》《捕快》《林则徐之死》与格非的《青黄》一样采用的是"当事人提供证据体",而对人物死亡的处理则接近格非的《迷舟》。在战争一触即发的紧张气氛笼罩下,《迷舟》中的三顺和警卫员,对"萧去榆关"这一关键环节做出了两种截然相反的诠释:三顺认为萧去榆关是为了爱情——看杏,警卫员认为萧去榆关是为了传送情报,是军事上的叛变行为。历史的空缺被不同的人依据自己的想象做了填充,两种解释都似乎有自己的道理,但任何一种都不能说自己代表了历史的终极真实。死者长已矣,他无法为人们提供自己死亡的前因后果的真实描述,因此任何对萧去榆关的想象、猜测和解释都只能是文本性的,它完全取决于第三者对历史之谜的理解和臆测。而这种建立在不同人理解和臆测基础上的历史叙事,本质上又取决于作家的历史观念和历史叙述方法,只要作者愿意,有关萧的死还可以有更多的或是全然不同的诠释。同样,理论上,在《仿佛》中,大哥的夺命仇人还可以在小林、吴槐、韩光之外无限制地添加下去,关于其中的恩怨纠葛的叙述也可以有完全不同的版本;而《捕快》中的犯罪嫌疑人也可以在喜梅、喜哥儿、李祥、顾祥、马连升、王伸汉、蔡老七之外无限制地推衍下去。在这些作品中,由于作者有意识地回避对死亡原因的呈现,有意识地遮蔽了历史的因果逻辑关系,任何对人物之死的解释因此都只是一种可能,一种对历史真相的想象、虚构,甚至是对历史真实的一种充满暴力色彩的阉割。而且,由于作者为有的言说设置了自我颠覆的叙事成分,每种有关死亡的主观言说相对其他任何一种来说,都是一种消解,这就使这些作品成为具有一定解构色彩的作品。由于前景和后景、结果和原因之间有一方缺席,人物的死亡有如历史的巨大黑洞晦暗难明,种种对死亡原因和死亡过程的填补、构拟和说明,或许有可能出于自以为是的想象,也有可能出于恶意的陷害栽赃,还有可能是为自我解脱设下的迷魂阵。在这些作品中,未曾经验的历史始终是一个谜,对历史之谜的任何解读都是主观的、武断的,历史充满了种种不确定性和不可认识性。正是难于捕捉的不确定性和不可认识性造就了小林们的主观阐释,带来了《仿佛》等作品结构上的空白与间断,使人物的死亡显得扑朔迷离、歧路纷出,结果无论"我"、捕快蔡老七、府台大人如何努力,而最终所能拾取的都不过是一些零星的、真假莫辨的历史碎片。

假如说,《仿佛》等作品充分利用死亡造成的空白,更多地强调了历史的不确定性和不可认识性,那么,须兰的《月黑风高》《思凡——玄机道士杀人案》《宋朝故事》、李晓的《相会在K市》等作品则着力填补死亡造成的空白,渲染了死亡中的偶然性因素,演绎了人在历史面前的无力感、人无力把握自己命运的宿命意识。在这些作品里,杀人者虽然一一得到了彰显,但最大的杀人者却是偶然,人似乎可以逃避一切必然,却难以逃脱偶然之手的戏弄和屠戮,常常是一个细小的、不经意的决定便改变了人物的命运和历史的走向。偶然性因素常成为这些小说中改变历史面貌和世间秩序的决定性因素。《月黑风高》在月黑风高日、持刀夜杀人的神秘恐怖背景下,叙述了革命者施明武的失踪之谜。《相会在K市》则是"我"对从上海奔赴抗日前线的知识分子刘东死亡之谜的调查和寻访。与以往革命历史题材小说中革命者的壮烈牺牲不同,施明武、刘东的死都失去了悲壮豪迈的光辉,他们都是在茫然无知中穿过无星无月的黑暗空间、落入偶然所设置的残忍圈套而走向死亡之路的。在《思凡——玄机道士杀人案》中,须兰更是将人难以摆脱的宿命构成的种种玄机做了极度的演绎。可以说,造化的神秘和天意的难违在这里构成了人类难以摆脱的普遍困境。无论你是今人还是古人,无论你是共党还是土匪,也无论你考虑筹划得多么周详细密,一切挣扎努力都是枉费心机,一切生死恩怨都是过眼云烟。

　　由于90年代新潮小说的历史叙事热衷于对人物非自然死亡和命运的神秘莫测的描绘,有意突出历史中的偶然性因素和非逻辑性因素,因而小说的结构常呈现出空缺与断裂、重复和循环等特征。特别是在那些"目击者提供证据体"小说中,作者有意识地悬搁对死亡原因的描绘,故事在作品中不再像传统小说那样按历时形态展开,而是每个目击者针对同一事件提供大量的细节,他们对历史的追述既因为针对同一事件而发生了相互联系,可以互为补充,同时因为眼光的局限和掺杂进了个人的诠释而不尽相同,形成了彼此的差异和冲突。历史的关键环节由于人云亦云而成为历史的永恒之谜,众所周知的事实由于不断地被不同的人述说而造成结构上的重复和循环。同时,由于这些作品的背景都放在一个相对遥远、作者未曾经历过的历史时空,年代的久远奠定了陈旧、古老的基调,人物的大量的非自然死亡散发出衰朽、颓败的气息,作者对历史的偶然、非逻辑因素的强调更增添了神秘、幽玄的艺术氛围,这使这批小说看上去像一幅幅年代久远的古画一样清幽而迷蒙,有些发暗又有些颜色,人物的生活是豪华奢侈、有声有色甚至轰轰烈烈的,但由于偶然造成的非常规断裂和时间的流逝带来的空白,这种生活又是一种断断续续的奢华和有声有色,而且,由于人物总是遭遇突然的、出乎意料的死亡结局,因此其有声有色、一度轰轰烈烈的人生总脱不了骨子里散发出的丝丝清冷和悲凉。有点热闹,又有点清冷,有点灿烂,又有点幽玄,小说的底子是神秘的、衰朽的、悲凉的,热闹遮不住清冷,灿烂盖不过幽玄,热闹、灿烂仿佛只是神秘、衰朽、苍凉人生的一道花边、一点装饰,可以说是这批作品的普遍特征。

三

　　无论是苏童、余华、格非、北村等人的历史叙事，还是比他们更年轻的一批作家的历史叙事，都表现出了对历史客观主义的怀疑。这种怀疑不是简单的疑古，而是在认识到历史叙事存在着主观因素后坦然承认小说追求客观性和真实性的虚妄。作家们主动地放下史诗化的追求，转而去描绘边缘性的历史人物或历史故事，并较多地采用主观叙述和个人化叙述区别于传统小说。传统小说的历史叙事存在的一个前提，是认为历史存在一种终极真实，历史的发展有其内在的逻辑联系，而所有这些都是可以认识、把握的，虽然人们在认识、把握历史的过程中不免受到各自的阶级意识、人生观念、道德偏见等的限制。新潮小说的历史叙事则对历史的终极真实和发展规律表示怀疑，他们在创作中有意识地维持甚至虚构历史的多种可能性，强调人们所能见到的历史是叙述态历史，而不是历史本身，因而他们常常让自己笔下的历史以不确定的形态表现出来。叶兆言的《十字铺》在写到季云是否是共产党员时，虽然设想了是共产党员的种种可能性，可依然还是将它处理成历史上的一个永远的疑案。廉声的《月色狰狞》引述了日军文件、国民政府的短讯，让莫天良死于内讧、被日军击毙两种历史叙事相互冲突，同时通过作者自己的描绘展示了莫天良的第三种死因，从而进一步强化了历史的不确定性与混沌性。毕飞宇的《叙事》，甚至让叙述者以史学硕士的身份出现，得出了"历史其实是一个浪漫主义的诗人"的结论，并且让叙述者自以为发现了一条真理："逻辑越严密的史书往往离历史本质越远，因为它们是历史解释者根据需要演绎而成的。"《在充满瓷器的时代》中，毕飞宇的叙述者从麻脸婆子对展玉蓉的历史补叙中，再次发现："历史的叙述方法一直是这样，先提供一种方向，而后补充。矛盾百出造就了历史的瑰丽，更给定了补充的无限可能。"无论"历史解释者根据需要演绎而成"还是"先提供一种方向"，所指的都是历史的叙述和阐释过程中，均存在海德格尔所说的"前理解"现象。换言之,无论作家还是普通人,都是在前理解的结构中来进行历史叙述和历史阐释的;也正因为存在"前理解",才导致了任何历史叙事无法以绝对客观和本真的面目出现。

红柯的《剑如秋水》,以虚构的形式,向我们描述了"前理解"如何决定和改变作家的历史叙事的走向和面貌的过程。作品以转世再生的冯梦龙的自叙口吻,讲述了当年编撰一个东瀛爱情故事的故事。化名"平冈信诚"的铸剑师,为了寻找到被称作秋莲的剑,利用冯梦龙好幻想的文学家的天性,向冯梦龙讲述了平冈英治西渡中土求证武学的故事。冯梦龙根据其讲述记载下了一个美丽动人的爱情故事,并在平冈信诚提出平冈英治为什么要对中原之行保持缄默时,做出了"也许是中原之行使他领悟了所谓一争高下的愿望纯粹是一种人生的徒劳"的臆测和解释,而后来的事实证明,平冈信诚当年讲述的故事全然出于虚造。《剑如秋水》可以看成一个讲述文学家如何进行历史叙事的元小说:正是作家的"前理解"和作家讲述故事的需要决定了文学的历史叙事的走向和面貌,作家的历史叙事实际上是建立在"说谎"的基础之上的,不是历史本身符合形式逻辑,而是作家的"前理解"和说故事的需要使小说的历史叙事显得合情合理、天衣无缝。

新时期作家甚至还在创作中触及了历史研究中的"前理解"问题。聂鑫森的《吃官仓考》中,历史研究所湘军史料室的年轻资料员鲁小冰,虽然经过正规的专业训练,但作为年轻人,她活跃的思维能力还暂时无法与凝固状态的冷冰冰的历史保持同步,少女的浓郁的浪漫情怀使她对那些遮遮掩掩、删删减减的历史纪录产生了深刻怀疑,并在撰写论文的过程中融入了对历史人物的感同身受的情绪,这使她所写的文章臆想多于考证。须眉皆白的老所长本想在鲁小冰的文稿上打一个大大的"×",他的猝死却使他的绝笔成了鲜红的"√",结果湘军史料室的负责人误以为鲁小冰的文章得到了老所长的赞扬,而指示要将该文登记造册,传诸后人。《吃官仓考》对包括历史学在内的历史叙事的客观性和科学性的怀疑是十分明显的。它通过鲁小冰的经历,试图强调我们通常所说的历史均是文本性的,其中充满了人类许多自以为是的臆想、感同身受的体验。

那么,既然无论文学家的历史叙事还是历史学家的历史叙事,都免不了受一种预先设想的观点的限定和影响,都只是虚构或搜集那些被认为值得记录的事实,很难经得起绝对真实尺度的考验,历史叙事还有意义吗? 卡尔·波普曾指出,每一代有每一代自己的困难和问题,"我们研究历史,是因为我们对它有兴趣,也可能是因为我们想懂得一点自己的问题",尽管不可能有一部"真正如实表现过去"的历史,只能有对历史的解释,每一代都有权来做出自己的解释。① 以追求客观性和科学性见长的历史学尚不排除每一代人按照自己的方式去看待历史、重新解释历史,那么,以想象和虚构见长的文学就更不必一定得为所谓"真实性"负责了。《剑如秋水》中的"我"(冯梦龙)虽然最终知道自己的爱情故事与历史事实不符,却并不认同"爱情故事肯定是虚幻的","铁器应该比文章更持久",而倾向于"文章千古事",文章有不同于寒光闪闪的剑的存在理由。特别是,对年轻一代的作者而言,他们压根就没有将自己历史叙事的动机确定为反映历史的"真",苏童曾说创作《我的帝王生涯》的真正冲动在于创造端白戏剧化的人生给自己一种"推理破案的快感",端白大起大落的人生正好配合了自己"多余的泛滥成灾的想象力"。② 而须兰在解释自己为什么热衷于一些年代比较遥远的事、热衷于历史和人生的悲凉一面时说:"只是觉得这些遥远的年代比较神秘,比较怪——才气纵横又有点儿醉生梦死,繁华中透着冷清——比较合乎我对于小说的口味。"③可以说,他们都是在申言自己进行历史虚构的权利。这种权利既不受任何外在的政治性东西的约束,也不受历史客观主义的约束,甚至不受理性主义的束缚。格非便认同英国当代著名作

---

① 卡尔·波普:《历史有意义吗》,见张文杰等编译《现代西方历史哲学译文集》,上海译文出版社1984年版,第184—185页。

② 苏童:《回答王雪瑛的十四个问题》,见《纸上的美女》,人民日报出版社1998年版,第189—190页。

③ 须兰:《古典的阳光》,《小说界》1993年第1期。

家、哲学家艾丽斯·默多克的一种观点:"小说家有不受理性主义约束的神圣权利,小说的特点之一就在于,它提供了一种安排某种经历的形式,而这种形式又不强求那种经历的各个部分在逻辑上必然互相关联。"①这或许正是格非在《迷舟》《锦瑟》《青黄》等作品中有意突出故事结构中的断裂和空白,不去建立情节上的逻辑联系的原因所在。

一旦作家将自己从历史的客观性和真实性中解放出来,获取了不受理性主义约束的神圣权利,作家的历史想象能力和历史虚构能力便得到了极大的发挥。小说家们不仅可以大胆虚构出一个并不曾存在的历史王国,而且可以虚构历史发展的多种可能性,让偶然性在历史的发展、人物命运中发挥重要的作用,读者所熟知的历史人物被做了"陌生化"处理,以全然不同的面貌出现于人们面前。商河让朱熹醉入花丛,给皇帝的奏章的第一句话竟是"理就是拉撒"(《花丛中的朱熹》);何大草以李清照南渡为蓝本,虚构了女词人在韶华不再的落寞中的孤独情绪和暧昧欲望(《如梦令》);现实中的人物进入小说文本对古代的小姐梅产生了恋情(李大卫《出手如梦》),不同时代和地域的历史人物产生了后现代主义批评所说的"跨历史的聚合"(何大草《衣冠似雪》、李冯《唐朝》)。谈歌在创作《绝士》时,虽然将高渐离写成女扮男装、剑法奇绝的侠女,可他还是在括号中加入大段文字,求助于民间传说,强调历史(正史)除去文字记载的东西以外,还得靠民间传说来丰富;何大草在解构荆轲刺秦王的故事时,则全然不顾时空的限制,让秦舞阳与《伊利亚特》中的阿喀琉斯相遇交手(《衣冠似雪》)。在《唐朝》中,李冯不仅让李白、阿倍仲麻吕同时出现在李敬寻访杨贵妃的东游途中,而且让马吃了道士的仙丹一命呜呼,而狗吃了仙丹则白日升天。作者用非叙述性文字注释道:"狗白日飞升的情节,纯属杜撰,读者不必试图模仿——当然了,你也模仿不了。"其中那种获得了虚构的权利时自鸣得意、有恃无恐的情绪跃然纸上。在这里,读者要追究其中的因果逻辑关系是

---

① 见格非:《小说艺术面面观》,江苏文艺出版社1995年版,第121页。

徒劳无功的,作者运用的是《圣经》中那种"上帝说要有光,于是就有了光"的逻辑结构,其中根本不含有因果逻辑关系,突出的是与生俱来的上帝般的无所不能和创造万物的神秘气息。

新潮小说的历史叙事,显然受到外来现代主义、后现代主义文艺思潮的影响。譬如它们广泛采用的"目击者提供证据体"结构方式,便借鉴了黑泽明根据芥川龙之介的小说《筱竹丛中》改编的电影《罗生门》,以及马尔克斯的小说《一件事先张扬的凶杀案》。《衣冠似雪》《唐朝》中的人物的"跨历史聚会"则借鉴了卡尔维诺《多重命运的城堡》一类的小说——在卡尔维诺的笔下,出现了哈姆雷特、李尔王、浮士德跨时空的历史聚合。

指出这种外来影响并不磨灭新潮小说的历史叙事的意义。对于大多数并不熟悉外国现代、后现代小说的读者来说,这些作品依然提供了阅读、审美的新经验,并在文学观念、历史观念、历史的叙事方法方面提供了新思路和新视角。譬如,对于习惯谈论历史"必然性"的读者来说,年轻作家对历史偶然性和历史发展的多种可能性的描绘,就是一种提醒,因为即使经典马克思主义者也不排除历史发展中的偶然性。问题在于,过分信赖偶然性或必然性都会陷入对历史中人的主观能动性的贬低,使历史的运动、发展染上神秘莫测的色彩。新潮小说的历史叙事中反复出现宿命的主题,其重要原因就在于此。当偶然成为必然时,历史中的人除了屈服于命运还有何作为呢!因此,小说家的恰当的历史叙事,也许应当像李晓《相会在 K 市》那样,既写必然中的偶然,也写偶然中的必然;既维持历史的一定程度的神秘性质,又不至于走向历史的不可认识的泥沼。此外,新潮小说对历史中的因果逻辑关系的淡化,如何不导向一件皇帝的新衣,不至于让结构上的断裂和空白成为作家无力驾驭、控制情节发展的一个借口,不让人物的"跨历史聚合"成为胡编乱造的一个堂皇的理由,也是需要我们进一步观察和注意的。

军事文学的三种形态

随着 21 世纪的逐渐临近,文艺界渴求突破的呼声也越来越高。作为中国文学一个部门的中国军事文学,同样面临着一个实现突破以迎接新的时代挑战的问题。关键在于:我们在怎样的基础上突破? 新世纪的军事文学将呈现出怎样的形态? 我们如何突破?

中国军事文学发展到今天,应当说是有成绩的。不仅留下了一批经得起时间考验的军事文学作品,而且积累了有益的创作经验与教训。特别是新时期以来,无论是在题材与主题的开拓方面,还是军人形象的塑造与军人心理的挖掘、艺术格局的建构与审美形态的创造方面,军事文学创作都获得了长足进步。《西线轶事》《高山下的花环》《射天狼》《引而不发》《在绝望中诞生》《皖南事变》等小说和《血战台儿庄》《辽沈战役》等历史大片的出现,标志着中国军事文学的创作已达到相当高的水准。然而,毋庸讳言,目前的中国军事文学创作,与整个中国文学创作领域一样,虽不乏新人佳作出现,但整体的思想艺术水平处于一种停滞不前、举步维艰的状态。同 20 世纪 80 年代中国军事文学创作的勃勃生机相比,同世界反法西斯文学特别是苏联军事文学创作所获得的成就相比,目前的中国军事文学创作可以说令人担忧。新世纪的来临或许为我们提供了实现新一轮突破的时代契机。这是一个危机与生机同在的时刻,这也是我们谈论军事文学突破问题的前提与基础。

那么,站在世纪末的峰顶,展望新世纪军事文学的前景,它将呈现出怎样的形态呢？我个人以为，未来的中国作家，在三种形态的军事文学创作领域大有可为。其一是军事历史文学，以描绘已成为历史的军事活动特别是战争历史为主，这是一种过去时态的军事文学；其一为军营文学，以反映和表现现时代的军人生活和军人心理为主，这是一种现在时的军事文学；其一为军事幻想文学，主要以幻想的形式，描绘未来可能有的战争场景与军营生活，这是一种未来时的军事文学。此三种形态的军事文学组合在一起，共同构成新世纪中国军事文学的大厦。

中国多灾多难、刀光剑影的历史为军事历史文学的创作提供了取之不尽的素材。之所以这样说，是因为至少到目前为止，历史上任何一次大的军事活动很难说已得到作家们全面而深刻的历史反映，更何况文学所具有的虚构本质还允许作家在任何历史背景下展开自己想象的翅膀。在军事历史文学创作领域，应该说我们已有过有广泛影响的创作，作家们也做过许多很好的尝试。《保卫延安》《红日》等作品作为一种意识形态化的文学，在运用包含着一定意识形态内容的语言和形象转述人民战争的思想、传达革命英雄主义观念方面，已达到那个时代所可能有的思想艺术高度；《血战台儿庄》《皖南事变》等作品，在以全景式描绘再现历史事件和历史人物方面，也达到了相当的深度和广度。问题在于，以后军事历史文学要想获得进一步发展，首先必须摆脱两种思想上的误区：其一是认为军事历史文学发展到今天，其题材已濒临枯竭；其二是认为未经战争者难以写好战争。这两个误区不摆脱，作家进入军事历史文学创作领域的自信心也不会有，更谈不上取得军事历史文学创作的突破。确实，随着时间的流逝，历史上的呐喊与硝烟将离作家们越来越远，特别是对年轻的一代作家来说，刀光剑影、血肉横飞不再是他们个人的感知，也不再是他们亲身的记忆，他们无法获得苏联"前线一代"作家那种对"战壕"的真实感觉。未来的中国作家将主要从书本中去体验和理解历史上的军事活动与军人心理。这是他们的短处，可也是他们的长处。因为与历史的时空间距一方面限制了他们，另一方面却也有可能发展了他们，使他们能够站在"庐山"之外去描绘、审视"庐山"的真面目。莫言的《红高粱》之所以能将"我爷爷"所领导的那场抗日伏击战描绘得不同凡响,很大程度上即归功于作者采用了后设叙事,叙述者"我"可以在历史与现实间闪转腾挪,从而使作品获得了较大的艺术张力。《红高粱》中叙述者"我"所具有的优势与劣势,也正是莫言以及比莫言更年轻一代作家所具有的。这些作家虽然不能像"我爷爷""我父亲"那样亲身经验历史上的烽烟与战火,却可能从一个更广阔的时空角度去追溯历史事件、品评历史人物。从来人们对历史文学(包括军事历史文学)创作的一个要求,是再现历史事件和历史人物的本来面目。与这种要求相适应,人们形成了一种较固定的观念:历史的亲历者对历史的叙述最真实也最准确。这种固定的观念无疑有其历史合理性。但假如我们不对各时代作家所处的历史条件和自身素质做出具体分析而拘泥于这种观念,又将束缚文学的发展。综观中外文学史,作家们以文学创作再现历史的面貌,一般有两种路径,一是采用重构的方法,二是采用虚构的方法。假如我们可以将作家在创作过程中所接触到的历史形态划分为客观历史(事实上发生过的历史)、遗留态历史(历史遗留物即史料)、叙述态历史(作品中叙述者叙述出来的历史),那么,所谓采用重构的方法即依赖于遗留态历史对客观历史进行还原,《皖南事变》就是这一类的作品;所谓采用虚构的方法即不依赖遗留态历史而主要通过作家虚构出的人和事去切近历史的本质,乔良的《灵旗》就是这类作品之一。前者本质上是一种历史纪实文学,后者则是一种历史虚构文学。明乎此,我们不仅可以肯定没有经验过战争生活的作家可以通过对史料的阅读和寻访触摸到那真实的历史,更可以肯定他们能够运用文学虚构的武器达到对文学前辈的超越;历史纪实文学的题材也许有一天会枯竭,而历史虚构文学的题材很难说会有枯竭的一天。苏联卫国战争仅进行了四年之久,而以其为背景的军事文学不仅佳作迭出,并且其创作至今仍十分活跃。这样,我们完全有理由相信,只要作家们能够在熟悉、发掘史料上花大力气,并勇于展开自己虚构、想象的翅膀,正确把握好历史与虚构、历史评价与道德评价之间的关系,中国的军事历史文学创作,必将是一片历久弥新、大有作为的创作园地。

中国军队建制的齐全和军人人数的众多,决定了以描绘现时段军人生活和军人心理为主的军营文学亦有着广泛的发展前景。军营文学的关键,是写出军人生活和军人心理的独特性。军营在都市中而不隶属于都市,在乡村中而不隶属于乡村,军队的围墙界定了军营生活的特殊性。这种独特性不仅从军人的职业、服饰上体现出来,而且从军人的精神风貌上表现出来。这种独特性的最通常的说法即人们所说的军队与地方的差异。主张关注这种独特性并不是要求中国的军事文学创作回复到五六十年代的套路上,去塑造那种不食人间烟火的、没有七情六欲的“高大全”英雄形象,也不是强调未来的中国作家要将军营生活当作孤城野岛上的生活去表现,恰恰相反,我们希望将军营生活和军人心理放到广泛的社会联系和时代背景下去描绘,希望首先将军人作为具有喜怒哀乐、七情六欲的人去刻画。新时期军事文学的一个重大突破,是敢于以直面人生的勇气,正视军营生活的灰暗一面,并将军人英雄作为不无瑕疵的人来歌颂(刘毛妹、靳开来即这样的军人英雄的典型)。但随着一种世俗化潮流侵入军营生活和军事文学的创作,人们不无感叹地发现,近年的军营生活和军事文学的创作是过分世俗化了,挖空心思、争当骨干的“元首”们在“军人也是人”(刘震云《新兵连》)的旗帜下堂而皇之地做了军事文学的主角。然而,应当看到,人之所以为人的真正含义,“文学是人学”的真正基础,不仅由于人有各种各样或高尚或卑俗的情感和欲望,更由于人能于各式各样的情感和欲望中做出自己的选择以达到灵魂的净化和人格的升华。在这样的意义上,我更赞赏朱苏进《第三只眼》、郭兵艺《骚动的天空》式的创作,它们既不回避军营中灰色甚至变形的一面,也不隐讳军人在灯红酒绿生活面前出现的心灵的骚动,但作者绝不借“现实的就是合理的”对一切低下的、卑俗的欲望闭起双眼,他要做出选择和判断,并让这种判断和选择借助于场面和情节从作品中自然而然地流露出来。“……其实,要说现在当兵的还值点钱的话,也就值钱在你们不能挣钱这上头。”郭兵艺《骚动的天空》中结尾胡梦君所说的话,就代表了作家对当今军人独特人生价值的判断与思考。真正的现实主义不是有闻必录，更不是毫无倾向。在我看来，假如《新兵连》(刘震云)、《黄军装 黄土地》(陈怀国)、《"臭弹事件"始末》(李良)等作品代表了对"英雄时代"的矫枉过正的"去神圣化"倾向，那么，下一步的军事文学创作有必要使军旅生活和军人形象"再神圣化"，即要求作家写出军旅生活和军人心理的独特性，以及军人所具有的那种独特的美。

　　写出军旅生活和军人形象的独特性的一个重要内容，是要写出军旅生活的那种特殊环境、气氛、节奏和情调。"黄河远上白云间，一片孤城万仞山"，"忽如一夜春风来，千树万树梨花开"，古代边塞诗以特有的苍凉和峻洁传达出古人军旅生涯的那份艰苦和豪迈，《天山深处的"大兵"》(李斌奎)、《雪国热闹镇》(刘兆林)、《昆仑殇》(毕淑敏)等作品也以它们具有异域情调的环境与气氛描绘吸引了读者的心。军旅生活自有军旅生活的特殊情调和特殊的美。这种特殊的情调和特殊的美常常为军旅生活的单调和划一所遮蔽。一个好的军事文学作家，必须能在那单调的军装下见出丰富的色彩，在那整齐的步伐中见出和谐有力的美。这倒不是主张一味去写立正稍息、检阅操练。实在因为"军营气"对于现在时的军事文学来说是十分必要的，正如乡土气息对于乡土文学、现代气息对于都市文学来说是必要的一样。没有现代气息的都市文学只能是车间文学，没有乡土气息的乡土文学也只能是农村题材的文学作品，没有"军营气"的军事文学也难以确立自己的审美品格。

　　写出军旅生活和军人形象的独特性的一个更重要内容，是要写出和平时代军人的内心矛盾和痛苦，以及他们对自身人生价值和战争本质等问题的独特思考。军人的职业特征仿佛就是矛盾的。他们得以战争去消灭战争，以毁灭去实现和平，以屠杀去达到拯救。而和平时代的军人又多一层自身的人生价值无法在战争中得到确证的痛苦。他们大多身处青春年华，可情感的表达必须接受各种各样的约束；他们中不乏经国济世之才，可目前又难以像平常人一样遨游于商海政坛。军人的社会角色往往使他们忠孝不能两全，并经常性地徘徊于爱国主义、民族主义与人类意识之间。这种种矛盾决定了和平时代的军人形象与军人心理远比战时复杂和独特。一定意义上,和平时代的军人无时无刻不处在一种战争状态中。他得与重复单调的日常生活战斗,他得与社会上流行的实利主义战斗,他得与自己内心的欲望和情感战斗,这是没有硝烟的战争,很多时候他的矛头所向便是他自己,因为他展开的是一场对自己的心理战。所以,和平时代的英雄主义即为了大众的利益而战胜平常人不妨有的情感和欲望,即为了和平而牺牲掉许多实现人生价值和意义的快感。朱苏进的《引而不发》中西丹石的思考,就达到了对和平时代军人人生价值和意义的澄明和洞彻:和平时期的军人在"引而不发"的状态中,一点一滴、默默无闻地付出自己的青春和生命,没有放箭的快感,没有显赫的军功,但军队放在这里,人家才怕打你。和平时期的军人正是以这种"引而不发"的独特方式实现了自己独特的人生价值,他们堪称"战场外的烈士"。这种对和平时期英雄主义的理解是十分深刻的。今后军事文学作家努力的一个方向,也应当于平常处看出不平凡,于看似无意义处探寻到人生的独特意义和价值。而假若能真正做到这一点,和平时期的军营生活同样有作家取之不尽的题材与主题,军营文学同样将成为军事文学的一个重镇。

军事幻想文学作为军事文学中最年轻的一种文类,中外文学史上尚无太多的先例可循。三十年代苏联巴甫连科创作的中篇小说《在东方》、什潘诺夫创作的长篇小说《第一次打击》,庶几可以称为军事幻想文学中的佳作。在这些作品中,作家调动自己非凡的想象力,虚构、推测、描绘未来与法西斯之间的直接冲突与搏斗,虽然日后证明未能预见和描绘出现实战争的全部残酷的真实,并且有将未来的战争简单化、浪漫化、抽象化的倾向,但他们作为感觉灵敏的一群,毕竟超前体察到了社会上大多数人真实的战争爆发以后才体察到的战争图景。在中国,陆颖墨的《战争寓言》是有限的军事幻想文学的典型。作者成功地虚构了在人类的未来世界里,M国的最高军事首领一号从地球上的居民是一个人类整体的基本观念出发,以牺牲本民族利益、自己背上叛国的罪名为代价,成功地遏制了一场与 S 国之间的流血战争。

从创作方法和审美形态来说,军事幻想文学与科幻文学有很亲近的血缘关系,如采用幻想形式进行创作,在未来时空中展开艺术描写,采用相同的影响读者的艺术机制,等等,这使得军事幻想文学与科幻文学有相交叉、融合之处,有的军事文学即可归入科幻文学。但典型的科幻文学常常是通过自己的艺术描绘,对人类在科技垄断一切的未来社会中的处境表示担忧,对科技过度发达后人的个性沦丧、创造力衰退的前景做出预测,它浸透的是一种对科技的怀疑精神。典型的军事幻想文学则常常通过描绘模拟的、想象的未来战争,呈现未来战争可能给人类带来的灾难性毁灭,展现人性善与人性恶、人类意识与民族意识等之间的冲突,它贯穿的是一种反战的思想与和平主义的理想。这种反战思想与和平主义的理想,基于人类对“殷鉴不远”的以往战争的灾难性后果的记忆。所以,陆颖墨在《战争寓言》的题记中写道:“如果人类有毁灭的一天,最大的可能是毁于人类自己。回首‘二战’,我们更应该想到‘三战’在怎样等待着我们。”也就是说,军事幻想文学的时空背景虽然是在未来,而它所传达的意蕴和主题,则由来已久,某些场景描绘,同样是历史与现实的折光反映。相反,科幻文学所描绘的由科技带来的严重后果,至少大部分还没有得到时间的证实并为大多数人所感知。

我们提醒作家关注军事幻想文学的创作,首先由于到目前为止,在中国创作军事幻想文学的作家仍微乎其微,尽管有《战争寓言》这样的作品出现,这仍是一块尚可称为处女地的文学园地。有意于这种文学创作的作家,在这一园地是大有可能“海阔凭鱼跃,天高任鸟飞”的。其次,由于军事幻想文学常常描绘的是未来的战争场景及其悲剧,这对和平时期的读者来说无疑是一种警醒和提示,而作家传达反战的主题、人道主义、和平主义等理想时也可以更为直接,避开历史与现实间的许多无谓的纠缠——永远的和平事实上只可能存在于理想的地平线,因而和平主义的理想也最适宜在未来的、幻想的时空背景下得以表达。再次,由于军事幻想文学主要采用幻想的创作方法,这种文学的创作无疑能够释放中国作家的幻想力和想象力,唤起中国作家的艺术新经验。中国作家由于长期处于沉重得让人喘不过气来的现实和历史氛围中,艺术的灵感常常交付给了一颗忧国忧民的心,文学的想象力和幻想力受到压抑而窒息,文学传统中缺乏(不是没有)真正富于幻想和想象力的作品。中国科幻文学和军事幻想文学的创作的不发达,就是明证。提倡军事幻想文学的创作,对未来中国作家的艺术幻想和艺术想象力至少是一种锻炼。最后,由于军事幻想文学描绘的是未来的军事活动和军营生活,它必然反映出现代高科技在未来军事活动中的运用,因为军事科学是占据现代科学最前沿的一个领地。而我们的读者,对战争的认识,大多数仍停留于一刀一戟、小米加步枪的阶段。通过军事幻想文学的阅读,普通的读者或许能增强对现代科技和现代战争的新认识。这种潜移默化的过程,用鲁迅的话来说,就是:"盖胪陈科学,常人厌之,阅不终篇,辄欲睡去,强人所难,势必然矣。惟假小说之能力,被优孟之衣冠,则虽析理谭玄,亦能浸淫脑筋,不生厌倦。"①

　　军事文学的突破问题是一个十分复杂的问题,有人已经从确定军事文学的审美品格、加强军事文学的哲理化追求等方面提供了很好的意见,本文只是就军事文学的三种形态陈述了一点自己的感想,并希望往后的作家们能在军事历史文学、军营文学、军事幻想文学三个领域有所作为。归根结底,军事文学的突破问题是一个创作实践问题,最终得落实到作家们艰苦而富有独创性的劳动中去。我们殷切地期望着那些有志于军事文学创作、敢于迎接新世纪挑战的文学家们!

---

① 鲁迅:《〈月界旅行〉辨言》,《鲁迅全集》第 10 卷,人民文学出版社 1981 年版,第 152 页。

重复与循环：中国当代小说中一种结构方式

在小说创作中，重复俯拾皆是。J. 希利斯·米勒甚至说："任何小说都是重复和重复之中有重复的复杂组织，或以链形与其他重复联系起来的重复的复杂组织。"[①]米勒并且以哈代《德伯家的苔丝》为例，指出了许多不同形式的重复：小到言语元素的重复（如词语，辞格，外形或举止），大到在文本之内可以复制和重现的事件或场景、情节或人物母题。此外，一个作家还可以在一部小说中重复他自己其他小说中的母题、主题、人物或事件。在中国当代小说中，同样广泛存在着这样一些类型的重复。但本文仅讨论文本内部的重复与循环，不涉及文本之间的重复现象。

一　重复与循环：走不出的历史迷宫

在中国当代小说中，较集中地采用重复与循环结构方式的是一批带有历史反思性质的重写历史特别是中国近现代史的作品。与以往那些持线性历史观的小说有所不同，这些作品更多地关注历史进程中的徘徊与重复，从而很大程度上改写了线性的历史进化观。

乔良的《灵旗》是这类作品的代表作。该作所写的时代背景，是红军开始

---

① J. Hillis Miller, *Fiction and Repetition*: *Seven English Novels*, Cambridge, Massachusetts: Harvard University Press, 1982. pp. 2 - 3.

长征之后的第一次大的遭遇战——湘江之战。与以往革命历史题材小说不同，《灵旗》只用了两千字左右的概述性语言来写主战场的交战，大部分篇幅则是写湘江战役之后蒋军、桂军、湘军、民团乃至普通百姓对流散红军战士的残杀，以及曾为红军号兵、后为红军逃兵和民团成员的青果老爹（"那汉子"）的复仇。作品让青果老爹面对自己钟爱一生的九翠的出殡队伍，将充满了血腥之气的陈年往事拉入到回忆之中。该作既有句子、语词、修辞等的重复，也有事件、情节、母题等的重复。其中最触目惊心的是湘江之战过后"那汉子"以眼还眼、以牙还牙的复仇故事。面对形形色色的势力对红军伤兵的残杀，曾为红军逃兵、现为民团成员的"那汉子"在经历了巨大的灵魂考验和内心折磨之后，上演了神不知、鬼不觉的独行侠式的复仇："先是割耳朵那个。他的尸首上找不见耳朵。后来是割鼻子那个，他的鼻子也不见了。再后来是割舌头那个，他的尸首最齐整，最好看，舌头在嘴里，被割掉了也看不见……"然而，以眼还眼、以牙还牙的复仇哲学所赋予的正义性不仅没有改变这片土地的面貌，而且使"那汉子"的灵魂一生得不到安宁。以暴抗暴的原始目的和恶人得恶报的道德信念并没有使"那汉子"的灵魂得到安妥，他的一生自此永远也走不出那个自己制造的故事——他日复一日地要与自己身上的血腥气做斗争："……五十年他都这样。每天往塘里跳。用漂石搓。用水淋。用鼻子嗅。冬天也不变。"《灵旗》中实际上出现了三个叙述视角和三种叙述声音——全知全能的、青果老爹（"那汉子"）的、二拐子的。二拐子的叙述视角和叙述声音使红军故事和复仇故事传奇化了。青果老爹（"那汉子"）的叙述视角和叙述声音则产生了一种奇妙的重叠与分裂，"那汉子"仿佛是青果老爹身上分裂出去的一个"他者"，他隐隐约约地活在青果老爹的回忆中，又分明与当下的青果老爹有割不断的千丝万缕的联系。《灵旗》的意义，是提供了中国现当代史上的一段历史的另一种艺术的、形象的观察角度和叙述方法。它用沟通生死、糅合今昔的片段连缀方式，展示了同一种历史的出自不同角度的叙述，构成了一个鲜血淋漓、近乎奇异诡谲的重复与循环的艺术世界。

"最伟大的历史学家总是着手分析他们文化历史中的'精神创伤'性质的事件,例如革命、内战、工业化和城市化一类的大规模的程序,以及丧失原有社会功能却仍继续在当前社会中起重要作用的制度。"①很大程度上,《灵旗》处理的就是中国现代历史进程中带有"精神创伤"性质的事件。可以说,正是中国现代历史进程中浓稠的血腥味给二拐子和青果老爹的心上刻下了深深的创痕。在中国当代小说中,张炜的《古船》、李锐的《旧址》等作品也同样利用这种历史的"精神创伤"对中国近现代史进行了艺术描绘和反思。《古船》的主体部分围绕改革时代洼狸镇一个粉丝厂的承包权而展开,但作者所关注和警惕的是历史的惊人的重复和循环。作者让抱朴在某一个夜晚突然意识到自己是用父亲当年使用的同一把算盘算账,从而在历史和现实之间发生契合并建立起联系,进一步唤起读者的历史记忆,将读者引向对现实问题和历史苦难的深层思考。作者觉察到了过分的私欲和人性的贪婪始终是埋藏在人们日常生活中的不祥种子,对自己过往历史的遗忘和淡漠是造成历史的重现和洼狸镇人痛苦的一个根源。抱朴所思考和警惕的,就是不让人性的贪婪和丑恶在历史的进程中重演,他一次次地陷入对父亲的死、茴子的自焚、土地改革中的过激行为和"还乡团"的反攻倒算的回忆中。历史的重复和循环构成了他内心的精神创伤性质的事件,并形成了他长于思考、短于行动的哈姆莱特式的性格气质和内心深处抹之不去的历史不能再现、苦难不能重演的忧患意识。

与《古船》将家族史和村落史放到中国近现代史的宏观背景之下来写一样,李锐的《旧址》同样在中国近现代史的宏观背景下描绘了一个家族兴衰起落的过程。在银城李氏家族的兴衰史上,既有嗜血起家的不光彩的场景,也有反戈一击、投身革命的辉煌故事。革命和反革命、前进和落后、激进和保守的分化与冲突,在血缘亲情纠结在一起的家族成员之间,于历史进程的每一个风口浪尖,一刻也没有停止过。李氏家族的掌门人李乃敬被处决的那一刻,正是

---

① [美]海登·怀特:《作为文学虚构的历史文本》,见张京媛主编《新历史主义与文学批评》,北京大学出版社1993年版,第167页。

李乃之的长子李京生诞生之时。这是一种具有浓厚象征和隐喻意味的、暗示了历史的新的重复与循环的结构方式。旧的时代已经过去，新的时代刚刚开始。但诞生在旧的血泊中的新时代的故事，永远不可能是纯粹的春光明媚的。"有人说：冬天既然来了，春天也就不会远了。可我的故事却是在冬天开始，又是在冬天结束的。"①李锐通过改写雪莱的诗句，表达了一种有别于历史乐观主义的历史观。在《旧址》中，与家庭决裂、走向革命的李乃之，在生命的尽头留下的最后的文字，只是"革命革命革命革命革命革命革命革命革命……没有前言，没有后语，没有标点，甚至连一点空当也没有"，他这时所面对的是亲生女儿延安对自己父亲的新一轮的决绝和革命。值得注意的是，这种新的决绝和革命，分明又参照了父母一代的革命方式——女儿延安在荒凉至极的高原与歪歪的婚礼，本质上模拟了几十年前父母一代的那种仓促和慌乱，几十年间半个冷月所映照的，恰是同样的行动和思维模式。李锐在回答"你写很多杀人和被杀的场面，想表达什么"时说："一部人类的历史，几乎可以看成是一部屠杀的历史。常常是这些人为了表达和贯彻这样的意志杀了那些人，过了一段时间，那些人为了表达和贯彻那样的意志又杀了这些人。到头来，历史却抛弃了所有属于人的所谓意志。让那些所有泯灭的生命显得孤苦而又荒谬。"②这种概括看上去不无偏激，但在很大程度上代表了中国当代许多作家对中国近现代史和人类文明史的认知。无论《灵旗》还是《古船》《旧址》，都将中国近现代史表述为你争我夺、你来我往的流血史、复仇史、苦难史。陈忠实《白鹿原》甚至将"还乡团"的复仇比喻为鏊子上烙锅盔，作品中的朱先生更是用"好人难活""折腾到何时为止"为以血还血、以牙还牙的无限循环做了发人深省的概括。而这种历史的重复与循环，最终所暴露出的，是鲁迅在 1927 年便已敏锐观察到的"革命"的异化："革命的被杀于反革命的。反革命的被杀于革命的。不革命的或当作革命的而被杀于反革命的，或当作反革命的而被杀于革命的，

---

① 李锐：《后记·从冬天到冬天》，《旧址》，人民文学出版社 2008 年版，第 255 页。

② 李锐：《关于〈旧址〉的问答——笔答梁丽芳教授》，《当代作家评论》1993 年第 6 期。

或并不当作什么而被杀于革命的或反革命的。"①

以更为简洁明了的重复与循环模式将中国的近现代史表述为一部权力斗争史和流血史的,是刘震云的《故乡天下黄花》。在该作中,作者采用一种删繁就简的艺术结构方式,利用夸张和反讽的艺术表现手法,在家族史和村落史的背景下,将整个一部中国近现代史演绎为一部你方唱罢我登场的权力交替史和权力争夺史。为了一个村长职位,孙老元和李老喜两个家族不惜动用雇用外乡枪手等手段谋杀对方家族的关键人物,并将这种疯狂的你争我夺方式一直传承到中国近现代史的每一个关键阶段。在马村的历史舞台上,时代在不断地发生变化,但历史的权力结构丝毫未变,走马灯似的上场人物仿佛只是历史的权力结构图上的一颗棋子,在某一个位置上所起的作用都如出一辙。在当权者和服从者的位置上,无论是李氏家族的成员,还是孙氏家族的成员,抑或是农民出身的赵刺猬、癞和尚,都不会改变马村的权力运作法则。在《故乡天下黄花》中,短时段中发生的各个事件有着惊人的相似,各个事件在历史的河流中连续发生,造成了时势的重复和循环,并最终呈现出了长时段中马村的超稳定的历史结构和规律。

在另一长篇小说《故乡相处流传》中,刘震云更是将这种对近现代历史的观察上升到整个中国历史进程的描写。该作借鉴了《三国志平话》入话部分前代历史人物投胎转世为后代历史人物的写法,让三国时的曹操、袁绍等转世投生为明朝、清朝、当代各个历史场景中的曹成和袁哨,从而在不同历史时期的人物和事件之间建立起一种鲜明的一对一的重复与循环关系。在结构上,这个作品的一个重要特点,是作品内部的人物与人物、情节与情节存在着一种普遍的类比关系,后一个时代的人物常常是前一个时代人物的再生,后出现的历史场景和故事情节常常是较早时期的历史场景和故事情节的再版,不同历史时期的事件和人物行为往往具有共同的规定性。这样的结构方式,凸现了历

---

① 鲁迅:《小杂感》,《鲁迅全集》第 3 卷,人民文学出版社 1981 年版,第 532 页。

史的惊人的重复与循环：在漫长的历史进程中，尽管当权者走马灯似的换了一波又一波，你方唱罢我登场，但统治者依旧还是那样的统治者，人民依旧还是那样的人民。曹操当权时以扔钢镚决定延津人哪些该生哪些该死，朱元璋来了仍以扔钢镚决定延津人哪些该迁徙哪些不迁徙；慈禧太后来了运动全县人们赶斑鸠，沈姓小寡妇做了太后运动全县人们捉蝴蝶……在这样的文本中，每一单个的人和单个的历史事件几乎是不重要的，重要的是历史的结构和规律在每个历史时段不断地重现所引出的令人瞠目结舌的效果：纷纷攘攘的变化不过是历史长河表面的浮沫，不变的权力结构和利益分割原则才是一个常数。作品所突出的是中国社会权力结构的超稳定性，并冲击着历史总是由低级形态向高级形态发展的进化史观、英雄史观和人民史观。

　　表面结构方式与《故乡相处流传》有点相似的是莫言的《生死疲劳》。该作借用佛教中的六道轮回观念，让土改中被枪毙的地主西门闹相继投生转世为驴、牛、猪、狗、猴、大头婴儿蓝千岁，并充当该书故事的主要叙述者。与《故乡相处流传》一样，《生死疲劳》同样剔除了古代生死轮回观念中的因果报应观念，而更多地将人物的投生转世当作一种重要的结构方式和陌生化手段。《生死疲劳》的五部《驴折腾》《牛犟劲》《猪撒欢》《狗精神》《结局与开端》，分别以转世投生的西门驴、西门牛、西门猪、西门狗等为主要叙述者，所叙述的虽不外乎中国当代历次社会运动背景下西门屯的历史变迁和生活场景，但由于采用了人、畜交替混杂的叙述角度，无疑获得了一种不同寻常的陌生化效果。该作以西门闹口吻的"我的故事，从 1950 年 1 月 1 日讲起"开始，以蓝千岁口吻的"我的故事，从 1950 年 1 月 1 日那天讲起……"结尾，形成了一个相当完整、自足的循环结构，它或许暗喻着 1950 年 1 月 1 日以后的故事，是一个永远也讲不完、需要不断回到起点的故事。

　　"文革"结束以后，中国当代文学中兴起波澜壮阔的描写伤痕、反思历史的创作潮流，这种创作潮流同时又伴随着一种文学的去政治化、回归文学本身的理论潮流。从《灵旗》到《生死疲劳》，折射的是中国当代小说不断向历史和文学的更深处同时掘进的种种努力。然而文学的去政治化并非完全的去政治，当文学面对政治是其本身的一部分的历史和现实时，所谓文学的去政治化只是以一种政治代替另一种政治。当重复与循环的历史故事取代直线向前的历史故事成为历史描写的大潮时，我们所见证的是中国当代小说伴随着当代思想的大潮由以往的"走向革命"到"告别革命"的风尚性转变。然而，一拥而上的重复与循环的历史描写，也成了一种"鬼打墙"式的找不到出口的历史描写。唯一尝试着走出历史的重复与循环的是《古船》，但它的解决方式也不过是采取了一条将历史神秘化和道德化的道路。它让隋见素、赵多多两个有过多私欲的人分别身患绝症和死于车祸，让隋抱朴大家一块过生活的理想获得了最后的胜利，然而，这种过于神秘的艺术的虚幻解决，折射的也不过是 20 世纪 80 年代作家对未来的美好想象和设计。

二　重复与循环：走不出的日常生活

在中国当代小说中，另一批集中采用重复与循环结构方式的作品是 20 世纪 80 年代末、90 年代初出现的新写实小说。新写实小说的主流，是回到日常生活本身，对普通人的日常生活做穷形尽相的描绘，也就是当时许多文学评论家所反复渲染的写生活的原生态，写普通人的衣食住行、柴米油盐、吃喝撒拉。而当时新写实作家对日常生活的理解，大抵如英格利斯所言："没有什么比我们日复一日的生活更清楚明了的了。所有人都把每一天过得如此程序化和平庸世俗，以至于这样的生活似乎根本不值一提——起床、刷牙、洗澡、泡杯茶或咖啡、遛狗、送孩子上学、跟邻居打招呼、乘车上班、看日间电视、在工作时间去复印文件、赶着吃午餐、回家、看晚间电视、睡前喝杯饮料、上床睡觉。所有这些，再加上其他不计其数的平凡琐碎的事情，构成了我们日常生活的内容。"①

---

① ［英］戴维·英格利斯：《文化与日常生活》，张秋月、周雷亚译，中央编译出版社 2010 年版，第 1—2 页。

与史诗性作品追求刀光剑影、血流成河的宏大叙事不同，新写实小说择取的是那种日复一日的日常生活。而日常生活本身所具有的周而复始的性质，必然使不少追求反映生活原生态的新写实小说的结构方式带上重复与循环的特征。《烦恼人生》以"早晨是从半夜开始的"作为开头，以印家厚晚上"于是就安心入睡了"作为结尾，通篇以生活流的结构方式，呈现了普通工人印家厚周而复始的人生。《冷也好热也好活着就好》更是有闻必录，从一个大热天下午四点写到第二天凌晨四点，力图借猫子、燕华、许师傅等几个人物的闲聊和吃喝撒拉来折射武汉市民的寻常人生。作品中唯一的一点戏剧性是一只体温表因天热爆了，这正好成为池莉大做文章的材料。这一事件在作品中被猫子和猫子周边的人当作一个爆炸性新闻面对不同的听众至少讲述了七次，从而构成了一种典型的重复叙事。这种重复叙事一方面反映出了普通市民日常生活的单调枯燥，一方面也折射出了这一阶层的生命状态和人生哲学——他们在杯水风波里也能找到自己的人生乐趣和满足，一点点戏剧性就能构成他们日常生活场景中的一个兴奋点。

相当长时间里，中国当代文学为个人日常生活的审美呈现留下了太多的叙事空间："在革命成为流行时尚的年代，日常生活之流虽然仍在现实的空间里一如既往地流淌，但高度一体化和社会化的时代风气表现出了统一、取消个人日常生活的强烈愿望，无所不在的革命话语粉碎了个人日常生活的意义和价值。日常生活之于革命热情只有负面的价值，'我家的表叔数不清，没有大事不登门'所透露的，正是日常生活在革命'大事'前的卑微身份，这种卑微的身份无法使个人的日常生活在主流文学的殿堂里登堂入室。"[①]"文革"结束以后到新写实小说崛起之前，虽然也出现过孔捷生的《普通女工》、王安忆的《流逝》《69届初中生》那样关注普通人日常生活的创作，但大部分作家对普通人的日常生活还是表现出一种冷漠、否定的态度。以刘心武为例，在新时期文学的

---

① 王爱松：《日常生活叙事的双重性》，《文艺评论》2002年第4期。

早期,他一方面在《爱情的位置》里要为革命者的爱情争得一席之地,一方面又在《穿米黄色大衣的青年》《醒来吧,弟弟》中不忘唤醒那些将时间和精力花费在穿衣、喝啤酒、弹吉他上的青年。《穿米黄色大衣的青年》中的叙述者"我"甚至旗帜鲜明地用"心灵向上""精神食粮"建立起了对"苍白""庸俗""浅薄"灵魂的道德优越感。显然,刘心武感兴趣的还是国家、民族、理想等宏大话语,还是主人公邹宇平"究竟是通过怎样的内心历程,沉睡的激情才奔腾起来,心灵的眼睛才越过米黄色大衣的庸俗境界,看到革命理想的璀璨霞光"的。这种穿衣吃饭、谈情说爱都离不开革命的单向度思维,明显表现出了以革命理想贬低日常生活、以公共生活取消个人生活的倾向。其他作家虽然表现得不这么极端,但他们在写普通人的日常生活时,也总是服务于一个更高、更大的文学主题,如冯幺爸的吵架(何士光《乡场上》)、陈奂生的卖油绳买帽子(高晓声《陈奂生上城》)、孙三老汉的卖驴(赵本夫《卖驴》)、黑娃的照相(张一弓《黑娃照相》),都被赋予了日常生活之外的含义,服务于历史的宏大叙事。

新写实小说的意义之一,是抹平了日常生活与"大事"间的等级关系,形成了对于现实生活的重新认知。池莉曾说:"现实是无情的,它不允许一个人带着过多的幻想色彩……那现实琐碎、浩繁、无边无际,差不多能够淹没消蚀一切。在它面前,你几乎不能说你想干这,或者干那;你很难和它讲清道理。"[①]刘震云也有类似的表述:"生活是严峻的,那严峻不是要上刀山下火海,上刀山下火海并不严峻。严峻的是那个日复一日、年复一年的日常生活琐事。""我们拥有世界,但这个世界原来就是复杂得千言万语都说不清的日常身边琐事。它成了我们判断世界的标准,也成了我们赖以生存和进行生存证明的标志。"[②]随着这种认知而来的,是在新写实小说中,普通人的生存价值不再通过自身日常生活之外的宏大话语来证明,他自身的日常生活、吃喝撒拉就是他自身存在的一个证明。《一地鸡毛》中李小林所想的是收拾完大白菜,老婆能用微波炉

① 池莉:《我写〈烦恼人生〉》,《小说选刊》1988 年第 2 期
② 刘震云:《磨损与丧失》,《中篇小说选刊》1991 年第 2 期。

给他烤点鸡，让他喝瓶啤酒，就没有什么不满足了。

总体上，新写实小说对"烦恼人生"和普通人的满足感的描绘，在客观上用日常生活的小叙事形成了对宏伟理想、宏大叙事的消解，对日常生活价值和意义的一定程度的肯定，实际上也形成了对文学的过度政治化的冲击。但是，新写实小说在获得广泛关注的同时，无形中却建立起了一种仍不无问题的元日常生活观念：新写实小说一反正统意识形态观念，转而肯定日常生活的价值，但这种肯定，仍然建立于日常生活本身是庸俗的、苍白的、浅薄的基础之上——它本来如此，所以没有什么可非议的。这无疑建立起了一种有明显缺失的元日常生活观念的霸权，仿佛日常生活便只能有当下生活这一种模式，而不存在其他任何可能性，不存在日常生活的美、崇高、戏剧性，只有苍白的、灰色的、无望的日常生活才是日常生活。而本质上，隐伏在这种元日常生活观念之后的，其实是另一种形式的对"烦恼人生"的消极否定。以《烦恼人生》为例，该作从印家厚半夜被惊醒、"一时间竟以为自己是在噩梦里"写起，到印家厚在轮渡上和诗一首《生活》——梦"，再到中午思考"少年的梦总是有着浓厚的理想色彩"，再到晚上最后躺在床上对自己说"你现在所经历的这一切都是梦，你在做一个很长的梦"，支撑这一作品的，其实是一个"人生如梦"的隐喻结构。而陈村的《一天》，更是那个古老的"斯芬克斯之谜"的形象演绎：普通工人张三早晨起床，是接替去世不久的父亲去上班；中午，他已是另一位年轻工人的师傅；晚上，张三已成为一位退休在家的老头。在这一作品里，张三几乎成了所有平均数意义上的普通人的缩影：他的一生就像他的一天的翻版，他的一天就是他的一生的最好概括。日复一日的重复和循环，就是他生命的最原始的形态。

毋庸讳言，重复和循环是人生的一种自然状态。正如德勒兹所引用的《丹顿之死》中丹顿所说的："这真烦。你先要穿上你的衬衫，然后穿上你的裤子；你晚上拖着身子上床，早晨又拖着身子起床；你总是一只脚在前，一只脚在后。几乎没有可以改变的希望。千百万人总是这么做，还有千百万人在我们之后将这么做。"①然而,重复也是千差万别的。有机械的重复,也有差异基础上的重复。极端点说,没有差异,就没有重复。重复之中有差异,差异之中有重复,这才是人生、历史和生命的真正常态。参照汪民安对尼采"永恒轮回"观念的概括,即使是轮回,也有不同形态的轮回:"一种是虚无的轮回,小人的轮回;一种是积极的轮回,超人的轮回。对于虚无主义轮回而言,什么都是重复的,什么都是没有意义的,因此什么都是否定的。对于超人的轮回而言,什么都是重复的,什么都是有意义的,因此什么都是肯定的。"②撇开其中过于对立的小人与超人的划分,尼采确实把握到了对待重复与轮回的两种截然不同的主观态度。在中国当代小说中,如果说《烦恼人生》《一生》为我们描绘和设置了普通人走不出的日常生活的魔障,那么,余华的《活着》《许三观卖血记》则以一种重复之中有差异、差异之中有重复的结构方式,让我们一方面感觉到了活着的艰难,一方面也感觉到了生命的抗争与活着的意义和价值:《活着》《许三观卖血记》虽然也写人的生老病死、苦难困顿,虽然也推崇平平安安地活着就是活着的最大理由,但他从人生的苦难描写中发展出来的,仍是一种肯定人生的倾向。通过一种摇曳多姿的重复与循环技巧,作者写出了一种普通人的人性人生的丰富之美。

三　重复与循环:走不出的形式实验

与新历史小说、新写实小说有所不同,先锋小说对重复与循环结构的运用首先出自作家形式探索的激情。所谓传统小说读故事、先锋小说读写法,可以在这类作品中得到有效的印证。在这样的作品中,形式探索绝不是表达某一寓意的工具,它的存在本身就是其意义和价值的一个证明。换句话说,在这样的作品中,意义不是第一位的,形式才是第一位的。

---

① Gilles Deleuze, *Difference and Repetition*, New York: Columbia University Press, 1994, p.4.
② 汪民安:《论尼采的"永恒轮回"》,见《生产》第5辑,广西师范大学出版社2008年版,第342页。

以格非的《褐色鸟群》为例，据作家自己介绍，这一作品的重复与循环结构得益于一个简单的故事："一个朋友去买火柴，从口袋里掏出一个火柴盒，售货员吃惊地说：'你有火柴为什么还要买？'那朋友打开火柴盒，从里面拿出五分钱付给售货员。我当时想，这是一个非常好的小说结构：从火柴始，到火柴结束。"①《褐色鸟群》自觉地运用了"从火柴始，到火柴结束"的结构方式。作品一开始便写"我"蛰居在一个被人称作"水边"的地域写作，有一天，一个穿橙红（或者棕红）色衣服的女人来到"我"身边，经过一番似是而非的交谈后，"我"和她谈起了"我"的恋爱故事。在阅读过程中，读者很容易为其中的所谓恋爱故事所吸引，将注意力集中在辨别故事的真伪上，并陷入各种阅读的障碍。然而，只要读者改变一下阅读习惯，将注意力集中在小说的形式而不是小说的意义之上，就能较顺利地清除理解上的困难。该作实际上存在着两个主要的叙述层：开头和结尾对穿橙红色（或者棕红色）的女人夹着一个像是画夹或是镜子的东西向"水边"走来的叙述构成了作品的超叙述层，"我"和棋所谈的恋爱故事构成了作品的主叙述层。但无论是超叙述层还是主叙述层，后出现的部分既是对已出现部分的重复，也是对已出现部分的否定。开头部分，女人抱着的大夹子是画夹而不是镜子；而结尾部分，怀里抱着的却是镜子而不是画夹。作品中棋的话在某种程度上甚至可以说是作者在暗示其故事的讲法："你的故事始终是一个圆圈，它在展开情节的同时，也意味着重复。只要你高兴，你就可以永远讲下去。"这种"从火柴始，到火柴结束"的结构方式是一种典型的重复与循环结构。它在重复中追求变化，又在变化中追求一种有规则的重复，形式上具有相当强的装饰性。读者也许可以从作品的故事内容发掘出诸如性的幻想与恐惧一类的母题来，但这类母题显然只是作者形式实验的一个结果。

　　格非的另一小说《锦瑟》同样采用了重复与循环的结构方式。这一作品的创作灵感，除了受到博尔赫斯小说的影响外，还从庄生梦蝶的故事和李商隐的

---

　　① 《格非——智慧与警觉》，见林舟《生命的摆渡——中国当代作家访谈录》，海天出版社 1998 年版，第 66 页。

《锦瑟》诗获得了直接的启迪。单纯从故事层面说,《锦瑟》讲述了隐居者冯子存、书生冯子存、茶商冯子存、皇帝冯子存的故事。可惊奇的是,书生冯子存的故事是隐居者冯子存对教书先生所讲的故事,皇帝冯子存又是茶商冯子存的梦中之梦,而结尾部分皇帝冯子存给园丁讲述的梦境恰好又是开头部分隐居者冯子存的故事。这种结构方式类似一条吞食自己尾巴的蛇,也颇接近博尔赫斯所引用的乔赛亚·罗伊斯对"地图中的地图"的思考:"设想英国有一块土地经过精心平整,由一名地图绘制员在上面画了一幅英国地图。地图画得十全十美,再小的细节都丝毫不差;一草一木在地图上都有对应表现。既然如此,那幅地图应该包含地图中的地图,而第二幅地图应该包含图中之图的地图,以此类推,直至无限。"①当然,这种结构方式还可以说类似于埃舍尔的版画名作《瀑布》——《瀑布》巧妙地利用了人们的视角差,制造了循环往复的瀑布,水流乍看是往下流的,可流来流去,又流到它的起点去了。自然,我们甚至还可以说,这种结构方式近似于中国"从前有座山,山上有座庙"式的语言游戏方式,只是这种梦中有梦、故事之中有故事的写法比这种简单的语言游戏要复杂得多,我们已很难确认梦和故事的起点和终点。作者采用这种结构方式来创作,或者意在说明:人生就是一场没完没了的大梦和故事。但是,这种人生哲学,首先同样也是形式实验的结果,或者更准确地说,在这样的作品中,形式实验和主题表达是一而二、二而一的东西,形式即内容。

余华的《四月三日事件》,则以类似的重复与循环结构方式,呈现了少年成长的困境与恐惧。《四月三日事件》写了无名无姓的"他"在即将进入十八岁生日(即四月三日)前的外部经验和内部经验,他总感觉到父母及周围的人要谋害他。从早晨八点起,主人公便面临了梦境、假设和真实的重合与分离。有时,他发现日常生活场景中的人与事与梦境、假设有着惊人的相似,有时却又呈现出南辕北辙的不同。相同的叙事元素在不同的主观和客观世界里重重叠

---

① [阿根廷]博尔赫斯:《吉诃德的部分魔术》,《博尔赫斯文集·文论自述卷》,海南国际新闻出版中心1996年版,第32—33页。

叠、相互冲撞，展现的是一个即将成年的少年惊恐不安的精神世界。这个少年在四月三日前一天逃离了自己居住的小镇，并在最后一刻想起了一个每天趴在窗口吹口琴的邻居在十八岁时得黄疸肝炎死去了。这样的结尾给主人公的受迫害狂式的精神状态提供了类似于精神分析学的解释，但这一作品的魅力，首先仍在于梦境、假设、真实几个世界的重复与循环叙述所带来的奇妙效果。

　　与传统作家相比，带有形式实验、先锋探索色彩的小说作家更多地展现了记忆、想象、虚构等精神活动的力量，诸如对历史的改造、对日常的突破、对时间的扭曲。他们特别热衷于一种"当事人提供证据体的"结构方式，采用多重内聚焦即借用几个不同当事人的视点对同一事件进行多次叙述，如余华的《河边的错误》、格非的《青黄》、残雪的《突围表演》、须兰的《仿佛》《捕快》、李洱的《花腔》、王小波的《寻找无双》等。这样的作品，往往容易造成重复与循环叙述，使相同的事件在不同人的回忆和追述中呈现出同中有异、异中有同的特征，并在总体上打破了故事的完整性，改变了时间的线性特征，乃至形成了对传统的写实文学的真实观的冲击。由于将历史与现实掷入记忆、想象、虚构等多重世界中去处理，就像余华所说的，一切旧有的事物都获得了新的意义："在那里，时间故有的意义被取消。十年前的往事可以排列在五年前的往事之后，然后再引出六年前的往事。同样这三件往事，在另一种环境时间里再度回想时，它们又将重新组合，从而展示其新的含义。"①这种由具有重复与循环结构特征的作品所折射出的时间观念，显然暗合于博尔赫斯所说的："什么是现时？现在这个时间一半在过去，一半在未来。现时本身就像几何中的那个有限的点。也就是说，现时本身并不存在……我们看到时间正逐渐地成为过去、成为未来。"②"时间问题就是连续不断地失去时间，从不停止……我的现时（或者已

---

　　① 余华：《虚伪的作品》，《上海文论》1989 年第 5 期。
　　② ［阿根廷］博尔赫斯：《时间》，《博尔赫斯文集·文论自述卷》，海南国际新闻出版中心 1996 年版，第 192 页。

是我过去的现时)已经过去。然而,这一过去的时间并非完全过去。"①而对像
马原的《拉萨生活的三种时间》这种采用多重折返的叙述方式,蓄意颠倒昨天、
今天、明天的时间顺序的作品来说,时间既不是共时的,也不是历时的,而更像
博尔赫斯《曲径分岔的花园》中艾伯特所说的"我"祖先崔朋持有的那种时间
观。总之,这类带有先锋实验色彩的小说也叙述历史、也描绘日常,但其间的
时间往往像一座循环往复的迷宫、一座小径分岔的花园,其中充满了各种各样
的偶然与重复、片段与碎片。

　　小说中的重复与循环,大抵可以区分为主题的重复与循环和叙述的重复
与循环。先锋小说的重复与循环,大多为叙述的重复与循环。但这绝不是说,
先锋小说不运用主题的重复与循环。它们也运用,不过是在与写实小说并不
一致的基础上运用。以余华前期先锋小说创作时期的《现实一种》为例,从题
目到细节,该作具有所有写实小说的外观,但它讲述的是一个不无隐喻和象征
色彩的兄弟相残的故事:皮皮无意中摔死了堂弟,堂弟的爸爸山峰踢死了皮
皮,皮皮的爸爸山岗继而以独出心裁的方式杀死了山峰,山峰的妻子又将山岗
送上法场并将其尸体捐给解剖台。作品结尾并以"山岗后继有人了"预示了一
个新的冤冤相报的兄弟残杀故事的开始。作者以冷漠的叙述态度、独出心裁
的重复与循环结构方式,用重复出现的死亡母题成就了一个有关人性恶的寓
言。相形之下,转向后的余华创作的《活着》,虽然也使用了重复出现的死亡母
题,讲述了福贵父亲、妻子、儿子、女儿、女婿、外甥之死,以致余弦认为从该作
的深层结构来看,"以《福贵丧亲记》重新命名《活着》,也未尝不可"②,但《活着》
显然缺乏《现实一种》的那种思想的具体和具体的抽象,而《现实一种》也缺乏
《活着》《许三观卖血记》中的那种有血有肉的细节和日常生活质感。

---

　　① 〔阿根廷〕博尔赫斯:《时间》,《博尔赫斯文集·文论自述卷》,海南国际新闻出版中心 1996 年
版,第 189 页
　　② 余弦:《重复的诗学——评〈许三观卖血记〉》,《当代作家评论》1996 年第 4 期。

四　结语

重复与循环，既是自然时空与历史发展中的一种客观现象，也是作家创作中的一种重要结构方式。这种结构方式，一方面是对自然时空与历史发展中重复与循环现象的模拟和仿写，另一方面也是作家的艺术建构和创造发明。它一方面折射出作家对自然、社会、历史、人生的本质的某种认知，一方面也承载着特定的社会文化资本，对一个民族国家及其子民的集体记忆和世界观、人生观等进行无声的组织和管理。

中国当代小说中的重复与循环结构方式，表现在新历史小说中是作者在进行历史叙事时借用它来表现历史特别是中国近现代史进程中的重复与循环，这种建立在历史循环观基础上的不同于历史进化观制导下的直线向前的历史故事，见证的是中国当代小说历史描写由以往的"走向革命"到"告别革命"的风尚性转变。而新写实小说作家常借用重复与循环结构来呈现日常生活日复一日、周而复始的重复与循环，突显平均数意义上的普通人"冷也好热也好活着就好"的人生哲学。先锋小说作家则运用重复与循环结构方式进行形式实验，建立独立自足的文本空间，探索形式自身的艺术之美与叙述的多种可能性，并呈现历史进程和日常存在的非连续性和不确定性。这同一种结构方式的三种变异，既反映出中国当代作家对历史、人生、时间、存在等的角度不同的沉思与冥想，也一定程度上折射出了他们各自的理性思考与感性再现的某种缺失。他们常在不经意间用重复与循环的结构方式建立起了一堵自己也走不出去的艺术高墙，局限了自己的历史反思、人生认知和艺术探索，使中国当代文坛弥漫着一股浓厚的虚无和悲观之气。而只有其中的佼佼者，能够一方面运用这种重复与循环的结构方式，一方面又打破这种结构方式建立起的类似于"鬼打墙"式的文化魔障，走上一种创作的自由之境。

互文性与中国当代小说

　　众所周知,互文性的概念是由朱丽娅·克里斯蒂娃于 20 世纪 60 年代末最早提出的。但按克里斯蒂娃后来的回忆,这一概念仍可追溯到巴赫金的对话理论和罗兰·巴特的文本理论,她自己的贡献是将巴赫金的"一种话语中有数种声音的观念代之以一个文本中有数个文本的观念"①。按克里斯蒂娃的最初解释,所谓互文性,就是"所有文本都将自己建构为一种引语的马赛克,所有的文本都是另一文本的吸收和转化"②。文本是一种生产力,是数个文本的一种排列组合,互文性即"在一个特定文本的空间中,取自其他文本之中的几种话语相互交叉和中和"③。互文性的概念后经罗兰·巴特、热拉尔·热奈特、米歇尔·里法台尔的引申和发挥,已衍变成文学理论和文学批评中的一个时髦概念。特别是,由于罗兰·巴特在克里斯蒂娃互文性概念的基础上将文本视为"一个各种写作(其中没有一种是本源性的)在其中混合和冲突的多维空间","一种引自无数文化中心的引语构成的织品",并且颠倒了以往文学理论中作者与读者间的支配与被支配的关系,提出了"读者的诞生必须以作者的死

---

　　① Julia Kristeva, "'Nous Deux' or a (Hi)story of Intertextuality", *Romanic Review*, Jan-Mar 2002, Vol. 93, Issue1/2, pp.7 - 13.

　　② "Word, Dialogue and Novel", *The Kristeva Reader*, Edited By Toril Moi, Oxford: Blackwell, 1986, p.37.

　　③ "The Bounded Text", *Desire in Language: A Semiotic Approach to Literature and Art*, New York: Columbia University Press,1980,p.36.

亡为代价"①,互文性概念在提供了更多洞见的同时,也引起了相当多的争议。

与国内对互文性理论渐成气候的翻译、介绍和评述②相比,对中国当代小说创作中的互文性现象的研究迄今还不充分。本文拟对"文革"结束以后中国大陆小说创作中的互文性现象做一初步梳理,并考察互文性理论给中国大陆当代小说创作和研究提供了何种洞见,以及有可能遮蔽何种问题。

一

理论界对互文性的研究,大致采取两种路径。一种更侧重于实践的研究,强调一个特定文本与其前文本间的联系,即像叙事学家普林斯那样,将互文性理解成"一个特定的文本与它所引用、重写、扩展或从总体上加以改造的其他文本间的关系,而且依据这种关系该文本才能得到理解"③,认为文本只有在能够明确验证和指出其间存在着引用、仿写、暗指等形式时,才构成互文关系。另一种路径更侧重理论的研究,以朱丽娅·克里斯蒂娃、罗兰·巴特、雅克·德里达为代表,他们持一种更宽泛的互文性观念,强调所有的文本都是互文本,文本被视为"引语的马赛克",互文性是所有交流的基础和条件。本文试图先采取第一种路径,清理中国当代小说中可验证的互文性现象,继而在此基础上沿第二种路径对相关理论问题略加探讨。

从实证的角度考察互文性,一个最直接的标准是看一个特定的文本是否

---

① "The Death of the Author", Roland Barthes, *Image*, *Music*, *Text*, London: Fontana Press, 1977, pp.146—148.

② 中国大陆对互文性理论的翻译和介绍,可参见:[法]蒂费纳·萨莫瓦约:《互文性研究》,邵炜译,天津人民出版社 2003 年版;王谨:《互文性》,广西师范大学出版社 2005 年版;程锡麟:《互文性理论概述》,《外国文学》1996 年第 1 期;陈永国:《互文性》,《外国文学》2003 年第 1 期。江弱水的《互文性理论鉴照下的中国诗学用典问题》(《外国文学评论》2009 年第 1 期)则从互文性的角度对中国诗学中的"用典"做了相当好的梳理和评价。

③ Gerald Prince, *A Dictionary of Narratology*, Lincoln&London: University of Nebraska Press, 1987, p.46.

指涉另一个文本或多个文本。按戴卫·洛奇的看法:"用一种文本去指涉另一种文本的方式多种多样:滑稽模仿、艺术的模仿、附和、暗指、直接引用、平行的结构等。"①在读者的阅读审美活动中,面对一个小说文本,文本的标题是否指涉另一文本,通常会成为读者判断该文本与其他文本之间是否构成互文关系的最直观依据。王安忆的《天仙配》,其标题让读者立即联想起民间传说"天仙配";须兰的《石头记》,其标题让读者联想起《红楼梦》;格非的《锦瑟》《凉州词》《半夜鸡叫》,其标题让读者顺理成章地联想到李商隐的《锦瑟》、王之涣的《凉州词》、高玉宝的《半夜鸡叫》;而李修文的《王贵与李香香》,其标题也同样让读者自然而然地联想到李季的诗歌《王贵与李香香》。这种由小说标题所直接建立起的互文性,我们还可以在阎连科的《风雅颂》与《诗经》之间、毕飞宇的《武松打虎》与《水浒传》之间、李冯的《十六世纪的卖油郎》与《卖油郎独占花魁》之间、王小波的《樱桃红》与电影《樱桃红》之间、徐坤的《竞选州长》与马克·吐温的《竞选州长》之间找到。

热奈特曾将标题的功能区分为四种:命名或辨识功能;描述功能;暗示功能;诱惑功能。② 命名或辨识功能是每个标题唯一必须具有的功能,虽然给一部作品命名,就像给一个人命名一样,有其任意性和偶然性,由于同名现象的存在,甚至命名和辨识的功能事实上也不能毫无歧义地由一个标题单独完成,但在周边语义的压力下,甚至最简单的作品编号也可能充满意义。描述功能涉及对作品主题、素材及文类等的指示和描述,又可细分为主题性功能、述位性功能和主题性与述位性相结合的混合功能,这种描述功能在理论上并不是每一标题必备的,但实际上往往难以避免,通常会成为读者阐释的钥匙。暗示功能是附着于主题性功能和述位性功能的语义功能,即在描述功能起作用时,还包含了其他隐含的信息和价值。热奈特曾特别提到了由引语构成的标题

---

① [英]戴维·洛奇:《小说的艺术》,王峻岩等译,作家出版社1998年版,第110页。
② See: Gérard Genette, *Paratexts: Thresholds of Interpretation*, Cambridge: Cambridge University Press, 1997, p.93.

（quotation-title）、拼贴性标题（pastiche-title）、戏仿性标题（parodic title）所具有的暗示功能和文化效果：它们都是一种共鸣和回响，"为文本提供了来自另一文本的间接支援，以及文化传承关系的声望"①。诱惑功能是指促使读者购买和阅读文本的功能。

毫无疑问，不管作者在命名时是有意还是无意，具有互文性的标题都或多或少具备热奈特所说的一般标题所具有的功能。不过，值得注意的是，此类标题的一个特殊之处，是提供"间接资源"的文本成了读者购买、阅读、评价后文本的一个重要参照和背景。尽管王安忆的《天仙配》写的完全是一个现代故事——穷乡僻壤的夏家窑的村民，以乡俗完成了为村打井意外死去的孙喜喜与解放战争时期因伤牺牲的小女兵的冥婚，但标题"天仙配"仍引起读者对这一冥婚故事与古老的民间传说"天仙配"有何异同的好奇和思索。同样，王安忆的《长恨歌》，虽然所写的王琦瑶的故事与白居易《长恨歌》中的唐明皇与杨贵妃的故事毫不相干，但标题本身仍然会激起读者对作者为何要取这样一个现成标题的兴趣和沉思。至于李冯《我作为英雄武松的生活片断》、格非《半夜鸡叫》等小说由标题本身所透露出的特殊戏谑气息，更是以构成互文性的另一文本或另一些文本的存在为前提。

章、节、段的标题（乃至更大的部、编的标题），理论上能起到与一部作品的总标题大同小异的效果，只不过发挥作用的范围比总标题要小，读者也只有在翻开作品、进入实际阅读或浏览过程中才能逐渐接触到它们。热奈特曾将章、节、段、编等的标题统称为内标题（intertitle）。并不是所有的内标题都是我这里研究的对象。只有构成互文性的内标题才是这里所要考察的。理论上说，在内标题出现的位置，并不必须出现内标题，更不必须出现构成互文性的内标题。现代作家以简单的章、节、段等的数字编号即可标识作品的篇章结构，完成作品章节等的转换。然而，具有互文性的内标题的出现，不仅承担了指示作

① Gérard Genette, *Paratexts*: *Thresholds of Interpretation*, Cambridge: Cambridge University Press, 1997, p.91.

品篇章结构划分的功能,而且带来了其他诸多文本的附加信息。杨绛的《洗澡》共分三部,其中第一部标题为"采葑采菲",第二部标题为"如匪浣衣",第三部标题为"沧浪之水清兮"。其中第一部标题取自《诗经·邶风·谷风》:"采葑采菲,无以下体。德音莫违:及尔同死。"第二部标题出自《诗经·邶风·柏舟》:"心之忧矣,如匪浣衣。静言思之,不能奋飞。"第三部标题出自春秋战国时期流传的民歌《孺子歌》:"沧浪之水清兮,可以濯我缨。沧浪之水浊兮,可以濯我足。"在一部白话文小说中引用古奥的诗和民歌句子作为内标题,无疑形成了强烈的陌生化效果,但同时也达到了对作品中姚宓、许彦成等知识分子的处境和心态的高度暗示或概括,进而引导着读者的阅读与阐释。阎连科的《风雅颂》稍有不同。该书共分 12 卷,卷下再各分若干章。各卷分别以"风""雅""颂"或"风雅之颂"作为标题。而卷下各章分别以"【关雎】当《诗经》遭遇一对狗男女""【汉广】柿子树下的初情""【终风】红彤彤的欲念"一类的文字作为标题,即全部由《诗经》的某一篇名加上概括该章内容情节等的一句白话构成。这种标题方式使《风雅颂》整体上与《诗经》产生了明确的互文关系,一方面呼应了文中主人公杨科的《诗经》研究者身份,另一方面也使文/白、古/今两个世界构成了一种鲜明的对比映衬,构成了一个明显的对话空间。无论总标题还是内标题,到了现当代的小说创作中,都要求简洁。或许正因为这种约定俗成的要求,使中国当代小说家在设计自己带有互文性的小说标题和内标题时,更多地求助于古代作家作品。但借用现当代作家作品的例子也不是完全没有。马原的《游神》最后一章的标题为"结局或开始",并且在该章的开头直接点明"借我的朋友北岛的诗题",这就在《游神》和北岛的《结局或开始——献给遇罗克》之间建立起了互文关系——只不过,在北岛那里,"结局或开始"承担的更多是主题性功能,而在马原这里,承担的更多是述位性功能:他在通常小说标明尾声和结局的地方,借用北岛的诗题,来表明自己作品结尾的开放性,以区别于传统小说结尾的封闭性。

利用题记建构互文性也是中国当代部分小说家爱用的手法之一。无论全文（或全书）的题记还是各章节的题记，往往会对作家的创作意图、作品的主题内容、故事情节以及阅读方法等起重要的指示或暗示作用。当然，只有具有文本互涉特征的题记才能成就互文性。以马原《冈底斯的诱惑》为例，该作引用了拉格洛孚的一句话作为题记："当然，信不信都由你们，打猎的故事本来是不能强要人相信的。"这一题记初一看，与普通题记特别是采用全知叙述的小说的题记并无本质差异，似在宣示叙述者至高无上的上帝般的虚构权力。然而，这一题记同时还建立起了该作与拉格洛孚、福克纳等所写的猎熊故事间的互文关系。"我不说你猎熊的故事，有那么多好作家讲过猎熊的故事。美国人福克纳，瑞典人拉格洛孚，还有一部写猎熊老人的日本影片。"《冈底斯的诱惑》中讲述穷布的故事的叙述者如是说。自称不讲穷布猎熊的故事，但最终还是讲了穷布与熊的故事，这里透露出的正是布鲁姆所说的后代作家在面对前代作家时所产生的"影响的焦虑"。具备互文性特征的题记有时是指出创作的灵感来源，所受的直接、间接的影响，有时是涉及文本的主题内容、故事情节、结构关系或阅读方法，对读者的阅读起到一定引导作用。以王小波《红拂夜奔》第六章的题记为例，该章不仅有位置在章节之前的题记，而且有位置在章节序号之后的题记。章前题记明确写道："本书这一部分受到了乔治·奥维尔的经典之作《1984》的影响。有人说，《1984》受到了摩尔爵士《乌托邦》的间接影响。假设如此，本书作者就是从这两本书内获得了益处。"章节序号后的题记则直接点明本章内作者提到了自己年轻时当司务长的事："假如不是满脸苦相，骨瘦如柴，那个时候他有点像好兵帅克的模样。"如此说来，《红拂夜奔》不仅与杜光庭的《虬髯客传》存在互文关系，而且至少还与乔治·奥维尔的《1984》、托马斯·摩尔的《乌托邦》、雅·哈谢克的《好兵帅克历险记》存在互文关系，真正构成了对其他文本的吸收和转化。具备互文性特征的题记，更多时候是以直接引用其他作家作品的某句话或民歌、民谣、名言之类的形式出现。这种直接引用，无论有没有标明具体出处或标注的详略程度如何，实际上是一种出现在题记位置的引语，所承担的文本互涉的功能通常大同小异。这里更值得关注的是这类引语的来源问题。虽然中国当代小说出现在题记位置的引语,有来自民歌民谚甚至儿歌的(如马原《风流倜傥》),有来自古典诗词歌赋的(如孙甘露的《忆秦娥》),甚至还有罕见地引用同代作家作品的(如李修文的《不恰当的关系》《小东门的春天》),但更多情况下(接近 90%),引用的却是外国作家作品(特别是现代派、后现代作家作品)或名家名言,其中出现频率最高的作家是博尔赫斯、卡夫卡、艾略特、格林、布莱希特、萨特、毛姆、巴思等。出现在题记位置的引用对于作家作品的经典化意义非凡,同时直接关联着一个时代和一个国家对不同文化资源的征引和挪用。

　　注释也是构成互文性的手法之一。现当代作家常用注释对出现在文中的某些不易为普通读者所理解的元素做出解释(如对方言、民俗、典故、夹杂的外国文字做出解释),以帮助读者的理解。除了这种解释功能外,具有互文性的注释还承担文本指涉的功能。阎连科的《风雅颂》对出现在每章标题中的《诗经》篇名以脚注做了注释,如"汉广——这是一首流行于汉广流域的情歌,写一个男子痴恋一个姑娘而不能如愿以偿","噫嘻——这是春天祈谷告诫农官的诗,并另含有一种对世事的唏嘘感叹之意"。这既解释了普通读者理解有困难的《诗经》篇名,也若有若无地提示或暗示了《风雅颂》本身在该章所涉及的主题内容或故事情节,等等。有意运用注释构成互文性的是李冯的《唐朝》。在叙述折冲都尉李敬奉皇帝之命寻找杨玉环的故事过程中,《唐朝》每涉及一个相关文学母题时,便在标明为"注释"的篇幅中大量引用古人的诗词特别是唐代的诗歌,如在涉及求仙的主题时引用(全引或摘引)了屈原的《离骚》、郭璞的《游仙诗》、陈子昂的《与东方左史虬修竹篇》、李白的《梦游天姥吟留别》、李商隐的《玉山》。《唐朝》的注释虽然因为篇幅甚长,没有出现在通常脚注或尾注的位置,而是以标明注释、同正文交叉出现的形式出现在正文中,但所承担的功能与《风雅颂》的注释大同小异,而且同时成为作者结构文本、传达对中国古代文化特别是唐朝这个黄金时代之敬意的一个重要手段。当然,其结果,也使自身成为一种典型的"引语的马赛克"。

　　局部运用互文手法以构成互文性的方式还有一些。参照热奈特对副文本现象的研究,理论上至少还可出现在序、跋、扉页题词、鸣谢、封套甚至出版商所做的前期媒体宣传中,所有这些如果出现了文本互涉现象,都可以构成互文性。如王小波的《万寿寺》的序言提及并引用了查良铮译的《青铜骑士》、王道乾译的《情人》,《红拂夜奔》的序言指涉了歌德的《浮士德》、马尔库塞的《单向度的人》、布罗代尔的《15 至 18 世纪的物质文明、经济和资本主义》,《寻找无双》引用了奥维德的《变形记》,这都将王小波的文本引向了其他文本,构成了文本的开放性特征。序言、标题、题记、注释等都属于热奈特所说的副文本现象,它们与正文一起构成了文本的丰富性。但并不是所有的副文本都能构成文本互涉,也不是所有的文本都要求文本互涉。例如,按阎连科的说法,《风雅颂》原有的标题叫《回家》,“只是看了初稿的朋友都说不妥,便由朋友挖空心思、又水到渠成地替我改成了《风雅颂》这个美妙却又表面有些哗众的书名”①。《风雅颂》书名的这种更动,一方面说明一个文本的标题并不必然要求文本互涉,但另一方面,一旦一个文本的标题具有了互文性,其意义便会发生微妙变化。正像热奈特论述副文本时所指出的:“副文本只是文本的一种辅助,一个附件。假如副文本有时就像一条没有赶象人的大象,失去了力量,那么,没有文本的副文本就是一个没有了大象的赶象人,是一场愚蠢的走秀。”②具有互文性的标题、序言、题记、注释等,作为一种特殊的副文本现象,作家如果运用得好,可以为整个文本增加正能量,成为丰富文本信息、构成文本开放性的重要辅助手段;如果运用得不好,就有可能成为一种过度包装,一场“愚蠢的走秀”。卫慧的《上海宝贝》共 32 章,却动用了 42 条取自西方(主要是当代西方)文学家、歌星、影星、哲学家的引文作为各章的题记,这种题记虽然也构成了互文性,但这种层层叠叠的类似花花绿绿的塑料包装纸式的包装,显然是过度了。

---

　　①　阎连科:《后记三篇·飘浮与回家》,《风雅颂》,江苏人民出版社 2008 年版,第 328 页。
　　②　Gérard Genette, *Paratexts: Thresholds of Interpretation*, Cambridge: Cambridge University Press,1997,p.410.

二

与作为副文本现象的标题、序言、题记、注释等相比，进入正文的引用、用典、重写与戏仿在构成互文性上更有用武之地，它们能更深地介入文本，在更广范围内建立起同其他文本的关联，造成对其他文本的挪用、化用、改写乃至解构、颠覆。

引用分直接引用和间接引用。直接引用是将其他文本中的字词、句子、段落加上引号直接挪用到当下文本中。这种引用形式上接近于论说文体中充当论据的引自他人他作的文字，但在小说作品中不同的是，随着语境的变化，所引用的文字的意义，有可能发生变化。中国当代小说中，将直接引用发挥到极致的是李冯的《纪念》。该作第一段就大段引用了（长达13行）徐志摩《想飞》中叙述幼年"飞行"梦想的段落，然后对徐志摩创作该文时的心理活动进行了揣摩和想象。《纪念》以典型的平行结构模式，叙述了徐志摩与林徽因、陆小曼以及虚构的徐志摩诗歌爱好者李敬与曼倩、才叔间的情感故事，并最终让两条线索交织到一起，从而表达了人生莫测、恋爱多变的主题。该作除频繁引用《想飞》之外，还穿插引用了徐志摩《这是一个懦怯的世界》《为要寻一个明星》《我有一个恋爱》、郭沫若《梅花树下醉歌》、梁实秋《赠》等诗歌，堪称一个典型的具有互文性特征的后现代文本。

间接引用由于取消了引号等符号标记，所引内容更大程度上溶入了新的语境，因此具有更大的节俭性和灵活性，但同时也使读者判断引语的真伪和忠实程度变得困难。杨绛的《洗澡》写许彦成看到姚宓"我就做你的方芳"一句话，"就好像林黛玉听宝玉说了'你放心'，觉得'如轰雷掣电'，'比肺腑中掏出来的还恳切'"，这里由于运用的是林黛玉与宝玉故事的熟典，又用上了语法上表示原文照录的引号，读者对引语的真实性和忠实性不会心存怀疑。但是面对格非的《陷阱》《没有人看见草生长》，马原的《涂满古怪图案的墙壁》等作品，读者就要仔细鉴别和斟酌了。《陷阱》中写道:"当时我已经注意到了曾被释迦牟尼阐述但又忽略了的禅悟:要想认识村子,必须试图找到一条从中出走的路并且充满仇恨。"这一类的间接引语虽然标明出自释迦牟尼,但由于缺乏具体出处,读者难以按图索骥地加以求证。具体到格非来说,结合《陷阱》《没有人看见草生长》的结尾来看,释迦牟尼的禅悟正像格非《青黄》结尾引自《词综》的对"青黄"词条的解释一样,大半出自作家的杜撰。当然,尽管如此,此种引语形式上也构成了一种更为复杂的互文性,当另作具体的专门分析。

用典即"在不明确指明的情况下,一带而过地指涉一个文学或历史人物,地点或事件,或指涉另一文学作品或段落"①。在诗文中引用古书中的故事或词句是中国文学创作的一个悠久传统,久而久之,甚至成为中国文学创作中的一种流弊,其中尤以宋诗创作最为明显。正是这种流弊,导致"五四"时期胡适在《文学改良刍议》中把"不用典"当作改良文学的"八事"之一提出来,从此"不用典"逐渐衍变为一种新的时代风气。但是无论在诗歌创作还是小说创作中,完全不用典似乎也走向了另一极端,并且实际上行不通。上引《洗澡》写许彦成、姚宓情感故事用《红楼梦》中贾宝玉、林黛玉的典,就既运用了中国古人所说的引言,也运用了引事。此外,一个小小的典故的运用,有时甚至可以成为读者理解一个作品、拓宽文本意义的一个窗口。《风雅颂》卷七写在京皇城受到排挤迫害、逃回家乡的杨科,在大年初一无家可归的情况下,于县城天堂街的宾馆接受十二个从事性工作的姑娘的拜年,其中一句写道:"说杨教授,你就坐在沙发上别动弹,你的十二个学生(和十二金钗样)要给你拜年了。"在人物的间接引语里,突然用括号插进了"和十二金钗样",这不由我不像罗兰·巴特在《作者之死》中分析《萨拉辛》时那样追问:这是谁在说话? 是作品中的人物(那十二位姑娘中的一个)? 还是由于本人经历而对女人的心理活动有所了解的杨科? 抑或是持有某种女性观的作者本人? 读者的回答可能因人而异,但

---

① M. H. Abrams, *A Glossary of Literary Terms*, Seventh Edition, Boston: Heinle & Heinle, 1999, p.9.

十二金钗的用典,倒是让我想起了鲁迅说过的"洋场"时期的才子:"才子原是多愁多病,要闻鸡生气,见月伤心的。一到上海,又遇见了婊子。去嫖的时候,可以叫十个二十个的年青姑娘聚集在一起,样子很有些像《红楼梦》,于是他就觉得自己好像贾宝玉;自己是才子,那么婊子当然是佳人,于是才子佳人的书就产生了。"①当然,时代毕竟过去了一百多年,现在似乎是经历了一个反向的空间移动,在当代都市里失了意的才子——大学教授杨科回到了他的家乡来寻找他的安身立命之所,终于在县城的天堂街找到了他的温柔富贵之乡。但那不变似乎也是明显的,本质上仍然是鲁迅所说的:"内容多半是,惟才子能怜这些风尘沦落的佳人,惟佳人能识坎坷不遇的才子,受尽千辛万苦之后,终于成了佳偶,或者是都成了神仙。"②而正是在这种变与不变之中,《风雅颂》这一作品究竟是对社会阴暗面的批判,还是对知识分子内在灵魂的揭秘,抑或是其他,或许可以得到更深入的理解。

"文本互涉不是,或不一定只是作为文体的装饰性补充,相反,它有时是构思和写作中的一个决定性因素。"③这一点在采用了重写和戏仿手法的作品中表现得最为明显。文学创作中的重写方式由来已久且中外皆然。④ 只不过在中国古代,这种小说的重写,往往沿用旧说多于自创新例,在人物的性格特征、作品的主题内容方面不敢有太多变动。这或许是明朝无名氏《续西游记》、董说《西游补》只命名为"续"和"补"的一个重要原因,也是阿英在《晚清小说史》中将《新三国》《新水浒》《新西游记》《新石头记》等一大批以"新"为题的小说仍称为"拟旧小说"的一个原因。中国当代作家的重写,则大部分采取了对神话传说、经典名著或名篇进行解构和戏拟的方式。以李冯的《另一种声音》为例,作品一开篇即写道:"那次流芳百世的取经事件,完全不像后来艺人们吹嘘的

---

① 鲁迅:《上海文艺之一瞥》,《鲁迅全集》第4卷,人民文学出版社1981年版,第291—292页。
② 鲁迅:《上海文艺之一瞥》,《鲁迅全集》第4卷,人民文学出版社1981年版,第292页。
③ [英]戴维·洛奇:《小说的艺术》,王峻岩等译,作家出版社1998年版,第114页。
④ 参见[荷兰]D.佛克马:《中国与欧洲传统中的"重写"方式》,范智红译,《文学评论》1999年第6期。

那么牛×哄哄。一路上,最大的问题是小腿抽筋和肚子饿。"《另一种声音》虽
然保留了《西游记》故事的某些基本元素,但对孙行者的形象进行了全新的"逆
向"描写,原来那个上天入地、精灵机警的孙行者此时即有七十二变,可总也逃
不过作为一个俗人形象出现。李修文的《西门王朝》一开篇即戏仿了纳博科夫
的《洛莉塔》的开头:"潘金莲,我的生命之光,我的欲念之火。我的罪恶,我的
灵魂。潘——金——莲:抿住嘴巴,分三步,嘴巴一开一合。潘。金。莲。"深
情的、浪漫的抒情语调被挪用到了中国读者所熟悉的以奸夫淫妇形象著称的
西门庆、潘金莲的身上,其中的戏谑色彩不言而喻。

戏仿不是对前文本(Pre-text)的亦步亦趋,而是借前文本的某些元素(人
物、人物关系、故事片段等)做一种新的艺术开发。从戏仿文本与前文本同的
一方面说,戏仿文本是寄生性的,其意义只有在与被戏仿文本的互文关系中才
能得到更好的解读;从两者异的一方面来说,它已经是一个异化的新的文本,
与前文本不是一种简单的父子关系。戏仿的具体方法通常分为两类:"一类描
述平凡琐碎的事物,借不同的表现风格使其升格;一类描述庄重的事物,以相
反的表现风格使其降格。"①前一类指对低俗的事物用庄严的语言、风格来加以
提升,后一类指对庄重的事物用鄙俗的语言、风格来加以贬低。无论是升格还
是降格的戏仿,在巴赫金所说的在中世纪的民间节庆活动和学校的课余休息
活动影响下产生的戏仿文学中表现得最为明显。由于受时代文化风气变化的
影响,也由于面临巴思所说的"文学的枯竭"的困境和布鲁姆所说的"影响的焦
虑",中国当代小说家也纷纷用戏仿的手法玩起了降格游戏。在刘震云的《故
乡相处流传》中,曹操、袁绍为了争夺沈姓小寡妇大打出手,《三国演义》中那种
"分久必合,合久必分"的历史大势被戏仿为源于一个小寡妇而引起的狗咬狗
的利益之争。李冯《十六世纪的卖油郎》中那个对花魁娘子一往情深的卖油郎
秦重,一变而为斤斤计较、短斤少两、制作假秤、将积攒钱财作了人的唯一生存

---

①　[英]约翰·邓普:《论滑稽模仿》,项龙译,昆仑出版社1992年版,第2页。

目的的市井小人。甚至革命样板戏也难逃被戏仿的命运(例如:薛荣的中篇小说《沙家浜》)。所有这些小说,连同毕飞宇的《武松打虎》,李冯的《牛郎》《祝》,徐坤的《轮回》《传灯》《竞选州长》,王小波的《万寿寺》《红拂夜奔》《寻找无双》,等等,构成了一股不容小觑的以解构为取向的小说创作潮流。

重写和戏仿的小说,都构成了同前文本之间的互文关系,而且这种互文,不再局限于后出的文本局部地引用或指涉了前文本,而往往是让前文本中的人物来到一个新的文本语境中,上演自己的故事。这样,后出的文本往往成为两个不同的话语系统混杂、交错、并置、映衬、冲突的空间。《故乡相处流传》中猪蛋宣布曹丞相要检阅"新军"消息时所说的"苏联必败!刘表必亡",就是这种话语并置的典型例证。表面看上去属时代误置,却勾连起了三国与当代两个相去甚远的历史时空,突显出了历史的惊人的重复与循环。而在王小波的笔下,更常常不惜让叙述者直接出面,依据薛嵩、红拂、李靖、红线、虬髯客、王仙客、无双、鱼玄机等古人的生存境遇引申出与当代人生存境遇之间的类比,在写到古人的某一种经历、行为、心理时,常常运用联想法,穿插进现代人相似的境遇、行为和心理,从而建立起两者之间的异质同构关系。为了达到这样的目的,在《立新街甲一号与昆仑奴》这样的作品中,王小波甚至不惜频繁用上"正是古今一般同"一类的句子,从而构成了典型的对话体结构方式。当然,这种互文,不单纯是一种形式探索,更是一种具有浓厚意识形态色彩的历史循环观的表达。问题在于,如果对于古今历史和现实的描写,一味地只见其同,不见其异,一味地只是对庄重的事物进行降格和贬低,要么前文本和后文本跳着一对一的贴面舞,要么后文本对前文本加以一百八十度的涂抹改写便万事大吉,那么,重写和戏仿的作家的独创性在哪里?历史的庄严的一面又在哪里?人类的现在和未来的希望又在哪里?

三

　　文学是一个大家族，在这个大家族中，互文现象无处不在。我在上文所列出的中国当代小说中的互文手法和现象，虽然仍不全面，但足以说明文学家族中各文本之间确实存在着盘根错节的复杂关系，一个文本并非如新批评所设想的那样是一个完全独立自主的艺术品。

　　与强调现实生活是文学创作的唯一源泉的文学观念不同，隐藏在互文性概念之后的一个深层文学观念是，以往存在的文本也可以是创作的源泉之一。互文作为一种修辞格，在中国古已有之，指的是"上下文各有交错省却而又相互补足，交互见义并完整达意"①。然而这种同一文中上下文的交互见义和补足，并非现代西方后结构主义思潮背景下产生的文本理论意义上的互文。当然即便如此，中国古代文人的某些理论主张与创作实践，仍与现代互文性理论多有暗合之处。黄庭坚在《答洪驹父书》中云："自作语最难，老杜作诗，退之作文，无一字无来处，盖后人读书少，故谓韩、杜自作此语耳。古之能为文章者，真能陶冶万物，虽取古人之陈言入于翰墨，如灵丹一粒，点铁成金也。"②后人多由此引申出"夺胎换骨""点铁成金"之法。即使瞧不起同代诸公"以文字为诗，以议论为诗，以才学为诗"的严羽，在主张"夫诗有别材，非关书也；诗有别趣，非关理也"的同时，也仍承认"而古人未尝不读书、不穷理。所谓不涉理路、不落言筌者，上也"。③ 这里虽然呈现出两种不同的诗学路径，并建立起了其间的等级关系，却从另一个角度说明，"古人未尝不读书""无一字无来处"确实是一个重要传统。这种以"以故为新"的声音和传统，在西方也不缺乏。瑞恰慈虽

---

①　《辞海》(1999 年版缩印本)，上海辞书出版社 2000 年版，第 42 页。
②　[宋]黄庭坚：《答洪驹父书》，见郭绍虞主编《中国历代文论选》第 2 册，上海古籍出版社 1979 年版，第 316 页。
③　[宋]严羽：《沧浪诗话·诗辨》，见郭绍虞主编《中国历代文论选》第 2 册，上海古籍出版社 1979 年版，第 424 页。

然一方面认为:"把辨认深奥用典的能力变为一个藉以评价文化修养的迂腐尺度,这是学者型的人过于热衷的一种变态……对于作家和学究式批评家来说,运用典故几乎是同样容易落入的一个陷阱。它诱发的是虚假。它可能助长并且掩盖懈怠。"但他另一方面仍认为:"这些危险并不构成否定典故的理由,在诗歌中典故成为类似的取材来源是典型的,也占有适合的和无可非议的位置。"①布鲁姆甚至强调他所设想的影响意味着"不存在文本,只存在文本之间的关系"②。在新时期之初,王蒙曾提出"作家学者化"的主张,从西方互文性理论的视角看,这种主张连同前文所论及的小说创作现象,未尝不可以视为对过度强调现实生活是文学创作的唯一源泉的一种矫正,一定程度上唤起了对中国文学一种曾经并不陌生的传统的关注。

互文性概念的提出,某种程度上意味着瓦解了新批评的文本自足的观念,消解了浪漫主义对天才、独创、灵感的崇拜,甚至表现出某种取消作者的倾向。在结构主义和后结构主义者看来,由于语言是存在的基础,世界的万事万物都被文本化了,所有的语境都是互文性的,任何能交流的文本和话语都建立在现有的文化密码和规则之上。在这样的背景下,以往高高在上的作者地位便发生了动摇。按罗兰·巴特在《作者之死》中的看法,作者不可能是作品中所有声音的唯一源头;作者的概念是伴随着英国的经验主义、法国的理性主义和基督教改革运动对个人的信仰而出现的,是将人奉为万物之灵长的产物,是资本主义意识形态的体现和顶点:"给文本一个作者是给文本以限制,是赋予文本以终极所指,是关闭了写作。"③福柯也将作者理解为功能性的,作者的名字可以将许多文本聚集到一处,从而将它们与其他文本区分开来,并且在文本之间确立起不同形式的关系,如同质、渊源、互相阐释、互相利用的关系,然而,"我

---

①　[英]艾·阿·瑞恰慈:《文学批评原理》,百花洲文艺出版社1992年版,第198页。

②　[美]哈罗德·布鲁姆:《误读图示》,朱立元、陈克明译,天津人民出版社2008年版,第1页。

③　"The Death of the Author", Roland Barthes, *Image*, *Music*, *Text*, London: Fontana Press, 1977, p.147.

们可以很容易地想象出一种文化,其中话语的流传根本不需要作者。不论话语具有什么地位、形式或价值,也不管我们如何处理它们,话语总会在大量无作者的情况下展开"①。"我是虬髯客,诞生于词语,词语与词语的对映,如同镜子与镜子的对映。"须兰《光明》中最后一段的几句话,一方面说明了作者对文学创作的理解——艺术是与现实无干而与语言有关的,一方面又印证了福柯所说的话语在没有作者的情况下的流传。格非的《青黄》,更是采用了标准的"目击者提供证据体"的结构方式,形象展示了历史在时间的长河中文本化的过程。通过"青黄"这个能指的意义的漂浮,作者别出心裁地展示了德里达所说的"文本之外空无一物"②的历史观念。《光明》对《虬髯客传》的指涉,《青黄》对《麦村地方志》《中国娼妓史》《词综》(尽管这几本书是作者杜撰的)的带有互文性的引证,使《光明》和《青黄》都成了开放性的文本。然而,与西方互文性理论消解作者的倾向稍有不同的是,中国当代小说作者虽然一方面在一些作品中大量采用互文手法表现社会、政治、历史、文化的文本化过程,一方面却仍然以顽强的手段表明作者个人的存在,并想方设法唤起读者对作者存在的注意,以延长作者的生命力。这一方面最典型的例子是马原。在《虚构》《上下都很平坦》《涂满古怪图案的墙壁》等小说中,作者或直接声称"我就是那个叫马原的汉人,我写小说",或故弄玄虚地插入"那部小说的作者也叫马原,不知道那个马原是否还活着",或干脆提醒读者自己还在其他刊物发表过何种作品,从而以一种锲而不舍的方式提醒马原这个作者的存在,并在自己创作的文本中铭刻上自己的印迹。这种创作现象的出现,一方面当然是受到了博尔赫斯等创作技巧的影响,但另一方面也表明了中国作家所处的不同于西方作家的创作语境。特别是在 20 世纪 80 年代,中国作家刚从一个狠批资产阶级法权、推崇集体创作组织模式的时代走出来,又正逢一个以求新、创新为旨归的先锋小

---

① [法]米歇尔·福柯:《作者是什么?》,王逢振、盛宁、李自修编《最新西方文论选》,漓江出版社1991年版,第459页。

② [法]雅克·德里达:《论文字学》,汪堂家译,上海译文出版社1999年版,第235页。

说创作潮流,作家对个人权利、自我表现、个性化写作还处于一种狂热的追求中,所以一方面接受了某种程度上消解作者功能的互文性创作技法,一方面又不遗余力地张扬作家虚构的权利,时不时地要留下自己创作的痕迹。这样的特点,除马原外,在孙甘露的《请女人猜谜》《岛屿》《庭院》、格非的《陷阱》《没有人看见草生长》、吕新的《发现》、潘军的《流动的沙滩》中也同样存在。

　　佛克玛在解释"为什么互文性和重写能成为文学史写作中的关键性概念"时说:"互文关系给我们的文学史提供了一个有说服力的框架,因为它们让我们更接近艾亨鲍姆的目标——'学会如何创作一个文学作品'。重写通过给一个更早的文本加上一种新的结构和一种相应的新观念,显示了先后排列的文学事件的传承关系。"①这话是对的。特别是带有重写和戏仿色彩的互文性文本,可以让读者更清楚地看到所谓创作就是在叙述作家怎样虚构,不同的小说家运用相同的文学元素完全可以讲出主题取向、结构方式、艺术风格等完全不同的故事。面对中篇小说《沙家浜》发表后所引起的争议,作者薛荣曾自我辩护说:"京剧《沙家浜》我是特别熟悉,一直以来,它给我的总体感受就是一个女人与三个男人的关系,在以前的创作中,这种关系表现为革命关系,而在现实生活中,只有这种关系是不正常的,还应该有夫妻关系以及另外的人性化的关系。"②单纯从形式角度着眼,这种自我辩护不无道理,这正是长期以来人们不满意样板戏时要追问阿庆嫂、江水英的丈夫为何缺席的一个重要缘由。但问题是,文学创作永远不只是单纯的形式问题。这里可以反问的是,为什么以前的革命关系是不正常的,而唯有让阿庆嫂与阿庆、胡传魁、郭建光构成三角、四角关系才是正常的呢? 正常和不正常的界限在哪呢? 真正的"人性化的关系"又是什么样的呢? 任何形式的重写和互文都有可能承载形式之外的意义,甚至看似简单的标题和题记也概莫能外。W.卡勒在经过观察后曾得出结论说,

---

　　① Douwe Fokkema, "Why Intertextuality and Rewriting Can Become Crucial Concepts in Literary Historiography", *Neohelicon* 30(2003)2, pp.25-32.

　　② 《丑化阿庆嫂争论的背后:小说〈沙家浜〉作者昨打破沉默》,《江南时报》,2003 年 2 月 24 日。

标题和题记中的互文性"不仅再生产先前文本的碎片,而且使标题编码系统相互冲突,承载不同的社会和文化资本。互文性本身因此成为社会再生产的产品和工具,折射出社会的等级关系并同时再生产这种等级关系"①。读者只要回想一下广义的中国当代文学出现在小说扉页、题记位置的引文的变化,便深知卡勒此言不虚。在前30年,大半是革命领袖的语录(这种语录甚至深入到正文中的任何一个位置,乃至人物的直接引语中);而在后40年,则多半是来自外国作家作品,特别是现代派、后现代派作家作品中的句子和段落。《上海宝贝》式的题记方式在前30年是难以想象的。这正反映了近40年来中国大陆文学重新对外开放的姿态和过程。题记位置的引文,尤其是那些具有主题表达意义的引文,常常被作家和读者当作对世界的真理性表达,具有格言、谚语、公理、警句、座右铭等一样的真的价值,它所承载的社会和文化资本的意义,以及作为社会和文化再生产的意义是毋庸置疑的。

由克里斯蒂娃最先提出的"互文性"概念,关注文本与文本之间的交集、编织与缠绕关系,重视文学创作中的传统因素、源流关系、相互影响和技巧挪用,一方面消解了浪漫主义所主张的创作主体的中心地位,另一方面也重新敞开了新批评所拟想的那种独立自主、自成一体的封闭文本空间。互文性概念的引进和中国当代小说作家对互文手法的运用,一定程度上拓宽了中国当代文学的理论视野和表现手法,尤其是加深了人们对文学的个人独创与历史传承、共时影响的复杂理解——任何号称独创的文学作品都在一定程度上带有其他文本的痕迹,差异仅在程度不同而已。在此意义上,所有的文本在理论上都是互文性的,只不过有的公开,有的潜隐,有的文本有意识地建立起互文关系,有的文本无意识地创造出相互指涉。当然,互文性概念的左顾右盼和闪转腾挪,仍然限于大的文本系统的内部关系,对于文学创作与更大的现实、历史语境的关联多有规避和警惕,其理论推演的极端与德里达所主张的"文本之外空无一

---

① W. Karrer, "Titles and Mottoes as Intertextual Devices", in Heinrich F. Plett ed. *Intertextuality*. Berlin: Walter de Gruyter, 1991, p.130.

物"多有关联。同时值得注意的是,互文性概念对创作主体中心地位的淡化和消解,理论上容易衍生出一个虚拟的单一的、永恒的主体概念,这个虚拟的主体概念仿佛博尔赫斯所虚构出来的特隆人的全能的单一主体概念:"书籍作者很少署名。剽窃观念根本不存在,确立的看法是所有作品出自一个永恒的、无名的作家之手。"①由于抄袭也是像引用、参见等一样将一段现成的文字置于当下的文本中,萨莫瓦约等研究者因此也将抄袭当作互文手法之一种,故此种全能的主体概念走向极端时,甚至会引发出"天下文章一大抄"式的谬论,使真正的原创淹没于似是而非的谬论之中。孙甘露《忆秦娥》中的叙述者"我"自称在研究贝娄的《贡萨加诗稿》和詹姆斯的小说《阿斯彭手稿》的互文关系时,收集到了一句出自 T.S.艾略特的话:"庸人模仿,天才抄袭。"此语是否真的出自艾略特权且不论,但以互文之名,行剽窃之实,混淆天才与庸人甚至恶劣之人的界限,是所有从事创造性的人类精神劳动的人(包括中国当代小说家)应当高度注意的。

---

① [阿根廷]豪·路·博尔赫斯:《特隆、乌克巴尔、奥比斯·特蒂乌斯》,《博尔赫斯全集·小说卷》,王永年、陈泉译,浙江文艺出版社 1999 年版,第 82 页。

当代名作家的创作危机

我们不能期望一个作家永远保持旺盛的创作生命力。但读者对于自己喜爱的作家,总是希望其创作的生命维持得长些。特别是面对一批既以自身的实绩、又以群体的力量跻身文坛的作家来说,读者每每津津乐道于他们当年的创作盛况,而对他们后来的风流云散和创作乏力心生困惑和失望。面对 1980 年代登上中国文坛的一代作家,曾经对他们寄予厚望的读者和批评家目前抱着的正是这种多少有些复杂的情感。一方面依然认为这是一批已获得相当创作成就并且在未来相当长时间里难以被超越的作家,一方面又感觉到他们的创作有些后继乏力,呈现出了某种群体性的创作危机。对于这种创作危机,这批作家有时似乎也有所意识。但更多时候,这种危机被这批作家已有的创作实绩建立起来的强大自信、新老作品出版渠道的畅通无阻等因素遮蔽和掩盖了。

思想的力量如何转化为艺术的力量

在中国当代作家中,1980 年代登上文坛的一代作家是较有头脑的一代。他们不像更年长的一代作家那样将自己的头脑交给别人去开垦,也不像更年轻的一代年代作家那样宣称交给下半身去解决。他们当时所处的是一个推崇思想解放、主张独立思考的时期,知青/寻根作家复杂的生活经验和人生历练使他们对人生和社会具有相对成熟和理性的思考,西方现代社会文化思潮的涌入则培养了先锋作家异样的眼光,弥补了先锋作家生活经验的相对不足。这正是这一批作家在对伤痕的描绘、历史的反思、改革的鼓吹方面比"归来"一代作家走得更远、更有自己的思考的一个重要基础,也是这一批作家能够向更新、更阔大的创作境界迈进的一个重要原因。但同时,这批有头脑和思想的作家也不得不面对两个难题,一是如何避免自己的思想走向固化和偏执,二是如何用艺术的手腕将相对理性的思考传达出来,将思想的力量化为艺术的力量进而达到"表现的深切"。如果说,在作家的文化立场还处于相对稳定和谐状态的 1980 年代,这两个问题还只是以潜伏状态存在下来,那么,到作家的文化立场急剧分化的 1990 年代,则开始全面浮出水面。

在 1990 年代的中国文坛,张承志、张炜的文化立场是最为鲜明醒目的。结合他们以往的创作来看,在有关人文精神的讨论中,由他们俩打出"道德理想主义"的旗帜正在情理之中(不管这种"命名"是否恰当)。从创作伊始,张承志就显示出了对自由、美、理想境界的不懈追求。作为"红卫兵"运动最早的发起人之一,他一直设想并力图将青春、理想、革命、正义等命题从一场民族灾难的泥潭中剥离出来。而张炜从 1980 年代创作《秋天的思索》和《秋天的愤怒》以来,其基本的主题形态、审美追求和价值立场始终没有大的变化。他纠结于苦难与自由、洁净与污浊、背叛与宽容等主题形态,采用浪漫主义的主观抒情的手法,表现出了对一种以回归自然和内心生活为特征的伦理化、道德化的生存形态的迷恋和向往。正是"二张"这种一以贯之的对自由和理想的追求,对于内心生活和自然的回护,使他们面对 90 年代的文化气氛产生了巨大的愤怒和苦闷。

进入 1990 年代以后,敢于旗帜鲜明、一以贯之地标明自己的创作立场和文化立场的实在不多。对于理想、青春、革命、信仰等宏观命题,人们更多地或取一种中庸调和、暧昧不明的态度加以冷处理,或取一种大梦初醒、讥笑调侃的神情轻易地抛诸脑后。而张承志和张炜,是少有的几个勇于打出自己的旗帜,一如既往地思考和表现理想、正义、信仰、生命等大命题的作家。从这个角度来说,他们的存在本身便构成了其意义。然而,应当看到,我们所说的有思想的作家必得面对的两个难题也出现在他们那里。

这两个作家都喜欢说自己和自己的创作只属于某一类人,并喜欢到历史和生活中去寻找自己的同道。"类"的概念几乎成为他们笔下的一个关键词。张承志反反复复地说:"我并不向所有的人都敞开胸怀。在我懂得了'类'的概念之后,我知道若想尊重自己就必须尊重你们。你们和我是一类人。我们之前早有无数崇高的先行者;我们之后也必定会有承继的新人。"①"当你们感到愤怒的时候,当你们感到世俗日下没有正义的时候,当你们听不见回音找不到理解的时候,当你们仍想活得干净而觉得艰难的时候——请记住,世上还有我的文学。"②"反正今天比昨天更使我明白:我只有一小批读者。只有很少的人不改初衷,只有很少的人追求心灵的干净,只有很少的人要求自己生则要美。那么,我呼吁这一小批朋友,与我一起再一次地思考这些命题吧,我再说一次:这些命题是与我们息息相关的。"他并且用不免有些失控的口吻说:"如果有人说你不识时务不务实际,你就告诉他——他是地道的行尸走肉。"③而与此同时甚至更早,张炜也在进行着他的"类"的划分,在创作中塑造着两类截然不同的人物形象:一类是苦难的抗议者与精神的接力者形象,对美、善、公正、正义、纯洁、自由、崇高、理想和内心生活的追求,是他们的共同特征;另一类是苦难的制造者与灵魂的污浊者形象,他们所代表的是丑、恶、污浊、黑暗、内心的卑贱、个人的贪欲。特别是进入 1990 年代以后,张炜的这种"类"的意识越来越趋于明确和强烈。与张承志一样,他既到现实的读者那里去寻找"类"的认同,也到自己笔下的人物那里寻找精神的认同。在《柏慧》《怀念与追记》这样以第一人称"我"来叙述的作品里,每每充满了如下的倾诉:"我与贫穷的人从来都是一

① 张承志:《生命如流》,《绿风土》,作家出版社 1994 年版,第 119 页。
② 张承志:《后记》,《荒芜英雄路》,知识出版社 1994 年版,第 312 页。
③ 张承志:《注释的前言:思想"重复"的含义》,《金草地》,海南出版社 1997 年版,第 4—5 页。

类"，"我越来越感到人类是分为不同的'家族'的，他们正是依靠某种血缘的联结才走到了一起"。

单纯从作家和个人的身份认同权力来说，每个作者可以有每个作者心目中的理想读者，每个人也可以有每个人心目中理想的同类。但是，作为作家来说，当这种"类"的意识表现得如此强烈时，又必须面对三方面的问题：第一，如何保证"类"的标准本身不无局限；第二，如何将对"我类"的自我描绘和评价与自我的美化和赞美剥离开来；第三，如何将这种"类"的意识艺术地传达出来。

在第一个问题上，张承志《北方的河》中的"我"其实已经做出了反思："那时你崇拜勇敢自由的生活，渴望获得击水三千里的经历。你深信着自己正在脱胎换骨，茁壮成长，你热切地期望着将由你担承的革命大任。那时你偏执而且自信，你用你的标准划分人类并强烈地对他们或爱或憎。你完全没有想到另一种可能，你完全没有想到会有一个十二岁的小姑娘为你修正。"然而，不无遗憾的是，走向黄土高原、哲合忍耶的张承志似乎并没有发展这种建立在对过去经历的反思基础上得出的成果，而是在一种宗教情绪的支配下将一种"类"的意识推到了极端，使之带上了"近朱者赤、近墨者黑"，"非我族类、其心必异"的色彩，它在分辨出极少数的同时，也将其他人置于了极不利的地位。这或许正是人们热衷于谈论这个作者身上的"红卫兵"情结和宗教情绪的缘由所在。而作为一个强调自己的全部作品"首要的任务还是投入思想者的行列、寻找思想者"①的作家，张炜在进入1990年代后，除了《九月寓言》这样写得相对感性的作品以外，创作的是一种典型的独白型的艺术，其中充满了各种观念形态的东西，而且正像巴赫金分析独白型艺术时所说的，它们被作家区分成了泾渭分明的两种思想：正确的与不正确的，有价值与无价值的。它们分别被归属于作家笔下的两类人物："精神的接力者"与"黑暗的东西"。在这个作家那里，他像

---

① 张炜：《关于〈九月寓言〉答记者问》，《张炜文集》第2卷，上海文艺出版社1997年版，第372页。

张承志一样,对"类"的标准和区分充满了同样的自信。这使他的小说中主人公与他的对立面之间、主要人物与次要人物之间、作者与主人公之间本质上都不存在一种平等的对话关系,人物的思想观念、道德品质的定性和评价,都没有超出作者的观念、意识框架,没有遇到来自人物内心的对话式的反抗。其结果,张炜的小说成了一个坚固的自说自话的空间,有关"类"的标准及其划分无法受到任何其他声音的质疑和讨论。而这种"你用你的标准划分人类并强烈地对他们或爱或憎"的思维方式,正是一种十分简单的二元对立的思维方式。

在第二个问题上,仅仅从作家与读者的关系层面来谈,只要是作家对自己的言行一致有足够的自信,他人有关自我美化与自我赞美的额外联想都与作者无关。但是从作品的客观社会效果来讲,张承志在自己的随笔和小说中对"我们这一类人"的不断重申,确实有可能引出读者的一些联想,作家在自我情绪的表达上也许完全是真诚的,但在无意识中将"我们这一类人"从作者曾经推崇的"人民"行列中划分了出来,成为少数追求清洁和美的精英分子。同样的问题也出现在张炜的小说创作中。从小说的叙事艺术的角度来讲,"要是想让小说讲一个对自己不利的故事,你就让他做主角——叙述者;但如果你希望小说人物是值得赞美的,那对此就要再三斟酌"①。读者并不太愿意接受一个自我赞美、自我标榜的叙述者,但有相当创作经验的张炜却犯了这方面的大忌。越是往后发展,他越是倾向于一种全知全能的小说创作,虽然在一些作品里,作者采用了第一人称的叙述,但他并不像一些先锋小说作家那样严格地限制第一人称叙述者的叙述权力,在涉及一些自己不在场的事件的叙述时提供合法的信息来源,恰恰相反,他将叙述者的叙事权力扩展到无限大,并从事起一种指点江山、臧否人物的工作,将自己划归洁净的一方,将他人贬为污浊的一方。这样的叙述者,虽然作家认为他是值得赞美的,但他引出的艺术效果也许恰好相反。

----

① [美]约翰·盖利肖:《小说写作技巧二十讲》,梁森译,北京十月文艺出版社1987年版,第81页。

　　在第三个问题上,这两种作家应该说都没有做出很好的处理,或许这根本就不在他们的考虑范围之内。进入 1990 年代以后,他们更多地把创作当成了文化立场的直接表达。《心灵史》的创作是这样,张炜进入 1990 年代后的《家族》《柏慧》《怀念与追记》也是如此。在这些长篇小说中,张炜不断地重申着对背叛、遗忘、宽容等的反感。为了强化这种反感情绪的传达,他甚至不惜冒用相同的主题、相同的题材进行创作的代价。在《柏慧》中,作者借主人公之口强调:"我面对残酷的真实只剩下了证人般的庄严和愤激。我有一天将不惜篇幅记下所有雷同的故事。因为不雷同就失去了真实。"言下之意,艺术上的重复和雷同并不可怕,可怕的是时代和历史的重复和雷同,艺术不重复和雷同,它离开残酷的真实便远了,其创作者因此也极有可能犯了遗忘和宽容的不可原谅的罪孽。然而,在张炜那里,怎样将一种相对理性的认识付诸感性的呈现,始终是一个问题。如果说,在 1980 年代,他尚能将对时代和历史的理性思考、主观倾向借场面和情节较自然地表现和传达出来的话,进入到 1990 年代,除《九月寓言》等少数作品外,则似乎无法自然地将一理性的认识化为感性的显现,结果,理性的认识还是采取了内心辩驳和公开议论的方式来表达。特别是在他的"家族"系列小说中,作品的重复和雷同甚至到了令人难以接受的地步,而在此时,"不雷同就失去了真实"一类的话就仿佛成了艺术领域里作者预先埋伏下的辩护词。可以说,对立场的强调,既在一定程度上成就了张承志、张炜这样的作家的鲜明个性,同时也捆住了他们的创作手脚。

　　立场的分化、观念的混乱是最近十余年来中国文坛有目共睹的现象。在这样的时代里,很多作家放弃了思考的权力而冷眼旁观甚至随波逐流。这时确实需要有一批立场鲜明的作家担当起文化批评与社会批评的责任,对当代社会文化现象做出斩钉截铁、一针见血的剖析与批判。过多地发掘张承志、张炜这样思想型的、激情型的作家对理想、信仰、自由的推崇中所存在的问题,甚至可能助纣为虐,构成对理想、信仰、自由本身的伤害。但是,正像鲁迅所说的:"一切文艺固是宣传,而一切宣传并非全是文艺……革命之所以于口号,标语,布告,电报,教科书……之外,要用文艺者,就因为它是文艺。"①我们坚信,作家的立身之本依然是创作。作家如何在旗帜鲜明地表明自己的文化立场的同时对自己的立场保持反思,如何将思想的力量化为艺术的力量,用活生生的感性的力量来征服读者,仍然是值得关注的一个问题。可以肯定的是,在创作中,一个作家如果对自己的立场缺乏反思,对他人的立场采取一种情绪化的否定态度,其结果必然导致自身思考的狭窄化倾向;文学固然是思想的一种载体,但文学一旦沦为单纯的思想的传达工具,文艺也就失去了自身的地位。

自我的突破如何不变成自我的丧失

相对"二张"来说,另一些中国当代名作家的创作危机不是表现为自我与当下社会的严重对立,而是表现为在已经获得相当的创作成绩后如何寻求自我突破。中国现当代文学发展史上有一种作家的早衰现象,不少看似有潜力的作家在获得一定的创作成绩、功成名就后往往开始走下坡路,甚至从此偃旗息鼓,比起谁活得长来。对于这种现象,当然可以有多方面的解释,如过去的政治高压,当下的市场引诱,读者的盲目追捧,批评的揠苗助长,等等。但作家自身无疑是其中的一个重要因素。不能成功地完成自我的突破,是不少名作家走下坡路、甚至淡出文坛的一个重要原因。

每个对文学创作抱着最基本的诚敬态度的作家,主观上都希望自己的创作能够更上一层楼。当代名作家的自我突破有的是悄无声息地进行的,有的则是大张旗鼓进行的。但无论何种情况,都不同程度地呈现出了某种危机的迹象。他们常常在寻求自我突破之时,丢失了自我。在此,我们以贾平凹和刘震云为例。

在当代中国,贾平凹是为数不多的获得较大的读者面、同时又在文学批评

① 鲁迅:《文艺与革命》,《鲁迅全集》第4卷,人民文学出版社1981年版,第81页。

面前保持一种较低调的自我姿态的作家之一。在他身上很难找到通常文人的那种狂傲之气,有时甚至在外界给予很高评价时,他的自我评价却不高,甚至表现出一种自卑的心态。这使他在获得了相当创作成绩后,仍比一般作家更乐于寻求自我的突破。特别是进入 20 世纪 90 年代以来,他在一种成名而未成功的焦虑心态下,在创作上进行了一种近乎自我挣扎式的探索。这种探索有相对成功的,也有近乎失败的。《废都》《白夜》《高老庄》的创作还差强人意,而《土门》《怀念狼》《病相报告》的创作,则辜负了一个成名作家的名望。

　　贾平凹在小说创作上的贡献,主要表现在对小说文体的探索和一种具有东方审美情趣的创作风格的有意识的追求。在以商州为背景的小说中,他关注商州的山川地理,人文风情,特别是描绘了一种有着久远的传统的地域文化对人物行为和心理的影响;他习惯于塑造多情而有主见的少妇少女形象,外表的美丽柔和与内心的坚定奔放一度是他笔下女性人物的共同特征;结构上倾向于以散点透视的散文化笔法来建构,几个长篇小说形同散文的连缀;故事带有一定的传奇性,但多用写实和白描,突出生活的肌理和血肉;语言上一反欧化的新文学传统,采用了一种看似稚拙实际有韵味和力度的文学语言,呈现出向传统小说语言回归的趋势。

　　贾平凹的小说主要以写实为主。但进入 1990 年代以后,为了求得创作的自我突破,增强作品的主题意蕴和厚重感,他力图在形而下的描写与形而上的表达间寻找一条中间道路。有时,他的这种努力获得了成功,有时却表现得相当笨拙。以《白夜》为例。作品总体上写夜郎以以恶抗恶的夜的性格来对付白日见鬼的世界,整体上的写实较好地完成了社会批判和文化批判的任务,特别是作品对鬼戏的出演的描绘,对于社会某一方面人妖颠倒现象的讥刺,应当说达到了相当的高度。夜郎揣着再生人的钥匙却寻不着要打开的锁,也较好地表现了这一人物的精神痛苦和寻不到精神出路的尴尬处境,他患上夜游症也不妨视为精神流浪的象征。但作品中写颜铭做整容术由丑女变美女、心地善良的宽哥患上满身皮癣,则是作品中明显的败笔,是为了表达某个形而上的主题而未获成功的鲜明例证。显然,写颜铭变美女是为了完成对以美容术为中心的城市文明造成人的存在不真实的批判,写宽哥患皮癣是为了表现 90 年代"活雷锋"的尴尬地位。但这种处理法未免太直露和用力过度了。用肉体上的缺陷来表现精神上的局限并无不可,但这种表现必须是艺术的。在 20 世纪 80 年代,贾平凹写女性,常将她们写得像菩萨和小兽,男主人公在她们面前是一种顶礼膜拜的姿态;进入 1990 年代以后,特别是《废都》之后,不仅男女的那种崇拜与被崇拜地位换了个个儿,而且作者还写起她们身上一些令人不堪的东西来。这里不难看出成名后的贾平凹在对待女性心态上的变化,也可以看出作者追求主题的多义性和描写的圆融浑一而做出的努力并不太成功。贾平凹在谈到《高老庄》时说:"没有乍眼的结构又没有华丽的技巧,丧失了往昔的秀丽和清晰,无序而来,苍茫而去,汤汤水水又粘粘乎乎,这缘于我对小说的观念改变。我的小说越来越无法用几句话回答到底写的什么,我的初衷里是要求我尽量原生态地写出生活的流动,行文越实越好,但整体上却极力去张扬我的意象。"①在此前的《白夜》后记中,贾平凹说自己尝试用一种"蹲着,真诚而平常的说话"方式去写小说;在此后的《怀念狼》后记中,又提出了"新汉语文学"的主张。所有这些表明,贾平凹在经历了《废都》的风风雨雨以后,凭借着一种作家依靠作品说话的信念,对小说艺术进行着多方面的探索。但这种探索大多是以丧失了这一作家原有的创作风格为代价。"往昔的秀丽和清晰"有何不好? 1990 年代以后的中国文坛,多的是"汤汤水水又粘粘乎乎"的莫知所云的作品,少的正是"秀丽和清晰"的作品,贾平凹以往小说的魅力很大程度上正来自他那种稚拙而有韵味和力度,有时甚至是文白夹杂的文学语言。

　　同贾平凹相比,刘震云在创作中对自我突破的寻求引起的关注要少一些,或许有人不认为在这个作家那里存在一种自我突破的努力。但刘震云的《故乡面和花朵》《一腔废话》与其前期作品的形态的差别是如此之大,我们还是倾

---

① 贾平凹:《〈高老庄〉后记》,《收获》1998 年第 5 期。

向于在这个作家那里存在过一种悄然进行的自我突破的努力。

在中国当代作家中,刘震云堪称一个只及一点、不及其余的作家。在《故乡面和花朵》之前的所有创作中,他的描写都是在一个相对狭小的题材与主题领域里展开,表现手法和艺术风格也较少变化,并且有迹可循。这个作家对人生和历史的理解是低调的悲观的,有时甚至陷入片面和虚无。人生是什么?就是日复一日、年复一年的日常生活。历史是什么?就是上层争权夺利、下层见风使舵的舞台。如果说,《新兵连》《头人》《官场》《官人》《单位》《一地鸡毛》等作品侧重从空间维度来展示历史和人生的这种面貌的话,《故乡天下黄花》《故乡相处流传》则侧重从时间维度来展示:无论军营还是官场,无论城市还是乡村,大家都是在为吃饭睡觉而忙碌奔波、投机钻营;无论古代还是现代,无论上层还是下层,也都是在为食色你争我夺、上蹿下跳。在早期作品里,刘震云对人生和人性中温情的一面还有所展示,对"老肥"、李小林等小人物的卑微的生活欲求也抱着一种同情理解,但到了《故乡天下黄花》《故乡相处流传》中,则倾向于一锅烩了。对历史和人生,作者这时拥有的不只是一种怀疑情绪,而是一种悲观和绝望:在整个历史和人生都是不道德的前提下,谁也干净不到哪里去。应当说,正是这种对人生和历史的一针见血、又不无片面的理解,使刘震云在创作中面对历史的肮脏、人性的丑陋时,没有采用讽刺的手法而是采用了反讽的手法。

从艺术表现的角度来看,刘震云在《故乡面和花朵》之前的创作,无论是对人生还是历史的描绘,总体上应当说都是粗线条的。特别是两个长篇小说的创作,作者有意识地突出了历史的骨骼和枝干,而删去了历史的血肉和枝叶,本应纷繁复杂的历史以一种极简单明了的形态呈现于读者面前,从而造成了一种独特的陌生化效果。

或许正是觉悟到前一阶段创作对历史和人生的描绘过于简明,采用写实的创作方法也难以穷尽历史和人生的复杂性及人性的深度,在随后的两个长篇小说中,刘震云在艺术的表现手法和结构方式上做了大幅度的探索和创新。

尽管我们已经在《故乡相处流传》中看到了一些艺术新变的前奏,如超现实主义、魔幻现实主义手法的运用,但故事的完整性、历史时间的线性特征仍保持得十分完整,但进入《故乡面和花朵》的创作以后,故事的完整性被打破,物理时间更多地被心理时间取代,过去与现在、写实与象征、纪实和抒情、真诚的言辞与夸张化的表演、深情的回忆与无聊的调笑,等等,被作者熔于一炉,读者只隐约感觉到刘震云以往作品中曾出现过的一些虚构性的人物和新虚构的人物借助同性恋者回故乡一类的活动发生历史性的遇合而产生了一个个片段和场景,立意的含混性和作品整体意义的不确定性,使读者惊异于作者是依靠怎样的力量完成了这部近两百万言的书。

《一腔废话》则是刘震云沿着自己的新探索之路越行越远的成果。《故乡面和花朵》尚有一个时间坐标——1969 年,《一腔废话》则干脆取消了所有的时空维度,一批普通人被掷入一个虚构的近于寓言的情境中,去完成一个荒诞的使命,在参加模仿秀、辩论赛等活动中说了些连他们自己也不能明白的话,参与了些他们自己也不明白其目的和结果的活动。他们从一个虚构的前提出发,最终又回到了盐价“一块七一公斤”的日常生活中。从作品中反复出现的一些关键词来看,这应该是作者思考当下混乱无序的时代生活的一部书,对普通人在一个急剧变化的时代里的梦想和命运的思考,是它的一个重要内容。真诚的思考被裹上了游戏的外衣,宏大的命题被付诸“一腔废话”。我们既看不到刘震云以往作品中那种对人生的单刀直入式的穿透力,也看不到那种主题的明晰性与行文的流畅感。

文学的求新求变从 1980 年代一直喊到今天,或者说文学从其诞生之日起就在求新求变。但面对当代一些名作家的创作困境和另一些作家相对稳定的创作业绩(如莫言、王安忆),我们有必要重新认识文学的求新求变原则。理论上,只有变,文学才能注入新的血液;只有变,作家才能突破自我的限制。但实际上,就一个民族国家的文学来讲,只有相对不变基础上的变才能形成自己的传统;就一个作家的创作来说,只有相对不变基础上的变,才能形成自己区别于其他作家的较稳定的创作风格。如果寻求自我突破的过程中变得连自己也认不出来，这算不得什么自我突破，只能说是自我的丧失。

日常叙事如何不忘却形式创新

先锋文学的转向，是人们谈论得较多的问题之一。有人将这种转向视为先锋作家迫于市场压力做出的创作调整，也有人将它视为先锋作家形式实验走向极端的必然产物。应该说，这种转向不是哪一单一因素作用的结果，而是作家形式实验兴趣的减退、读者审美趣味的转移、批评家的朝三暮四、入世的欲望化的生活伦理迅速崛起等多种因素作用的结果。

转向后的先锋作家，呈现出一种全面的向日常生活叙事转移的态势。曾经在小说创作中致力于表现自我与现实、自我与历史、自我与他人等之间的紧张关系的先锋作家，这时频频瞩目于俗世人生，打出了"欲望的旗帜"，描绘起"活着"的本相，创作方法上向传统写实文学全面撤退。以余华为例，他广有影响的《活着》《许三观卖血记》可以说构成了对他前期先锋小说的全面背叛。对人性善的发掘取代了对人性恶的展示，超然、平和的叙述基调取代了冷漠、克制的叙述态度，传统的写实的结构方式取代了现代的先锋的结构方式。

先锋文学的转向显然受到当时甚嚣尘上的新写实小说潮流的巨大影响。1980 年代末、90 年代初被当作文学新潮流推出的新写实小说，热衷于"烦恼人生"的描绘和"冷也好热也好活着就好"的人生哲学，它的兴起既同以往的中国文学为日常生活的审美呈现留下了巨大的空间有关，也同那一时期人们对"宏伟理想"的普遍失望紧密相连。在客观上，新写实小说的创作实践用日常生活的小叙事形成了对"宏伟理想"的宏大叙事的消解，对日常生活价值和意义的一定程度的肯定也形成了对文学的过度政治化的冲击。但作为一种文学创作，新写实小说热衷于描绘生活的本真而不是本质、热衷于塑造典型处境而不是典型人物等特点，无疑又放弃了文学创作的全部的虚构的、审美的热情。在新写实小说中,既看不到传统现实主义文学作家那种全身心拥抱生活的情感,也几乎看不到应当作为文学创作题中应有之义的形式探索的激情。先锋文学作家在向传统写实文学撤退的过程中,遭遇的正是这种本身有很大缺失而当时又被当作"新"来追捧的潮流。先锋文学作家虽然由于前期的创作积累免于成为新写实小说的主流作家,但他们的日常生活叙事也难免受其影响。对大多数先锋作家来说,由向写实文学叫板、挑战到向写实文学妥协言和,他们进入的恰恰是一个扬其所短、避其所长的领域。他们获得了言说日常的权力,却失去了形式创新的激情。

在先锋文学作家中,格非是以其小说的形式感和对历史、存在本质的沉思见长的一位。他的小说创作的形式富于变化,《褐色鸟群》《锦瑟》等作品的结构形式甚至富有很强的装饰性。同大部分先锋小说作家一样,格非改变了作家讲述故事的方式,特别是时间的处理方式,以共时性的叙事取代了历时性的叙事,并且为读者提供了对小说的发生、发展、高潮、结局的新认识。读者即使能按故事时间还原出故事的原始状态(其实很难做到),也难以找到传统小说的那种发生、发展、高潮、结局。一些偶然性因素和边缘性因素在格非小说中得到了强调,一些关键性环节却处于缺席状态,事件发生的原因有时暧昧不明,事件的结局则不时呈现出不确定形态。频繁地使用有意识的省略,让事件的关键环节缺席,从而造成叙事上的空白和断裂,给文本的意义留下多元解释的空间,是这一作家提供给中国读者的全新的审美经验。然而,转向后的格非所创作的《欲望的旗帜》《马玉兰的生日礼物》等,却基本抛弃了其先锋小说形式探索的一面,回归到一种世俗化的欲望的展现和传统的故事的讲述。其实就《欲望的旗帜》这样展现知识分子的糟糕混乱的生存状况和卑微幽暗的内心世界的作品而言,并没有超过《风过耳》等作品所表现的内容。

近年自言创作出现了危机[①]的苏童也几乎陷入了同格非一样的创作困境。

---

① 《新小说难产——苏童坦言有创作危机感,正在调整》,http://book.sina.com.cn/xiaoshuoxuankan/2003 - 11 - 24/3/26168.shtml。

在初出茅庐之时，苏童曾以其先锋姿态受到人们的关注。《井中男孩》《平静如水》等作品所表现出的愤世嫉俗色彩与翻新出奇的叙述手法，表明苏童处于一个蹒跚学步、刻意求新的阶段，这一阶段的创作甚至不无稚嫩生涩之处。随着创作经验的不断积累，苏童开始找到了一条属于自己的创作之路，他逐渐以一种带有故事性和诗性特征、既具有柔弱的风格又不无先锋色彩的手法进行创作。这种创作可能与苏童自身的气质和性格不无联系。苏童曾说自己"从来不具有叛逆性格和坚强的男性性格"[①]，又说："也许一个好作家天生具有超常的魅力，他可以在笔端注入一个世界，这个世界空气新鲜或者风景独特，这一切不是来自哲学和经验，不是来自普遍的生活经历和疲惫的思考，它取决于作家自身的心态物质，取决于一种独特的痴迷，一种独特的白日梦的方式。"[②]或许，正是苏童那种"从来不具有叛逆性格和坚强的男性性格"的气质，使他成为一个不是以思想尖锐取胜而是以艺术感觉见长的作家。

进入 1990 年代以后，苏童与当年大部分先锋作家一样，减弱了其先锋锋芒而表现出了一种回归故事和日常生活的趋势。不过，具体到苏童，他对人的局限性和内心欲望的独特痴迷和关注依然如故。单纯从题材看，苏童的《一个礼拜天的早晨》《肉联厂的春天》《菩萨蛮》《蛇为什么会飞》等作品，与所谓新写实小说并无区别。但它们对普通人日常生活之悲剧性的洞察，对人内在的精神需求与其肉身存在之矛盾的描绘，使他既不同于主张"冷也好热也好活着就好"的一类作家，也不同于只关心日常生活之喜剧性的一类作家。一个普通的学校教师，为了那内心不可忍受的嘲弄和污辱，决心为两毛钱与肉贩子讨一个说法，结果葬身于车轮之下，而自行车笼头上悬挂的一块肥肉却完好无损："在早晨八九点钟的阳光下，那块肥肉闪烁着模糊的灰白色的光芒。"（《一个礼拜天的早晨》）完好无损、闪闪发光的肥肉构成了对有着肉身之存在的人的极大反讽。这是一种堪称无事的悲剧，但它对人的内心自尊的需求和瞬间情绪变

---

① 苏童:《一份自传》,《寻找灯绳》,江苏文艺出版社 1995 年版,第 85 页。
② 苏童:《周梅森的现在进行时》,《寻找灯绳》,江苏文艺出版社 1995 年版,第 167 页。

化的描述,却极为深刻。在《肉联厂的春天》里,心高气傲、自信幽默的金桥连在马戏团被要求学一声鸡打鸣也觉得是对自己的一次严重伤害,可命运却安排他整天同猪下水及一班成天打情骂俏的肉联厂女工在一起,一个偶然的事件甚至使他最终在冷库里被冻成了冻肉。这样的作品其实很难用僵硬的真实性的尺度来要求,它所关注的是人的精神存在与世俗生活的尖锐冲突,所谓"心比天高,身为下贱"的悲剧性在金桥的身上得到了淋漓尽致的表现。对日常生活的巨大腐蚀力的洞察,对普通人弱点和局限的宽厚容忍,应当说,使苏童的这类作品具有了一种新写实小说无可比拟的质地。但令人遗憾的是,在这样的作品中,苏童以往创作中的那种诗性特征和柔弱风格不见了,那种怀旧、唯美的情调和纤巧、精致的语感也大打折扣。

在当年的先锋文学作家之中,苏童在形式实验方面不是走得最远的,但他毕竟在故事时间和叙事时间的转换、叙事视角和叙事人称的变化等方面做过相当的探索,即使后来《妻妾成群》一类回归故事的小说,对人的欲望和局限的表现,对人的心理和情绪的瞬间变化和突转的描绘,依然使他的创作具有相当明显的"现代"品质。以最新式的手法讲最老式的故事,进而创作出兼具现代品质和古典风韵的作品,一度是苏童征服读者的秘密。如何在回归故事、回归日常的过程中重新焕发出形式创新的激情,是这个作家走出目前创作困境时应注意的一个方面。

1980年代风云一时的先锋文学并非没有缺失。个别作家作品的食洋不化,整体上与当下社会的有意疏离,都蕴含着先锋文学创作的内在危机。先锋文学作家对其做出及时的调整是必要的。事实上,那些一直坚守先锋文学创作的作家(如残雪、吕新、刘恪等),后来的创作似乎都没有超过先锋文学形成潮流时他们自己的创作实绩。对这部分作家来说,重提先锋文学当年的口号"永远的先锋"也许不无意义。

张贤亮：性与政治的纠缠

张贤亮早期小说对性与政治主题的开拓，既展示了一段时间内国家意志和政治力量的无孔不入和无坚不摧，也显示了一种旧的主体的崩溃和新的主体的诞生。然而在《习惯死亡》《一亿六》等作品中，由于某种矫枉必须过正的创作思维的惯性作用，在一个性早已泛滥成灾的时代里，作家却误将对性说"是"当成了对权力和政治说"不"。这样的缺失，是晚年的张贤亮自己所没意识到的，也是今天在更大范围内谈论1990年代以来的中国文学时必须高度注意的。

一

在中国当代文学的版图上，张贤亮的名字是和"性描写"联系在一起的。提到张贤亮，必然提到《男人的一半是女人》；提到《男人的一半是女人》，必然提到性描写。张贤亮自己也相当享受、看重这种联系，并夸耀自己的数个"开风气之先"："在中国大陆，我是第一个写'性'的（《男人的一半是女人》——一九八五）、第一个写城市改革的（《男人的风格》——一九八三）、第一个写中学生早恋的（《早安，朋友》——一九八六）、第一个写知识分子没落感的（《习惯死亡》——一九八九。不客气地说，平凹的《废都》晚我五年，当然他的写法与我不同）、第一个揭示已被很多人遗忘的'低标准瓜菜代'对整个民族，尤其是知识分子的生理和心理损伤的（《我的菩提树》——一九九四）……你可以说我写得不好，但我毕竟开了风气之先，是功是罪，我以为只有后人才有资格评说。"①当然，事实上，在评论家那里，评头论足早已开始。例如，许子东便指出："把'政治'和'女人'（革命和爱情）扭在一起并寻求其间最佳组合方案，本是'五四'以来很多中国作家一直想做一直在做的事。张氏的独特之处，是将两者都推到'屈辱'的极端（政治犯＋性无能）并绞在一起打了个结。在现实生活中互为因果，在结构意象上互相隐喻。"②在这里，许子东指出了将性与政治结合起来做艺术表现是"五四"以来中国新文学的一个寻常传统，张贤亮的独特之处是将性与政治置于极端情境之下做了高度综合的艺术表现。

对于《男人的一半是女人》《绿化树》《土牢情话》等小说来说，许子东的概括无疑是正确的。由于特殊的政治身份和时代背景所决定，章永璘和《土牢情话》中的"我"都丧失了和平时代普通人感受情爱和幸福的权利。这种权利的丧失，首先还并不表现为性的压抑和匮乏（虽然这种压抑和匮乏也极为重要），而是表现为物质普遍贫乏时代里男主人公活下去的基本生物性要求得不到满足。因而，无论在章永璘与马缨花、黄香久的情感故事中，还是在"我"与乔安萍之间的情感故事中，女主人公给男主人公提供食物缓解饥饿感、满足口腹之需都是一个重要的叙事单元，而且经常发生在男女主人公有实际的身体接触之前。"饥饿会变成一种有重量、有体积的实体，在胃里横冲直闯；还会发出声音，向全身的每一根神经呼喊：要吃！要吃！要吃！"（《绿化树》）类似这样的文字明确表明，在有着肉身的章永璘那里，饥饿感是一种更残酷的现实。也正是这种饥饿感，使"我"、章永璘这样的知识分子在接受女性的食物"支助"时，既心怀欣喜和满足，也不无屈辱和内疚。可以说，在一定程度上，张贤亮对饥饿感的描写，比他的性描写要更为出彩。只不过到了物质相对丰裕的时代，当饥饿成为过去的故事时，对畸形时代的性饥渴的描写，才吸引到普通读者的更多

---

① 张贤亮：《对生命的贪婪》，《心安即福地》，贵州人民出版社 2014 年版，第 99 页。
② 许子东：《张贤亮笔下的"畸形屈辱感"》，《呐喊与流言》，上海文艺出版社 2004 年版，第 147 页。

关注。

在《结构语义学》一书中，法国叙事学家格雷马斯基于人物与人物、人物与客体之间的行动关系，提出了主体/客体、发送者/接受者、助手/对手三组对立关系所组成的行动元模型，并指出其行动元模型是围绕着主体的欲望组织起来的。以此行动元模型来观察张贤亮的早期小说，不难看出，在"我"与乔安萍，章永璘与马缨花、黄香久的情感故事中，在主体/客体的位置上，乔安萍、马缨花、黄香久在故事的最初阶段都承担着主体的功能，一定程度上颠倒了一般言情故事中的男主女从的主体/客体模式。这种特殊的主客体模式的形成，一方面是因为有着劳改犯或"老右"身份的男主人公自认为是丧失了追求男欢女爱的权力的，另一方面也因为，作者为身为自由人的底层女性构建了喜欢、崇拜文化人的情感取向（连号称"美国饭店"的马缨花也不喜欢同一阶层的海喜喜和"哑巴"）。在故事的后来阶段，当男主人公反客为主、成为主客体关系中的主体时，这种从一开始便有点例外的人物关系便呈现出其特有的模糊、混沌面目：恍惚之间，在"我"和章永璘那里，甚至自己也弄不清自己对女主人公的那份情感究竟是一种"爱情"还是一种动物式的"发情"，有时甚至会对自己是否在有意"利用"对方的爱意来满足自己的口腹之需而心存怀疑和自我鄙弃。在同样出现了"性描写"的王安忆的"三恋"小说和《岗上的世纪》中，作者有意使时代背景和人物关系趋于简化，将符号化的男女主人公放在相对自足的空间里观察他们单凭肉体的力量或精神的力量到底能走多远。而在张贤亮这里，则格外注重时代特征和社会背景的渲染，将既是具体的人、又是一个阶层的代表的男女主人公放在特殊的时空体中来表现其基本的生物性需求如何阻碍和扭曲了他们更高层次的合乎人性的追求。在《土牢情话》《男人的一半是女人》这样的作品里，作为处于发送者位置上的一个行动元，无论"反右"运动还是"文革"，都没有推动而是阻碍了主体欲望的满足和目标的实现，无疑是接受者（同时也是主体）头上的一股压迫性的决定力量。而"连长"、王富海、"军代表"一类出现在"对手"位置上的行动元，则是这种压迫性的专政力量的代理人,构成了具体时空中阻碍主体欲望达成的局部力量。海喜喜和"哑巴"这样的底层劳动者,虽然在争取马缨花的好感的过程中是章永璘的"对手",但这样的"对手",仅停留在一般言情故事中的"情敌"的意义上,并不拥有或主动运用政治性的压迫力量,他们有时甚至还转化为主体达成欲望的"助手":通过马缨花这样的中介人物,海喜喜所提供的粮食实际上缓解了章永璘的饥饿感;海喜喜土生土长的民歌旋律,甚至还在某一特殊时刻给章永璘"注入了聂鲁达所歌颂的那种北美拓荒者的剽悍精神",成为支撑章永璘走出艰难时代的重要精神力量。

而在《灵与肉》《邢老汉和狗的故事》中,虽然故事发生的背景仍是同样的极端年代,但许灵均和邢老汉的故事更多显现出了极端年代的"常态"。在这两个作品里,尽管一个仍是章永璘式的落难知识分子,一个是土生土长的农村老汉,一个以悲剧告终,一个以大团圆结尾,但许灵均和邢老汉的婚姻、情感故事呈现出了高度的同质性,都讲述了一个单身汉与一个逃荒来的女人结合的情感故事。以现代的爱情观念和法理来衡量,这样的故事似乎是荒唐的、不近情理的,但在特定的时空背景里,正如《邢老汉和狗的故事》中所写的,"一个没有男人的女人和一个没有女人的男人,只要他们愿意在一起生活,人们就会承认他们是'一家子'"。外界的政治运动虽然轰轰烈烈,但人类的婚丧嫁娶仍绵延不绝。即使邢老汉后来因逃荒女人不辞而别郁郁而终,但他们结合在一起的短暂时光仍然是孤苦无依的邢老汉一生最快乐的时光。《肖尔布拉克》中汽车司机"我"与逃荒而来的陕北姑娘的第一段婚姻,从故事的基本元素来说是许灵均与秀芝故事的翻版,只不过陕北姑娘初恋情人的追踪而使故事增加了新的变数:"我"与陕北姑娘的和平离婚、与上海知青的意外相逢,突显的是西北大地底层民众对婚姻、爱情生活的通达理解。虽然作家也简单提及了上海知青的"资本家"家庭出身及被"连长"玷污的经历,但在这样的作品中,"对手"退居到了幕后,"助手"走向了前台,小环境的力量弥补了大环境的先天不足。可以说,正是因为存在无数个秀芝这样的"客体"、郭踽子和魏队长这样的"助手",才成就了动乱年代里许灵均、邢老汉们可堪回味的人生。《邢老汉和狗的故事》因此不惜以叙述者的主观叙述高度评价道:"我们中国人有我们中国人的爱情方式,中国劳动者的爱情是在艰难困苦中结晶出来的。他们在崎岖坎坷的人生道路上互相搀扶,互相鼓励,互相遮风挡雨,一起承受压在他们身上的物质负担和精神负担;他们之间不用华而不实的辞藻,不用罗曼蒂克的表示,在不息的劳作中和伤病饥寒时的相互关怀中,就默默地传导了爱的搏动。这才是隽永的、具有创造性的爱情。"《灵与肉》也以主观叙述的口吻肯定了许灵均和秀芝的结合:"她和他的结合,更加强化了他对这块土地的感情,使他更明晰地感觉到以劳动为主体的生活方式的单纯、纯洁和正当。他得到了他多年前所追求的那种愉快的满足。"这种满足,实际上已超出了章永璘在马缨花、黄香久那里所得到的食与色的满足,而进入了价值观认同的层面:"劳动是高贵的;只有劳动的报酬才能使人得到愉快的享受,由剥削或依赖得来的钱财是一种耻辱!"读者只有明白这种价值观的认同,才有可能理解许灵均为什么拒绝了父亲的要求而回到了秀芝身边,才有可能理解马缨花、黄香久为什么获得了章永璘的身体却没能留住他的灵魂。自古以来,脑力劳动者和体力劳动者、劳心者和劳力者之间便横亘着一条思想与阶级的鸿沟,极端的年代对章永璘、许灵均们的"改造",某种程度上即试图用激进的、极端的方式缩小、填平这条鸿沟,其过程是过激的,结局是惨烈的,历史的教训也永远值得记取,但这种"改造"的客观效果,客观上也印证了巴特勒所持的一种观点,"权力既外在于主体,又是主体发生的场所"①,它既使主体服从,也使新的主体生成。从这个意义上说,张贤亮早期小说对性与政治主题的开拓,既展示了一段时间内国家意志和政治力量的无孔不入和无坚不摧,也显示了一种旧的主体的崩溃和新的主体的诞生。

　　性与政治纠缠的母题,同样出现于张贤亮早期的其他小说作品里。在《河

---

　　① [美]朱迪斯·巴特勒:《权力的精神生活:服从的理论》,张生译,江苏人民出版社 2009 年版,第 14 页。

的子孙》中，张贤亮塑造了一个上有政策、下有对策、见人说人话、见鬼说鬼话的亦人亦鬼的农村基层干部。凭借一种古老的智慧和狡黠，在一个极端年代里，魏天贵在夹缝中求生存，最大限度地维护了底层民众的利益。不过，在此过程中，为了保护韩玉梅，他也自以为得计却事与愿违地将自己的童年伙伴郝三送上了不归路。在这里，郝三既是魏天贵行使瞒天过海之计时的助手，又是阻碍魏天贵、韩玉梅跨过性的最后防线时的一道阴影。政治的压迫经由人性的良知和内疚感转化成了性的自我压抑。魏天贵的内心分裂出了自己的一个敌人，这个敌人的力量，远远超过了处于标准的行动元模型"对手"位置之上的他的妻子。他的妻子被作者塑造成了一个好吃懒做、没有任何优点可言的乡村女性，这个乡村女性本质上是张贤亮其他作品中那种健康、美丽、泼辣甚至风骚的西北底层女性的绝对反面。"对手"力量的缺失，事实上表明魏天贵对性的压抑，主要是一种由政治的压抑转化而来的自我压抑。这个压抑的自我，似乎只有在作品结尾韩玉梅意外归来时才有可能获得解救的希望。

龙种与穆玉欣（《龙种》）、陈抱帖与海南（《男人的风格》）的情感故事，很大程度上落入了蒋子龙《乔厂长上任记》中乔光朴、童贞式的情感故事模式：披荆斩棘的改革者将大刀阔斧、雷厉风行的"男人的风格"也带到了个人情感领域。"我在感情上是粗线条的"，乔光朴对童贞说。正是乔光朴式的这种粗线条的情感，同样使陈抱帖冷落了有着文艺女青年气质的妻子海南。"男人的风格"让陈抱帖在婚前轻而易举地战胜了情敌王彦林，却也让他在婚后输给了作家石一士——石一士成了海南灵魂的伴侣。改革主线之外的四角恋故事，折射出了张贤亮创作的一定的连续性，也反映出张贤亮力图将性与政治的母题挪移到新的时代场域之中时的某种捉襟见肘。

二

从理论上说，性和政治分别是人类生活的两个独立领域。性更多是个人的、私密的,联结着个人的基本生理需求和传宗接代的目标,也联结着人的爱的需要和自尊的需要。政治则更多是公众的、社会的,联结着集体的实践活动和民族国家的宏大目标。当然,在人类文明史上,由于各种各样的原因,本应当互相独立的性与政治的实践领域,却往往缠杂不清,相互交织成人生与历史的复杂面目。特别是在一个总体上极端禁欲的年代,政治对性领域的强行突入和渗透,更是一种常态。对这种常态,中国当代小说有相当多的艺术表现(如王小波《革命时期的爱情》、阎连科《坚硬如水》)。由于特殊的个人经历,张贤亮更是一马当先,在《土牢情话》《绿化树》《男人的一半是女人》等作品中,以相当多的篇幅描绘了政治对性的压抑和扭曲,并且将这种描绘与对人性的描写和人的主题的呼唤结合到一起。"我"迫于群众专政的压力和恐惧心理出卖了自己的"红颜知己"乔安萍,黄香久为了挽留去意已决的章永璘曾以将后者的日记上交组织相要挟,本应是单纯正常、包含着健康自然的性感和肉欲的人类情爱活动,却为外在的政治实践活动所扭曲。在这里,在对历史伤痕的描绘和反思中,张贤亮表现出了与同时期作家相比难得的艺术敏感和深度。尤其值得一提的是,张贤亮的早期小说,还关注到了性和政治领域内部的权力关系问题。作者对"我"、章永璘与劳教干部、农场领导、乔安萍、黄香久等人物关系的艺术建构和处理,敏锐地意识到了性与政治关系中的支配和被支配、占有和被占有的复杂等级关系及其变化,从而为一个特殊时代留下了相对复杂而非刻板化的面影。然而,可惜的是,在其后期创作中,这样的优点却基本消失了。

到1980年代中期以后,在《早安!朋友》《习惯死亡》《青春期》《我的菩提树》《一亿六》等作品里,读者一方面看到张贤亮在以更大的篇幅不厌其烦地重复自己所熟稔的"饥饿"的故事和"性饥渴"的故事,一方面也看到他在自己并不熟悉的新领域里近于笨拙而有点徒劳的左冲右突。写作经验的积累,似乎并没有带来相应的成熟、成功及创作的可持续性。这当然可归因于年岁不饶人、精力的不济、工作重心的转移,乃至读者的喜新厌旧,但张贤亮后期创作中所体现出的一种矫枉必须过正的思维倾向,也是其中一个值得注意的重要因素。

从创作的时间来看，《习惯死亡》不是张贤亮的最后一个作品，但我倾向认为它是一个可以给这一作家盖棺定论的作品：此后的创作对张贤亮来说已不再重要。《习惯死亡》的主要脉络，是对功成名就的"我"在世界各地著名城市寻奇猎艳故事的回忆。男性主人公与众多女性之间的关系，有点类似新感觉派作家刘呐鸥在《残留》中所提到的"A girl in every port"（"一埠一女"）的景观。然而，"我"与众多情人的幽会，并未换来"我"的幸福感和欲望的满足。相反，主人公陷入了巨大的自我分裂和死亡冲动。叙述者将其中的因由解释为"我"过去的劳改经验和刑场陪绑造成的心理创伤使"我"丧失了感受幸福的能力。作家并不掩饰作品的自叙传特征，"我""你""他"人称的交替出现，一方面透露出了主人公的自我分裂和自我分析倾向，一方面处处显示出了一个有着富有的父亲的作家从受难到"解放"的过程。获得"解放"之后的"性"似乎已不受任何政治之力的约束，但性与政治的两个母题在这里被更紧密地捆绑到了一起：主人公想将每一次性爱都当作对自己灵魂的一次拯救，但每一次性爱的结果都是陷入更大的虚无和失望。这样的结果其实在开头部分便已经预示了。面对术士"你想进入一个什么样的天堂"的疑问，"我"急急忙忙地把"他"拉走了："不仅是他，整个人类的想象力都已枯竭，理想已经被咀嚼得单调了。由于再也没有新的创见，所有的天堂都逐渐被稀释得如同一杯杯白开水。"这个"我"和"他"附于一身的双重人格的综合体，找到的唯一的重生之路似乎是：全面的禁欲必须要用全面的纵欲来弥补和拯救。在第四部的结尾部分，叙述者提到了一位中国现代派女诗人对主人公扭曲、变形的嫖妓心理的理解："我能理解你。我们不是被多少年钳制我们的混乱的道德体系所挽救，而是被它所折磨。我甚至这样想：中国本来就是一个大的修道院，只有中国变成一个大妓院时，中国才能进步！"对这种"用堕落来表现超越""用堕落来表现你的抗议"的畸形、变态心理，读者当然可以不必做单一的道德、伦理上的解读和价值判断，但在这里，我们仍有必要提醒的是，在谈到上海的历史时，罗兹·墨菲曾举例说:"1864 年,英国驻沪领事巴夏里爵士(Sir Harry Parkes),在租地人大会上宣称:公共租界和法租界内华人居住的一万所房子,其中有 668 所是妓院,另一方面,'鸦片窟和赌场多得不计其数'。过了七十年后,即 1934 年,一家当地中文报纸估计:就卖淫业作为一种特色而论,上海走在全世界城市的最前列:在伦敦,960 人中有一人当娼妓,即娼妓占总人口的九百六十分之一;在柏林,娼妓占总人口五百八十分之一;在巴黎,占四百八十一分之一;在芝加哥,占四百三十分之一;在东京,占二百五十分之一;在上海,占一百三十分之一。卖淫确实是上海市的一个主要行业。"①这也就是说,无论是 1864 年,还是 1934 年,中国的历史版图上都曾真实地存在过遍地妓院的现象,但无论在任何意义上,当时的中国都谈不上"进步"! 张贤亮把资本主义当作历史的进步,然而不同的社会学家和历史学家对资本主义与欲望的关系却有着完全不同的理解,例如,韦伯在《新教伦理与资本主义精神》中将资本主义理解为禁欲,桑巴特在《奢侈与资本主义》中将其理解为纵欲,而马克思在《资本论》中则将其理解为剥削和贪欲。

我当然注意到《习惯死亡》中"修道院""大妓院"的隐喻意义。然而,无论从何种意义上说,我们在这一作品中都可以窥见人物、叙述者、作家的一种矫枉必须过正的思维取向。同样在第四部的结尾,男主人公在美国的土地上与来自越南的"她"相会在名叫"东方佳丽"的洞窟里,立即兴起了三十年河东、三十年河西之感:"那时,即使在劳改队,一提起'越南',每个劳改犯人的意识都会马上进入'胡志明小道';那时,全中国亿万人可看的翻译文学作品仅仅是一本越南的《南方来信》;那时,连中国的劳改犯都有义务'支援越南抗美战争'。越南! 越南! 那时你怎能想到数以百万计的越南人会从刚获得解放的土地上向外逃亡,这样一只小鸟会扇动着她的小翅膀飞越太平洋?"在《男人的一半是女人》的第三部第一章开头,作者曾用章永璘和黄香久新房墙壁上一张载有

---

① [美]罗兹·墨菲:《上海——现代中国的钥匙》,上海社会科学院历史研究所编译,上海人民出版社 1986 年版,第 8 页。

"美国侵略军在美莱地方制造大屠杀"照片的报纸来表现政治的无孔不入和对普通人日常生活的压迫，从对细节的捕捉和艺术的表现来看，这样的艺术处理是相当敏锐和恰到好处的。但在《习惯死亡》这里，对"越战"的主观态度的暧昧不明甚至今是昨非之感，则令读者颇为困惑。我要说的是，后来大批越南难民涌向美国，并不能证明越南人民之前对于美国的抵抗和所付出的巨大牺牲就是不合理的、啼笑皆非的；全球化时代从边缘向中心的移民，具体到每一个个体也并不总是一个永远美妙的从专制到自由的空间移动过程——眼前这位刚到美国六个月的越南姑娘所从事的职业便说明了这一点。而且，我们必须注意到，在 1960 年代的美国，反越战运动也是堪比民权运动的伟大社会运动。不错，我们永远需要反思历史。但反思历史，不能总是以一种新的"政治正确"取代一种旧的"政治正确"。反思的尺度，不能只有一个当下的维度，而没有过去的维度和未来的维度。遗憾的是，结合张贤亮的思想随笔《小说中国》来看，在对历史的复杂度的艺术表现和反思之上，张贤亮的后期作品相比前期作品并没有什么进步，甚至还有所简单化。当然，从《小说中国》的"给资本主义'平反'""拜资本主义为师""重建个人所有制""私有制万岁"等章节标题来看，该作讨论的是太大和太复杂的问题，所有的观点和结论都只有放到具体的上下文中来讨论才有意义。但即使如此，需要注意的是，单以土地制度为例，在共产党实现土地改革之前，中国的历史上从来就不乏土地私有制，而土地私有制所引发的土地集中——平均地权——土地集中的恶性历史循环，从来也不是什么稀罕事。所以，在这样的背景下，当我们谈论"私有制万岁"一类的话题时，仍有必要首先回归基本的历史常识，而不是渲染"咒语必须有另一个法力更强的咒语来破除"①。事实上，冷战时期，为了发展资本主义和应对社会主义革命，在美国驻军的半殖民地性质的日本、韩国和中国台湾省都被迫进行了土改，终结了传统的土地所有制和地主经济。根据陈明忠的回忆录《不悔》，台湾

---

① 张贤亮：《小说中国》，经济日报出版社、陕西旅游出版社 1997 年版，第 298 页。

省"台独"势力的兴起是出于对国民党土地改革的仇恨与报复,他们基本上都是在土改中被剥夺了土地的地主的子孙。实际上,面对《习惯死亡》中越南姑娘的遭遇,张贤亮在挖掘性与政治的主题时,理论上至少还存在着另一种艺术的可能性——越南姑娘的身上还折射着全球化时代的物质、文化不平等和一个詹姆逊所说的第三世界的民族寓言。然而,由于整部作品始终沉浸在对过去的精神创伤后遗症的展示中,由于一种过去的性缺失要用今日的性放纵来补偿的病态心理作祟,这一作品的创作者和叙述者似乎都没有意识到这一潜在的可供深入开拓的主题。

张贤亮的最后一部长篇小说《一亿六》更能说明问题。该作一开篇即声称要叙述"中国未来一位伟大的杰出人物是怎样形成胚胎的"。但这部小说并不是一部乌托邦或恶托邦的小说(虽然作品所写的人与事和故事情节表面上有点类似恶托邦小说)。作品的时空背景仍在当下中国。该作的主体情节,是暴发户王草根有了二奶、小三后却仍面临没有男性继承人的恐慌,然而帮助他实现人工授精之梦的刘主任却发现竟然找不到合格的健康精子——按作品的说法,"近年来,他化验了数千例男性精液,一般来说,中国男性的精液中每毫升含精子量平均也就在三千万个左右,并且逐年下降,更有劣质化的趋势,即将濒临中国人人种绝灭的警戒线",只有来自建筑工地的陆姓男青年被偶然发现每毫升中含精子量达到了一亿六。这就是题目《一亿六》和陆姓青年男子绰号的来源。该作此后的情节,即围绕各方如何为了获得这传宗接代的"宝贵"资源而展开。总体上看,《一亿六》实际上是一个不及格的长篇小说。故事情节的胡编乱造,整体立意的耸人听闻,个别场景和细节的粗鄙不堪,甚至让读者觉得不应当是一个已有长期创作经验积累的老作家的作品。一定程度上,在这一作品中,"人种绝灭"的危言是莫言的《红高粱》所开启的"种的退化"寓言的极端化和粗鄙化,王草根靠拾垃圾发家、陆姐和姗姗靠卖淫致富是对"农民进城"故事的刻板化和新闻纪事化(想想有多少新闻和小说制造了这样的故事)。毋庸讳言,相对诗歌而言,小说是一种更为世俗化的文类,"奇正相生"是它的一个重要的文类特征。但《一亿六》的创作，仅仅将注意力放在了"奇"的一方面的渲染，而遗忘了对"正"的一方面的艺术挖掘。对于当下生活特别是底层生活的常态，作家似乎已失去了最基本的感受能力。比较一下《男人的一半是女人》的结尾和《一亿六》结尾的两段对话，是不无意味的。在《男人的一半是女人》的结尾部分，黄香久对章永璘说："老实说，我是放你一条生路，让你去寻你的主子，不然，我不吐口跟你离，你能离得掉？你是去投靠美帝苏修也好，是去投刘少奇邓小平也好，你放心，你反革命成功了，荣华富贵了，我决不来沾你的光，你何必跟我要这样的花样！"在这样高度政治化的"情话"中，读者仍然可以感受到黄香久对章永璘怨中有爱、爱中有恨的复杂情感和她"笨得可爱，又聪明得可笑"的性格特征。而在《一亿六》中，却完全看不到这种人性的深度和性格的复杂性。《一亿六》的结尾，更像是张贤亮为他的宁夏镇北堡西部影城做广告而写下的一段软文：一亿六和二百伍（又一个曾遭强暴而最终在城市中站稳脚跟的农村女孩！）来到镇北堡西部影城，住进了"马缨花游客休闲中心"。在影视城夜景的衬托下，在广漠的向日葵田里，一亿六对二百伍用四川方言念起了《大话西游》中周星驰说出的那段著名台词。然而，这种爱的告白，有的只是后现代的无厘头和搞笑，缺的是基本的情感的真挚和深沉。当然，也许在《一亿六》的作者看来，中国人早已经超越了黄香久式的前现代的情感表达方式，而进入了周星驰式的后现代的情感表演方式：真实和虚拟之间失去了界限，真情和假意之间没有了距离，爱最终只剩下了赤裸裸的性。不过，即使如此，面对这样一种世界的流行趋势，我们需要的不是作家的推波助澜或态度暧昧，而是需要作家勇敢地说"不"，正如需要作家在另一个时代面对政治对性的压抑勇敢地说"不"一样。

从《男人的一半是女人》到《一亿六》，中国大陆似乎已经从一个禁欲的时代走到了一个纵欲的时代。相应地，经由身体写作、私人化写作等的提倡，中国当代文学似乎早已进入了一个写性不再是问题、不写性反而成了问题的时代。在"去政治化的政治"成为一种新的政治、金钱意识形态成为一种新的主流意识形态迷思的文化氛围中,如何对当下生活展开一种既是及物又具有超越性的写作,早已成为一个重要问题。在此背景下,实际上,《一亿六》对王草根"妻妾成群"生活的反复渲染,对一亿六"性无知"及其附加值的铺陈描绘,似乎完全可以有另一个更具批判性的精神维度:底层民众不屈服"人穷志短"的压力,追求人的尊严、抵抗性的剥夺和占有的精神维度。遗憾的是,在《一亿六》中,我们没有看到这样的精神维度的任何闪光。

在处理政治与性这样的文学母题时,伊格尔顿和福柯的观点值得我们注意。特里·伊格尔顿认为,1970 年代我们有阶级斗争和性问题,而 1980 年代我们只有性问题,在美国这样的国家,性感甚至已成为所有拜物教中的最大崇拜物,"身体既是激进政治重要的深化过程中的焦点,也是激进政治的一种绝望的移置"①。福柯也曾提醒人们:"我们不要认为在对性说'是'时,我们就是在对权力说'不'。"②面对政治对性的压抑,张贤亮曾通过《绿化树》《男人的一半是女人》勇敢地说"不",从而表达了知识分子对极端年代专制政治的抗议,然而在《习惯死亡》《一亿六》等作品中,由于某种矫枉必须过正的创作思维的惯性作用,在一个性早已泛滥成灾的时代里,作家却误将对性说"是"当成了对权力和政治说"不"。这样的缺失,是晚年的张贤亮自己所没意识到的,也是我们今天在更大范围里谈论 90 年代以来的私人化写作、身体写作等命题时必须要高度注意的。

① [英]特里·伊格尔顿:《身体工作》,《历史中的政治、哲学、爱欲》,马海良译,中国社会科学出版社 1999 年版,第 199—200 页。

② [法]米歇尔·福柯:《性经验史》,佘碧平译,上海人民出版社 2000 年版,第 114 页。

王蒙：从单纯到"杂色"

一

　　王蒙的创作之路，总体上可概括为从单纯到"杂色"。20世纪五六十年代创作的作品，基本以歌颂青春、讴歌理想为母题，历史的乐观主义和革命的理想主义是其作品的思想基础，风格单纯明快，行文流畅自然；70年代末重返文坛后，王蒙在作品的主题表达、艺术手法、美感追求等方面做了多方面的探索和实验，多变成为他创作的一个重要特征。一个可以概括描述的王蒙衍变成了一个难以捕捉概括的王蒙。用他自己的话来说，作为小说家的王蒙就像是一只大蝴蝶，"你扣住我的头，却扣不住腰。你扣住腿，却抓不着翅膀。你永远不会像我一样地知道王蒙是谁"①。从他的创作中，我们不仅可以看到一代人的成长之路，而且可以看到中国当代一个有代表性的作家的心路历程，其创作从单纯到"杂色"的发展，也在很大程度上折射出了20世纪下半叶中国文学发展的总体趋势。

　　王蒙开始尝试小说创作的时代，正是中国由一个贫弱落后的国家向一个拥有自主权的民族国家过渡的时代。青年人憧憬未来、爱好幻想的天性加上

---

① 王蒙：《蝴蝶为什么得意》，《王蒙文集》第7卷，华艺出版社1993年版，第705页。

那一时期集体性的对于未来的乌托邦想象,使王蒙这个十四岁即加入共产党、其时又从事着共青团工作的布尔什维克,情不自禁地发出了"青春万岁"的呼喊。虽然由于历史的原因,1953年深秋开始创作并于1956年修改定稿的《青春万岁》迟至1979年才以完整的面目正式出版,读者却仍然可以从中感受到20世纪50年代初期的那种特有的单纯乐观、蓬勃向上之气:"是转眼过去了的日子,也是充满遐想的日子/纷纷的心愿迷离,像春天的雨/我们有时间,有力量,有燃烧的信念/我们渴望生活,渴望在天上飞//是单纯的日子,也是多变的日子/浩大的世界,样样叫我们好惊奇/从来都兴高采烈,从来不淡漠/眼泪,欢笑,深思,全是第一次。"《序诗》向人们展示的是一幅没有低沉徘徊、只有乐观向上的图画,一切都那么的新奇,那么的单纯,那么的祥和,那么的无畏。虽然作品里也写到杨蔷云学习受挫的烦恼,郑波失母的悲哀,呼玛丽由特殊的身世和信仰带来的孤独,但所有这些都是淡淡的,浅浅的,短暂的。郑波的丧母之痛不仅有母亲的临终遗言("作……妈的,不……能……照管你了……有毛主席……照管你")来缓解,而且有袁新枝"我们生活在一个大家庭,我们愿意分享朋友的快乐,也愿意分担她们的悲哀"这类的话来冲淡。集体的理想就是个人的理想,祖国的明天就是个人的明天,一切都不用深究,一切都不用烦恼,所有的苦闷和悲哀都可以在革命的大熔炉和青春的大坩埚里得到化解和升华。时代是乐观的,人物是乐观的,作者同样是乐观的,所有的不快都会烟消云散,明天会比今天更美好。年轻的王蒙同当时的大部分中国作家一样,不仅信奉主流意识形态宣扬的一切,而且以自己的创作加入了主旋律的颂扬。甚至在已经经历了挫折的60年代初创作的小说中,王蒙所塑造的主人公眼里,英雄人物也是有着同样的眼睛和同样的心的(《眼睛》),为了建设家乡"那庄严而巨大的生活",农村姑娘秀兰则主动放弃了到城里相亲(《春雨》)。个人的灰色情绪在英雄人物的烛照下无所遁形,一己的私利在集体利益的比照中黯然失色。时代无疑规范了那一时期作家们的创作,而王蒙那一时期也努力地顺应了时代对于作家的要求。

　　即使是给王蒙带来厄运的《组织部来了个年轻人》，从原始的创作意图来讲，也不能说是个例外——虽然从作品所包含的生活内容的广度、人物心理刻画的深度等方面来说，这一作品达到了那一时期王蒙其他作品所没有达到的高度。《人民文学》编辑部曾将作品的题目改为《组织部新来的年轻人》，作者曾对这种改动表示了不满。结合正文来看，王蒙并不满足于单纯塑造一个组织部新来的年轻人的形象，实际上，他是要借新来的年轻人林震的眼，构成一个陌生化的视角，来写组织部。组织部是个消磨人的热情、锐气、意志的地方。刘世吾、赵慧文、林震按照进入组织部时间的长短分成三个梯级。22岁的林震是怀着满腔的青春热血和理想激情来组织部报到的，他的"生命史上好像还是白纸，没有功勋，没有创造，没有冒险，也没有爱情"。正像《青春万岁》的序诗所写的，"眼泪，欢笑，深思，全是第一次"，正所谓初生牛犊不怕虎，敢想敢干敢说，但他不了解组织部现有的运作法则和游戏规则，只能像愣头青一样地猛冲猛打一番后陷入"想象中的组织部不是这个样子"的苦恼中，并且在老练的刘世吾、韩常新们面前显得束手无策；文静、柔弱、忧郁的赵慧文，对组织部的组织结构、工作作风等了如指掌，在林震面前分析得头头是道，但被时间和生活磨去了锐气，只在心里期冀着林震的成功，从林震的身上去感受和找回自己正失去的青春活力和热情；而自称创造了新生活，并感叹"那时候……我是多么热情，多么年轻啊"的刘世吾，则凡事念叨起了"就那么回事"，像一个患上了职业病、没有了好胃口的厨师一样，创造了新生活却不能为新生活所激动。作品实际上涉及三重冲突：理想与现实的冲突；书本知识与实际生活的冲突；年轻世界与年老世界的冲突。作者的高明之处，不在于通过林震的介入来构造两个极端的冲突的不可调和，而是在矛盾的展开中凸现出了组织部生活的巨大改造力量——明天的林震也许就是今天的刘世吾。林震是带着《拖拉机站站长与总农艺师》前来报到的，作者从林震和刘世吾都喜欢看苏联小说这一点已充分地展示了两人的契合点。"当我读一本好小说的时候，我梦想一种单纯的、美妙的、透明的生活。"从刘世吾与林震交心时所说的话来看，两人在对理

想的单纯的生活的内心追求上并无差异,只不过刘世吾比林震、赵慧文更早地
融入了当下的现实:时间和经验在这里展现出了其至高无上、无坚不摧的威
力。从这个角度来说,刘世吾这一人物形象远不是什么"官僚主义者"一类的
标签所能概括得了的。作品与其说写了组织部新来的年轻人,不如说写了年
轻人眼中的组织部。组织部才是这一作品的真正主角:"区委会的工作是紧张
而严肃的,在区委书记办公室,连日开会到深夜。从汉语拼音到预防大脑炎,
从劳动保护到政治经济学讲座,无一不经过区委会的忠实的手。""新党员需经
常委会批准,常委委员一听开会批准党员就请假。""这也是一种相当普遍的不
正常的现象,有一批老党员,因为病,因为文化水平低,或者因为是首长爱人,
他们挂着厂长、校长和书记的名,却由副厂长、教导主任、秘书或者某个干事做
实际工作。"这些分别由林震、刘世吾、赵慧文看到或道出的现象说明,组织部
的生活要想达到一个理想化的状态,绝不是简单的反官僚主义就可以完成的。
当然,无论是主人公林震还是作者王蒙,对组织部的生活并不悲观,作品结尾
时,林震"迫不及待地敲响了领导同志办公室的门"。这表明,作者对党是充满
信心的,相信党内的问题可以由党自身来解决。难怪 20 余年后作者谈到他人
强加在作品头上的罪名时,不无委屈地说:"那么,五十年代的中共××区委员
会又能是影射什么呢? 难道是影射唐宋官府? 语近梦呓了。作者自幼受到党
的教育,视党为亲娘,孩子在亲娘面前容易放肆,也不妨给以教训,但孩子不会
动心眼来影射母亲。"[1]对于十四岁即加入中国共产党的王蒙来说,在创作《组
织部来了个年轻人》那段时间里,他所追求的是做一个职业的革命家。在这个
少年布尔什维克眼里,"革命和文学是不可分割的。真、善、美是文学的追求,
也是革命的目标"[2]。他容不得革命的组织和革命的队伍中的任何杂质、任何
不和谐音。一经发现有这种杂质和不和谐音,他就要起来与之斗争。然而,那
时僵化的批评家并不从这一角度看待问题。如有人就认为:"这篇小说是对我

---

① 王蒙:《〈组织部来了个年轻人〉琐谈》,《读书》总第 1 期,1979 年 4 月。
② 王蒙:《〈冬雨〉后记》,《读书》1980 年第 1 期,总第 16 期。

们党委机关、党的领导干部的一种嘲笑、讽刺与歪曲。刘世吾、韩常新式的人物，在现实生活里是有的，作为文艺工作者来说，有责任去揭露他们、教育他们。但，我认为，小说是反映现实的，它不同于小品文、相声和漫画，不能夸张，如果夸张，便形成对现实的歪曲。"①这种批评方式的好处是永远可以使批评者立于不败之地，时时刻刻以正确的、辩证的面目出现。因而当这种"辩证的"批评成为一种主流时，主客观上都追求党和革命的人也只能堕入万劫不复之地，成为党和革命的敌人。王蒙后来的命运就是如此，尽管他后来的噩运不能简单地解释为由小说创作所带来。

二

历史、人生不可重复，更不可能按照人的假设再重演一遍。然而这并不妨碍人们对历史、人生提出"如果怎样又将怎样"一类的问题，即在假设的条件下对历史、人生进行反思。王蒙后来在回顾因政治运动造成的二十余年的写作中断时说："从政治上来说，对我个人很好。因为如果不中断的话，在那种环境里，势必有两种可能。一是得绝对的沉默，这并不太可能。因为我从小就积极参加革命，做布尔什维克，做党员，一心一意跟党走，假如1957年以后我没有被划进去，设想我就清醒看到这一切都搞错了，我就保持沉默采取不合作的态度，这也不可能。相反的有一种可能就是跟着'左'起来。但'左'到姚文元的程度也不可能，因为我心里毕竟有善良的一面，我下不了手，我现在写小说对很反面的人物也下不了手。但起码柳青式的悲剧在我身上会出现。就是我以很大的力量努力把当时的政策、口号变成我自己的思想感情，再把它写出来，费了九牛二虎之力才把它写出来，可不久发现是写错了。"②这种对于自己人生的反思应当说是诚恳的，也是理智的。从王蒙复出后的创作来看，他对于理

①　增辉：《一篇严重歪曲现实的小说》，《文艺学习》1956年第12期。
②　王蒙、王干：《王蒙王干对话录》，漓江出版社1992年，第280页。

想、信仰的痴心依然未改,而且依然将这份痴心落实在党和革命身上。最突出的一个表现是他作品中主人公那种历经风雨沧桑、数十年不变的布尔什维克情结。无论是《最宝贵的》中的严一行,还是《布礼》中的钟亦成,抑或是《蝴蝶》中的张思远,虽然都历经磨难,饱受冲击,甚至社会身份也一改再改,以致产生了不知庄周梦为蝴蝶、还是蝴蝶梦为庄周一类的身份混淆,但骨子里,他们对于理想、信仰的追求和礼赞,对于党和革命的忠诚与坚贞丝毫也没有改变。刚刚获得新生的严一行对儿子失去了"最宝贵的"——"我们的主义、道德和良心"而大光其火,当儿子蛋蛋将"主义"听成"主意"时,严一行变得怒不可遏:"我说的是共产主义、马列主义!"张思远为儿子冬冬思想的偏激、有太多的怀疑和愤怒而忐忑不安,他希望自己的儿子能够理解历史、现实、中国和占中国绝大多数的农民;而钟亦成夫妇一俟平反昭雪,便从内心里发出了对于党和国家的礼赞:"多么好的国家,多么好的党! 即使谎言和诬陷成山,我们党的愚公们可以一铁锹一铁锹地把这山挖光。即使污水和冤屈如海,我们党的精卫们可以一块石一块石地把这海填平。尽管'布礼'这个名词已经逐渐从我们的书信和口头消失,尽管人们一般已经不用、已经忘记了这个包含着一个外来语的字头的词汇,但是,请允许我们再用一次这个词吧:向党中央的同志致以布礼! 向全国的共产党员同志致以布礼! 向全世界的真正的康姆尼斯特——共产党人致以布礼!"(《布礼》)这种高声赞美一方面是获救后的感恩心理的自然流露,一方面也是自小培养起来的对党、对国家的热爱之情的集中爆发。与同时期的"归来"作家一样,王蒙在 20 世纪 70 年代末、80 年代初的创作,基本是从历史叙述与现实描绘两个维度来展开。在历史层面,主要描绘主人公在极"左"年代里青春、理想、人性遭践踏的故事,以及主人公对党、国家、人民痴心不改的故事;在现实层面,在完成将刚刚过去的时代描述为"左倾"泛滥的时代之时,再次像 50 年代初所做的那样,将当下时代指认为"新时代""春天"。在这里,对历史的叙述是为了让用血泪、用痛苦换来的教训被记取;对现实的描绘很大程度上也是为了避免过去的悲剧重演。当然从总的创作倾向来看,王蒙的小说创作，相当快地完成了从对过去时光的回顾反思向对现实的介入、未来的展望的转换。甚至《杂色》那样的忆往之作，作者也不忘在题记中写上"对于严冬的回顾，不也正是春的赞歌吗？"这样的提醒，这一方面说明当时作家创作的自由度仍是有限的，作者不得不一开篇就筑起一道自我防御的墙，另一方面也说明，王蒙通过建立严冬与春天两个隐喻间的对比，迅捷地将两个时代区分了开来。当下的时代虽然仍像瓦特和史蒂文森时代的闷罐子车，但"每个角落的生活都在出现转机，都是有趣的，有希望的和永远不应该忘怀的"（《春之声》）。过去的苦难并没有成为放飞新的理想的羁绊，而是成了新的乐观主义的现实基础。

　　然而，经历了风霜的王蒙毕竟现实多了。他对现实、历史的描绘多了一份冷静，少了一份诗情，乐观向上的情绪抒发中多了一份难言的苦涩和冷静的思索。他知道时代是要向前的，但向前的路途会是艰难的曲折的；他知道国家的明天会更美好，但当下的面貌是贫穷的、不无粗野的；他知道有理想和信仰是好的，但缺乏理性和现实感的理想和信仰会走向自己的反面，带来历史的灾难。读者看到，作家是同他笔下的主人公一起成长着，成熟着，昔日热情单纯、未见世面但相信自己担负着改造整个世界的任务的青年，成长为饱经风霜、历受苦难、见多识广，底层也待过上层也待过，城市也见过边疆也见过的成熟男子。正所谓"故国八千里，风云三十年"，被排挤到底层和边缘的苦难经历成了王蒙取之不尽的创作资源。

　　复杂的经历和对多变的创作风格的追求使复出后的王蒙的创作由单纯走向了多元。题材的多变，手法的多变，风格的多变，成为他小说创作的一个重要特征。"在伊犁"让我们见识了边疆少数民族在特殊时代里的生存形态和文化风习，"新大陆人"系列小说让我们看到了特殊的一代华人在域外求生的酸甜苦辣、彷徨艰辛，《说客盈门》《莫须有事件》《风息浪止》等作品让我们看到了作者对当下现实生活的独特介入，而《春之声》《夜的眼》《海的梦》等小说则让读者看到了王蒙对小说的艺术表现手法和结构方式的艰难探索。《杂色》最为典型地反映了王蒙经历了磨难以后创作上出现的变化。在作品中,主人公曹千里不再是王蒙 50 年代作品中那种自感是一张白纸,只要凭着一种由理想和信念支撑的勇敢和热情就可以包打天下、建功立业的青年,而是一个满身伤疤、内心酸楚然而仍渴望有所作为的中年男子。作品中的马既是曹千里情感倾吐的对象,又是曹千里自己的一面镜子。不声不响、不偏不倒、忍辱负重的"被理所当然地轻视着,被轻而易举地折磨着和伤害着的马",其实就是曹千里自我的化身。它沉默而又自重,安分守己而又渴望奔跑。曹千里身上的几种特征和情绪可以引起我们的注意。其一是性格和表情的复杂性,光是表情就可以分为通常型、思索型、快乐游戏型三类,这无疑是由人生经历的复杂性所造就的;其二是一种宽容、达观、感谢苦难的情绪,无论有多少的痛苦和悲伤,也无论经历多少狂风和暴雨,曹千里都能很快通过主观的力量将它们调节成一种乐观情绪和积极因素,他甚至觉得作为一个人来到这个世界,来到中国这片神奇的土地本身就是一个奇迹,作为一个人有苦恼、有疑惑并能感知和思索这一切就是值得赞美和感谢的;其三是一种渴望未来、希望有所作为的情绪;其四是一种将理想和信仰建立在更现实的土壤上的情绪——认识到每个人和每匹马在很多时候其实是平凡、平淡甚至平庸的。作为读者,我们一方面仍然能从曹千里身上感受到林震那种想有所作为的心态,以及面对现实生活时的一定程度的惶惑和迷惘,但曹千里无疑成熟沉潜得多了,甚至可以说达到了处乱不惊、宠辱不惊的地步。这一作品,很大程度上可以说是王蒙的精神自叙传。经历了风雨沧桑的王蒙,正像他自己所说的,变得现实多了:"我需要的是运用一切配器及和声的交响曲。我的歌不可能再是少年的小夜曲。"①正是从理想的天空向现实的土地上稍稍撤退,才使他笔下的人物发出了"民主与羊腿是不矛盾的"(《夜的眼》),"一切伟人与骏马都必须吃饭(草)"的感慨(《杂色》);正是对"交响曲"的有意识的追求,才促使他运用多种笔墨去抒写历史和人生,特别

---

① 王蒙:《我在寻找什么》,徐纪明、吴毅华编《王蒙专集》,贵州人民出版社 1984 年版,第 37 页。

是创作了受到广泛关注的所谓"东方意识流"小说和幽默、荒诞小说。

　　意识流是"一种技巧，其功能在于记录流过人物内心的纷乱而且表面上缺乏逻辑联系的印象之流"①。典型的西方意识流小说作家推崇如实地记录下人物内心的充满矛盾、彼此不相干的意识流动，力图排除作家在作品中发出自己的声音，以减少作家对人物思想意识的干预。与传统现实主义小说不同，意识流小说表现出强烈的内倾倾向，创作者关注、纪录的通常是人物的内心世界、主观情感，特别是人物的潜意识、下意识。王蒙用意识流手法来进行创作，首先倒不一定起源于对西方意识流小说的模仿和借鉴，而是起源于作家和笔下人物在经历了波澜起伏的人生以后兴起的种种不无矛盾、不无迷惑的人生感兴。大难之后的欣喜，回首往事时的矛盾，对美好未来的期望，对当下现实的惶然，酸甜苦辣咸等矛盾情绪一时间都来到钟亦成、张思远、岳之峰们心头，王蒙因此不得不采取一种不同于传统小说的叙事艺术来塑造自己的人物，安排作品的结构。王蒙在解释意识流手法时说："意识流的手法中特别强调联想……它反映的是人的心灵的自由想象，纵横驰骋。"②《春之声》中岳之峰的心理活动基本上就是通过联想法来组织的。过去和现在、城市和乡村、国内和国外的生活和见闻，均通过一个处在封闭的空间里的物理学家在有限的时间里的意识流动组织到了一起：由轻轻摇晃的火车联想到童年的摇篮，由车轮撞击铁轨的噪音联想到一支轻柔的歌曲。或许由于当时的文学界还处于一个对西方现代派文学保持着高度警惕的时期，王蒙的创作确实也同关注人物的潜意识、下意识世界的西方意识流小说有较大不同，王蒙因此一方面将意识流手法中的联想法同中国文学传统中的赋、比、兴的"兴"等同起来，一方面还特别强调说："我们的'意识流'不是一种叫人们逃避现实走向内心的意识流，而是一种叫人们既面向客观世界也面向主观世界，既爱生活也爱人的心灵的健康而又充

---

① ［英］罗吉·福勒主编《现代西方文学批评术语词典》，四川人民出版社1987年版，第262页。
② 王蒙：《关于意识流的通信》，《王蒙文集》第7卷，华艺出版社1993年版，第72页。

实的自我感觉。"①他的采用意识流手法的作品,无论人物的意识如何流动,最后都会流向一个中国式的积极乐观的主题。从这个角度来说,将王蒙的《春之声》《夜的眼》《蝴蝶》《相见时难》等作品命名为"东方意识流"小说也并无不妥。

但意识流手法实在又只是王蒙小说创作所运用的众多技巧之一(虽然可能是运用得最多的几种之一)。王蒙曾用他那汪洋恣肆、负气逞才的行文风格写道:"如实的白描,浮雕式的刻划,寓意深远的比兴和象征,主观感受与夸张变形,幽默讽刺滑稽,杂文式的嬉笑怒骂,巧合、悬念、戏剧性冲突的运用,作者的旁白与人物的独白,对比、反衬、正衬、插叙、倒叙,单线鲜明与双线、多线并举,作者的视角、某个人物的视角与诸多人物的多重视角的轮换或同时使用,立体的叙事方法,理想、幻梦、现实、客观世界与主观世界的分别的与交融的表述,民间故事(例如维吾尔族民间故事)里大故事套小故事的方法,'此时无声胜有声'的空白与停顿,各式各样的心理描写(我以为,意识流只是心理描写的手段之一),生活内容的多方面与迅速的旋转——貌似堆砌实际上内含着情绪与哲理的纷至沓来的生活细节(在《深的湖》里我尝试的正是此种),入戏与出戏的综合利用与从而产生的洒脱感,散文作品中的诗意与音韵节奏,相声式的垫包袱与抖包袱……诸如此类,我是满不论(北京土话,这里论应读 lin,如吝)的,我不准备对其中任何一种手法承担义务,不准备从一而终,也不准备视任何一种手法为禁区。"②在 20 世纪七八十年代的小说创作中,王蒙给读者留下特别深印象的,一是其作品表现出的至死不悔的"少共"情结,一是其表现手法和创作风格的多变。前者就像某些知青文学中表现出的"青春无悔"情绪一样,作者虽然也看到了对于理想、信仰的追求在特殊的时段里走向了自己的反面,但主观动机的单纯纯洁足以抵消这种特定的历史处境所带来的阴暗面,历史的灾难甚至被视为主人公人生成长成熟的必要代价,王蒙在多处谈到的可爱和有用并不是一回事的观点,大致上可以在这样的意义上得到理解。表现

---

① 王蒙:《关于意识流的通信》,《王蒙文集》第 7 卷,华艺出版社 1993 年版,第 74 页。

② 王蒙:《关于创作的通信》,《读书》1982 年第 12 期。

手法和创作风格的多变,则源于一种以往的多变的生活和经验需要付诸多变的形式,也源于作者求变的创作心态——既不愿意在创作中重复别人,也不愿意在创作中重复自己,而且还源于作者对历史进行反思、对现实进行环顾时产生的惶惑矛盾心理。王蒙在对往事进行回顾时,常常兴起一种历史难以理解、难以判断的矛盾,它既不是完全悲剧的,也不是完全喜剧的,而是悲喜剧交加的,自以为革命的轻而易举地成了革命的敌人,将他人打成反革命的不日也成为革命的阶下囚,还有比这更荒诞无稽和令人惶惑的吗? 故王蒙的主人公在回顾历史时,时时兴起一种"现世报"的感慨。王蒙在面对现实和未来时,基本上是趋向乐观判断的,但是随着观察的深入,他发现了当下现实中的更多的不容乐观的因素。《说客盈门》《风息浪止》《冬天的话题》等幽默荒诞小说,所写的事件虽然不无乖谬悖理、荒诞无稽之处,但充满夸张、变形、讽刺、调侃的描绘,无一不构成对当下不合理之现实的讥刺,让有经验、有成人的智慧和幽默感的读者发出深有会心的微笑——一种苦恼人的笑。至于《友人和烟》《惶惑》一类作品,应当说渗透了作家自己更多的情感体验:为了现实,得割舍许多有价值的历史记忆——有关青春、理想、友谊的记忆。是耶非耶? 作家和他的人物一样无从判断,他们陷入了同样的惶惑之中。

复出后的王蒙,不再像50年代那么单纯了。这是时代使然,也是他坎坷的经历和独特的气质使然。中国文学在20世纪七八十年代由单一化文学向多元化文学转换的总体趋势,也构成了这一作家创作转变的有力背景和基础。

<h1 style="text-align:center">三</h1>

迄今为止,围绕王蒙而展开的文学讨论大致有四次:一是针对《组织部来了个年轻人》的讨论;二是针对所谓"少共"情结与"东方意识流"小说的讨论;三是《坚硬的稀粥》引起的风波;四是有关人文精神讨论中由《躲避崇高》引起的争论。虽然前三次讨论对于作家人生道路和文学创作的影响一点也不比第

四次少,甚至比第四次更大,但是从影响的广度和论题本身所包含的意义的大小来说,最近的一次无疑超过了前三次。

在 1993 年第 1 期《读书》杂志上,王蒙发表了《躲避崇高》一文。某种程度上说,这篇文章的出现有些"不合时宜",题目本身也让某些习惯于望文生义的媒体和批评家产生振奋之情。当时正值一些知识分子面对商品经济的崛起、人文学科的衰落、社会道德水准的下降而显得忧心忡忡的时期,王朔的崛起和流行被这些知识分子视为"人文精神的失落"的一个重要表征,而王蒙作为中国当代文坛的一个重量级作家,在《躲避崇高》一文里却给予了王朔小说及其创作姿态以较充分的肯定。再加上随着九十年代文化界的急剧分化,提出"人文精神的失落"的知识分子,推崇的是一种"诗人,你为什么不愤怒""×××,你为什么不忏悔"式的立场姿态,"躲避崇高"这样的标题在那些望文生义、以为标题是什么就是提倡什么的读者眼里,俨然成了高扬人文精神的对立面。

然而事实并不如此简单和黑白分明。在《躲避崇高》一文里,王蒙一开始就区分出了两种作家和文学:一种是自认为自己的知识、审美品质、道德力量、精神境界、政治的自觉都高于一般读者的作家,他们实际上选择了一种先知先觉的"精英"形象,努力地在创作中做到"教师的循循善诱,思想家的深沉与睿智,艺术家的敏锐与特立独行,匠人的精益求精与严格要求";一种是绝对不自以为比读者高明而且大体上并不相信世界上有什么太高明之物的作家和作品,这是一种"不打算提出什么问题更不打算回答什么问题的文学,不写工农兵也不写干部、知识分子,不写革命者也不写反革命,不写任何有意义的历史角色的文学,即几乎是不把人物当做历史的人社会的人的文学;不歌颂真善美也不鞭挞假恶丑乃至不大承认真善美与假恶丑的区别的文学,不准备也不许诺献给读者什么东西的文学,不'进步'也不'反动',不高尚也不躲避下流,不红不白不黑不黄也不算多么灰的文学,不承载什么有分量的东西的(我曾经称之为"失重")文学……"①王朔无疑是后一种文学的代表。在王蒙看来,自"五

----

① 王蒙:《躲避崇高》,《读书》1993 年第 1 期。

四"以来，我们的作家虽然有过可怕的斗争和分歧，但基本属于前一类型的作家，偶然出现沈从文、周作人、林语堂一类的"温柔的叙述者，平和的见证者，优雅的观赏者"式的作家，也是在相当程度上强调"自己的文人的趣味、雅致、温馨、教养和洁净"的，他们创作的作品"至少也是绅士与淑女的文学"。很长时间里，我们根本想不到有别种样式的作品存在。着眼于"五四"以来中国文学的发展史，这种归纳和总结无疑是准确的。人们不满意于《躲避崇高》的，是文章对王朔及其创作的正面评价以及这种评价所反映出来的价值取向。

这里我们不想纠缠于对这种评价本身做出评价。我们感兴趣的是，为什么一度曾推崇崇高、理想、信仰的王蒙会对王朔那种躲避崇高、理想、信仰的创作做出一种正面评价？

早在 1980 年，王蒙就说过："是的，四十六岁的作者已经比二十一岁的作者复杂多了，虽然对于那些消极的东西我也表现了尖酸刻薄，冷嘲热讽，但是，我已经懂得了'凡是存在的就是合理的'的道理。懂得讲'费厄泼赖'，讲宽容和耐心，讲安定团结。尖酸刻薄后面我有温情，冷嘲热讽后面我有谅解，痛心疾首后面我仍然满怀热忱地期待着。我还懂得了人不能没有理想，但理想毕竟不可能一下子变成现实，懂得了用小说干预生活毕竟比脚踏实地地去改变生活容易。所以我写小说的时候，比起来用小说揭露矛盾、推动社会政治问题的解决，我更着眼于给读者以启迪、鼓舞和安慰。"[①]在差不多同时期的《撰余赘语》中，王蒙又进一步谈到自己曾经是契诃夫的崇拜者，曾经迷恋过"反庸俗"的主题，然而在实际的生活中却发现"任何伟大辉煌浪漫的事情里都包含着平凡、单调、琐碎乃至其他貌似庸俗的东西"，因此对于"反庸俗"的作品和言论，"我开始抱一种怀疑和分析的态度了，我要看一看，它究竟代表的是一种脚踏实地而又充满理想的奋斗精神，还是一种不着边际的孤芳自赏"[②]。不难看出，同 50 年代初出文坛的王蒙相比，复出后的王蒙对理想与现实、崇高与庸俗等

---

① 王蒙：《我在寻找什么》，徐纪明、吴毅华编《王蒙专集》，贵州人民出版社 1984 年版，第 37—38 页。

② 王蒙：《撰余赘语》，《王蒙谈创作》，中国文联出版公司 1985 年版，第 228 页。

等命题的看法已发生了一些明显的变化,不再认为两者是互不搭界、形同水火的,理想只有基于现实的土地才能找到自己存在的根基,世俗化的满足与精神化的追求并不矛盾。王蒙的这种思考不仅落实为《夜的眼》中陈杲"民主与羊腿是不矛盾的"的感慨,而且落实为《杂色》中曹千里"一切伟人与骏马都必须吃饭(草)"的内心独白。在《深的湖》中,一班春游的青年就一篇小说的写法发生了争执。小说中的男主人公在女主人公赏红叶时却告诉后者20米外有人在卖黄花鱼,作者以此来证明女主人公的高雅和男主人公的庸俗。然而在王蒙笔下的"我"看来,契诃夫虽然自己不愿亲自去排队买黄花鱼,但他多病的身体却需要动物蛋白质的补充:"至于我自己,我爱红叶,我不希望我在看红叶时受到黄花鱼的干扰,但我希望在食堂或者家里的饭桌上,隔长补短地有干烧黄花鱼出现。"从王蒙后来与王干的对话来看,《深的湖》中的这段描绘应属有感而发。① 王蒙将赏红叶和吃黄花鱼当作精神生活和物质生活两个极端的代表,来表现普通人的正常的生活态度,可以说用心良苦。而这一方面的信息,在人们热衷于谈论王蒙作品中的"少共"情结的时代,却通常被忽略了。

　　王蒙推崇一种充满理想而又脚踏实地的生活态度和审美取向,应当说与靠边站那段时间被打入生活的最底层、饱受了生活的艰辛有关。在20世纪90年代创作的"季节"系列长篇小说中,钱文这个人物是带有作家自传色彩的人物,至少可以说是作者的较可靠的代言人。"季节"系列多次写到堕入底层的知识分子在饥饿状态下对理想、对生活的重新认识。《失态的季节》在写到郑仿因吃三海碗粥而导致肠胃虚弱时,作者用一段非叙事话语评价道:"再高明的理论,再伟大的信仰,在最平凡的吃喝拉撒睡问题没有解决以前,也显得是多么苍白,多么匮乏,黯然失色了啊!"而当钱文迫于生活想将北京市粮票换为

---

① 王蒙在对话中说:"遇罗锦有一篇小说,说是她去欣赏红叶,但她的爱人买鱼去了,证明她爱人的庸俗,对遇罗锦的私生活我不想讨论,我想讨论的是,又想看红叶又想吃鱼怎么办? 最理想的不是赏红叶而不吃鱼,也不是吃鱼不赏红叶,而是吃完鱼后又赏红叶。"他并且引申说:"入世和出世都是人性,都是人生的需要,把世俗的东西那么贬低,那么高高在上视世俗如粪坑,够伟大得没边了……"(《王蒙王干对话录》,漓江出版社1992年版,第260页。)

全国粮票却遭人厌恶的冷眼时，作者写道，钱文从此认识到了自己可能是并且已经是多么的渺小："他必须正视自己的渺小，承认自己的渺小，这可以帮助他保持清醒，帮助他不去说那些自欺欺人的大话和去做自欺欺人的事。即使他常常批评别人，他也常常问自己，我不会同样的渺小吗？……如果说以后，钱文比旁人宽厚一些，冷静一些，他应该感谢这个拒绝换给他粮票的人。"在《狂欢的季节》中，当钱文和东菊面对"下一顿吃什么"这唯一的可以议论的话题时，作者同样用充满理解同情的笔调写道，在一个乱世里，"除了活，活下去，一天三顿饭，还能选择什么呢？"可以说，是生活教会了钱文这样的知识分子将自己的眼光从充满了霞光的天空拉回了布满苦难的大地，使他比旁人更宽厚，更冷静，更入实，更不那么高高在上，颐指气使。由钱文反观王蒙，他在《躲避崇高》中肯定是生活先亵渎了神圣、然后才出现了王朔的玩世言论和玩文学便不难理解。王蒙早看清了伪神圣、伪崇高的面皮，这时出来一个顽童式的王朔，同这种伪神圣和伪崇高开了回玩笑，在王蒙那里真还有深得我心之感。从这个角度来说，王蒙对于王朔的一定程度的认同，实际上也包含了自我认同的成分在内。这种自我认同，又是以王蒙的自我否定作为基础的。王蒙从"青春好像一条河，流着流着成了浑汤子"中看出了王朔对"青春常在""青春万岁"一类浪漫与自恋的毫不客气的揶揄与讽刺，而"青春万岁"恰好又是王蒙人生和创作的一个阶段代名词，故对九十年代王朔的一定程度的认同，便是对自己过去一段时间的自我否定。①

但王蒙"躲避崇高"的含义，并不是提倡躲避所有崇高、信仰、理想。他不满于王朔的，恰恰是王朔在倾倒澡盆里的污水时，将孩子也倒掉了。他所反对的是将理想、信仰、崇高绝对化。在他看来，理想、信仰、崇高是好的，但脱离现实土壤、趋于绝对化的理想、信仰、崇高是不好的，甚至造成一种伪善的风气；

---

① 当然，王蒙对王朔的认同感，还有相当复杂的因素在内。90 年代知识界兴起的"告别革命"思潮，就可以看成这一认同感的一个思想背景。李泽厚就曾写有《"左"与吃饭》的短文，重申了"人们必须首先吃、喝、住、穿"的重要性（参见赵士林主编《防"左"备忘记》，书海出版社 1992 年版，第 52—54 页）。

当百分之一的人口是革命者的时候,革命是伟大而悲壮的、理想的,但当百分之三十、五十甚至九十的人都宣称自己是革命者,或被要求成为革命者的时候,革命就贬了值,革命就成了过日子的唯一出路。所有人革命的结果是除了革命就是反革命和不革命,这就容易滋长一种绝对化的非此即彼的做派和思维。"季节"系列小说重点所写的,其实就是一批过于单纯、盲目信仰、对理想和信仰缺乏基本的反思能力的知识分子如何由恋爱的季节走向失态、蹉跎、狂欢的季节的过程。在 1951 年,周碧云设想的"全面发展的人"无一不是献身者、就义者、大智大勇者,除了党的生活、组织生活,她根本没有想到世上还可能有一种普通人的日常生活;在 1955 年,钱文私下里直觉地喜欢"胡风分子"的书,凭着对党的忠诚却更加激烈地批判声讨胡风们,并在内心里认为自己是两面派,从而经受着灵魂的撕裂的痛苦。要求所有的人都成为纯粹的人,其结果只能造就虚伪的人;要求所有的人都为理想、信仰献身,其结果有可能造成对理想、信仰的背叛。在《郑重的故事》中,王蒙甚至就庄子提出的"圣人不死,大盗不止"做了一通发挥,认为高高在上的圣人其实就是掌握着精神霸权的精神霸主,看穿和否定精神霸权,人类的许多悲剧如希特勒法西斯、中国的"文化大革命"就可以避免。王蒙在进入 20 世纪 80 年代后期特别是 90 年代以后,推崇的是一种多元化的价值取向。他曾多次提到,"老王卖瓜,自卖自夸"是可以的,"王麻子剪刀,别无分号"却是不可以的,"党同"是难免的,而"伐异"则是愚蠢的:"这里的问题在于承认价值标准的多元性与选择取向的相对性。人各有志,人各有境,应该允许百花齐放与多元互补。你选择了'越名教而任自然',不等于人人或所有的士人都必须以你为样板。如果选择了入世,而且是在入世的努力中为百姓为国家以及从长远利益上说是为朝廷做好事,清正廉明而不是蝇营狗苟,那就没有必要视若雠仇。"①在《一嚏千娇》中,王蒙甚至采用元小说的形式,借探讨小说视角的机会,鼓励人与人间的一种换位思维方

① 王蒙:《名士风流之后》,《读书》1994 年 12 期。

式。长期以来，对于任何一种文学创作和价值取向，王蒙首先总是看取其中的合理成分，然后再指出其不足。这或许正是他既不排斥张承志、也不排斥王朔的一个重要原因。

王蒙对王朔的一定程度的认同，还源于两人在处世态度、语言风格等方面的一定的同构关系。王蒙和王朔，其实都是入世很深、对社会的缺陷看得很透的人，但他们并不愿意让自己的创作同现实社会之间构成紧张的对抗关系。他们更愿意采取一种夸张的、变形的、游戏的方式去指陈社会的弊端，从事一种打擦边球的工作。从艺术的表现手法和审美形态来说，王蒙的《球星奇遇记》《郑重的故事》等作品与王朔的《千万别把我当人》其实有不少相同之处。荒诞不经的情节，无处不在的调侃，轻松游戏的创作态度，只不过王朔的"玩文学"是一种游戏到底的态度，王蒙的"玩文学"总不免带一丝苦涩味。王朔的流行离不开其小说的幽默味和调侃味。王蒙实际上也是一个长于幽默和调侃的作家。他曾创作过一个名为《买买提处长轶事——维吾尔人的黑色幽默》的短篇。作品第一节便以舞台上相声表演的形式道出了买买提处长青春常在的秘密：赛买提处长之所以老态龙钟是因为他常板着面孔，而买买提处长之所以青春常驻是因为没有一天不开玩笑。在下面的叙述中，买买提处长遭到小将们的一顿暴打，并且制服后襟上被涂上"黑作家买买提"的大字，面对其他幸免于难的作家、诗人，买买提却能用热烈而兴奋的口吻喊道："你们不承认我是作家，人民承认。"叔本华曾说："俏皮话是硬把两个极不相同的实在客体压入一个概念，要字眼却是借偶然的机会把两个概念压入一个词儿。这样也能产生（概念与实体）双方之间的差距，不过更肤浅而已，因为这种差距不是从事物的本质中，而是从偶然的命名中产生的。"①买买提的幽默介于说俏皮话与要字眼之间，正是通过自己的机智和幽默，将"作家"和"黑作家"，"人民"和"小将"压入同一个词中，从而造成一种喜剧性的矛盾，将一种极不利于自己的处境转化

①　［德］叔本华：《作为意志和表象的世界》，石冲白译，杨一之校，商务印书馆1982年版，第103页。

为有益于自己的处境。当然,这种生存策略,又是那些主张以死抗争的批评家所不齿的。王朔作品中也多有这样的幽默和反讽,如为王蒙所引用的"本党的宗旨是……"一段,就是"两个极不相同的实在客体压入一个概念"中以造成乖谬,从而达到调侃和反讽,只不过王朔的顽主们不像买买提一样出于自我保护的需要而显得有点"肆无忌惮"和"厚颜无耻"了。但这又从另一个角度说明,王蒙对王朔的一定程度的认同,多少带有一点惺惺相惜的味道。

    然而需要指出的是,总体上,王蒙和王朔还是两股道上跑的车。在《躲避崇高》一文里,王蒙在肯定了一番王朔的同时,最终又指出了"毕竟或迟或早人们仍然会想念起哪怕是受过伤的、被仿制伪劣过也被嘲笑丢份儿过的狮、虎、鲸鱼和雄鹰"。这儿出现的诗化的比喻说明,即使进入 20 世纪 90 年代,王蒙的身上也还存在着一个理想主义的魂。从创作于 90 年代的《春堤六晓》来看,王蒙在叙述自己一代人的经历时,仍保持了刚复出文坛时的那种基本判断。鹿长思在将自己的一代归纳为热情的一代、理想的一代、苦难的一代后,甚至对儿子辈所封的"自作多情的一代"也形成了一种达观:"自作多情的一代应该感到满足,他们活了,做了,斗争了,爱了也恨了——就是说多情过了,希望了失望了再希望又再失望了,而希望永远与失望同在,多情永远与麻木共存。他们过了许多有意义的日子,至少是自以为有意义的日子。"这种总结与《布礼》中钟亦成对自己一代人人生经历的总结是大同小异的。① 从这个意义上来看,我们可以更清楚地看到《躲避崇高》及作者后来所写的《沪上思絮录》等系列文章提倡的是躲避伪崇高,作者也清醒地指出了"人文精神的失落"这样的命题

---

    ① 钟亦成在同灰色的影子对话时说:"是的,我们傻过。很可能我们的爱戴当中包含着痴呆,我们的忠诚里边也还有盲目,我们的信任过于天真,我们的追求不切实际,我们的热情里带有虚妄,我们的崇敬里埋下了被愚弄的种子,我们的事业比我们所曾经知道的要艰难、麻烦得多。然而,毕竟我们还有爱戴、有忠诚、有信任、有追求、有热情、有崇敬也有事业,过去有过,今后,去掉了孩子气,也仍然会留下更坚实更成熟的内核。而当我们的爱,我们的信任和忠诚被蹂躏了的时候,我们还有愤怒,有痛苦,更有永远也扼杀不了的希望。我们的生活,我们的心灵曾经是光明的而且今后会更加光明。但是你呢? 灰色的朋友,你有什么呢? 你做过什么呢? 你能做什么呢? 除了零,你又能算是什么呢?"这其实可以看作作者借人物的内心独白对自己一代人所做的总结。

可能引出的对过去时光的浪漫化，以及用"人文精神"一统天下可能暗含的危险。当然，与他的大多数同代人一样，过深的有关历次政治运动的记忆仿佛就像一个灰色的影子一样始终伴随着他们，使他们的创作和思考总是显得格外沉重，哪怕像王蒙这样的老顽童，即使创作游戏文章时，也难以像王朔们那样坦然从容。

王朔:"玩的就是心跳"

一

王朔是当代中国最富有争议的作家之一。对他的不同评价和围绕他展开的有关争论,实际上已超出了对王朔作品本身的评估,而转向了对所谓王朔现象的讨论。其间的分歧与其说反映了人们对王朔作品的分歧,不如说反映了社会转型期不同的文学观念、人生态度和文化立场间的分歧,王朔的创作只是一个契机和由头而已。但文学毕竟是文学,还是让我们首先从王朔的小说谈起。

流传最广的一种看法是王朔的小说是"痞子"文学。据王朔自称,这种"痞子论"最早出自曾为北影厂厂长的宋崇。① 这种"痞子论"后来之所以得到广泛认同,显然因为王朔作品中存在着一种痞子型的人物和痞子精神。典型的王朔作品的主要人物都是"痞子""无赖""流氓"和"罪犯"。这种身份有时是由他们自报家门而获得(如《一半是火焰,一半是海水》),有时是由作品中的其他人物从旁道出(如《浮出海面》《橡皮人》《顽主》)。尽管在具体的作品中,这种自报家门和从旁道出的方式多有不同(有时是对真实身份的一种指认,有时只是

① "当时的北影厂长宋崇说我的东西是'痞子写,痞子演,教育下一代新痞子',由此引出'痞子论'。"(王朔:《无知者无畏·我看大众文化港台文化及其他》,春风文艺出版社2000年版,第11页。)

一种“诱姡”的策略），主人公对这种身份指认的反应也多有变化①，王朔自己在不同时间段里对“痞子论”的反应也截然不同②，但显而易见，其作品中的那些“顽主”形象已明显地出离传统生活轨道，其行为方式和人生取向也构成了对传统的主流价值观念与人生目标的背离和冲击。他的第一人称主人公“我”（经常为“方言”）与他的男女朋友们如徐光涛、张燕生、方方、于观、马青、杨重、刘会元、吴建新等人一起，实际上已组成一个个小的集团，他们游移于社会的缝隙和边缘，既无稳定的社会职业，也缺乏通常所说的人生目标和追求。在这些人的心目中，一切有关人生价值和人生意义的许诺都是无价值和无意义的，甚至是虚伪的，他们一方面在自己的生活中实践着自己的人生哲学（有时是坑蒙拐骗，有时是寻欢作乐，有时是游手好闲），一方面又总是不遗余力地嘲笑、藐视、亵渎传统的行为准则与主流价值观念，从而构成对后者的潜在瓦解和冲击。这种瓦解和冲击通常采取了以下方式：

其一是对传统的、主流的语言和价值观进行戏仿和戏弄，由人物出面在自己的日常生活语言和情境中模仿传统的、主流的文化语言和价值观，从而造成

---

① 如《橡皮人》中“我”面对张璐“流氓、地痞、无赖”的指控是勃然大怒：“我该抽你大嘴巴的，你以为你是什么东西，可以随便侮辱别人”；在《浮出海面》中，“我”的反应则是嬉皮笑脸：“不，跟流氓不搭界，他们说我是‘青年改革家’。”而《顽主》中宝康给“无赖”做出了一种新的解释：“我认为这个无赖的意思应该是无所依赖。”

② 他在较早时候曾不满意电影《轮回》将《浮出海面》中的男主角痞子化了：“其实那人不是痞子。北京这种人随处可见，文质彬彬，不是长头发奇装异服的，很规矩，但一说话特别不正经。”（《我是王朔》，国际文化出版公司 1992 年版，第 29—30 页。）后来却说：“确实，我作品中真正有价值的就是那中间的痞子精神，而不是早期流露的那些青春期的迷惘和幻想，所谓抒情部分。”（《无知者无畏》，春风文艺出版社 2000 年版，第 12 页。）这里反映出了王朔对“痞子”一词认识上的变化：“‘痞子’这个命名其实相当激怒了他，因为他一直用经济地位划分阶层的，无论是出身还是现实收入水平他都自认为是属于中产阶级的，甚至还不大瞧得起大学中那些贫寒的教师，非常势利地蔑视他们为‘穷人’。‘痞子’这个词把他归入社会下层，这几乎是一个侮辱，如同一个将军被人家当成了衣着花哨的饭店把门的。可怜的王朔，十年以后才反应过来这是一个文化称谓，这之前净跟人家辩论我赚多少钱我们家是部队的，我小时候，管你们才叫痞子呢。”（《无知者无畏》，春风文艺出版社 2000 年版，第 57 页。）也就是说，王朔从精神上瞧不起经济地位意义上的“痞子”，但认同文化意义上的“痞子”，即所谓“文痞”。

滑稽模仿，使低俗的事物得以升格，使庄严的事物得以降格。① 如《浮出海面》让烂醉如泥的刘华玲喊出了"我死了，牺牲了"，"把我的骨灰撒在祖国的江河湖海"之类的话，《玩的就是心跳》中，吴胖子在牌桌上将玩牌说成开"党小组会"，过"组织生活"，并说"本党的宗旨一贯是这样，你是本党党员本党就将你开除出去，你不是本党党员本党就将你发展进来——反正不能让你闲着"，这些都造成了语言和语境间的反差和不协调，形成了一种特有的佛头着粪的戏谑效果，达到了对庄严事物的亵渎和戏弄。

其二是通过描写边缘人物对主流文化人物发起象征性征服和攻击来实现。王朔的好几个作品都写到"痞子"型主人公在情场上的战无不胜，攻无不克，其作品中的女性形象要么是与主人公同一类型的人物（如杨金丽、李白玲、亚红），要么是有过全然不同的教育和成长经历的女性，这些女性（如《橡皮人》中的张璐，《一半是火焰，一半是海水》中的吴迪、胡亦，《浮出海面》中的于晶）几乎又都轻易地在情感上归附了"痞子"型男主人公。虽然在《一半是火焰，一半是海水》这样的作品中，王朔也为吴迪们的选择提供了"如今是传统的道德受到普遍蔑视的年代"一类泛泛的解释，但这种解释显然是苍白无力的。吴迪的前男友被刻画成一个中规中矩的学生会干部，而另一个用来陪衬吴迪的女大学生陈伟龄被斥为"还他妈受教育呢，胶鞋脑袋，长得跟教育似的"，无疑是要传达一个信息："我"那种压根就不从书中学道理长学问、多一分远见就少一分刺激的人生态度比起传统的人生教育来，是更有魅力和吸引力的。从这个意义上说，王朔作品中有关男主人公与女学生关系的描绘，与其说是基于一种写实，不如说基于一种象征，吴迪们象征了王朔作品中的社会边缘人向传统和主流文化进行攻击而获得的奖赏和战利品。"我"和方方被写成自动退学的大

---

① 约翰·邓普曾将滑稽模仿分为两类："一类描述平凡琐碎的事物，借不同的表现风格使其升格；一类描述庄重的事物，以相反的表现风格使其降格。"（《论滑稽模仿》，昆仑出版社1992年版，第2页。）前一类指对低俗的事物用庄严的语言、风格来加以提升，后一类指对庄重的事物用鄙俗的语言、风格来加以贬低。王朔主要采用的是第一种滑稽模仿，但意在达到第二种滑稽模仿所形成的效果。

学生,无疑又为这种艺术设计增加了一个重要的砝码:"痞子"们不是没有能力进入传统和主流的渠道,而是不愿意就像大部分人那么按部就班、不死不活地度过一生:"所以我一发现大学毕业后才挣五十六,我就退学了。所以我一发现要当一辈子小职员,我就不去上班了。"(《一半是火焰,一半是海水》)边缘人不是因为无能被社会排挤到了边缘,而是自己主动选择了边缘化的生存姿态和人生道路。有了这样一个前提,他们在情场上的轻松获胜和得胜回朝,无疑构成了对传统行为准则和价值观念的嘲弄和贬损:中规中矩的人生态度是何其乏味,中规中矩的人生教育又是何等的无力!

第三种方式是亵渎自己以达到亵渎传统文化、主流文化。王朔作品中的"痞子"型人物有一种十分重要的生存策略,即自我亵渎。他们在嘲弄、挖苦他人的同时,顺带也嘲弄、挖苦自己,或者是准备嘲弄、挖苦他人之时,先嘲弄、挖苦自己,有时也在嘲弄、挖苦完他人之时,马上嘲弄、挖苦自己。这既有益于建立起一种防御机制,便于在遭受他人反击时逃避惩罚,也有益于将自己的重心放低,然后对他人施以重拳。这种生存技巧的最典型例证,一是《一点正经没有》中"我"的"我是流氓我怕谁呀"的申言,一是反复出现在王朔作品的"千万别把我当人"的人生态度。前者看似一种被逼到绝境后的"流氓"态度,但实际上还是要使自己立于一种战无不胜的不败地位。"千万别把我当人"的人生态度最初出现在《橡皮人》的"我"身上,不过这一态度并没有得到主人公的明确指认,而是由警察马汉玉从旁道出:"要说你跟别人有什么不一样,那就是别人把你当人,你自己反倒不把自己当人。你大概知道猿是怎么变成人的吧?你现在需要的就是抬起前爪,直立起来,让你的眼睛看向远方,让你的大脑发达起来,能够想想觅食以外的事情。"写作《橡皮人》时的王朔,还多少认定"我"的那种以坑蒙拐骗为特征的生存状态是一种异化的人生("橡皮人"即非人),并且让代表国家机器的警察向"我"指明了一条从非人到人的道路,而到了《一点正经没有》中,主人公却不无得意地推崇起一种"非人"的哲学——当"我"宣称自己下一篇作品的题目是《千万别把我当人》时,杨重的解释是:"主要就是说,一个中国人对全体中国人的恳求:千万别把我当人! 把我当人就坏了,我就有人的毛病了,咱民族的事就不好办了。"这一方面是采取一种反讽的方式来推崇个人的选择,同时也是用一种放低身段的人生态度来推卸文学之于一个民族的责任,并将这种责任感置于一种可笑的地位。"我"后来的进一步说明("只要你不把自个当人就没人拿你当人找你的麻烦你也就痛快了没有迈不过去的坎儿"),则传达了看似自我贬低和自我亵渎的人生态度中所包含的用心:你不把我当人,我就有了做什么与不做什么的自由。从这个意义上说,王蒙将王朔创作的精神取向概括为"躲避崇高"是再恰当不过的了。王朔在后来的《千万别把我当人》中,虚构出一个什么"全国人民总动员委员会",将其所组织的寻找大梦拳传人的运动描绘成一场社会渣滓们的闹剧,其重要的创作动机,还是对陷入病态的爱国热情加以戏弄和嘲讽。这也可以属于广义的"躲避崇高"(伪崇高)。

二

王朔所塑造的具有"顽主"性格的系列人物,由于出离了一般人的生活轨道,有时还陷入了一些犯罪和准犯罪的案件中,总体上因此给人留下"痞子"和"流氓"的印象,再加上这一类型的作品,作家大多用第一人称来叙述,"我"发出的感慨同作者本人的人生感兴又多有重合,这就使人们在讨论王朔的创作时经常将其作品中的叙述者与作者混为一谈。有人举证说,有老太太看完《编辑部的故事》便说:"那个叫王朔的准不是个好东西,谁嫁给他谁倒霉。"①这类老太太的见识,一方面表明了将叙述者"我"等同于真实作者、传记学意义上的作者有多么危险,但另一方面也说明,人们对王朔和王朔作品的"不良"印象确实不是空穴来风,它是建立在对王朔的典型文本的阅读印象之上的。对那些

---

① 郑勇:《别累着自己》,见《我是王朔》,国际文化出版公司1992年版,第265页。

过于相信"文如其人"的读者来说，用"痞子"文学来指称王朔的创作是再恰当不过的了。

但是，"痞子"文学实在又是一个以偏概全的标签。迄今为止，王朔大致创作了四种类型的作品。第一类是言情小说，如《空中小姐》《永失我爱》《过把瘾就死》《给我顶住》等，大抵以言情为主，虽然其中的男主人公，嘴上也不无"贫"和"侃"的特征（正如《空中小姐》中的"我"自认的"我的嘴仍是茅厕的石头"以及王眉所指斥的"嘴跟粪缸似的"），但作品仍以表现人的情感生活为主。《空中小姐》中的"我"甚至还保持着最后的浪漫主义的感怀，他不仅在情意感人的大海面前"涕泗滂沱"，而且为老朋友关义始终保持着"我们第一次驾船出海时所共有的那种最强烈、最纯洁的献身精神"热泪盈眶。《永失我爱》单纯从情节的设计来看不无"作秀"的痕迹，但它通过何雷的选择给通行的道德观出了一套难题：如果一对恋人有一方在行将结合时突然发现身患绝症怎么办？现行的舆论体系自然是倾向于健康的一方不能掉头而去，但在习惯于"踩完了人又给人扑粉"的何雷眼中，这种主张为他人考虑和牺牲的观念其实是不人道的，正像作品中的老干部面对过分的关心只好选择去死一样，他也宁愿扮演一个伪恶者的角色促成自己同石静的分离，看似最无心肝的选择里最后被证实为包含了更为深沉的情感。《过把瘾就死》应当说受到了当时风行一时的"新写实"小说创作的影响。同当时众多以离婚为题材的小说相比，这一作品的特殊之处是触及了婚姻中的一个问题，谁能忍受一种发展到以暴力形式出现的爱？当"我"在杜梅冰冷锋利的菜刀的威逼下要求说"我爱你"时，以爱的面目出现的情感专制便暴露出了人性深渊中的可怕一面。这一作品的另一特殊之处是对杜梅的乖戾性格给出了一种心理分析式的背景，暗示了杜梅父母的婚姻悲剧给杜梅的婚姻生活投下的阴影，这又从另一个角度说明了，王朔虽然在《顽主》那样的作品中，对尼采、弗洛伊德一类的流行学说不无调侃，可在自己的创作中又有意无意地借用弗洛伊德的心理分析手法，可见对王朔来说，他对某一理论名称和方法，基本没有稳定统一的看法，想调侃时可以拿来随意调侃一通,想利用时又可以拿过来利用一番。①《给我顶住》稍显复杂,"我"在赵蕾的帮助下,促成了自己的妻子同关山平的婚外恋,人们很容易在道德批评的意义上指责"我"的无耻,但总体来看,作品似乎只是想编造一个翻新出奇的多角恋故事,作品的通俗品格,还体现在作品结尾的好人得好报的大团圆结局中(《过把瘾就死》中"我"那天夜里体会到"一种从未有过的激情"及后来得知杜梅怀孕的消息,似乎也预示了一种大团圆结局)。

王朔创作的第二类小说是侦探小说,即单立人探案系列,包括《枉然不供》《人莫予毒》《我是狼》等作品。这类作品可见出王朔编织故事、设置悬念的能力,是中规中矩地按照侦探小说的成规创作的小说,并没有引起人们太多谈论的兴趣。

第三类是"顽主"系列,这是典型的王朔小说,包括《浮出海面》《橡皮人》《顽主》《一点正经没有》《你不是个俗人》《千万别把我当人》《动物凶猛》等,人们通常所说的王朔的"痞子"型人物和"痞子"精神主要出自这一类作品。

第四类不妨称为影视小说,是王朔由影视作品回写成小说的小说,以及为拍摄影视作品而创作的小说,如《刘慧芳》《修改后发表》《谁比谁傻多少》《懵然无知》《无人喝彩》等。这类作品有明显的室内剧的残留痕迹,时空跨度很小,人物的语言追求噱头以造成轻喜剧效果,但人物"一点正经没有"的言行已明显减弱了思想和观念上的冲击力,在道德伦理观等方面甚至呈现出向传统观念回归的趋势。

这种归类只是大致的,有的作品其实互有交叉,如《一半是火焰,一半是海水》是介于言情与"顽主"系列之间的作品,《玩的就是心跳》从表面的情节模式看接近于侦探小说,但从人物的精神实质来讲又属于"顽主"系列。在中国当

---

① 他对"知识分子"一词的运用情况也仿佛如此。在《王朔自白》(《文艺争鸣》1993 年第 1 期)中,他似乎有意地将自己区别于知识分子群体;在《我看大众文化港台文化及其他》中,却又说:"不管知识分子对我多么排斥,强调我的知识结构、人品德行以至来历去向和他们的云泥之别,但是,对不起,我还是你们中的一员,至多是比较糟糕的那一种。"(《无知者无畏》,第 7 页。)

代作家中,王朔是读者意识最强的作家之一。在新潮小说傲视天下的岁月里,他却强调:"我希望我的作品有影响,有读者来看,我不希望由我来发现某种东西。有人觉得不需要读者,这当然无所谓。但是对我来讲,我需要。"①为了争取读者,他甚至取一种与大众齐平甚至更低的姿态来迎合读者。这也是推崇启蒙、主张作家应当成为读者的精神导师的批评家不屑于王朔创作的重要原因之一。王朔曾说:"文艺作品有三类。一是宣传教化,哪个政府都有这一套,政府支持的。二是大众通俗的,商品化的文化。三是纯探索的,纯艺术的。有人老把这三种混为一谈。"②在王朔看来,每一类文艺作品有每一类文艺作品的追求和套路,每一类文艺作品也有每一类文艺作品的批评标准。以王朔自己的区分标准来衡量,他的言情小说、侦探小说、影视小说大抵相当于他所说的大众通俗的、商品化的文艺,而"顽主"系列和《玩的就是心跳》等创作则既有一些通俗的、流行的因素(如暴力、色情),也有一些纯探索的色彩。特别是《玩的就是心跳》,用一个近似侦探小说的外壳,来表现一种已成往事的乌托邦幻想失落以后的无聊人生,叙述形式的探索痕迹十分明显。"我"(方言)莫明其妙地陷入了一场十年之前的陈年旧案,为了证明自己的无罪只能陷入对旧友的寻访和往事的回想之中,但时间的流逝使一切都变了样,在当事人那里,甚至对"玩的就是心跳"一类的杀人游戏是否真实发生过也产生了怀疑:"没有抢劫没有走私盗宝犯罪集团诸如此类的,有的只是无聊的吃吃喝喝和种种胆大包天却永远不敢实行的计划和想法。我们只是一群不安分的怯懦的人,尽管已经长大却永远像小时候一样只能在游戏中充当好汉和凶手。我们都想当主角——惊天动地万人战栗的主角,但命中注定我们只是些掀不起大浪的泥鳅。"其间的挫败感是不言而喻的。作品结尾采取了一种让时间倒流的方式,从第十三天写到第一天,让往事以原画复现的形式呈现出来,但往事不能回复到原始的真实状态的失落感与迷茫感仍然包孕其中。一定程度上,这一作品

①　王朔:《我的小说》,《人民文学》1989年第3期。
②　王朔:《我是王朔》,国际文化出版公司1992年版,第49页。

在写法上与《动物凶猛》有相似之处。作品中充满了回忆与幻想,少年的天真与现实的无奈,怀旧的情绪中融入了往事不堪回首的人生感兴,作者感受到了用小说这种虚构形式追求真实的虚妄,同时意识到了记忆的背叛却又无能为力的尴尬处境。纪实与虚构的混淆,使这两篇作品在写法上带上了一丝实验、探索特征。

王朔还是较早在创作中意识到读者分层问题的作家。他曾说自己的《空中小姐》《浮出海面》是冲着纯情的少男少女们去的,《永失我爱》《过把瘾就死》是奔向大一大二的女生去的,《玩的就是心跳》是给文学修养高的人看的,《我是你爸爸》是给对国家忧心忡忡的中年知识分子写的,《动物凶猛》是给同龄人写的,《渴望》是给中年妇女看的,而《编辑部的故事》是给小青年看的。① 这种事后追认我们不一定当真,但从中仍不难看出,王朔已经较自觉地意识到了读者的分层问题。长期以来,我们在理论上实际上是否定不同的读者群和不同的阅读审美需求的,文艺为工农兵服务的至高无上的原则,意味着在理论上虚构了一个理想的铁板一块的读者群和一种理想的一元化的审美心理。但问题是,在阅读趣味和审美需求上,所谓工农兵大众也是各有不同的。王朔对不同拟想读者的设想,使他有意识地在创作过程中采取一种主动的姿态去满足读者的不同审美需要,当然这也是后来人们指责他媚俗的一个重要原因。应当说,王朔意识到读者的分层问题主要不是来自什么理论思考,而是来自在生活中培养起的眼光和积累起的经验:"虽然我经商没成功,但经商的经历给我留下一个经验,使我养成了一种商人的眼光。我知道了什么好卖。当时我选了《空中小姐》,我可以不写这篇,但这个题目,空中小姐这个职业,在读者在编辑眼里都有一种神秘感。而且写女孩子的东西是很讨巧的……我要是写一个农民,也许就是另外的结果了。"②这种什么东西好卖便写什么而获得的成功,显然对王朔以后的创作起了一种鼓励和引导作用。

---

① 参见《我是王朔》,国际文化出版公司1992年版,第55、47页。
② 王朔:《我是王朔》,国际文化出版公司1992年版,第20—21页。

　　但因此断言王朔的小说一开始就存有取悦读者的一面还为时过早。在1989年，王朔说："我的小说中的所有通俗因素，不是因为我要吸引读者故意加进去的，而是因为生活已经改变到了这种程度，已经有了这些因素，所以或许应当是流行因素。或许还可以说，我最感兴趣的，我所关注的这个层次，就是流行生活方式。在这种生活方式里，就有暴力，有色情，有这种调侃和这种无耻，我就把它们给弄出来了。如果我在这上面强加东西太多，就会影响别人认识它们。"[①]说这话时，王朔还没有后来那么火，也没有后来那么爱抬杠，结合他当时已有的作品来看，基本是可信的。从他20世纪80年代创作的作品中，我们不仅可以发现他自身个人生活的投影，而且可以看到时代的变化在他作品中打下的烙印。《空中小姐》《橡皮人》《浮出海面》《顽主》《一点正经没有》中既融入了作家自己参军、退伍、经商、恋爱、写作的经验和感受，作品本身对于时代的描摹也是较为真实的。《空中小姐》中"我"复员回到北京后发现生活正日新月异而出现的头晕目眩手足无措感，应当说是同王朔一样有共同生活经验的人曾有的一种共同心理经验，而《橡皮人》所反映的走私中的黑吃黑现象、人物的无耻和淫烂，应当说也折射出了一个资本的原始积累时期的混乱无序的社会生态，在某些角落，连最无耻的个中人也发出了"解放区的天不再是明朗的天了"的感慨时，在当事人一回到省城便仿佛经历了一次时间旅行，从暗无天日的旧社会又回到了社会主义的新中国时，我们不得不承认，王朔在这里是敏感的，他不仅传达出了处于一个社会大变动时期的人们的普遍心理感受，而且先于何顿等作家十来年描绘了一个转型期社会的动荡不安和糜烂无耻。

三

　　当然，就此得出王朔的创作是现实主义的结论，同样是不慎重的。[②] 为了

---

①　王朔：《我的小说》，《人民文学》1989年第3期。
②　王朔在《我的小说》中曾说："我倒承认我这是现实主义的。"

追求作品的流行功能,越是到后来,王朔越是专注于生活中的无耻和调侃,甚至有意识地搭起台子来说笑话,让方言、于观、杨重、马青、赵宇航们组建什么"三T"公司、三好公司、捧人协会、中赛委之类,总之是找到一个由头来调侃,来嘲讽,故事唯恐不荒诞,情节唯恐不出奇,人物唯恐正经,语言唯恐不搞笑,总之是怎么能获得最大的闹剧效果便怎么来。作者以往那些带有痞子精神的人物这时仿佛也升了级,在《一半是火焰,一半是海水》中,"我"还只是同方方一起坐在大学演讲台下说些不酸不冷、不阴不阳的话瞎起哄,到《一点正经没有》中,却被请(绑)上大学讲台讲一通"为工农兵玩文学";在《橡皮人》中,"我"还得从警察那里接受一番从猿到人的理想教育,到《一点正经没有》中,"我"却谈出了一番"千万别把我当人"的哲学;在《浮出海面》中,"我"觉得同那些安贫乐道、诲人不倦的老师比起来,"我活得像个没孵出来的鹌鹑。我不愿这么头脸不整地去见他们"。到《顽主》和《一点正经没有》,则什么尼采、弗洛伊德、经典之作、大师之作、西方现代派,都不放在眼里,全灭,全成为"他妈的"调侃的好材料。这时的王朔,实际上早已用创作否定了自己的"我这是现实主义的"的宣言,盒子车法院庄严的审判大厅实际上成为一个虚拟的空间,无业游民宝康控告方言们一无设备二无资金三不经批准擅自进行文学写作一案的审判现场,只不过是给方言们要贫嘴提供了一个舞台,法官和被告的对答后来干脆演变为一种无底的文字游戏,王朔的写作因此也滑出了文学与现实相关联的领域而进入了一个纯语言的领域,成为作家逞气使才、炫技逗乐的卖艺场,《你不是一个俗人》结尾处颁给于观的那面上书"巧舌如簧,天花乱坠"的大红锦旗,也完全可以作为对此时王朔创作的奖赏。

迄今为止,人们谈论得最多的是王朔的"顽主"系列和影视小说系列,这主要因为这两类小说最能代表王朔小说的创作特色和价值立场:其创作特色是"贫",有意摆出一副大大咧咧、任谁也不在乎、任什么也不放在眼里的浑不论(北京话读如"吝")的姿态,调侃一切,嘲弄一切;其价值立场是躲避崇高、理想、信仰、热情,取消价值的判断和意义的追求。但是,饶有趣味的是,说是调侃一切,嘲弄一切,在调侃和嘲弄的对象上王朔却分出了轻重。他此时仿佛同知识分子结了仇,在调侃和嘲弄时格外地"照顾"知识分子,按他自己的话来说:"我的作品的主题用英达的一句话来概括比较准确,英达说,王朔要表现的就是'卑贱者最聪明,高贵者最愚蠢'。因为我没念过什么大学,走向革命的漫漫道路,受够了知识分子的气。这口气难以下咽,像我这种粗人,头上始终压着一座知识分子的大山。他们那无孔不入的优越感,他们控制着全部社会价值体系,以他们的价值观为标准,使我们这些粗人挣扎起来非常困难。只有把他们打掉了,才有我们的翻身之日。而且打别人咱也不敢,'雷公打豆腐,拣软的捏',我选择的攻击目标,必须是一触即发,攻必克,战必胜。"①验之王朔的小说,他还真是不惜一切机会、不遗余力地要"拣软的捏"。在以言情为主的《永失我爱》的火灾现场,"我"(何雷)做了一回救火英雄,"一群知识分子"却沿走廊狼狈溃逃,其中之一甚至抓住"我"指着走廊顶头一间烟冒得最粗的房间说:"那里有重要资料,快去抢救。"这里的问题是,为什么是"一群知识分子"狼狈溃逃?这里大概可以用《给我顶住》中关山平对周瑾所说的一句话来回答:"不就因为是个老头儿么,真正穿官服的咱也不敢说什么。"明明是知识分子像这里的老头儿一样无权无势又无力,而王朔却偏偏要虚构出知识分子独霸一切、高高在上的形象,这就难怪"攻必克,战必胜"了。王蒙说王朔"开了一些大话空话的玩笑,但他基本不写任何大人物(哪怕是一个团支部书记或者处长),或者写了也是他们的哥们儿他们的朋友,决无任何不敬非礼"②,是不无道理的,什么人敢打什么人不敢打,这个作家是有所选择的。同时,"他基本不写任何大人物",却并不意味着他一定写小人物,"卑贱者最聪明,高贵者最愚蠢"的主题在他那里只是实践了一半,在《许爷》那样的作品中,我们闻到的更多是"老子英雄儿好汉"一类的气息,看到的是卑贱者永远是卑贱者的主题表达。相反,王朔笔下的"顽主"们,虽然看上去最能自轻自贱,但骨子里的优越感依然

① 王朔:《王朔自白》,《文艺争鸣》1993 年第 1 期。
② 王蒙:《躲避崇高》,《读书》1993 年第 1 期。

隐然可见。

虽然叙述者"我"无论在理论上还是实践上都不能等同于真实作者,但是在王朔的小说中,"我"确实成了作者的较忠实的代言人,"我"的某些观念和价值取向可以同作者王朔的某些言论相互印证。在谈到理想主义者和激情时,王朔说:"……我不是个理想主义者。你不能不允许理想主义者存在,但你也不能要求我们都是理想主义者。一个固执的理想主义者往往干出非常可怕的事来。"①"我认为激情这种东西含有虚伪,你冲谁而来呀?作为一个人,作为一个中国人,你怎么还能抱有幻想?你就应该尽可能地适应环境。"②这些看法与观念已深深地渗入作品中"我"和其他"顽主"们的言行之中。应该说,王朔的小说在一定程度上传达出了经由"文革"的大灾难所带来的理想主义大滑坡所带来怀疑一切的情绪,这既是一种乌托邦幻想破灭后的强烈逆反情绪,也是一种在新的现实面前觉得无路可走的迷茫情绪。王朔及其笔下的"顽主"们,在其青少年时期受的是典型的现代传统教育,在"文革"未结束的日子里始终坚信自己对解放全人类的事业负有责任,但进入新的时代以后,却发现过去的假想敌成了当下社会的宠儿,《浮出海面》中的刘华玲甚至还以自己的青春美貌换来了国际友人和"资本家"的身份,故无论从前和当下,宏大的事业根本就与他们无关,他们似乎成了真正的边缘人。特别是对从军队大院出生和成长起来的王朔们来讲,面对许立宇们在经济上的崛起,他们过去所拥有的特权和优势地位也开始式微,虽然在资本的原始积累时期他们凭着得天独厚的条件又迅速崛起,但是当理想和信仰被全盘抛弃以后,当金钱和女人都已经不是问题以后,心灵的空虚和灵魂的归宿依然是一个未能解决的问题。这个意义上,《动物凶猛》中的"我"羡慕那些来自乡村的人有一个故乡可堪回味,倒确实不是无病呻吟,因为在他那里,确实"没有遗迹,一切都被剥夺得干干净净"。虽然,"顽主"们可以开始新的一轮"玩的就是心跳"的游戏,但所有迹近死亡的游

---

① 王朔:《我是王朔》,国际文化出版公司1992年版,第79页。
② 王朔:《我是王朔》,国际文化出版公司1992年版,第78页。

戏，其结果仍然只能是"没有遗迹"，这大概也是不抱任何幻想所可能获得的最终结局。

王蒙曾说："首先是生活亵渎了神圣，比如江青和林彪摆出了多么神圣的样子，演出了多么拙劣和倒胃口的闹剧。我们的政治运动一次又一次地与多么神圣的东西——主义、忠诚、党籍、称号直到生命——开了玩笑……是他们先残酷地'玩'了起来的！其次才有王朔。多几个王朔也许能少几个高喊着'捍卫江青同志'去杀人与被杀的'红卫兵'。王朔的玩世言论尤其是'红卫兵'精神与样板戏精神的反动。"①这说对了一半，解释了王朔的玩世言论和他的"顽主"们为什么会诞生，但是，将王朔的玩世言论看成"红卫兵"精神和样板戏精神的反动，将他的创作与刚刚过去的历史的恶的一面的联系切割得一干二净，就未免夸大了其创作的意义。一方面，王朔的玩世言论和他的"顽主"们确实是对过去的乌托邦精神的反动，并且是走上极端的一种反动；但另一方面，他们的言行和思维方式又是对"红卫兵"精神和样板戏精神的一种继承。且不说王朔对待知识分子那种"要扫除一切害人虫，全无敌"的态度和气概，也不说他对"卑贱者最聪明，高贵者最愚蠢"的征引和强调，只要看看王朔及其人物对"文革"的教育闹革命是多么的充满深情和留恋，就不难看出，这个作家不仅是"文革"精神的逆子，而且是"文革"精神的产儿。他说："'文化大革命'再不好，但它打乱了生活秩序，给个性发展提供了机会，使小孩儿摆脱了学校那种陈腐教育的束缚，所谓讲知识的阶段全在社会上，学校里的东西相对于这种东西来讲是毫无意义的。"②《动物凶猛》中"我"对那个时代的留恋几乎就是这一段话的另一种版本："我感激我所处的那个年代，在那个年代学生获得了空前的解放，不必学习那些后来注定要忘掉的无用的知识。我很同情现在的学生，他们即便认识到他们是在浪费青春也无计可施。我至今坚持认为人们之所以强迫年轻人读书并以光明的前途诱惑他们仅仅是为了不让他们到街头闹事。"甚至

---

① 王蒙：《躲避崇高》，《读书》1993 年第 1 期。
② 王朔：《我是王朔》，国际文化出版公司 1992 年版，第 7 页。

在后来的《看上去很美》中,也出现了如下的段落:

> 那在学校停课舆论一律的年代也起了普及教育传布谣言的积极作
> 用,差不多可说是生活这无耻老师给一个孩子上的最好的语文课,那词汇
> 量,那不破不立的决心,那望山跑死马的曲里拐弯,这才是汉语的正经表
> 达方式。方枪枪没成为认字的机器,懂事的傻子,真要好好感谢那些年盛
> 极一时的全民砍山运动。
>
> 当他再次坐在小学低年级的课堂里,才发现受过砍山熏陶的自己中
> 文程度已有多深,什么老师的胡说,课本的欺人之谈,都是小偷进了街坊
> 院——熟门熟路,飞行员碰见玩鹰的——不是一档次,吃月饼掉了一地渣
> 儿——都是我剩的。

单纯从表面看,作者诋毁的是陈腐的教育,这没什么不可以,但是,作者锋
芒所向,恐怕还在于所有时代的所有学校教育和书本知识。关键在于,为什么
说学校的东西相对于社会知识来讲是“毫无意义的”,而不能说是两种知识?
为什么说人们之所以强迫年轻人读书仅仅是为了不让他们到街头闹事,而不
能说只是原因之一? 为什么说全民砍山运动中的语言表达方式才是汉语的正
经表达方式,而不能说是富有活力的表达方式? 王朔已经在小说中为我们提
供了学校停课和社会教育对学生的影响,那可不是什么单纯的个性发展之类
所能概括得了的。打架斗殴拍婆子就是个性发展吗? 走私犯罪淫乱就是有用
的知识吗? 我们只能说,一种绝对化的非此即彼的思维方式决定了作家的思
维取向,使他采取了一种近似鬼迷心窍的表达方式(“文革再不好”)。由此反
观作家对崇高、理想、信仰的“躲避”,同样可以说是一种极端化的方式在其中
作祟。它反对的是“文革”式的乌托邦理想,沿继的又是“文革”式的思维方式。
而王朔在表达对学校教育和书本知识的成见时,“文革”更是成为一个正面的
参照系。对“‘红卫兵’精神和样板戏精神”,王朔及其顽主们既是叛逆者,又是

继承者，这才是事情的真相。

四

　　一个有趣的现象是，王朔的"顽主"们曾被当作文学中的多余人、零余者、反英雄、边缘人来看待。确实，他们那种出离公共生活的生活方式、玩世不恭的生活态度，与 20 世纪 80 年代中期出现在徐星《无主题变奏》、刘索拉《你别无选择》中的人物有不谋而合之处。仔细阅读一下《无主题变奏》，可以发现其中的"我"与王朔笔下的"我"有诸多相同之处。他虽然是饭店的小伙计，却有着小说作者的身份，有过短期大学就读的经历（自动退学），女朋友老 Q 是艺术院校的大学生，甚至同样有着"大板儿砖块玩命儿往后脑上拍，拍完撒腿就跑"的记忆，自己既瞧不起还留在大学的"现在时"与"伪政权"，还以独白的方式对老 Q 说些"我只想做个普通人，一点儿也不想做个学者"之类的话，并且被老 Q 称为"聪明的坏人"。然而，虽然有着诸多的相同之处，王朔小说与《无主题变奏》的精神取向仍有很大差异。这可以从其中的主人公自称罪犯（流氓、痞子）与自称疯子的差异见出。《无主题变奏》中，"我"去见老 Q 的途中，不按斑马线横过马路，却自称早晨从安定医院出来，医生追了"我"七百里地；电影《顽主》中出现了同样的场景，但方言佯称疯子的一幕，索诸王朔的同名小说却没有。我们倒在王朔的诸多小说中看到了人物的一种类似表演，即自称罪犯、流氓和痞子。自称罪犯与自称疯子间的差别，突出地表现为自称疯子时事实上又自我指涉为天子，它有一种优越感作为前提，尽管主人公不知人生的意义是什么，但他给人的感觉是总以为他自己真理在握，比他人优越，徐星的"我"不仅通过自称疯子，建立了自我防御机制，逃避了国家机器（警察）的惩罚，而且完成了对后者的戏弄；而自称罪犯，则是将自己放到一个比大众更低的、甚至是更不堪的位置来对待，它给人的是一种不以为耻、反以为荣的"无耻"印象，但真正的罪犯又很少自称罪犯，所以善良的人们对于这种不打自招常常是一笑置之，正如《一半是火焰，一半是海水》中的"我"自称"是个漏网的刑事犯罪分子，你要报告警察可以立一大功"时，吴迪只是说"我早看出来了。我就是便衣警察，来侦察你的"。于是，这种自称罪犯满足的不是自称者的自我优越感，而是使善良的人们放松警惕，并留给对方"这人真逗"的不凡印象，这种自称也因此成为"顽主"们活得如鱼得水的一种十分重要的生存技巧。《无主题变奏》之所以被人们视为新潮小说的开山之作，一个重要的因素是"我"身上不仅有一种叛逆性，而且玩世不恭之后还有一种模糊的向往和思考，这从开篇的诗句"幸好，我还持着一颗失去甘美的/种子——一粒苦味的核"可以看出，也反映在"如果我突然死了，会有多大的反响"这类的思考中。王朔的小说则不追求这样的深度，这样的思考和向往在他那里甚至会落下"特深沉""特虚伪"的口实，因此他的小说在推崇理想、信仰、严肃、深度的作家那里也招致了更多的批评。

但是，无可否认，王朔的小说在 20 世纪 80 年代末、90 年代初却获得了相当多读者，并导致了王朔的迅速走红。这里的原因相当复杂，但主要的有三方面：

其一，长时期以来，中国的主流文学过于板着面孔，绷着神经，作者总是显得比读者更高、更美、更理想，王朔的小说则贡献了一个比读者更低、更世俗、更有趣的隐含作者形象。一定程度上，其笔下的"顽主"们对当下生活的疏离、对传统生活方式的反抗和嘲弄也传达出了大众的情绪和心声，其轻松、调侃、不承担任何责任和重负的生活方式一定程度上寄托了大众的生活梦想。在普通读者那里，消遣常常是第一位的，王朔的小说主要提供的不是教育功能和艺术的陶冶，而是娱乐功能和流行功能，它起到了宣泄情绪、消遣娱乐的作用。

其二，王朔语言的魅力，特别是他的带有调侃味的语言所带来的幽默味使读者感到轻松有趣，可读性高。王朔的小说语言大量采用城市流行语，特别是北京青年的口头流行语，既容纳了老北京人所惯用的挖苦人、挤兑人的口头语言，更融入了现代中国政治生活中所常用的政治语言，并对其进行种种活用、曲用和反用,从而造成滑稽感、荒诞感。王朔后来说:"语言不是数学公式,发明权不在个人而在已经使用这种语言的人群,这是不可以颠倒的……当代北京话,城市流行语,这种种以所谓'调侃'冠之的语言风格和态度,是全北京公共汽车售票员,街头瞎混的小痞子,打麻将打扑克的赌棍,饭馆里喝酒聊天的侃爷们集体创造的。"①然而王朔确实是第一个将这种以调侃为主要特征的语言运用于小说写作的作家。他的那些浑不论的角色,无论是男是女,是老是少,是严肃还是不严肃,说的都是纯一色的以调侃为特征的当代北京话。这既带来了王朔小说创作的鲜明风格,给读者的阅读带来了乐趣,也造成了人物语言的过于单一重复、缺乏个性,并且越是到后来,由于过分地追求语言的调侃,以致调侃的密度过大,读者的笑感神经反而给弄得过于紧张而至于迟钝了。

其三,进入 20 世纪 80 年代末、90 年代初以来,中国文学的生存环境和生存方式都发生了巨大变化,中国文坛出现了作家的商人化、作品的商品化、出版的广告化、小说的影视化等文学的商业化倾向。王朔是这种商业化倾向的最早得益者,也是较早自觉地顺应和利用这一趋势的作家。1988 年王朔的四部作品被拍成电影,1992 年四卷本《王朔文集》的出版,是王朔迅速成名的重要因素。更不用说《渴望》《编辑部的故事》的播出,人文精神的讨论,《无知者无畏》《看上去很美》《美人赠我蒙汗药》的出版,使王朔一举成了当代中国的传媒英雄。

然而,王朔在迅速走向大众的同时,也遭到越来越多的批评。譬如,有人针对他的调侃便指出:"讽刺有着喜剧的外观,而其背后有一种严肃性……调侃则不然。调侃恰恰是取消生存的任何严肃性,将人生化为轻松的一笑,它的背后是一种无奈和无谓……调侃的态度冲淡了生存的任何严肃性和严酷性。它取消了生命的批判意识,不承担任何东西,无论是欢乐还是痛苦,并且,还把

---

① 王朔:《无知者无畏》,春风文艺出版社 2000 年版,第 52 页。

承担本身化为笑料加以嘲弄。这只能算作一种卑下的孱弱的生命表征。"①除了其中过于严重的价值判断以及未能指出王朔的调侃对于过于僵硬、严肃的主流话语的客观消解作用,这种意见大体是对的。

1999年出版的《看上去很美》,据王朔自序称是要一改以往的文风油滑而作抒情文章。但在我看来,这一作品的创作同张贤亮的《青春期》一样,似乎受到了此前陈染、林白等一批女作家创作的成长小说的鼓励和启发。在叙事方法上,《看上去很美》借鉴了王安忆《纪实与虚构》中一个人物两种人称的写法②,然而,在王安忆那里,"我"和"孩子她"两种人称所承担的不同的叙事功能是清楚的,"孩子她"只是"我"的一个聚焦对象,"我"始终承担着叙述和评论功能;在《看上去很美》中,第一人称"我"和第三人称"方枪枪"两种人称却陷入了混乱,有意的出新却没有获得预期的效果。这一作品除了为王朔作品中的"顽主"之所以成为顽主提供了一种拾遗补阙式的背景之外,似乎并没有太大的意义,并且让那些对王朔抱有很大希望的读者领受到了失望的滋味。

王朔的影响正越来越小,这既有他自身的原因(过去的创作本就不追求持久的生命力,新的创作又难以为继),也有自身以外的原因。这个时代发展太快,人们的审美趣味一日三变,新的作家作品也不断地以加速度出现于文坛,朱文在《我爱美元》中对金钱和欲望的礼赞早超出了"没有金钱是万万不能的"式的调侃,卫慧们的身体写作使王朔作品中的色情、暴力显得黯然失色,网络语言的兴起和泛滥使王朔的小说语言显得过于保守,在这种情势下,王朔纵然还能制造出各种各样的热点来,但那已经与文学没有太多关系了。在文学上,他正逐渐地沦为明日黄花。

---

① 张宏语,见王晓明等:《旷野上的废墟——文学和人文精神的危机》,《上海文学》1993年第6期。

② "王安忆对我有一个写作上的启发,是她《纪实与虚构》中的人称角度,很奇特,当她用'孩子'这指谓讲故事时,有一种第一人称和第三人称同时存在的效果。"(《我的最大弱点:爱自己——而且自己知道》,见《无知者无畏》,春风文艺出版社2000年版,第171页。)

张炜：独白型小说的利与弊

从 20 世纪 80 年代开始,张炜的创作就处于一种持续的不安和焦灼之中。作为一个具有浪漫气质和浪漫精神的作家,在急剧变化的时代与社会面前,他的灵魂仿佛被两股不同的力争夺着、撕扯着,现实主义文学的社会批判与浪漫主义文学的主观抒情同时出现在他的小说创作中。他所创作的是一种典型的独白型小说。其小说中人物的思想观念和道德品质的定性与评价,都没有超出作者的观念、意识框架,没有遇到来自人物内心的对话式的反抗。这既成就了张炜小说创作的鲜明个性,也带来了相关的艺术处理问题。

一

迄今为止,张炜的小说创作虽然有一些细微的变化,但其基本的主题形态、审美追求和价值立场没有变。自《秋天的思索》和《秋天的愤怒》的创作以来,他纠结于苦难与自由、洁净与污浊、背叛与宽容等主题形态,采用浪漫主义的主观抒情手法,表现出了对一种以回归自然和内心生活为特征的伦理化、道德化的生存形态的迷恋和向往。无论是以第一人称"我"来叙述的小说,还是以第三人称来叙述的作品,张炜首先是写以苦难面貌出现的事件给他的人物所造成的精神创伤,然后让人物的这种精神创伤在内心的洗涤与自然的抚慰中得到疗养。在他那里,以广袤的平原和清幽的葡萄园出现的大地形象,首先是苦难的滋生地与承受者,其次才是苦难的包容者与疗救者。以人物形象论,迄今为止,张炜所塑造的两类人物形象最为鲜明:一类是苦难的抗议者与精神的接力者形象,从 20 世纪 80 年代的老得、李芒、明槐、隋抱朴到 90 年代以后的宁珂、宁伽、曲予、"我"、史珂,均属这一类形象,对美、善、公平、正义、纯洁、自由、崇高、理想和内心生活的追求,是他们的共同特征;另一类是苦难的制造者与灵魂的污浊者形象,从 20 世纪 80 年代的王三江、肖万昌、老黑刀、赵多多到 90 年代的柏老、瓷眼,均属这一类形象,他们所代表的是丑、恶、污浊、黑暗、内心的卑贱、个人的贪欲(《秋天的思索》称这类人物为"黑暗的东西")。张炜在塑造他的人物时,不是以人物的社会地位、物质地位和血缘关系为标准,而是以相同的道德情操和信仰追求为标准。出身同一个阶级甚至同一个家庭的人不一定走在同一条道上,身份悬殊的人却也可以成为特殊的追求真实、公正、自由、纯洁的一群。时代在不断地发生变化,从最初的革命的时代到竞争的时代再到消费年代,判断美丑善恶的标准在张炜那里却始终维持着一个最基本的底线,人们以这个最基本的底线区分为不同的"类"和"家族"。特别是进入 20 世纪 90 年代以后,张炜的这种"类"的意识越来越趋于明确和强烈。与张承志一样,他既到现实的读者那里去寻找"类"的认同,也到自己笔下的人物那里寻找精神的认同。在《柏慧》《怀念与追记》这样以第一人称"我"来叙述的作品里,充满了如下的倾诉:"我与贫穷的人从来都是一类","我越来越感到人类是分为不同的'家族'的,他们正是依靠某种血缘的联结才走到了一起"。这一方面反映出了 20 世纪 90 年代有关人文精神的讨论对张炜创作的不可磨灭的影响,同时也折射出张炜思想和创作上的相当强的延续性。在《古船》的创作中,张炜努力地发掘隋迎之与隋抱朴之间的血缘与精神联系;在《家族》中,他更是不遗余力地去寻找宁吉、宁珂、宁伽一家三代之间那种对于自由和理想境界的追求,并试图突破革命精神只属于无产者的成见;进入《柏慧》,主人公"我"进一步地将这种寻找精神上的血缘关系的企图明确化——他在完成对丑类的声讨的同时,也完成了"我是平原的儿子"的身份指认;而在《怀念与追记》中，"我"对义父的愧疚与寻找更成为主人公心灵活动的焦点：一个被自己亲生父母迫于生活压力遗弃的人，在无意间也遗弃了自己的义父，尽管自己当时只是为了不背叛自己的血缘，但在经过多年的流浪以后，昔日的孤儿不仅原谅、理解了自己的亲生父亲，而且对未曾谋面的义父也心怀内疚。很明显，义父在本文中是作为一个底层民众的象征形象出现的，"我"对义父的寻找，实际上是对精神之父的寻找。

在这里，分析一下张炜作品中出现的父亲形象是不无意味的。从创作于1975年的《我的琴》，到1987年的《远行之嘱》，再到90年代的《柏慧》《怀念与追记》，父亲形象便一直出现于"我"的叙述中：父亲既是时代的受难者，又是"我"少年想象中的巨人和英雄，同时还是"我"后来仇视的对象——他将时代的灾难带回了家，暴躁异常、目空一切的父亲成了柔弱、善良的母亲的灾难。从这种父子关系来看，热衷于寻找精神血缘的张炜在其寻找的过程中，实际上面临着一种困境：他必须排除"父亲"身上的暴戾、凶恶因素才能使自己的精神血缘得以纯化。在亲生父亲与义父之间讨论背叛与血缘问题，首先是一个立场和姿态问题。《柏慧》中的"我"认定"在这个时代，在人的一生，最为重要的，就是先要弄明白自己是谁的儿子"，其关键也就在这里。遗传意义上的血缘是命定的，精神意义上的血缘却可以选择，尽管二者难以分开，但张炜更热衷于从家族的渊源中寻找高贵的血统，又到广袤的土地上去寻找民间的资源。这个作家实际上是从两方面来补足精神的底气的。

从20世纪80年代开始，张炜的创作似乎就处于一种持续的不安和焦灼之中。时代在不断地发生着变化，文学的风尚也在急剧地变化，历史遗留下来的苦难同样在不断地折磨着作家的灵魂。老的问题尚未解决，新的问题已经在勒逼着作家做出新的回答。这时的状况真有些像张炜所说的："每当艺术处于激变的时代，这个时代就肯定是人类精神处于空前不安的一种境况之中。战争、宗教冲突、灾难的威胁、综合一起的苦难，给许多人带来了无法回答的质疑和痛苦。没有现成的答案，已有的一切都显得单薄了、简略了。如何表达自己的感受和印象,如何把活生生的感性呈现出来,这一切都成了无法摆脱的大问题。"①在一个急剧变化的时代与社会中,作为一个具有浪漫气质和浪漫精神的作家,张炜不得不面对和回答一系列新的和老的现实、历史问题。他将自己的心不断地投向一贯心向往之的田园、野地、大海、心灵的高原,同时又时刻关注着当下的现实和世风的变化。某种程度上说,他的灵魂是被两股不同的力争夺着、撕扯着,出世的审美趣味与入世的现实情怀在他那里表现得同等强烈。他不断地给急剧变化的时代命名,同时试图与其保持一段批判的距离,对它做出一个最基本的是非分明的判断。我们从他写于 20 世纪 80 年代后期的《缺少自省精神》《缺少稳定的情感》《缺少说教》《缺少不宽容》《缺少行动》《缺少保守主义》等文章中不难清楚地看到这一点。他的小说中通常与作者观念、立场保持一致的主人公也不断地对自己所处的时代做出思索、说明和判断:"我说过,因为人类走入了剧烈竞争的时代,所以朴素的追求真实,求救于知性的人必然走入贫困。"(《柏慧》)"如果一个时代是以满足和刺激人类的动物性为前提和代价的,那么这个时代将是一个丑恶的、掠夺的时代。这个时代可以聚起粗鄙的财富,但由于它掠夺和践踏的是过去与未来,那么它终将受到惩罚和诅咒。"(《柏慧》)有时,这种判断是斩钉截铁的;有时,则是犹疑不决的:"性的时代和阶级斗争的时代哪个更好? 精神的艾滋病和肉体的艾滋病哪个更好? 回答不出。"(《外省书》)这种思索和追问,折射出了创作主体内心的尖锐的不安和痛苦。特别让张炜难以忘怀的是,历史的苦难总是在每一个新的时代以相同的形式出现在人们面前,人们过于容易地淡忘了历史,过于容易地为时代进步的泡沫所淹没,其结果是每一个时代都在重复前一个时代的苦难,进步也不断地被证实为新的时代神话。在进入 20 世纪 90 年代后的创作中,张炜不断地重申着对背叛、遗忘、宽容等的反感。为了强化这种反感情绪的传达,他甚至不惜冒用相同的主题、相同的题材进行创作的代价。在《柏慧》中,

---

① 张炜:《远逝的风景》,学林出版社 2001 年版,第 71—72 页。

作者借主人公之口强调："我面对残酷的真实只剩下了证人般的庄严和愤激。我有一天将不惜篇幅记下所有雷同的故事。因为不雷同就失去了真实"，言下之意，艺术上的重复和雷同并不可怕，可怕的是时代和历史的重复和雷同，艺术不重复和雷同，它离开残酷的真实便远了，其创作者因此也极有可能犯了遗忘和宽容的不可原谅的罪孽，宽容的人并不一定就是大度、善良的人，宽容有时只是一个借口，是那些有过背叛和准备背叛的人的一面堂皇的保护伞。不过，在张炜那里，怎样将一种相对理性的认识付诸感性的艺术呈现，始终是一个问题。如果说，在 20 世纪 80 年代，他尚能将对时代和历史的理性思考、主观倾向借场面和情节较自然地表现和传达出来的话，进入 90 年代以后，则似乎无法自然地将理性的认识化为感性的显现，结果，理性的认识还是采取了内心辩驳和公开议论的方式来传达。特别是在他的"家族"系列长篇小说中，作品的重复和雷同甚至到了令人难以接受的地步，而在此时，"不雷同就失去了真实"一类的话就仿佛成了艺术领域里作者预先埋伏下的辩护词。以人物关系的设置论，二元对立的人物关系模式一直是张炜运用得颇为得心应手的一种人物关系模式。从《一潭清水》中徐宝册对老六哥说下"我们是两股道上跑的车，走的不是一条路啊"时起，张炜大多数作品中的主要人物就是在按照两股不同的道往前奔跑：老得/王三江、李芒/肖万昌、明槐/老黑刀、抱朴/赵多多、"我"/柏老……正是这两股道上的人物，构成了张炜作品中的不同的"类"和"家族"——"精神的接力者"与"黑暗的东西"，而且在精神的接力者一方，始终有一个善良清秀的女性人物伴随左右（如小雨、小织、曼曼、小葵、柏慧等）。可以说，对于立场的强调，既在一定程度上成就了张炜小说的鲜明个性，同时也越来越束缚着张炜的手脚，使其难以向更宽阔的创作境界迈进。

二

　　仔细考察一下张炜作品中人物与人物的关系、人物与作者的关系，不难看出,他所建构的是一种典型的独白型的艺术。巴赫金曾说:"在独白型的艺术世界中,别人的念头、别人的思想不能作为描绘的对象。一切观念形态的东西,在这个世界里都分裂为两种范畴。一种思想,即正确的有价值的思想,满足着作者意识的需要;它们力图形成一个内容统一的世界观。这样的思想不需描写,只要肯定它就行了……另一种思想,即不正确的或不关作者痛痒的,不容于作者世界观的思想;它们不是受到肯定而是或者在论辩中遭到否定,或者丧失自己直接的价值,成为普通的艺术刻画的成分,成为主人公智能的一时流露,或是比较稳定的智能特点。"①作为一个强调自己的全部作品"首要的任务还是投入思想者的行列、寻找思想者的"②作家的作品,张炜的小说中充满了各种观念形态的东西,而且正像巴赫金所说的那样,它们被作家区分为泾渭分明的两类:正确的与不正确的、有价值与无价值的两种思想。它们分别归属于作家笔下的两类人物:"精神的接力者"与"黑暗的东西",也就是张炜所反复强调的具有不同的精神血缘的两个家族。在张炜的作品中,首先是受到肯定的主人公与他的对立面之间不存在一种平等的对话关系,除了在《古船》等少数作品中,受到否定和谴责的主人公都是通过得到肯定的主人公的眼光来描绘和叙述的,他是主人公努力与之划清界限的"他者",既没有获得与主人公平起平坐的机会,也就不存在与主人公进行对话和争辩的机会,作者甚至没有给他们提供表白自己的人生观、价值观和道德伦理观的机会,在《柏慧》《怀念与追记》这样的作品中,作者甚至没有给他们安排一个充分的用行为表现自己的污浊和卑劣的机会,他们藏身于幕后,我们只看到主人公在叙述着他们的种种不堪的行为,对他们的污浊和卑劣表示愤慨;其次,在被主人公认定为同类的人中,张炜小说中的主人公与次要人物之间也不存在一种平等的对话关系,次要人物只是主人公情感的倾诉对象和观念的接受者,二者之间没有双向的情感

① ［俄］巴赫金:《陀思妥耶夫斯基诗学问题》,白春仁、顾亚铃译,生活·读书·新知三联书店1988年版,第122页。
② 张炜:《关于〈九月寓言〉答记者问》,《张炜文集》第二卷,上海文艺出版社1997年版,第372页。

交流和观念的碰撞，在老得与小雨、小来之间，在李芒与小织之间，在"我"与柏慧、鼓额、小梅之间，甚至于在抱朴与见素之间，都只有前者对后者进行倾诉、进行引导，将种种正确的思想、观念、价值传达给后者，后者更多的时候是在点头称是，而不是提出异议、进行争辩，作者将二者放在一个人格绝对平等的位置上，却很少让二者进行真正的灵魂碰撞与交流，他只是让主人公成为他那一类人的立法者与代言人。如在《柏慧》中，鼓额的父母一言不发，只有"我"在向一个不在场的柏慧有点喋喋不休地强调"贫困只是一种朴素，是自然的状态"。夸张一点说，张炜笔下的人物，无论是对手之间还是同志之间，本质上不存在任何的平等对话关系，他们是封闭自足的、闭目塞听的。而这种关系的形成，最终的原因可追溯到作者与主人公之间的一种不平等关系，虽然主人公在张炜那里得到了肯定，但作者与主人公的关系也是一种不平等的关系，他不是一个具有自己思想和言论的充实完整的主体，而只是作者思想和言论表现的一个客体，或者说是一个作者观念的传声筒，主人公仿佛在表达自己的思想，并对自己做出评价，但他本质上是在传达作者的声音和评价。"在独白型构思中，主人公是封闭式的。他的思想所及，有严格限定的范围……这样的形象是建立在作者的世界观里的，而作者世界对主人公意识来说是个客观的世界。要建立这个世界，包括其中不同的观点和最终的定评，前提是应有外在的稳定的作者立场、稳定的作者视野。主人公自我意识被纳入作者意识坚固的框架内，作者意识决定并描绘主人公意识，而主人公自我意识却不能从内部突破作者意识的框架。"①张炜在创作中所运用的正是一种独白型的构思，主人公所有的思想和意识都被收缩在作者的思想和意识的框架之中，这就是无论老得、李芒还是明槐、抱朴，虽然其社会身份是农民而精神气质和言谈举止却像诗人、思想家的原因，也是宁伽、"我"和史珂等发出的议论与张炜同时期在随笔中所持的立场观点保持高度一致的原因。

---

① ［俄］巴赫金：《陀思妥耶夫斯基诗学问题》，白春仁、顾亚铃译，生活·读书·新知三联书店1988年版，第88页。

　　总之,张炜小说中人物的思想观念、道德品质的定性和评价,都没有超出作者的观念、意识框架,没有遇到来自人物内心的对话式的反抗,按照巴赫金论述独白型小说的话来说:"他们之中没有任何一个人能同作者的议论和作者的真理处于同一层次上,作者并不与他们中的任何一人处于对话关系。所有这些主人公连同自己的视野、自己的真理、自己的探求和争论,都被写进了长篇小说的独白型牢固的整体之中,这个整体使所有主人公都得到完成和论定。"①这种创作局面的形成,应该说与张炜历来的创作状态和创作理想有关。他曾将理想的创作状态比喻成"像写信一样",倾向于一种与人谈心式的、敢爱敢恨、以诚待人的创作。② 他又说自己"对生活总觉得有那么多的话要说,可一时又讲不清楚。我喜欢倾听,但别人讲的我又不全信。我只能把一腔热情、深深的牵挂,还有无穷无尽的猜测用手刻记下来……有时我老想去充当一个替人分辨的角色,事不关己,也耿耿于怀。我知道自己这时的心态更接近于律师的行当。"③在《请挽救艺术家》《柏慧》这样采用了书信和内心倾诉形式的作品中,作者的想象中无疑会出现一个理想的倾听者(拟想读者),而创作中替人分辨的律师心态,必然使作者毫不犹豫地充当起笔下人物的代言人和辩护人角色。越是往后发展,张炜越是倾向于一种全知全能的小说创作,虽然在一些作品里,作者采用了第一人称的叙述,但他并不像一些先锋小说家那样严格地限制第一人称的叙述权力,在涉及一些自己不在场的事件的叙述时提供合法的信息来源,恰恰相反,他将自己叙述者的叙事权力扩展到无限大,并从事起一种指点江山、臧否人物的工作来,将叙述者自己划归洁净的一方,将他人贬为污浊的一方。而从叙事艺术的角度来讲,"要是想让小说讲一个对自己不利的故事,你就让他做主角——叙述者,但如果你希望小说人物是值得赞美的,那

---

① [俄]巴赫金:《陀思妥耶夫斯基诗学问题》,白春仁、顾亚铃译,生活·读书·新知三联书店1988年版,第114页。
② 张炜:《像写信一样》,《张炜文集》第六卷,上海文艺出版社1997年版,第242—243页。
③ 张炜:《午夜思》,《张炜文集》第六卷,上海文艺出版社1997年版,第120页。

对此就要再三斟酌"①。读者并不太愿意接受一个自我赞美、自我标榜的叙事者，已经有相当创作经验的张炜为何还会让一个值得赞美的人做主角呢？我觉得，其中最重要的原因，是作者太急于让自己的声音借助主人公传达到读者那里去。"从作者世界观中的个性激情直接转到他的主人公生活激情上去，由此再转到作者独白型的结论上——这便是浪漫主义类型的独白型小说的典型途径。"②这也是张炜小说的典型途径。在张炜那里，任何一种思想观念、个性激情，都是当作某一个群体的立场来理解和描绘的，而不是当作某一个人的立场来理解和描绘的。在这里不存在复调小说的那种多声部，只有一个声音，主人公没有自己的主体性，他只是作者声音的传达者。于是，我们看到了老得和小雨分别在葡萄园里写诗和舞蹈，看到了李芒在思索和愤怒，看到了抱朴在乡村磨坊里读《共产党宣言》，看到了宁伽、"我"、史珂念念不忘清洁、背叛、遗忘、守望等关键词。甚至在《三想》这样的作品中，我们也看到作家压根就没有将植物和动物当作植物和动物来写，植物和动物不是作家的审美对象，它们只是主张回归自然、人与自然和谐共处的作者观念的传声筒。

三

有人将张炜的创作倾向概括为审美浪漫主义和道德理想主义，甚至有专著将张炜和张承志捆在一起放到审美浪漫主义和道德理想主义的旗帜下来谈。③ 这有一定的道理。对理想信仰、道德人格的推崇，是"二张"创作特别是进入 20 世纪 90 年代以后的创作的一个基本文化立场；而在审美趋向上，当浪漫主义的文学创作离我们越来越远而欲望化的世俗伦理统治文坛之时，他们

---

① ［美］盖利肖：《小说写作技巧二十讲》，梁淼译，北京十月文艺出版社 1987 年版，第 81 页。
② ［俄］巴赫金：《陀思妥耶夫斯基诗学问题》，白春仁、顾亚铃译，生活·读书·新知三联书店 1988 年版，第 37 页。
③ 颜敏：《审美浪漫主义和道德理想主义——张承志、张炜论》，华夏出版社 2000 年版。

则以特立独行的姿态,推崇一种与俗世保持距离的、带有浪漫色彩的内心生活与审美追求,从而成为中国现代文学之浪漫趋势在世纪末的独脉余响。

罗成琰曾在考察西方浪漫主义文学的基础上,结合中国现代文学的创作实际,概括出现代中国浪漫文学的三大特征,即主观性、个人性、自然性。所谓主观性就是把情感、想象、灵感提到艺术的首要位置,作品中充满了浓厚的主观抒情色彩;所谓个人性就是作家个性意识的增强,主张艺术是自我的表现,追求艺术的独创性,同时,个人和社会的对立成为中国现代浪漫文学的一个重要主题形态;所谓自然性,就是创作主体流露出"回归自然"的倾向,向往人的自然本性和美丽、清幽的大自然,在一定程度上对现代文明持尖锐的批判态度。① 这种概括是相当准确的。张炜同这种浪漫文学创作既保持着一致,也有所不同。这种不同,突出地表现为将一种现实的战斗精神融入了浪漫文学的创作,在强调浪漫主义文学所推崇的情感、想象、激情的同时,也强调现实主义文学所推崇的经验、理性和思维(但他绝对排斥现代主义文学所强调的直觉、本能、潜意识)。张炜的主观性和个人性,不是表现为一种以自我表现和个性扩张为中心的"为艺术而艺术"的创作,恰恰相反,他在多种场合表示文学是战斗的,并说"无论搞什么艺术,只要不能自觉地把自己的立场移到被侮辱与被损害者方面来,不能移到弱者的立场上来,他的艺术就难以有深长动人的力量"②。他力图在自己的带有强烈的主观性和个人性的创作中确立起客观性和社会性,传达出公众的情感和弱者的情感。这使他的小说带有了浪漫主义小说的一般特征:"在浪漫主义小说里,人的意识和思想只不过是作者的激情和结论;主人公则不过是作者激情的实现者,或是作者结论的对象。正是浪漫主义作家,才在他所描绘的现实中,直接表现出自己的艺术同情和褒贬;这时他

---

① 罗成琰:《现代中国的浪漫文学思潮》,湖南教育出版社 1992 年版,第 6—7 页。
② 张炜:《守望的意义》,《张炜文集》第四卷,上海文艺出版社 1997 年版,第 563 页。

们便把凡是无法溶进自己好恶的声音的一切，全都对象化、实物化了。"①在张炜的创作中，个人和社会的对立，回归自然的倾向是两个相当重要的主题形态。即使在晚近创作的《外省书》中，主人公虽然一改直接介入的态度而为一种旁观环顾的边缘态度，但无论是史珂还是淳于，都与当下的社会有一段格格不入的心理距离。至于他的"回归自然"与对现代文明的批判，则20余年来更少变化。从《古船》对地质队遗留在洼狸镇的铅筒的忧虑，到《九月寓言》对现代工业文明对农业文明的灾难性破坏的直接描绘，以及《柏慧》《外省书》《能不忆蜀葵》等作品对现代化进程所带来的世风日下、道德沦丧现象的谴责，张炜一直警惕着现代文明的负面影响。他曾说："现代工业文明是一种美，但它极易伤害更本质、更永恒的美。理想主义者渴求这两种美能够较少冲突地平行和并存。"②他渴求这两种美和平共处而不得，于是将巨大的愤怒倾泻到现代文明身上，并强化了对于农业文明的坚守态度。但是，在强势文明面前，这种坚守最后又只能退而求其次，衍变为一种心灵的守望。这既成就了张炜鲜明的文化立场和审美立场，同时也带来了相关的艺术处理上的问题。这种心灵的坚守在赋予张炜的小说以一种"思想"的质地的同时，却难以落实到一片具体的、形象的土地上，结果思想只能交由思想者来表达，它无法得到感性的描绘和传达。"一种思想一旦被纳入所写事件之中，它本身就具有了事件性，就获得了'感情的思想'，'威力的思想'这种特殊品格……但思想如果被人从不同意识在情节上的相互作用中抽取出来，再塞到独白体系的上下文中去，不管这上下文是如何的辩证，思想也会不可避免地失去上述那种特色，而变成一种很蹩脚的哲理议论。"③在阅读张炜的小说时，我们常能感觉到作者无法将自己的

---

① ［俄］巴赫金：《陀思妥耶夫斯基诗学问题》，白春仁、顾亚铃译，生活·读书·新知三联书店1988年版，第37页。

② 张炜：《冬日访谈——答萧夏林》，《张炜文集》第四卷，上海文艺出版社1997年版，第579页。

③ ［俄］巴赫金：《陀思妥耶夫斯基诗学问题》，白春仁、顾亚铃译，生活·读书·新知三联书店1988年版，第33页。

思想观念化为事件和人物、场景等自然而然地表现出来,而是有点笨手笨脚地通过人物的议论和感慨直白地传达出来,在某些段落,甚至出现了小说的随笔化、杂文化倾向,只能做一个中篇甚至于一个短篇的材料却借助"精神接力者"的思维活动和内心倾诉被抻长为长篇小说。特别是,由于代表作家观点的叙述者过多地干预和抢夺人物的话语权,作品难以成为一个血肉丰满、气韵生动的艺术品,相反,它仿佛成了一个思想的棋盘,每个人物在这个棋盘上都只是作家思想的一颗棋子。甚至于在《九月寓言》这样写得比较感性的作品里,个别地方也未能避免这一弊端。如作品写小村的女人禁不住矿区澡池的诱惑去矿区洗澡,由最初的忸忸怩怩到后来的坦然面对看澡堂的小驴的公然观看,女人们的心理活动其实已较好地表现了乡村妇人被现代物质文明征服的过程;小驴与女人们观看与被观看的关系,事实上也已经形象地写出了现代工业文明与农业文明形态间的互为"他者"的关系,以及前者之于后者的强势地位。但作者为了表现现代物质文明必然带来道德堕落的观念,继而写到了小驴对小豆的强奸,这时小豆的后悔心理颇能说明问题:"她本该是一个土人,这是命定的呀! 她偏偏要去大热水池子,偏偏要洗去千年的老灰。一切的毛病都出在这儿了,活该遭此报应。她由此想到了男人的愤怒,一瞬间领悟了全部的奥秘。男人那飞舞的带子下有真理啊!"小豆男人对小豆的毒打不自强奸事件始,这种妇女的命运有些近似萧红等作家笔下那种北方女人的悲惨命运。在这里,张炜显然用力过度,为了传达一种"正确"的观念不惜让一个女人认同、屈服于男权文化的"真理"。而这种艺术描写上的顾此失彼,显然来源于作家的一种努力,即试图依靠思想的力量来建造起一座艺术的大厦,但结果是,思想的正确和纯粹,有时是以失去作品的血肉作为沉重的代价。迄今为止,作为一个激情型的关注当下社会的作家,如何表达自己对时代和社会的观感,如何把活生生的感性呈现出来,如何将思想的力量化为艺术的力量,依然是一个未尽能解决的问题。我们真诚地希望这个对文学抱着诚敬态度的作家在未来的创作中能解决好这一问题。

李锐：乡土小说的空间形式

在中国当代文坛，李锐是一个以质取胜、具有自己鲜明创作特色的作家。研究者或基于其全部创作，或针对其单个作品，从主题题材、形象塑造、语言风格、叙述方法等侧面，进行过多方面研究。[①] 但总体上，现有研究对李锐乡土小说的空间形式及其价值意义的关注，还显不够。本文力图以《无风之树》《万里无云》为中心，兼及其他创作，探讨李锐乡土小说的空间形式及其建构方式，以突显李锐乡土小说的独特意义和价值。

一　并置与折叠

虽然在《厚土》之前，李锐已创作过不少以吕梁山为背景的小说，但真正给李锐带来巨大声誉和影响的，是小说集《厚土》。在与王尧的对话中，李锐将《厚土》的成功，归结为自己"长期探索、努力、试探"的结果，认为自己"最后找到了一个最佳的语气、语言方式"，找到了"一种总体的把握"。[②] 李锐并没有进一步说明这种"总体的把握"是怎样一种艺术把握方式，但结合其具体创作及

---

① 例如王春林：《苍凉的生命诗篇——评李锐长篇小说〈无风之树〉》，《小说评论》1996 年第 1 期；周政保：《白马就是白马……——关于小说家李锐》，《当代作家评论》1998 年第 3 期；南帆：《叙述的秘密——读李锐的长篇小说〈万里无云〉》，《当代作家评论》1999 年第 4 期；王尧：《李锐论》，《文学评论》2004 年第 1 期；王德威：《一个人的"创世纪"》，《读书》2012 年第 2 期。

② 李锐、王尧：《李锐王尧对话录》，苏州大学出版社 2003 年版，第 141—142 页。

产生的文学语境,我认为,这种方式是一种不同于从时间维度而是从空间维度把握历史、人生的艺术表达方式。"裤裆里真热!""裤裆不是裤裆,是地,窝在东山凹里,涧河在这儿一拐就拐出个裤裆来。"《厚土》的第一篇《锄禾》,一开头便以一个出人意料、甚至不无哗众取宠意味的句子给出了一个独特的人物活动的地理空间背景:"没风,没云,只有红楞楞的火盆当头悬着。"正是在这样的空间背景下,时间仿佛凝滞了,当代的劳动场景与李绅的"锄禾日当午,汗滴禾下土"建立起了跨历史时空的链接——黑胡子老汉和下放学生娃的对话、被一泡尿冲出的刻有"大清乾隆陆拾岁次己卯柒月吉日立"的墓碑都具有了意味深长的言外之意:"语录"和"圣旨","北京"和"金銮殿"以一种鸡同鸭讲的奇怪方式被并置到了一起,突显出了知青与老农,虽然看似同处于同一片天空之下,但本质上并不处于同一个对等和重叠的时间系统和空间系统之中。参照知青文学和寻根文学的创作潮流来看,《锄禾》虽然在文学素材的意义上具备了知青小说和寻根小说的诸多艺术元素,却不止于寻根和写知青。寻根文学创作潮流的重要贡献之一,是在中西文化(文学)比较的宏观视野之下,彰显了地方和小传统的意义与价值。李锐的吕梁山系列小说,一方面保持了与这一取向的一致,另一方面却更为细化和写实。与韩少功塑造"鸡头寨"、王安忆塑造"小鲍庄"的神话化倾向不同,他选择的是一条贴紧生存本相来写人生的创作路径。他将人物安置在一个极端逼仄、几乎封闭、称得上地老天荒的小小空间里,让他们含辛茹苦,受罪受难,苦苦地挣扎,默默地忍受,无声地抵制和反抗——有时为了冲淡生活的苦楚和打破人生的寂寞,甚至也苦中作乐地自轻自贱或作弄他人。很大程度上,《厚土》的成功,是建立在李锐对空间差异的体验和表达基础之上的:即使在吕梁山的崇山峻岭的皱褶里,"裤裆"这样小的物理空间,由于其特殊的地理位置所决定,也会形成一种比其他地方更热、更让人"受罪"的小气候,构成一个令人窒息、无法忍受的生存空间。

在《厚土》中,李锐乡土小说的空间意识,主要表现为采用空间形式的表现手法,创建了"裤裆"这样的表征性空间(represented space)。按罗曼·英伽登的说法，表征性空间，区别于"真实世界的空间""定向性的空间""理想的、均质的、几何的空间""想象的空间"，"它是一个本质上属于被表征出来的'真实'世界的独一无二的空间"，"在一定意义上，它与其他所有类型的空间联系在一起，因为它呈现出一种允许我们可称其为'空间'的结构，尽管它拥有这种结构只是存在于模仿的、使人相信的意义上"。① 从这样的意义来说，沈从文笔下的湘西世界，莫言笔下的高密东北乡，福克纳笔下的约克纳帕塔法县，都是表征性空间。李锐所创造的矮人坪、五人坪也是表征性空间，虽然从空间的尺度和规模来说，矮人坪、五人坪比"裤裆"要大，但都具有在模仿和使人相信的意义上可称为"空间"的结构——尽管《万里无云》的第五章的开头，写到1965年所出版的《中国地图册》曾标出了"五人坪"三个小字，1996年出版的《中国地图册》则抹去了这个小小的地理标志，但读者应当明白，这种表面看来实有其地的描述，只不过同样出自作家的虚构，五人坪本质上是与矮人坪和"裤裆"一样的表征性空间。

　　"就将我们的注意力集中在叙述技巧的发展之上来说，空间形式是一个有用的隐喻。"②自1945年约瑟夫·弗兰克发表《现代小说的空间形式》以来，已经有越来越多的研究者注意到，无论是现代诗歌，还是现代小说（特别是在艾略特、庞德、普鲁斯特、乔伊斯等作家那里），纷纷改变了以往文学那种重视时间和顺序、轻视空间和结构的创作方式，转而"按空间形式的方向向前推进"，"所有这些作家，按理想来说，都力图让读者在瞬间按空间而不是按次序领会到他们的作品"③。当然，作为一种被现代作家广泛运用的结构方式，弗兰克仍然将其理论和实践资源追溯到莱辛的《拉奥孔》和福楼拜的《包法利夫人》。莱辛在《拉奥孔》中认为画所处理的是物体在空间中的并列，擅长表现静态的

---

① Roman Ingarden, *The Literary Work of Art*, Northwestern University Press, 1973, pp.222-223.

② Eric S. Rabkin, 'Spatial Form and Plot', in Jeffrey R. Smitten and Ann Daghistany (eds), *Spatial Form in Narrative*, Cornell University, 1981, p.99.

③ Joseph Frank, *The Idea of Space Form*, Rutgers University Press, 1991, p.10.

事物,诗所描绘的是持续的动作,擅长表现运动的事物,由于表现媒介的性质的基本限定,前者遵从的基本是空间的并列关系,后者遵从的基本是时间的先后次序:"绘画由于所用的符号或摹仿媒介只能在空间中配合,就必然要完全抛开时间,所以持续的动作,正因为它是持续的,就不能成为绘画的题材。绘画只能满足于在空间中并列的动作或是单纯的物体,这些物体可以用姿态去暗示某一种动作。诗却不然……"①总之,绘画是运用线条和颜色建立起符号在空间中的并列关系,诗是运用语言建立起符号在时间中的先后承续关系。然而,在实际创作中,这种界限和成规,也并非不能被打破。《包法利夫人》有关"农展会"的一章,即是典型的例证。在描绘这一场景时,福楼拜明显采用了一种可称之为"电影摄影式的"(cinematographic)艺术表现方式,让人物的行动在三个层次上同时展开:在最低的平面上,是街道上人山人海、横冲直撞的民众,并混杂着被牵往展览会的牲口;稍高一点的平台上,是夸夸其谈、言不及义的州府官员在做报告;在最高处,则是罗道耳弗和爱玛俯看着这一熙熙攘攘的景观,同时有一搭没一搭地谈情说爱。弗兰克引用福楼拜自己的话来说明这种写法所要达到的艺术效果:"每一事物都应当同时发出声音,人们应当在同一时间听到牛嘶马叫、情人的窃窃私语和官员的花言巧语。"②在这里,叙述的时间流暂时中断了,空间的并列关系取代了时间的先后承续关系。这种技法后来在乔伊斯的《尤利西斯》、普鲁斯特的《追忆逝水华年》、福克纳的《喧哗与骚动》《押沙龙!押沙龙》等创作中得到广泛运用,并在法国新小说派那里被推向极端,几乎构成了小说创作的一种范式革命。克劳德·西蒙曾说:"在我看来,问题不在表现时间、时间的持续,而在描绘同时性。在绘画里也是这样,画家把立体的事物变为平面的绘画。在小说作品中,问题也是在于把一种体

---

① [德]莱辛:《拉奥孔》,朱光潜译,人民文学出版社1979年版,第82页。

② Joseph Frank, *The Idea of Spatial Form*, Rutgers University Press, 1991, pp.16-17.

积转移到另一体积中：把一些在记忆里同时存在的印象，在时间持续中表现出来。"①这事实上是主张在小说创作中，打破语言媒介的内在限制，以一种绘画的同时性逻辑取代故事的线性逻辑，从而实现小说创作中的形式的空间化。

李锐曾明确说："我的长篇小说《无风之树》是从一个短篇小说演化而来的。"②这个短篇小说即《厚土》系列中的《送葬》。《送葬》中出场的人物，除了队长、两位被请来做棺材的木匠外，便是为拐叔送葬的男人们。作品写的是送葬，却没有此种场合该有的静默和悲伤，通篇充斥的是快意的咒骂、"低沉有力的笑声"和对死者的打趣式的赞美。作品中所有在场人物的注意力，与其说在尸骨未寒的拐叔身上，不如说在生产队可以借送葬的名义让众人吃上一顿羊肉面、抽上一支"绿叶"牌香烟上。虽然陶渊明早就写下过"亲戚或余悲，他人亦已歌"的诗句，但在看重人情、强调死者为大的中国乡土社会，《送葬》的这种混杂着压抑气氛的轻喜剧风格，于常情常理都是背离的。在《结构语义学》一书中，法国叙事学家格雷马斯基于人物与人物、人物与客体之间的行动关系，提出了主体/客体、发送者/接受者、助手/对手三组对立关系所组成的行动元模型，并指出其行动元模型是围绕主体的欲望组织起来的。以此行动元模型来观察《送葬》，我们不妨将男人们视为主体，将男人们想获得的羊肉面和香烟视为客体，生产队（队长是其代理人）扮演了发送者的角色，男人们则同时承担了接受者的角色。结合作品的时代背景来看，唯一具有富农身份、本应当充当对手的拐叔，在作品中却发挥了助手的功能，他的死推动了主体的欲望的达成和满足。对手的缺席，是这一作品最值得读者深思的地方之一：拐叔为何而死，虽然通过村民之口，留下了"拐叔走得利索""一个人孤孤的有啥熬头"的含含糊糊的解释，却引起了读者更大的好奇心，留下了巨大的想象空间和审美空白。

---

① ［法］克劳德·西蒙：《关于〈弗兰德公路〉的创作过程》，《弗兰德公路》，林秀清译，漓江出版社1987年版，第267—268页。

② 李锐：《重新叙述的故事——代后记》，《无风之树》，江苏文艺出版社1996年版，第203页。

　　汪曾祺曾说:"我以为一篇小说未产生前,即已有此小说的天生的形式在,好像宋儒所说的未有此事物,先有此事物的'天理'。我以为一篇小说是不能随便抻长或缩短的。"①以此种观点来衡量,《无风之树》的创作似乎违背了"天理"。《送葬》是一个四千字左右的短篇小说,《无风之树》是一个十一万字的长篇小说,李锐是如何将一个短篇小说"抻长"为一个长篇小说的呢? 第一,增加了人物,例如下乡干部刘主任、下放知青苦根儿、《送葬》中未出场的妇女与儿童(如暖玉、丑娃家的、大狗、二狗),同时将《送葬》中符号化的队长、木匠、男人们具体化为天柱、传灯爷、二牛、丑娃、糊米等人物,这些人物共同组成了《无风之树》的人物群像。由于人物增加了、具体化了,相关的生活面相和故事元素因此相应扩大了。第二,以暖玉为中心,建构起了人物与人物之间的关系:暖玉和爹娘、弟妹们逃荒来到矮人坪,二弟因多吃了面条而撑死,一小口袋玉米、一条小毛驴,让暖玉留在了一村子尽是大大小小的光棍儿的矮人坪,暖玉从此成了全村男人们欲望的对象和客体,矮人坪因此成了一个主流社会之外的异质空间,有了人人心知肚明却又秘而不宣的历史。第三,也是最为重要的,随着刘主任带着清理阶级队伍的任务再次下乡,矮人坪的秘史慢慢地被呈现出来:想将暖玉永远占为己有的刘主任,试图弄清的最大问题是"你说你除了和我睡还和谁睡过";信奉"严重的问题是教育农民"的苦根儿,所苦恼的是暖玉"根本就没有一点阶级立场和阶级感情";包括天柱和拐叔在内的矮人坪的男人们,则最不愿意见到刘主任以革命的名义名正言顺地将暖玉带走。拐叔选择上吊自杀,实际上既使刘主任和苦根儿清理阶级队伍的所有堂皇言辞失去了根基和对象,同时也补足了《送葬》没有言明的有关拐叔之死的前因后果。以《无风之树》的素材来看,该作颇接近于巴赫金所归纳的传奇世俗小说,虽然围绕暖玉所展开的生活在矮人坪的封闭空间里并非什么秘密,人人心知肚明,但本质上,这种生活仍是一种非常态的不便言明的私人性的生活。而按巴赫

---

①　汪曾祺:《自序》,《汪曾祺自选集》,漓江出版社1987年版,第2页。

金的说法，"写进小说的那种纯粹私人性的生活，不同于公开的生活，从本质上就是封闭的。对它事实上只可能是窥视和偷听。私人生活的文学，实际上是窥视和偷听的文学，想知道'别人是怎么生活的'。这个生活要么可以在刑事案审判中披露出来，或者干脆把刑事审判（以及侦察形式）写进小说，而把刑事犯罪写进私人生活中；也可以采取间接和假定的办法（半隐蔽的形式），利用证人的证词、被告的供词、审讯文件、罪证、侦察的推理等形式。最后还可以利用私人生活中和日常生活中形成的私下交流和自我揭示的形式，如私人书信、隐蔽的日记、自白"①。在《无风之树》中，外来者刘主任和苦根儿本质上是矮人坪生活的窥视者和偷听者。他们千方百计想弄清矮人坪的生活秘密，或想对其加以改造，但始终未得其门而入。他们借清理阶级队伍而建立起的"学文件"现场，本质上构成了一个极端年代"例外状态"下类似于法庭的临时性空间，但由于村民们有意无意的抵制和应付，此一空间并没有呈现出令真相水落石出的效果，它在泄露了部分真相的同时，严守了更多秘密。倒是该作以并置和折叠形式建构起来的空间形式，彻底解决了该作对纯粹的私人性生活的"窥视"和"偷听"问题。

《无风之树》一开头，便在题记部分并列了六祖慧能、政治家毛泽东、矮人坪生产队长曹天柱对世界的总结及拐叔离世一瞬间所弄出的最后一个声音。此种并列方法奠定了该作结构上的重要特征：让每个出现在矮人坪的人物（包括拐叔所饲养的那一匹叫"二黑"的驴）发出自己的声音，用他们的眼和耳来观察世界、倾听世界，用他们的嘴来表达人生、转述他人的话语，用他们的心来感受他人、记忆历史。作品共六十三节，除个别片段采用零聚焦和外聚焦方式之外，每一节都以一个人物（或动物"二黑"）作为聚焦者来观察、感知故事，从而构成多重内聚焦为主、不定式内聚焦为辅的叙述方式，即大部分时候根据几个不同人物的视点对同一事件和场面进行多次叙述，偶尔也采用几个不同人物

---

① ［俄］巴赫金：《小说的时间形式和时空体形式——历史诗学理论》，《小说理论》，白春仁、晓河译，河北教育出版社 1998 年版，第 317 页。

的视角展现不同的事件和场面。由于每个聚焦者的观察视野都限制在这一单
个人物的感知范围之内,叙述者在某一节所讲述的因此只能是某一人物所知
道的情形,总体上无法站在一个无所不知的高度讲述事情的来龙去脉,也无法
获得讲述聚焦者目见耳闻之外的他人生活和心理的权限,因此更多地扣留了
审美的信息,留下了更多的想象空间和审美空白,保留了矮人坪历史和人生的
神秘和暧昧状态。当然,由于多重内聚焦是根据几个不同人物的视点对同一
事件和场面进行多次叙述,叙述同一事件和场面的几个章节链接在一起之后,
实际上就构成了并置和折叠,故事时间在这几个章节中仿佛停顿和凝滞了,每
个章节的开头都仿佛折返到了该故事片段的时间起点,重要的事件片段和时
间节点的意义在多次重复讲述中得到了突显。重复叙述之间的重叠与差异,
既使各章节获得了相互补充、使整个作品的细节趋于丰富和完整,同时也呈现
出了各个人物的思想、立场、年龄、性别等引起的对待同一事件的细微差异。
同样是目睹了拐叔在房梁上自尽的场景,大狗知道拐叔是自杀了,二狗却因为
年龄太小,只知道说"拐爷头上有根绳子"。众所周知,小说创作所采用的表现
媒介是语言,语言是线性的,作家创作只能一个词接着另一个词、一个句子接
着另一个句子来写,但几个故事可以在同一时间的不同空间里发生和展开,一
个故事也可以在同一空间里被不同的人观察并引起不同人的心理反应,因而,
怎样处理这种媒介的线性特征和故事的共时特征之间的矛盾和冲突,是每一
个小说家都要碰到的难题之一。李锐解决这一难题的方法,主要表现为采用
一种绘画的同时性逻辑取代线性的故事逻辑。"爸,爸,爸,爸,别放牛啦把牛
赶回去吧我们啥也没看见就是吃了一把煮豆子后来拐爷就死啦刘主任叫你回
去把这个问题处理了拐爷头上有根绳子刘主任就用斧头把拐爷砍下来啦村里
人都看见啦就是他用斧头砍的拐爷就掉下来啦就爸,爸,爸,爸⋯⋯你把牛赶
回村吧你⋯⋯"第三十节的开头部分这一段几乎"文不加点"的文字,就是用一
种同时性逻辑来模拟大狗和二狗争先恐后向曹天柱报告刚刚目睹的拐爷自杀
的场景:作者取消了引号和"大狗说""二狗说"一类引导词,在形式上也没有分

行排列，而是将大狗和二狗所说的话不加区分地并置在一起，以自由直接引语的方式呈现出来。"别他妈×的乱嚷嚷啦，一个人说了一个人说！"在作品中，李锐没有将曹天柱教训自己儿子的话写成"大狗说了二狗说"，这正反映出了作者有意为之地让大狗和二狗们同时说、从而造成众声喧哗的效果的叙述意图。单纯以人称来判断，《无风之树》的大部分章节都是采用第一人称叙述，但其中每一章节中的"我"和"他"，都对应着不同的人物及其对话者。正是这种"一个人说了一个人说"，同时每个人许多时候还是说的同一件事的小说结构方式，成就了《无风之树》以并置和折叠为主要特征的空间形式。在二十六、三十八、四十四、四十五、五十五、五十九、六十三等节中，李锐甚至让一头驴（二黑）发出了人类所不懂的似乎没有任何意义的动物语言——这样的穿插并置，通过似有灵性的动物语言，实际上达到了渲染气氛、调节叙述节奏的效果。"我希望自己的叙述不再是被动的描述和再现，我希望自己的小说能从对现实的具体的再现中超脱出来，而成为一种丰富的表达和呈现。当每一个人都从自己的视角出发讲述世界的时候，我们就会看到一个千差万别的世界。不要说世界，就是每一个微小的事件和细节都会判然不同。"[1]应当说，总体来看，在《无风之树》中，通过对独特的叙述技巧的探索，李锐圆满地实现了自己的创作意图。

二　互文与讽拟

《万里无云》由李锐的另一小说《北京有个金太阳》演化而来。与《无风之树》一样，它同样存在怎样将一个短篇作品扩充为一个长篇作品所面临的所有难题。在重述过程中，李锐除以《无风之树》的同样手法重新叙述了张仲银的第一次入狱故事之外，还增加了五人坪天旱祈雨引发火灾、导致张仲银第二次

---

① 李锐：《重新叙述的故事——代后记》，《无风之树》，江苏文艺出版社1996年版，第208页。

入狱的故事。《北京有个金太阳》总体上是一个第三人称的全知叙述的作品，局部采用第一人称旁观者叙述——来自北平的知青"我"从旁观者角度观察张仲银，解释了"老杨树显灵"事件中张仲银主动投案自首、为陈三顶罪的心理动机和内在秘密。《万里无云》则从头至尾采用第一人称叙述，出现于五人坪舞台之上的无数个"我"纷纷以当事者的身份讲述自己的故事或所观察到的故事，因而，张仲银看似是这一作品的主角和中心，但本质上并非主角和中心。这一作品是去中心和解中心的。在每个"我"充当叙述者的章节和瞬间，这个"我"就是这一章节和此一瞬间的主角和中心，他人的言语、行动都成了这个"我"的叙述对象——无论这个"我"是荷花、牛娃、荞麦，还是臭蛋、二罚、翠巧。因而在这一作品中，张仲银所承担的功能类似于《无风之树》中的暖玉，虽然所有人物都围绕着他串联起来，他的戏份比其他人明显要多，但他不像在《北京有个金太阳》中那样是作品中独一无二的主角。在这里，他只是无数个主角中的一员。《万里无云》是由无数个主角的叙述片段镶嵌而成的。其中的叙述，不是基于历时性的前后次序，而是基于共时性的空间逻辑。这一点在第三章的第十三节至十七节得到了集中体现。同一个祈雨的乱哄哄的场面，被充当道士的臭蛋、管理功德箱的村长荞麦、已经边缘化的老村长赵万金、扮演童子的二罚、二罚的姑姑荷花叙述了五次——叙述的内容只是人物的简单对话和外部动作，每一节的叙述时间和故事时间是相等的，构成了叙事学理论中所说的典型的"等述"，成就了画面的生动性和逼真性。然而同一场景被五个人分别叙述出来，本质上构成了结构上的并置与折叠，故事时间在这里仿佛停滞了，每个人的叙述都似乎折返到了高臭蛋踹开庙门、开启祈雨仪式的最初那一刻。糅合着神圣、庄严、狂乱、荒诞等气息的群体性狂欢场面，经由众多参与者和目击者的不同视角循环往复地表现出来，最终成就了一种典型的将时间空间化的艺术表达方式。

与《无风之树》稍有不同，《万里无云》虽然也写到不少私人化的生活，但由于张仲银的存在，它更多触及了具有社会意义的公共生活和事件。按巴赫金

的说法,公开的生活、任何有社会意义的事件,本质上是倾向于公之于众的:
"一定要求有观众在场,有评说的裁判者在场。事件中总有他的位子,他是事
件必需的(不可少的)参加者。公开的人总是生活和行动在世人面前,他生活
里的每一个因素本质上原则上都是可以公之于众的。公开的生活和公开的
人,就其本性说都是开放的、可闻可见的。"①虽然暖玉是矮人坪的公众人物,张
仲银也是五人坪的公众人物,但暖玉的故事是不宜公开的,有的部分甚至是难
于启齿的,它是乡土社会严守的一个秘密。张仲银也有他的秘密,他的秘密隐
藏在他个人心中,但他的生活是可以公之于众的,是需要他人参与甚至评点
的:没有他人的参与或评点,张仲银的人生就失去了舞台和意义。张仲银教孩
子们唱"北京有个金太阳"需要舞台和观众,他久经思索、自愿顶替陈三入狱也
需要舞台和观众——北京知青的到来让他感觉到了危机,他不再是五人坪民
众所关注的中心。这并不是说张仲银是个虚伪的人,并不是说他只有表演型
人格。他下乡的动机、某些时刻的情感流露都是真诚的,他只是在自恃了解老
百姓到底需要什么时却并不了解自己,不了解自己到底需要什么。张仲银在
面对五斤鸡蛋、十斤白面时想起了自己的父亲、母亲、哥哥、妹妹,想起了他们
为送自己上学所吃的苦,他在对五人坪的百姓的感情中代入了对自己亲人的
情感。他创作了"站在山头望北京"的诗句,后来却因为刘平平一句"他要真去
了,连天安门广场也放不下他那双方口鞋"而深受打击,他后悔自己创作了那
首诗:"我当时实在没有想到,天安门广场会突然走到我眼前。"什克洛夫斯基
从小说中诸多线索的重叠和并列(特别是在同一栋房子中,有人举枪自杀,有
人在玩罗托赌)中观察到了一种现象:"人们生活在同时,但他们却有着不同的
时间。"②我们甚至可以仿此说法,再加上一句:"人们生活在同一空间,但他们
却有着不同的空间。"张仲银之所以深感孤独,其原因之一正在于此。同样身

① ［俄］巴赫金:《小说的时间形式和时空体形式——历史诗学理论》,《小说理论》,白春仁译,河
北教育出版社1998年版,第316页。
② ［俄］维·什克洛夫斯基:《散文理论》,刘宗次译,百花洲文艺出版社1994年版,第261页。

处"革命时代",张仲银可以因为五人坪老百姓的特殊形式的挽留而放弃去北京串联,但在刘平平这样的北京知青看来是难以理解的。张仲银可以写下"站在山头望北京"的诗句,但这里的"北京"只是他想象中的北京,它不同于北京知青刘平平带到他面前的天安门广场,后者容不下他母亲给他纳的那双方口鞋。从这个意义上来讲,张仲银和刘平平看似生活在同一个时间和同一个空间里,但本质上又是生活在不同的时间和不同的空间里。可以说,《万里无云》的突出同时性的空间结构方式,很好地传达了这种人生和历史的同时性所深藏的秘密。张仲银与五人坪百姓之间本质上的若即若离的关系,也可以从这种同时性中得到部分解释。

在使用并置与折叠的艺术手法的同时,《万里无云》还采用了互文和讽拟的艺术手法。互文性是由朱丽娅·克里斯蒂娃在 20 世纪 60 年代末最早提出的概念。她在融合巴赫金的对话理论和罗兰·巴特的文本理论的基础之上,将巴赫金的"一种话语中有数种声音的观念代之以一个文本中有数个文本的观念"[1],引向了对文本生产的全新理解:"所有文本都将自己建构为一种引语的马赛克,所有的文本都是另一文本的吸收和转化。"[2]虽然没有任何证据表明李锐在理论上熟稔这种来自西方的互文性理论,但在小说创作中,李锐对互文手法的运用却相当频繁。在牛娃叙述的章节里,他嵌入了说书人所讲的武松杀嫂的故事;在二罚叙述的章节里,他嵌入了《在希望的田野上》的唱词。而在张仲银充当叙述者的章节中,互文手法更是成为一种不可或缺的艺术表达方式。在李京生和刘平平到来之前,张仲银是五人坪唯一的文化人。他熟读诗书,特别是熟读毛泽东诗词和毛选,对毛泽东诗词和毛选的热爱,已深入到他的骨髓和日常生活之中。因此,在张仲银的对话和内心话语中,经常充满了

---

① Julia Kristeva, "Nous Deux" or a (Hi)story of Intertextuality, *Romanic Review*, Jan-Mar 2002, Vol. 93, Issue1/2, pp.7 – 13.

② "Word, Dialogue and Novel", in Toril Moi(ed.), *The Kristeva Reader*, Blackwell, 1986, p.37.

带有互文性质的他人话语：既有《诗经》中的"美目盼兮，巧笑倩兮"，《孟子》中的"天将降大任于斯人"，也有陈子昂的"念天地之悠悠，独怆然而涕下"，陆游的"驿外断桥边，寂寞开无主"，还有号称是明代举人张师中所撰的大段碑文："然人民贫苦，竟无力修葺。"有革命志士的诗句："一个声音高叫着：爬出来吧——给你自由！""戴镣长街行，告别众乡亲。"有样板戏的唱词："向前进，向前进，战士的责任重，妇女们冤仇深。"当然，更多的是毛泽东的诗句，例如："别梦依稀咒逝川，故园三十二年前。"（《七律·到韶山》）"国际悲歌歌一曲，狂飙为我从天落。"（《蝶恋花·从汀州向长沙》）这一类的他人话语，李锐有时标明其原有的话语主体或出处，但更多的时候是以直接引语的形式将他人的话语嵌入当下的话语主体的话语之中，从而构成了一种典型的文本互涉。与此同时，由于他人的话语脱离了其原始语境，进入一段完全不同的上下文之中，故而常常散发出浓厚的讽拟气息。"任何讽拟体都是特意的对话化的混合体，其中不同的语言和风格在积极地相互映照。"[①]"他人的话被我们纳入自己的语言中之后，必定又要得到一种新的理解，即我们对事物的理解和评价，也就是说要变成双声语。只是这两个不同声音的相互关系，可能是因境而异的。只消把他人的论点用问题形式复述出来，就足以在一个人的语言中引起两种理解的冲突，因为这里我们已经不仅仅是提出问题，我们是对他人论点表示了怀疑。我们生活中的实际语言，充满了他人的话。有的话，我们把它完全同自己的语言融合到一起，已经忘记是出自谁口了。有的话，我们认为有权威性，拿来补充自己语言的不足。最后还有一种他人语言，我们要附加给它我们自己的意图——不同的或敌对的意图。"[②]虽然可以肯定，以张仲银的文化身份和他所处的时代来说，他根本不可能表示对毛泽东诗词的任何质疑，他更多的是通

---

① ［俄］巴赫金：《长篇小说话语的发端》，《小说理论》，白春仁、晓河译，河北教育出版社 1998 年版，第 497 页。

② ［俄］巴赫金：《陀思妥耶夫斯基诗学问题》，白春仁、顾亚铃译，生活·读书·新知三联书店 1988 年版，第 268 页。

过对领袖话语的引用来支撑和证明自己思想和行为的权威性与合法性,但是,一般来说,他人话语一旦离开自己的原始语境,便极有可能面临新的语境的外在压力和涂抹改写,陷入一种典型的文不对题、言不及义的尴尬境地。以《万里无云》第二章为例,荞麦以"你这是为人民群众喝酒,你这是为党的教育事业喝酒"为由向张仲银劝酒,在张仲银"我就喝。我就喝。我就喝"的话语中,作者在张仲银的内心独白中融入了诸多与酒有关的名句:"问讯吴刚何所有,吴刚捧出桂花酒""把酒酹滔滔,心潮逐浪高""举杯邀明月,对影成三人""五花马、千金裘,呼儿将出换美酒,与尔同销万古愁"。这种融入,一方面切合张仲银爱掉书袋的文化人身份和当下的内心苦闷,一方面也使原有诗句在张仲银的醉态之下面临强大的降格压力。这种降格压力,在结尾处达到了最高点:当作者将张仲银"人民教师张仲银为党的教育事业喝酒……鞠躬尽瘁死而后已"的内心独白与《为人民服务》中的"今后我们队伍里,不管死了谁"一段并置在一起时,两者之间便构成了一种鲜明的具有互文性的讽拟关系和结构上的空间并列关系,一定程度上使其艺术表现实现了思接千载、视通万里的跨时空链接。

三　时间空间化的意义和价值

李锐笔下的乡土社会,无论矮人坪还是五人坪,都是所谓化外之地,是被外界遗忘了的地方。赵万金第一次见到张仲银所说的是:"到底还是有人想起咱五人坪啦。到底还是有人来可怜咱五人坪啦。"《无风之树》则在第一节以具体的数字表明了矮人坪的偏远:"沿着刘主任刚才走的这条小路向东,走十五里下到沟底,然后,沿着一条能走马车的土路再向东,走一百五十里,中间还要找个村子住一宿,然后,就能走到县城。"地理空间的偏远带来生活的凝滞和封闭。但"不知有汉,无论魏晋"的生活不一定能成就文学的乌托邦。李锐无意于创造桃花源式的乌托邦。他更注重这种空间的底色,更执着于呈现这种化外之地的永恒人生："他们手里握着的镰刀，新石器时代就已经有了基本的形状；他们打场用的连枷，春秋时代就已经定型；他们铲土用的方锨，在铁器时代就已经流行；他们播种用的耧是西汉人赵过发明的；他们开耕垄上的情形和汉代画像石上的牛耕图一模一样……和他们比，六年真短。世世代代，他们就是这样重复着，重复了几十个世纪。那个被文人们叫做历史的东西，似乎与他们无关，也从来就没有进入过他们的意识。"①在李锐看来，与这种地老天荒、亘古不变的人生相比，自己六年的知青生活不过是漫长历史的短暂一瞬。甚至苦根儿、张仲银在矮人坪、五人坪激起的波澜，也不过是这种永恒人生的缝隙中的一声沉重叹息。这不是说这种生活从无变化。在"文革"这样的极端年代里，在当代城市化和全球化的宏观背景下，这种被外界遗忘了的空间中的生活不可能不有所变化。但总体上，在这种空间中，变只是偶然，不变才是常数。在《太平风物》中，李锐将互文手法发挥到一个极致。在每篇作品的开头，他都引用了古代王祯《农书》、当代《中国古代农机具》对某种农具的两段介绍文字，然后在正文部分以小说家的虚构笔法，展开一个当下乡土社会中人与该种农具相关的故事：古老的农具或成为杀人、谋利的工具，或成为人与自然、动物交流的媒介，或成为传统的延续与断裂的载体。其中有对世风日下的嘲讽，有对城乡发展不平衡的忧虑，有对老农劳动习惯的留恋。李锐似乎是在写乡土社会的当代变化，然而他将这种变化放在农具的不变的历史框架中加以表现，则突显出了所谓复仇、所谓贪婪、所谓苦难，都是亘古不变的永恒人生之一部分。而该作通过互文手法建立起来的空间结构形式，较好地传达了这种似已脱离时间限制的深层社会结构。

从严格的意义上来讲，苦根儿、刘主任、张仲银、李京生、刘平平都是矮人坪、五人坪的他者，是越界而来的外来者。他们的"主任"和"知青"身份，天生决定了他们与本地人之间存在着一条巨大的文化上的、身份上的鸿沟。这无

---

① 李锐：《生命的报偿》，《厚土》，人民文学出版社 2008 年版，第 215 页。

关具体个人的理智与感情——无论苦根儿、张仲银怎样想在理智和情感上与当地百姓打成一片,他们都无法完全融入当地的社群。他们和当地百姓之间是有边界的。"所有的边界永远会被跨越,但跨越的经验首先依赖于存在边界……没有边界,无论个人身份还是群体身份,都是难以想象的。身体也是边界的场所,它标出了内与外、自我与他者之间的区别。身体是社会秩序在其上标出自己的等级的血肉之躯——这种等级,基于性别、种族、族裔、阶级、种姓、宗教、性向等等的有边界的系统。在所有这些模式和功能中,边界是与时间一起,生成和形塑叙事的场所和社会定位点。"①暖玉的身体便堪称有边界的场所。苦根儿不能容忍刘主任的是"暖玉和阶级敌人睡,你来了又和暖玉睡,你当主任的和阶级敌人睡一个女人",矮人坪男人则能容忍刘主任在矮人坪与暖玉睡,但不能容忍刘主任将暖玉带离矮人坪。张仲银立志扎根五人坪,但他时刻感到五人坪所有的人都是"没文化"的,他和他们之间横亘着一条难以逾越的鸿沟。李锐所建构的空间形式,很好地折射出了人物与人物之间所存在的界限和鸿沟。

本雅明曾说,口口相传的经验是所有作家创作的源泉,最好的作家,是那些将众多的无名的讲故事的人的言语写下的作家,而无名的讲故事的人,以两种经典形象为代表:一是来自远方、必有故事可讲的经商的"水手",一是安居本地、熟悉本地历史和习俗的"农夫"。② 以这种无名的讲故事的人的经典原型形象来衡量,苦根儿、刘主任、张仲银接近"水手"的形象,"远来的和尚会念经""旅行家享有的凭空编造的特权"③,是他们作为叙述者时所拥有的理论上的优势——虽然在李锐笔下,他们并没有将外界的故事带进来讲,讲的还是他们越

----

① Susan Stanford Friedman,"Spatial Poetics and Arundhati Roy's *The God of Small Things*", in James Phelan and Peter J.Rabinowitz (eds), *A Companion to Narrative Theory*, Blackwell , 2005, pp.196 - 197.

② Walter Benjamin, Der Erzähler: Betrachtungen zum Werk Nikolai Lesskows, *Gesammelte Schriften* , Band Ⅱ · 2, Suhrkamp, 2015, p.440.

③ 钱锺书:《〈走向世界〉序》,《写在人生边上·人生边上的边上·石语》,生活·读书·新知三联书店 2002 年版,第 222 页。

界以后的故事，但由于他们的特殊社会身份和文化身份，他们的讲述还是带来了不一样的观念、语汇和"传奇"色彩。矮人坪和五人坪的"农夫"们所讲的故事，则基本是他们自己的故事，与本地的传统和习俗联系在一起的故事。在这里，如果要拈出一个中心意象来做代表，前者的故事是围绕"天安门"来展开的，后者的故事是围绕"老神树"展开的，所以他们看似是处于同一个时间与空间中，本质上却是处于异质的时间与空间中，是处于社会秩序的不同的等级位置之上。从这个意义上来讲，无论在《无风之树》中，还是在《万里无云》中，空间的意义比时间的意义更为重要。王春林力图借助比较来说明《无风之树》的独特叙述特征。他说："从叙述学理论来看，《旧址》的叙事时间明显地短于故事时间（十七八万字/近百年），是典型的'概述'式文本，而《无风之树》的叙事时间则明显地长于故事时间（十万字/两天），是典型的'扩述'式文本。窃以为，这样的设计对作品主题的表达有明显的好处，'概述'有力地凸现了二十世纪中国社会政治的风云变幻，而'扩述'则与矮人坪瘤拐们几乎凝滞不变的生存方式相契合。"①在此，王春林所使用的似乎不是严格意义上的叙事学理论的"概述"与"扩述"。实际上，《无风之树》的每一节，运用的是较为典型的"等述"，当将多个"等述"并置和折叠在一起时，故事时间确实停顿了，故事在时间轴上迟迟没有向前推进，而是在空间轴上全面铺开，从而造成了整体"扩述"与矮人坪瘤拐们"几乎凝滞不变的生存方式相契合"的印象。换言之，造成这种印象的真正根源，主要是作者将时间空间化了。

　　通过将时间空间化，李锐改变了很长时间内中国现代作者按时间的递进关系讲述中国乡土故事的手法。无论在土改题材小说中，还是在农业合作化题材小说中，一个"工作同志"越界而来，通常会开启一个新时代，将偏远空间的农民带上一个光明的愿景。然而，到了20世纪70年代末、80年代初，这样的故事似乎讲不下去了，"跟跟派"的李顺大造屋的故事，基本被高晓声讲成了

---

① 王春林:《苍凉的生命诗篇——评李锐长篇小说〈无风之树〉》,《小说评论》1996年第1期。

像骆驼祥子一样不断失败的故事。当然,高晓声笔下陈奂生的上城、转业、包产、出国,迅速地又回到了新一轮的按时间的递进关系讲述乡土中国的人生与命运的故事。这样的故事,参照李准的《不能走那条路》和陈梦白的《能走那条路——宋老定自述》来讲,是过于信奉时间魔力的结果,其结构是米克尔森所说的那种典型的可用"胡萝卜"来做比喻的小说。而李锐的《无风之树》和《万里无云》,是典型的空间形式的小说。"空间形式的小说,不是日积月累、从不间断地随季节盎然生长的胡萝卜;而是由许多相似的瓣构成的橘子,这些橘瓣并不四分五散,而是围绕在一个单一的主题(核心)之上。"①在这种橘子型结构的小说中,苦根儿、张仲银这样的外来者不再是中心,他们只是橘瓣中的一瓣;其中的"农夫"的人生和命运,也不再呈现出一种单一的永恒向上或永恒向下的过程,而是呈现出一种生活的本色和原状。

将时间空间化的结果,使时间高度浓缩和凝聚了,以复现的形式在空间中得到展现,物理时间很大程度上转化成了心理时间。这实际上意味着,李锐重视空间的意义与价值,但并不无视时间的意义与价值。他将时间空间化,一方面使"沉默的大多数"在自己的土地上、在自己的空间里发出了属于自己的声音,另一方面,也使某些带有创伤性性质的事件循环往复地获得复现。暖玉对小木匠的爱意有加的照顾与担忧,在与刘主任做爱时发出的"二弟啊,二弟啊"的可怕呼喊,都是对二弟因饥饿而被撑死的创伤性事件的心理复现。这使《万里无云》《无风之树》很大程度上成了《尤利西斯》那种"不能被阅读、只能被重读"②的小说:对整体的了解,是认识各部分的前提,读者只有在读完整个作品,乃至在不断的重读中,才能获得对作品的具有同时性的感知,对部分关键性事件和段落的认知,才能豁然开朗。弗兰克曾提到,在《文学中的时间》中,梅尔霍夫在认同他的"象征性参照"的说法、引用他有关《尤利西斯》力图创造

---

① David Mickelsen, "Types of Spatial Structure in Narrative", in Jeffrey R. Smitten and Ann Daghistany (eds), *Spatial Form in Narrative*, Cornell University, 1981, p.65.

② Joseph Frank, *The Idea of Spatial Form*, Rutgers University Press, 1991, p.21.

"整个熙熙攘攘的城市生活同时展开的印象"的观点之时，曾批评他"没有认识到物理时间和心理时间之间的区别"，也没有讨论"心理时间的结构与自我结构之间的相互关系"。① 在《万里无云》《无风之树》中，李锐则既注意了物理时间和心理时间的差别，也呈现了物理时间和心理时间、心理时间结构和自我结构之间的相互关系。如果说，《送葬》《北京有个金太阳》是建立在物理时间的流动之上的，《万里无云》《无风之树》则是建立在心理时间的错综复杂的空间关联基础之上的。它们是典型的空间形式的小说。

---

① Joseph Frank, *"Spatial Form: Thirty Years After"*, in Jeffrey R. Smitten and Ann Daghistany (eds), *Spatial Form in Narrative*, Cornell University, 1981, pp.227 – 228.

跨国资本主义时代的"身体秀"

一

促使我写下这个题目的,是王安忆《我爱比尔》和卫慧《上海宝贝》两个作品的诸多相同之处和相异之处折射出来的种种问题,比如跨国资本主义时代(或曰全球化时代)第三世界女性的身份与命运、女性写作与身体写作的关系、东方文化的当代处境等。但引发这些大问题的最初动因,是读罢这两个作品后所产生的一个疑惑——有关阿三和倪可身份问题的疑惑。

《我爱比尔》中的阿三原是师范学院艺术系的学生,认识比尔后自动退学成为没有固定职业的绘画工作者,最后因为比尔和马丁的离去而滑向了她的堕落之路。阿三为什么会堕落? 是因为爱比尔太投入而失败并导致进一步从更多的外国人那里寻求病态的补偿吗? 她逃离农场之夜面对在麦秸垛里发现的那颗带血的处女蛋而落泪是因为勾起了对初恋的怀念吗? 如果我们做出肯定的回答,便会仅仅将注意力放在一个"爱"字上,断定作者只是要写一个因爱的失落而走向病态人生的故事。然而,假如只是想要写一个单纯的有点特别的言情故事的话,王安忆在写到阿三在酒店勾引外国人并招致警察的逮捕时就已构成一个完整故事,以后有关阿三在收容所的改造生活和逃离农场的描写因此显得多余。那么作者为什么还要写这显得多余的部分呢? 我们看到,

在这一部分,王安忆主要写了阿三的两个方面:一是阿三确实是与周围的劳教
人员不同的,她能迅速地掌握劳动技能并因此得到管教干部的看重,这或许缘
于她的教育背景和见多识广;二是阿三是自视与周围的劳教人员不同的,尽管
自己在比尔和马丁离去后做的是和周围其他女人同样的皮肉生意,但她从一
开始就认为自己同酒店大堂里那些专勾引外国客人的女人是有区别的,更不
用说与专做苏北船工生意的最低贱的"阳春面"之流有天壤之别。但阿三的这
种自我定位受到了外界的严重挑战,她在承办人员面前说的一句"我不收钱
的"不仅给她带来了"白做"的绰号,而且连最低贱的"阳春面"也将她看低了,
以为自己的廉价还可以有阿三的"白做"垫底的。这种自我定位与他者眼光之
间的错位所带来的傲慢,最终导致了阿三与"阳春面"间的大冲突,"阳春面"发
出的"给外国人×有什么了不起"一类的谩骂彻底激怒了阿三,也将阿三过去
在酒店大堂里由"外国人、外国语、灯光、烛光、玻璃器皿、瓶里的玫瑰花"积成
的帷幕所遮蔽的自我身份问题彻底暴露了出来。阿三这时其实是被逼到了一
个绝境,她已经是无路可逃了。如果她认同"阳春面"谩骂的两个主题("一个
是给中国人×和给外国人×的区别,一个是收钱与不收钱的区别"),那她过去
的自我定位便发生了动摇,甚至于与比尔、马丁的关系都面临重新评价。与
"阳春面"大冲突之后的绝食,与其是阿三要为自己挣回面子,不如说表明阿三
的内心深处产生了自我身份认同的危机。这种自我身份认同的危机也引发了
我们的疑问:阿三到底是个什么样的人(女人)呢?

　　《上海宝贝》中的倪可曾是复旦中文系的学生,故事开始时是绿蒂咖啡馆
的女侍,同时从事着小说创作,梦想着写出一部一鸣惊人的小说,有朝一日如
绚烂的烟花噼里啪啦升起在城市的上空。在与苍白的中国男孩天天发展着没
有性爱的情感关系的同时,倪可还与德资跨国投资顾问公司的德国人马克保
持着不投入爱情的性爱关系。与阿三不同,倪可对自己是哪一类人似乎有更
充分的自我意识:"某种意义上,我和我的朋友们都是用越来越夸张越来越失
控的话语制造追命夺魂的快感的一群纨绔子弟,一群吃着想象的翅膀和蓝色、

幽惑、不惹真实的脉脉温情相互依存的虫子,是附在这座城市骨头上的蛆虫,但又万分性感,甜蜜地蠕动,城市的古怪的浪漫与真正的诗意正是由我们这群人创造的。"这样的人,是无论被人们称作异类,还是被骂作垃圾,都是心安理得、不管不顾的。倪可认为感官享受和爱情是可以分离的,她和马克、天天的三角关系即建立在这样的认知基础上。她是既瞧不起那部分"专做跨国皮肉生意的娼妓",也瞧不起那些以嫁洋人为目的女性的:"跟马克在一起的某些时刻,我会有深深的羞耻感,我怕被别人当成与其他钓洋龟的中国女人一样,因为那样的女人都很贱,并不择手段只为了出国。"假如我们设想倪可和阿三出现在同一部小说里,倪可一定是瞧不起阿三的,因为阿三后来确实成了倪可认为很贱的那类女人。这样看来,倪可的种种惊世骇俗、骇人听闻的人生取向,虽然为大部分人所不取甚至不齿,她自己却是自鸣得意、沾沾自喜的,其自我身份的认同不会产生任何问题。但令人吃惊的是,在某个特殊的场合和瞬间,倪可的自我身份的确又出现了问题。典型的有三次:一次是在第十一章《我要成功》中,"我"与马克在阴阳吧的女洗手间里完成了一次"高潮还是在恐惧与不适中降临了"的性爱后:"我哭起来,这一切不可解释,我越来越对自己丧失了信心,我突然觉得自己比楼下那些职业娼妓还不如。"尽管面对马克的道歉声,倪可回答说"你并没有强奸我,没有人可以强奸我的",但显然其身份认同在这里产生了危机。第二次是十四章《情人的眼睛》中,倪可在与马克又一次寻欢作乐后,在马克不知情的情况下从马克的皮包里掏走了几张人民币。倪可事后虽然私下做出了"只有用金钱和背叛才能打击随时会发生的由肉欲转为爱的危险"一类的解释,但这一近似小偷的行为本身确实已置她于比职业娼妓还不如的境地,连愿打愿挨、取之有道的行业规则也不讲了。第三次是最后一章,倪可偶遇天天的祖母,表示要送老妇人回家,老妇人低声问:"你是谁?"倪可一时不知如何作答。作品以"是啊,我是谁? 我是谁?"结尾,一方面给倪可的自我放纵之旅画上了一个句号,另一方面却也将一个疑问留给了读者:倪可到底是个什么样的人(女人)呢?

二

　　阿三、倪可的身份问题必须放到具体的人物关系中去考察。由于作者和主人公的女性身份，阿三和倪可又都转入了跨国的情爱中，人们往往较多关注的是阿三和倪可的女性身份，而忽略了她们的绘画工作者、小说写作者的身份及与之相关的文化身份问题。阿三和比尔的第一次相见是在阿三的画展上。按照一般小说创作的成规，以后发展出恋爱关系的一对男女的第一次见面通常占有重要地位，这里不妨详细分析一下阿三和比尔的第一次相见。比尔对阿三说，她的画具有前卫性，这使阿三欣喜若狂。作者没有交代阿三为什么欣喜若狂，是阿三觉得比尔理解了自己的画因而充满了心有灵犀一点通的欢喜，还是比尔在阿三无思无虑、有着唯美气息的画里发现了前卫性因而满足了一般女性小小的虚荣心，我觉得都不重要，重要的是作者在这里建立起了比尔与阿三之间的看与被看的关系。比尔用清晰、准确且稚气十足的汉语说："事实上，我们并不需要你来告诉什么，我们看见了我们需要的东西，就足够了。"而阿三回答说："而我也只要我需要的东西。"可注意的是，比尔在自指时用的是表示复数的人称代词"我们"，而阿三自指时用的是表示单数的人称代词"我"。读者当然可以从比尔是美国驻沪领事馆的文化官员这一点来看比尔的话，将它理解成一种带有傲慢和自负的习惯性的外交辞令，将阿三的回答当作一般社交场合青年男女之间斗勇斗智的文字游戏，但我觉得，作者在这里另有深意，是有意识地用这种人称的差异在比尔和阿三之间构筑起一道难以逾越的互为他者的界限。在《我爱比尔》中，阿三自始至终没有从比尔的口中得到她想要的"我爱你"，阿三和比尔之间始终阻隔着一个"我们"，最后，正是这个"我们"轻而易举地将阿三打发掉了（比尔在解释为什么离开阿三时，没有说自己是否爱阿三，而只是说：作为我们国家的一名外交官员，我们不允许和共产主义国家的女孩子恋爱）。这样看来，第一次相见时比尔所说的"这就是最有意思的,你只要你的,我们却都有了"某种程度上堪称阿三往后人生的谶语,只不过比尔无论从肉体还是灵魂上都拥有了阿三,而阿三却没有获得她想要得到的比尔。阿三与比尔交往的过程,以及后来与马丁等交往的过程,不是一个需要得到满足的过程,而是需要没有得到满足、自我不断丧失的过程。阿三说自己的英文名字叫苏珊,比尔却给她命名为 Number Three。阿三要的是洋气十足,获得的却是土得掉渣。阿三在与比尔越走越近的同时,却也处处见其失意。比尔曾对她说你是最特别的,阿三敏感到他没有说"最好的";比尔说你真奇异,阿三注意到他没有说"你真美"。这不是说,在两人的交往中,阿三是处处显出被动,恰恰相反,她是有些主动的。与其说,比尔引诱了阿三,不如说,阿三引诱了比尔。阿三不仅以一幅"阿三的梦境"和一场因陋就简的服装秀轻而易举地解决了最初的性上的尴尬,而且她往往采取的是以攻为守的策略,颇有些不管不顾、飞蛾扑火、一去不回头的意味。当然,在阿三的主动里,又是显其处处小心、时时留意、带有点委曲求全的。阿三和比尔接吻,比尔突然止步不前了,阿三却惶惶不安起来,以为是自己做错了什么或者不够主动。其实那时不过是中国古代的"烈女传"唤起了比尔崇高而恐怖的印象。阿三相当清楚,自己不希望比尔将自己看作一个中国女孩,而吸引比尔的恰又因为自己是一个中国女孩。她因此特别地热衷于京剧的武打戏,连去赴比尔约会的打扮也像个东方的武士。然而,无论阿三如何迁就迎合比尔和马丁,都无法将自己留在他们身边。同大部分对中国人和中国文化有兴趣的西方人一样,比尔和马丁对中国人的认知和想象还是停留在遥远的古代。在他们短暂的中国之行里,他们并不回避阿三表演给他们看的"身体秀",却不会放纵自己将一生的命运同一个中国女人绑在一起。"有时马丁先睁开眼,看着阿三的中国人的脸在窗帘透进的薄光里,小而脆弱,纤巧的鼻翼看不出地翕动着,使那轮廓平淡的脸忽显得生气勃勃。他想起在他遥远的家乡,那一家中国餐馆里,有一幅象牙的仕女图。中国人的脸特别适合于浮雕,在那隐约的凹凸间,有一股单纯而奥秘的情调。"马丁看见了自己需要看见的,可看见的是以集体概念出现的中国人的脸,而且与一张记忆中的仕女图叠合在一起。无论比尔还是马丁,他们需要的其实只是一个中国女人的幻象,而不是一个具体的真实的阿三。阿三只是比尔和马丁生命中的一个瞬间,阿三却想将这瞬间做成自己生命中的永恒。这就注定了阿三不能深知明察其间的奥秘:"她想:比尔不和她好,是因为不爱她,马丁爱她,却依然不和她好,她究竟在哪一点上出了毛病?"其实马丁已经清楚地告诉了她,他不可能和一个中国女人永远生活在一起。在阿三和比尔、马丁之间,永远横亘着一条中与西、共产主义与资本主义的界限。这个意义上,《我爱比尔》不是写的一个情感故事,而是写的全球资本主义时代里,一个样子完完全全中国式的、精神上接近于西方人的中国女孩急于融入西方秩序而不得并走向堕落的故事。

　　阿三的堕落,不单纯由于情感上的失败。文化身份的失落,是导致她走向堕落的重要原因。在展开阿三情感故事的同时,王安忆还同时展现了一个有才能的绘画工作者阿三如何随着绘画市场的国际化而走向毁灭的过程。阿三最初画的是水彩画,那时她画画只是为了快乐,颇有些为自己而艺术的味道。但随着一个朋友因很偶然的机会结识了一个法国画廊的老板而去了法国,其他人也以为一个国际市场正在向他们敞开:"大马路上走来走去的外国老少,不知哪一个可做衣食父母。"阿三的画也跟着变了起来,"具有着二十世纪艺术所共有的特征,那就是形象的抽象和思想的具体",这样的画连阿三自己看了也不免发呆:这是谁的画呢? 而随着香港画商——一个美国人的到来,击中了阿三这种画风的要害:将落款遮住,何以区别于一个美国画家的创作? 虽然美国人最后所说的"西方人要看见中国人的油画刀底下的,绝不是西方,而是中国"为阿三指明了一个方向,她接下来将中国艺术的精神融入了油画的创作之中,暂时缓解了创作的危机并获得了一定成功,但这无疑也是在有意识地按照西方他者的眼光来规划自己的创作了。王安忆随后还写了几次画坛风格的变化,但随着世界市场的进一步敞开,随着本雅明所说的机械复制时代的到来,在时代的泡沫中几经沉浮的阿三,更加变得面目全非,连自己也认不清自己了，她的画室变成了制作工场，创作变成了制作。最后，当法国画商马丁说出"你很有才能，可是，画画不是这样的"时，差不多等于判处了阿三作为一个绘画工作者的死刑。"比尔走的时候，阿三还能画画，马丁走了，她却连画画也不能了。"比尔走时，还给她留下一点幻象，仿佛是两种制度的差别和比尔特殊的外交官身份妨碍了他们走到一起。马丁走时，却彻底打击了阿三既作为一个女人，又作为一个绘画工作者的信心。失去了经济来源的阿三真是有些穷途末路了，此时她要是求助于家人和朋友或许也还能回头，但谁叫她从来就是一个独往独来、心有主张而其实又看不清自己的东方女性呢？阿三义无反顾地走进了酒店的大门，因此也走向了她有所期待而终难如愿的不归之路。这样看来，《我爱比尔》写的还是跨国资本主义时代里，一个有才能的中国绘画工作者急于走向西方市场而自我迷失的故事。

三

单纯从书名看，《我爱比尔》似乎是一部第一人称、限知叙述的小说，《上海宝贝》似乎是一部第三人称、全知叙述的小说。但事实恰恰相反。《上海宝贝》才是第一人称、限知叙述的小说，而且是仅限于叙述者讲述自己故事的小说。作者试图以这样的一种叙述方式唤起一种现场感和实录感，用炫人眼目、花里胡哨、七拼八凑的新潮观念、时尚品牌、秘密奇观制造出一件"超级商品"，出售给她拟想中的"所有愿意在上海花园里寻欢作乐，在世纪末的逆光里的脸蛋漂亮、思想前卫的年轻一代"。作为一件超级商品，我们最先所见到的是书的封面、封底、书衬上"布老虎丛书"编辑部对这部书的苦心孤诣、殚精竭虑的包装。赫然出现于封面的"一部女性写给女性的身心体验小说"，"一部半自传体小说"，"一部发生在上海秘密花园里的另类情爱小说"，连同《上海宝贝》的书名及题于一个半裸女性身体之上的作者姓名，都像是对这件超级商品的高声叫卖吆喝。接下来读者所见到的是这部作品所做的层层叠叠的自我包装。全书共 32 章,作者动用了 42 条取自西方(主要是当代西方)文学家、歌星、影星、哲学家的引文进行了包裹,甚至后记也不忘写上在电脑上打下最后一个字时,刚好接到了一个越洋电话,"我"对着话筒用德语说"我爱你"。这层层叠叠的包装像花花绿绿的塑料包装纸一样包裹着正文,构成了热奈特所说的"副文本"现象,它们既在文本之中也在文本之外,规定着文本的氛围,引导着读者的消费。现在轮到主人公上场了:"我叫倪可,朋友们都叫我 CoCo(恰好活到 90 岁的法国名女人 CoCo. Chanel 正是我心目中排名第二的偶像,第一当然是亨利·米勒喽)。"或许是在"从十里洋场时期就沿袭下来的优越感"中浸泡得太久,这个倪可一上场给读者留下的印象便是一个从里到外西化得厉害的"上海宝贝",介绍个名字也要扯上两个外国名人。与之相比,堕落前的阿三反而显得有涵养,有智慧,既真诚也调皮,而倪可则是有些浅薄放荡、自以为是的,她轻浮的自我炫耀里,散发出的恰是虚假的光芒。

在《上海宝贝》中,倪可既是叙述者,也是兼有小说写作者身份的主人公。她的情爱活动是和她的写作活动同步展开的。某种程度上,这两种活动形成了一种互相参照、互相嵌入的互文关系。两种活动都堪称这同一个人物的带有极端夸张扭曲、不无做作色彩的行为艺术。一方面,充满哆声哆气、没有快感也要喊的虚假高潮的情爱活动为写作活动提供了素材,某种程度上,写作成为倪可与一个去了势的中国男人和另一个"器官大得吓人"的德国男人的情爱活动的纸上记录;另一方面,充满一夜成名焦虑、没有创作激情也要写的写作活动又为情爱活动提供了某种驱动力,迫使倪可一次次地走向寻欢作乐的情爱活动。在作品的第一章,倪可便自称"在复旦大学中文系读书的时候我就立下志向,做一名激动人心的小说家,凶兆、阴谋、溃疡、匕首、情欲、毒药、疯狂、月光都是我精心准备的字眼儿";在作品的第二章,倪可再一次强调"相信终有一天我会把自己在镜子里的脸比作一朵有毒的花,并在我那一鸣惊人的小说里尽情泄露关于暴力、优雅、色情、狂喜、谜语、机器、权力、死亡、人类的真相"。可以说,倪可一直在为这样的目标而奋斗。她的写作活动通过天天这个苍白的、去了势的中国男孩获得了国际游资的物质上的支持和保证,天天就像一个包工头似的每日监督着她的生产,这正印证了德勒兹所说的"资本的确是资本家的无器官身体,或是资本主义存在的无器官身体"①,国际游资既找到了它的投资渠道,生产出了它所需要的产品,也获得了倪可这样的中国写作者对它的精神上的依恋。而马克,这个被夸张成有着"大得吓人"器官的外国男人则完成了对倪可肉体上的全面占领,让她一次次地产生夸张到离谱的高潮体验,直至最后荒诞到"以至于我像跟天底下所有的男人做了爱"。"我走到书桌前,像每日作业那样写着小说情节发展的最新一章,我写下了有关马克出现的偶然性和我生命中某些故事的必然性。"如是看来,倪可不仅得到了性,而且得到了创作的材料。她和马克之间,似乎建立起了一个双赢的局面,比尔对阿三所说的"你只要你的,我们却都有了"在这里得到了真正的实现,那么,她那瞬间的自觉连大街上的娼妓都不如的感觉从何而来呢? 我们可以做出两种较直截的解释:这是一种像夸张出来的高潮一样同样夸张的悲伤,这是一种建立在利益最大化原则基础上对性的交换价值的换算。而那看似无法理喻的小偷行径,未尝不可以视为在寻找无意识的补偿。

　　作者在后记里自言这是一部半自传体小说,并说在字里行间隐藏自己很困难:"我无法背叛我简单真实的生活哲学,无法掩饰那种从脚底心升起的战栗、疼痛和激情。"②但正像旷新年所指出的,《上海宝贝》"充满了炫人眼目、嗲声嗲气的人造高潮","堆满了五颜六色、应有尽有的西方文化时尚","这是一份混乱奇特的无珍不备、无奇不搜的西方品牌和时髦文化产品清单"。③ 自称无法背叛自己简单真实的生活哲学的作品为何到了读者那里却只剩下虚假做作的印象? 这里包含了所谓私人化写作、身体写作发展到穷凶极恶、歇斯底里

---

① 〔法〕吉尔·德勒兹:《无器官的身体》,汪民安、陈永国编《后身体:文化、权力和生命政治学》,吉林人民出版社 2003 年版,第 113 页。
② 卫慧:《后记》,《上海宝贝》,春风文艺出版社 1999 年版,第 265 页。
③ 旷新年:《写在当代文学边上》,上海教育出版社 2005 年版,第 148 页。

阶段的一个巨大悖论：理想中的生机勃勃的身体转化成了一具木乃伊式的陈年僵尸，如按照《上海宝贝》第 27 章的一个比喻来说，转化成了"被强奸过度的一具玩具娃娃"。在倪可的写作活动中，在开始阶段还有着"不想把小说与自己的真实生活混为一谈"的焦虑和隐忧，但写着写着，"我放弃了修饰和说谎的技巧，我想把自己的生活以百分之百的原来面貌推到公众视线面前"。同时，倪可几次提到自己曾出版过一本名为《蝴蝶的尖叫》的小说集，又提及自己在《欲望手枪》里"安排了女主人公的父亲在女儿与军官情人第一次也是最后一次做爱时达到高潮时死去"，这样，我们有理由认为，在这部作品中，作者、叙述者、主人公是合一的，倪可所写的那部书其实就是《上海宝贝》（第六章在天天、阿 Dick、马当娜手中传来传去的小说稿所写的正好与第二章倪可所看到的上海景象和所思所想重合也印证了这一点）。在这里，作者卫慧与叙述者、主人公倪可正好构成了互为镜像的关系。这绝不是说《上海宝贝》是作者卫慧的生活实录，区分作品中所写的生活哪些是实录哪些是虚构既无可能，也无必要。我们所要说的是，单纯从表面来看，这里似乎印证了苏珊·格巴所说的女性的自主和创造问题的一个现象："许多妇女把她们自己的身体作为她们艺术创作的唯一可用之媒介，由此，女性艺术家和她的艺术品之间的距离常常令人吃惊地急剧消失了。"①但此身体非彼身体，倪可的身体一方面是出卖给欲望的身不由己的身体，一方面是出卖给交换原则、可以增值的身体。或正如倪伟所说："在卫慧那里，身体的实践带有交换的性质，身体在消费商品的过程中获得增值，其交换价值明显提高了。显然，高昂的成本使这个身体不可能再委身于任何人，只有那些拥有强大购买力的主顾才能争取到消费这个身体的机会。"②自然，单纯有欲望的身体消费还不能转换为欲望的扩大再生产，这个身体的价值甚至有可能掉价贬值到连楼下的娼妓也不如的地步，倪可因此在和德国人马

---

① ［美］苏珊·格巴：《"空白之页"与女性创造力问题》，张京媛主编《当代女性主义文学批评》，第 166 页。
② 倪伟：《论"七十年代后"的城市"另类"写作》，《文学评论》2003 年第 2 期。

克疯狂消费欲望的同时，还得将这种欲望消费转换成欲望的幻象，借助小说这种形式传播、流通出去，让小说中的"教父"那一类的读者读了她的小说，"像经历一场美妙的性交"。这个意义上，倪可在跨国资本主义时代上演的"身体秀"，是"秀"给"教父"这一类的国内读者看的，她开拓的是国内市场，她因此不仅要展示自己的身体，而且要炫示马克的野兽般的、法西斯式的超强性能力，同时还得展览来自国外的五花八门的、形形色色的文化、物质名牌，有时还得贩卖点"约百分之七十的中国女人在性上存在着这样那样的问题"一类的可笑知识。《上海宝贝》宣告了身体写作的彻底堕落和破产，同时预示了"下半身写作"马上就要来临。倪可是随时随地都有可能湿的，复旦草坪上的草可以让她湿，足球场上马克奔跑的身影也可以叫她湿，甚至千里之外的一个电话传来的无线电波也可以叫她湿，但这种后现代女人的湿润就像西方某个时代贵妇人随时都要晕倒一样，是一眼可以看到底、做得要命的。倪可越是夸耀其无时不有的湿润，越是显其无所不在的干涩；越是炫耀其高潮迭起，越是显其没有高潮也要喊的缺失。她每一次的"战栗、疼痛和激情"，其实都不是来自自身的内在需要，而是要制造出一种"文本的快感"去满足别人的需要。她受虐狂式的肉体兴奋是对西尔维娅·普拉斯的"每个女人都崇拜法西斯分子……"的机械模拟，尝试着裸体写作则是对美国诗人罗特克在百年老宅中对着镜子穿穿脱并写作的简单复制。她的每一个自视新潮的乖戾行为，都可以在西方找到其原版。有时为了表示她比她的西方前辈走得更远、做得更彻底，她甚至总是将种种奇谈怪论弄得更加出奇离谱，结果使之接近荒诞不经的地步。"在我体形相对丰满的时候我写下的句子会粒粒都短小精悍，而当我趋于消瘦的时候我的小说里充满长而又长、像深海水草般绵柔悠密的句子。"身体和写作之间竟然能发生这样奇妙的关联，即使不堪称怪世奇谈，也堪称对来自西方的身体写作理论的夸张滥用。卫慧是比别的许多女作家更愿意在作品中奢谈女权主义的，在行文中她不时地让倪可潜意识中的女权主义意识抬了头，但《上海宝贝》的出现却让女权主义理论蒙羞，连最乐于谈论女权主义的女性批评家也对其三缄其口。因为,确实,在这一作品里,女权主义也不过是另一种来自西方的值得炫耀的文化商品,它在作者和倪可那儿的价值,决不会大于一条 CK 内裤的价值。

四

总而言之,《我爱比尔》和《上海宝贝》写了跨国资本主义时代里两场"身体秀",前者写了一个叫阿三的女孩子急于走向世界市场而不得所遭遇的失败,后者写了一个叫倪可的中国女孩在世纪末的上海照搬、贩卖想象的西方生活方式和观念而获得的巨大成功——尽管这巨大的成功之后会有更大的迷失要来。阿三和倪可,一个是要走出去,是"秀"给外国人看的,一个是要搬进来,是"秀"给中国人看的,两者看似有很大的不同,却反映出了某些共同的问题和境遇。

无论我们将当下的时代称作跨国资本主义时代,还是晚期资本主义时代,抑或是笼而统之的全球化时代,从个人和世界的联系来讲,确实已发生了巨大的变化。正如张颐武所说的:"个人开始不需要任何中间群体就可以进入全球资本主义的逻辑之中。跨国资本在世界各个地方寻找人力资源,在无限扩张中改变着人们的生活。许多人依靠全球市场的种种机会迅速暴富。知识经济及高科技更给了知识生产者更多的机会进入全球市场,获得无限的选择性。这样,文化的差异性和弱势群体的文化选择便受到冲击和忽视。国际性的'白领'阶层开始在跨国经验之中沉醉。这些处于全球化'前端'的人们脱离了自己的社群,变成了全球化冲击下的无根的浮萍,飘荡在网络和洲际旅行之中。"[1]确实,随着全球化的深入,特别是在上海这样有着前半殖民地经验的现代大都市,人们和世界的联系拓宽了,融入世界的机会也成倍增加了,甚至连

---

① 张颐武:《全球化的文化挑战》,王宁编《全球化与文化:西方与中国》,北京大学出版社 2002 年版,第 162 页。

简单的夜生活也无法摆脱这种全球化的影响："周围有不少金发洋人,也有不少露着小蛮腰以一头东方瑰宝似的黑发作为招揽卖点的中国女人,她们脸上都有种婊子似的自我推销的表情,而事实上她们中相当一部分是各类跨国公司的白领,大部分是受过高等教育的良家妇女。"这一段出自《上海宝贝》的话,或许描绘的就是"国际性的'白领'阶层开始在跨国经验之中沉醉"之一部分吧。令人叫绝的是,古老的皮肉市场在当下的上海也全球化了,一部分从事着暧昧的跨国生意的女人凭借简单的英语"不需要任何中间群体就可以进入全球资本主义的逻辑之中"(《上海宝贝》对这一点也曾提及)。阿三和倪可的创作活动也都卷入了全球化的文化市场之中,倪可的小说写作之所以能按部就班地进行,是因为获得了国际游资的支持,而阿三的绘画事业的失败,很大程度上也是因为没有得到国际市场的认同。她们都堪称脱离了自己社群的、处于全球化冲击下的无根浮萍。阿三的自我身份从一开始便有其矛盾模糊、朦胧之处。比尔曾说阿三样子是中国女孩,而精神却是西方的。阿三身份的飘浮使阿三堕落后所套牢的第一个美国人感到困惑和苦恼,为要不要付钱沉吟再三。倪可更不用说了,与其说她是个上海宝贝,不如说她是一个全球宝贝,她愈堕落愈疯狂的生存哲学已经获得了一种全球性质。

然而,在全球化面前,小到个人,大到一个集团、阶层、民族、国家甚至不同的洲,所获得的机会并不是均等的。"无限的选择性"并不平等地敞开。这正像倪可的写作活动可以获得国际游资的支持,而阿三的绘画实践却没有那么幸运一样,所以我们设想倪可和阿三要是处在同一个空间里,肯定是瞧不起阿三的。而阿三的瞧不上"阳春面",在《我爱比尔》中则是有案可查的。阿三岂止瞧不上"阳春面",她其实是早瞧不起大多数中国人的。她在酒店大堂里看见一些外国人宁可站着,也不愿挤在一起,便愤愤地想起中国人连汽车上一站路的座位也要争个不休的恶习,"并且发现这么团团坐成一圈,不是一家、胜似一家的滑稽景象,便想站起来也走开去",这似乎有点儿要向西方靠拢的意思了,无形中印证了比尔所说的阿三的精神是西方的。当然阿三的这种西方化是不彻底的,骨子里到底是中国人:她转念一想为什么是她走而不是别人走,便又坐下了。可怜的阿三,历尽沧桑后便给人划进了那一类专为外国人准备的女孩子,但她虽然身处跨国资本主义时代,但这个时代仍是比尔和马丁可以随意来去而阿三并不能随意做洲际旅行的时代。阿三是那么急切地叫马丁带她走,"我也要去你的家乡,因为我爱它,因为我爱你",可马丁却用"简朴到了真理的程度"的回答拒绝了:"阿三,我从来没有想过和一个中国女人在一起生活。"如果说,詹姆逊所说的第三世界的文学创作是第三世界的民族寓言有一定的道理,阿三的故事便堪称全球化时代里第三世界的一个民族寓言。它无疑给那些热衷于与世界接轨、将全球化的景象描绘得天花乱坠的人们提了个醒——最好在为全球化唱赞歌前先问一声"这是谁的全球化"。因为,正像德里克所说的,全球化作为一种范式,"其本身的涵义仍然是相当不确定的。它曾一度是对重新构建世界之过程中的某些变化的一种描述,同时也是试图使以新的面貌出现的老的霸权得以永存的一种新话语,正如有人所认为的那样,也即美帝国主义的一种转世化身"①。你要接轨、全球化,还得看人家是否愿意你接轨、全球化,否则便是一厢情愿的含情脉脉。这甚至不是一个简单的国力问题。因为按照德里克的看法,即使像日本、土耳其这样急于"脱亚入欧"的社会,其处境也好不到哪去。他说:"同样,记住这一点也是重要的,即尽管为了这一新的世界秩序使这些社会符合入选资格,但'摆脱亚洲'并没有意味着实际上被接纳入那个阵营本身,因为不管它们作出了多大努力,但'亚洲性'仍然阻拦它们成为'西方'阵营的成员。而且,尽管日本已证明有相当于任何'西方'列强的能力担当起针对其亚洲邻国的帝国主义角色,土耳其也曾积极参加朝鲜战争以证明它站在反对坏的亚洲人的'好人'一边,但它们的'亚洲性'仍

---

① [美]阿里夫·德里克:《寻找东亚认同的"西方"》,王宁编《全球化与文化:西方与中国》,北京大学出版社 2002 年版,第 35 页。

无法摆脱。"①正如阿三主观上不想让比尔和马丁将自己视为中国女孩而客观上改变不了对方将自己视为中国女孩一样，作为一种历史和现实的存在，无论亚洲性也好，中华性也好，都将成为中国和亚洲社会真正融入新的全球化体制的巨大障碍。

与阿三走出去受挫相比，倪可的搬进来则轻而易举得多。但这种轻而易举得有几个前提：一是倪可在投入马克的怀抱之时，要承认和自己有着精神联系的天天是有缺陷的、去势的；二是要在法西斯式的虐待之下能产生受虐的快感，并有承担偶然的被强暴的精神准备；三是要能接受最终的自我迷失的代价。"全球化本身在许多方面正是美国的经济和文化霸权的另一种表达方式，因而实际上充当了向全世界输出美国的经济、政治和文化实践的借口。甚至多元文化主义也以与此相一致的方式扼制了文化上的差异。"②某种程度上说，被称为后工业时代的青年亚文化现象的倪可现象，其实不过是我们很长一段时间所批判的颓废、堕落、绝望的文化生活方式，如今这种生活方式却由所谓新新人类借新潮文化生活方式粉墨登场，并以文化多元化之名蚕食文化上的差异，这不能不说是极具讽刺意味的。

在跨国资本主义时代，全球性的文化交流增多了，理论旅行成为司空见惯之事，文学艺术工作者的创作实践因此不再可能在单一民族国家的背景之下进行。然而，值得注意的是，如果将全球性的文化交流和理论旅行视为具有不同文化背景和传统的民族国家在当代舞台上的博弈游戏，则这博弈游戏从来并且永远都不是公平的。首先，这游戏的规则大多数情况下总是由西方来制定的；其次，历史形成的强势文化与弱势文化之间的区分，决定了在大多数情况下，文化的交流和理论的旅行总是由强势的一方流向弱势的一方。阿三、倪

①　[美]阿里夫·德里克：《寻找东亚认同的"西方"》，王宁编《全球化与文化：西方与中国》，北京大学出版社2002年版，第40页。

②　[美]阿里夫·德里克：《寻找东亚认同的"西方"》，王宁编《全球化与文化：西方与中国》，北京大学出版社2002年版，第43页。

可的创作实践便证明了这一点。如果说,阿三的绘画实践象征性地说明了前一点的话,倪可的写作活动则形象地说明了后一点。在西方他者的引导和注视下,阿三是多么想通过改变自己的画风融入世界市场啊!但一个来自西方的画廊老板孙子的一句"画画不是这样的",便彻底将阿三画画的信心给摧垮了。文化身份的丧失是最为彻底的丧失,阿三在堕落之前便已经成了文化认同领域里的孤魂野鬼。倪可有所不同。你看她是多么兴高采烈地忙着将西方的种种搬进来呀!从 CK 内裤到"fuck 来 fuck 去"的口头语言,这个女孩已经完全西方化了,或更准确地说,她只是按照她所想象的西方时尚实践着她的日常生活和写作活动,并通过这种身体力行获得炫耀的资本。这使《上海宝贝》一方面成为西方时尚文化的一种拷贝与复制,另一方面又像旷新年所说的那样成了"一种第三世界的'在地产品',一种地地道道的'中国特色'的书写"①。这是怎样的一种书写呢?我们不妨通过分析第二十一章倪可右手握笔、左手自慰这样一个写作场景稍加说明。单纯将这个场景从作品中抽出来,热衷于鼓吹女权主义和身体写作的批评家或许能从中找到自己所心仪的理论的恰当注解。因为她们是主张"写你自己。必须让人们听到你的身体"②的,这一场景或许让她们看到了对"阴茎之笔在处女膜之纸上书写的模式"③的反叛,看到了"女性之神代替男性上帝,子宫代替阴茎作为创造的代表的思想"④。然而,实际上,这一场景不过是来自西方的身体写作理论在中国做旅行时与卫慧所心仪的以亨利·米勒为代表的颓废文化在上海秘密花园里遇合并融入了本土经验后产下的怪胎。正如奥尔巴赫在评阅《阁楼上的疯女人》时所说的,文学的父亲家长的隐喻忽略了另一个同样古老的隐喻——把文学创作等同于分娩。

---

① 旷新年:《写在当代文学边上》,上海教育出版社 2005 年版,第 149 页。
② 〔法〕埃莱娜·西苏:《美杜莎的笑声》,张京媛主编《当代女性主义文学批评》,北京大学出版社 1992 年版,第 194 页。
③ 〔美〕苏珊·格巴:《"空白之页"与女性创造力问题》,张京媛主编《当代女性主义文学批评》,北京大学出版社 1992 年版,第 165 页。
④ 〔美〕苏珊·格巴:《"空白之页"与女性创造力问题》,张京媛主编《当代女性主义文学批评》,北京大学出版社 1992 年版,第 181 页。

这就出现了一个相关的问题:"假如写作是隐喻意义上的分娩,那么男人又该用什么器官来生产文本呢?"①看来,从女性作者卫慧的身体写作,到男性作者沈浩波所倡导的"下半身写作",原来只有一步之遥。当然,正像我们已经指出的,在卫慧那里,所谓女权主义和身体写作,原不过是时髦的文化商品之一种(只要我们回想一下《像卫慧一样疯狂》中,那个十四岁的"问题女孩"如何为了达到献身于流浪歌手的目的将一支铅笔插入自己的下体,便不会将铅笔同所谓文学之父的隐喻联系在一起了)。这里所要强调的是,在跨国资本主义时代里,理论的国际旅行不仅会在第三世界国家的文化界造成理论的时髦,而且可能转化成同样时髦的创作实践。而值得注意的是,各种各样的时髦理论,即使在其原产地西方,从一开始也是不无问题的。

由王安忆、卫慧创作的两个以上海为背景的小说,共同暴露出了跨国资本主义时代某些耐人寻味的文化症候。当然这不是说,两个作家在创作之初就有这样明确的创作意图。恰恰相反,《上海宝贝》能有这样的客观效果纯属歪打正着,它不过是一个热衷于暴得大名的年轻女作者炮制文化的畅销品所带来的副产品。而《我爱比尔》则延续了王安忆对女性与她所处的特殊生存环境的持续关注。王安忆在《冷土》中写刘以萍与她所出生的农村间的关系,在《妙妙》中写妙妙与她所生活的小镇头铺的关系,在《香港的情与爱》中写逢佳与她所处的香港间的关系,在《长恨歌》中写王琦瑶与上海的关系,其中的女性人物既是作为具有性别身份的人物来塑造的,也是作为她们所处的生存空间的精神代表者来塑造的。无论刘以萍、妙妙,还是逢佳、王琦瑶,都和阿三一样,千方百计地想抓住她们所心仪的男人的衣角,走向一个更大更广的世界。她们有时连自己也分辨不清自己寻找的是爱还是一种人生的依靠,或者仅仅只是为了达到一个纯粹功利的目的,但她们的结局无一例外是失意的。由于王安忆总是将阿三们放到一个独特的时空体中来写,并且突出人物与人物之间的

① [美]伊莱恩·肖沃尔特:《荒原中的女权主义批评》,王逢振、盛宁、李自修编《最新西方文论选》,漓江出版社 1991 年版,第 264 页。

特殊关系，王安忆的创作因此避免了一般女作家创作的那种闺阁气，境界来得更为开阔，但也往往忽略了女性人物心理的复杂性和深度的开拓，人物有时成了她们所处的独特时空体的形象载体。阿三某种程度上就是这样一个载体。她和倪可一样，承载了跨国资本主义时代第三世界都市女性的某些文化症候，可以引起人们对跨国资本主义时代第三世界女性的身份与命运、女性写作与身体写作的关系、东方文化的当代处境等问题的反思。

乌托邦与历史的多种可能性

一 乌托邦的终结与"历史的终结"

由于柏林墙的倒塌、苏联的解体、社会主义实践在中东欧等地区的失败或调整，在全球范围之内，一度与社会主义和共产主义实践紧密联系在一起的乌托邦思想面临着前所未有的挑战和冲击。托马斯·莫尔 1516 年创作《乌托邦》时所发明的综合了两个希腊词 *Eutopia*（"福地乐土"）和 *outopia*（"乌有之乡"）意义的 *Utopia* 一词，似乎只剩下了后一重含义，而前一重含义则向自己的反面倒转，乌托邦因此成了灾难、梦魇、专制、愚蠢、人间地狱等的代名词和象征。乌托邦之死和乌托邦终结的修辞甚嚣尘上，并与福山的"历史的终结"论奇怪地纠缠在一起，几乎覆盖了全球的主流媒体、学术研究和舆论空间。

但所谓乌托邦的终结和"历史的终结"，早在福山 1989 年夏于《国家利益》杂志发表《历史的终结?》之前即已存在很长时间。福山认为自由民主制度不存在"根本性的内在矛盾"，"也许是'人类意识形态发展的终点'和'人类最后一种统治形式'"①的观点，不过是此前的"乌托邦终结"论和"意识形态终结"论的延续和发展。1940 年代，在《通往奴役之路》的第二章《伟大的乌托邦》，哈耶

---

① ［美］弗朗西斯·福山:《代序》第 1 页,《历史的终结及最后之人》,黄胜强、许铭原译,中国社会科学出版社 2003 年版。

克即引用荷尔德林的"总是使一个国家变成人间地狱的东西,恰恰是人们试图将其变成天堂"作为题记,发出了对于"集体主义后果的警告"①。试图将"天堂"的理想与人间地狱直接画等号,是后来雅各比所称的"自由主义的反乌托邦主义者"②的典型思路。1950 年代和 1960 年代,阿尔贝·加缪、雷蒙·阿隆、塞默尔·马丁·李普塞特、丹尼尔·贝尔等,都加入了意识形态的终结和乌托邦的终结的合奏。雅各比在《乌托邦之死:冷漠时代的政治与文化》一书的第一章曾对这种合奏做过详细梳理。

　　这种合奏之所以兴起,基于丹尼尔·贝尔在《意识形态的终结》一书中所指出的一个重要历史背景:1940 年代左右,美国曾经为马克思主义所吸引的几乎整个严肃的知识分子集团都脱离了共产党,作为一个思想问题的布尔什维克主义几乎从美国的舞台上消失;而在由历史发展的两个链条——以"莫斯科审判、纳粹德国和苏联的缔约、集中营、匈牙利工人的被镇压等等一系列灾难"为一端,以"资本主义的改良和福利国家的产生之类的社会变化"为另一端——所构成的竞争中,前者在西方的知识界和舆论界落败,西方知识分子对政治问题似乎达成了笼统的共识:"接受福利国家,希望分权、混合经济体系和多元政治体系。"③正是这种历史背景构成了贝尔等人的意识形态终结论的基础。尽管贝尔本人最终认为"意识形态的终结并不是——也不应当是——乌托邦的终结。甚至有可能,人们只有通过留意意识形态陷阱才能重新开始讨论乌托邦"④,但他仍然观察到一种重要的政治文化现象:"在那些对过去一个半世纪的革命冲击非常了解的激进知识分子看来,所有这一切都意味着千禧

---

　　① ［英］弗里德里希·奥古斯特·哈耶克:《通往奴役之路》,王明毅、冯兴元等译,中国社会科学出版社1997 年版,第 29 页。
　　② ［美］拉塞尔·雅各比:《前言》第 6 页,《不完美的图像——反乌托邦时代的乌托邦思想》,姚建斌等译,新星出版社 2007 年版。
　　③ ［美］丹尼尔·贝尔:《意识形态的终结——五十年代政治观念衰微之考察》,张国清译,江苏人民出版社 2001 年版,第 462 页。
　　④ ［美］丹尼尔·贝尔:《意识形态的终结——五十年代政治观念衰微之考察》,张国清译,江苏人民出版社 2001 年版,第 465 页。

年的希望、太平盛世的幻想、天启录的思想以及意识形态的终结。因为曾经是行动指南的意识形态现在已经逐渐走到了死亡的终点。"①虽然 1960 年代兴起的反越战运动、黑人民权运动、学生争取民主运动驳斥了这种意识形态终结论，某些学生运动的领袖和支持者甚至指出这种意识形态终结论本身就是一种意识形态②，但这种意识形态终结论及试图将意识形态终结与各种各样的乌托邦思想的终结捆绑在一起的企图，此后仍不绝如缕。

　　1968 年被称为最后的乌托邦时代。但正是在这个震撼世界之年的前一年，马尔库塞发表了《乌托邦的终结》。当然，马尔库塞的所谓"乌托邦的终结"，是立足于"乌托邦的可能性根本不是乌托邦的，而是对现存事物的坚决的社会历史否定"③的。他认为，乌托邦是一个历史的概念，指的是各种被认为不可能实现的社会变革方案；在对乌托邦的一般讨论中，当一种特定社会环境的主客观条件还不成熟时，新的社会变革方案不可能化为现实。而"我们今天有能力将世界化为地狱……我们也有能力将世界化为天堂。这将意味着乌托邦的终结……在人类历史及其环境的各种新的可能性不再被认为是旧的可能性的继续、甚至不再被认为与旧的可能性处于同样的连续统的精确意义上，也可以将乌托邦的终结理解为'历史的终结'"④。他似乎通过强调否定和反抗现存事物的无限可能，将乌托邦从不可能性和空想的指责中拯救出来，从而赋予了乌托邦新的可能性和超越性，譬如，他特别强调，"我们必须面对这种可能性——通往社会主义的路也许可以从科学进入乌托邦，而不是从乌托邦进入

---

　　① ［美］丹尼尔·贝尔：《意识形态的终结——五十年代政治观念衰微之考察》，张国清译，江苏人民出版社 2001 年版，第 451 页。

　　② 参见［美］西摩·马丁·李普塞特《政治人：政治的社会基础》（郭为桂、林娜译，江苏人民出版社 2013 年版）第 428 页的引文。

　　③ "The End of Utopia", in Herbert Marcuse, *Five Lectures：Psychoanalysis，Politics，and Utopia*. Boston：Beacon Press，1970，P.69.

　　④ "The End of Utopia", in Herbert Marcuse, *Five Lectures：Psychoanalysis，Politics，and Utopia*. Boston：Beacon Press，1970，P.62.

科学"①。"在我所描述的意义上消除贫困和痛苦是可能的,正如消除异化劳动和我所称的'剩余压抑'是可能的一样。"②总体来看,马尔库塞的乌托邦思想,接近于雅各比所说的区别于蓝图派的反偶像崇拜的乌托邦主义:蓝图派的乌托邦主义事事都以精确的指令来规划未来,从社区的大小、家庭的规模到就餐的秩序、谈话的内容,都以英寸和分钟的精确度加以想象和规划。反偶像崇拜的乌托邦主义则保持了未来的某种神秘和玄妙色彩,除了梦想一个更美好的社会和未来,并不提供有关这种社会和未来的具体细节。从这个意义上说,马尔库塞的"乌托邦的终结",是旧的乌托邦思想的终结,是不抱任何幻想的、与现存事物决裂的新的乌托邦思想的开始;与之联系在一起的"历史的终结",不是历史的停滞和静止,更不是现存社会已趋于完满,而是与现存事物和历史的一刀两断,是新的历史的整装待发和重新出发。这正是他走向"审美乌托邦"的一个关键因素,也是他的乌托邦思想深受当年学生运动甚至嬉皮士运动欢迎的一个重要原因。

综观 20 世纪,尤其是 20 世纪 70 年代以来,尽管有布洛赫、霍克海默、阿多诺、本雅明、马尔库塞等反偶像崇拜的乌托邦思想家在力推乌托邦冲动和乌托邦思想,但乌托邦思想总体上遭受了严重的挑战与危机,在多重围困下不断走向衰落。科拉科夫斯基说:"衰落还在继续,乌托邦之梦实际上既失去了智识上的支持,也失去了它们先前的自信和活力。我们世纪的伟大著作都是反乌托邦的或苦托邦(kakotopia)的,即对世界的这样一种展望,在这样的世界中,作者认同的所有价值都已经被无情粉碎了。"③雅各比观察到:"对于繁荣发达的世界和贫穷落后的世界来说,乌托邦理想都已是僵死无疑的了。富人觉

----

① "The End of Utopia", in Herbert Marcuse, *Five Lectures: Psychoanalysis, Politics, and Utopia*. Boston: Beacon Press, 1970, P.63.

② "The End of Utopia", in Herbert Marcuse, *Five Lectures: Psychoanalysis, Politics, and Utopia*. Boston: Beacon Press, 1970, P.64.

③ [波兰]莱泽克·科拉科夫斯基:《经受无穷拷问的现代性》,李志江译,黑龙江大学出版社 2013 年版,第 148 页。

得乌托邦思想无关紧要,穷人觉得它不切实际——尤其对某些知识分子而言,觉得它危险可怕。对于绝望的人来说,乌托邦观念毫无价值;对于成功者而言,它们缺乏紧要性;对于思想阶层来说,它们会导致残忍的极权主义。"①富人觉得乌托邦思想无关紧要,是因为他们觉得资本主义社会已经是他们的天堂,是他们已经实现了的乌托邦,他们想象不出、也不需要比现存社会更美好的社会;穷人觉得乌托邦观念不切实际、毫无价值,是因为他们觉得远水解不了近渴,再美好的社会对于饥肠辘辘的人来说无异于画饼充饥,而另一方面,资本主义的发展,福利国家的兴起,在世界的某些地方确实也使劳动阶层原有的绝对贫困转化成了相对贫困,与此同时,资本主义的意识形态,又给底层民众提供了通过个人奋斗可以改变个人命运、实现阶层流动的意识形态幻象,很大程度上瓦解了底层民众的阶级意识,一方面使他们满足于当下的个人生活的小确幸,另一方面也使他们丧失了对于更美好未来的想象能力。在雅各比所谈及的三种人群中,知识分子和思想阶层对乌托邦思想和观念的态度最为怪异和令人费解。在 20 世纪的思想史中,一些广有影响的思想家和学者(如哈耶克、波普尔、伯林、阿伦特、塔尔蒙等),在自己对计划经济、社会主义、极权主义、集中营、种族清洗等的研究中,无不建立起了乌托邦必然导致极权主义和历史灾难的论证逻辑。有的学者甚至将 20 世纪所有的暴力恐怖活动与乌托邦挂起钩来②,仿佛没有了乌托邦思想和观念,便没有一切极端的历史灾难和社会运动。在这种批评套路和论证逻辑的主宰下,将一切乌托邦思想和带有乌托邦色彩的社会运动与极权主义、历史灾难画等号便成为一种广泛流行的学术时尚,以致有研究者不无愤懑地指出:"凡属被贴上'乌托邦(式)的'或'乌托邦'标签的东西,自然都成了要拒斥、唾弃、否定的对象。不仅如此,在这种

---

① ［美］拉塞尔·雅各比:《不完美的图像——反乌托邦时代的乌托邦思想》,姚建斌等译,新星出版社 2007 年版,第 1 页。

② For example: Vejas Gabriel Liulevicius, *Utopia and Terror in the 20th Century*, The Teaching Company, 2003.

批判逻辑的暗示乃至推动下,斯大林主义的过错,苏联集体化过程中所出现的挫折,都被贴上了同样的标签。这种思路发展的极致,就是出现了一种匪夷所思的连等式:马克思主义＝纳粹主义＝民族主义＝共产主义＝极权主义＝乌托邦! 更加让人匪夷所思的是,这种偷换概念、颠倒黑白的暴力叙事逻辑在 20世纪通行无阻。20 世纪 80 年代末期的'东欧剧变',成为自由主义思想家对乌托邦的最后判决,另一种奇怪的等式也随之出现了:苏联、东欧社会主义的失败＝乌托邦的失败。由自由主义思想家们引领的上述批判大潮与反乌托邦思想,成为 20 世纪对乌托邦的普遍看法。"①而与此相对照,虽然学术界也有"市场乌托邦""后工业社会乌托邦"②之类的说法,人们却很少将资本主义与乌托邦的阴暗面联系到一起。甚至一些明显针对资本主义社会弊端的反乌托邦作品或具有历史、审美超越性的作品,也被人采用移花接木、李代桃僵的方式挪运到了苏联、社会主义、斯大林主义等之上。针对有人认为《一九八四》是对乌托邦或社会主义的攻击的说法,雅各比提醒人们注意,《一九八四》"很多要素都暗示了资本主义的英国,而非共产主义的苏联。那些'无产阶级'或者工人,住在阴暗的郊区,除了工作,成天以赌博、电影和足球来消磨时光。他们玩飞镖,看'渗透着性'的电影。他们也读充斥着犯罪报道、占星术和体育新闻的垃圾报纸。这些没有一样似乎是真正反映苏联工人阶级的"。他并且引用了奥威尔的一位故交艾萨克·多伊彻的看法:"奥威尔非常清楚,这种报纸在斯大林主义的苏联根本就不可能存在,而且斯大林主义的新闻所犯的是完全不同的另外一种错误。"③雅各比也注意到了奥威尔有关《我们》的观点,"1922 年的札米亚京不可能谴责苏联的体制造成了单调乏味的生活。毋宁说,札米亚京

---

① 姚建斌:《来自良心与激情的辩辞——代译后记》,见[美]拉塞尔·雅各比:《不完美的图像——反乌托邦时代的乌托邦思想》,姚建斌等译,新星出版社 2007 年版,第 220—221 页。

② 参见[法]皮埃尔·罗桑瓦隆:《乌托邦资本主义——市场观念史》,杨祖功、晓功、杨齐译,社会科学文献出版社 2004 年版;[澳]鲍里斯·弗兰克尔:《后工业乌托邦》,李元来译,译林出版社 2014 年版。

③ [美]拉塞尔·雅各比:《不完美的图像——反乌托邦时代的乌托邦思想》,姚建斌等译,新星出版社 2007 年版,第 13—14 页。

针对的'不是任何一个特定的国家,而是工业化文明的暗隐的目标。它实际上是对机械的研究'"①。同样,雅各比虽然肯定了《美丽的新世界》影射了苏联共产主义,但基于该作创作于 1931 年,其时希特勒还未上台,斯大林的残暴和专制还未暴露出来,而小说中的领导人被称为"福特主",人们欢庆的是"福特日",所以该作更有可能是对以福特主义为代表的科技化、物质化和美国化的未来趋势的恐惧:"与其说《美丽的新世界》中的敌托邦是对乌托邦道路的拒绝,不如说是对市场化和标准化的反对。"②当然,文学创作的主题内容和审美特征有其超越性。《我们》中的"造福主""大一统国"、《美丽的新世界》中的"列尼娜"、《一九八四》中的"老大哥"并不排斥读者联想到苏联的生活,奥威尔在创作中确实也融入了对苏联的批判,但由此延伸出《一九八四》这样的作品是单纯对乌托邦或社会主义的攻击,则明显难以自圆其说。维基解密和"斯诺登事件"面世以后,还有谁能否认"老大哥"式的全天候监视只是发生在所谓极权国家呢!

当然,纠缠于虚构文学中的反乌托邦、敌托邦的指向问题并不能澄清乌托邦与历史的复杂纠结联系。更要注意的是,即使退回到真实的历史语境之中,乌托邦与极权主义等之间是否可以直接画等号也是有争议的。辛格认为:"把乌托邦跟极权主义联在一起本身就是一种歪曲。让我们重复一下,不论苏联领导人犯了何种罪过,他们并不是受乌托邦的鼓舞。斯大林并没有幻想一个平均主义的社会,取消劳动的等级分工或使国家趋于消亡。勃列日涅夫和契尔年科也都没有希望把'联合生产者'的自治政府推广到整个地球。这种说法的明显荒谬性揭露了诽谤背后的狡诈用意。如果要对乌托邦主义进行宣判的

---

① 〔美〕拉塞尔·雅各比:《不完美的图像——反乌托邦时代的乌托邦思想》,姚建斌等译,新星出版社 2007 年版,第 16—17 页。
② 〔美〕拉塞尔·雅各比:《不完美的图像——反乌托邦时代的乌托邦思想》,姚建斌等译,新星出版社 2007 年版,第 12 页。

话，它也不应该通过这种联系，用人为的诡计来骗人。"①莫里斯·迈斯纳不仅指出现代中国历史上具有典型集权主义特征的国民党政权"显然与任何乌托邦思想体系从未有过什么联系"，而且明确指出"斯大林主义的俄国（这是完全集权主义模式的最主要的历史实例）不是乌托邦主义胡作非为的典型历史实例，而是乌托邦目标和愿望之形式化的典型历史实例。斯大林把马克思主义的目标'搁置起来'，使这些目标变为空泛的形式，然后玩世不恭地巧妙利用那些形式化了的马克思主义信条和目标，从思想体系上使一个残酷的官僚集权国有的政策和实践合理化"②。雅各比则在更大的时空范围内明确指出："在大多数情况下，是民族主义的、种族的以及宗派主义的激情——而不是乌托邦的观念——推动了全球的暴力。在卢旺达、苏丹、伊拉克、北爱尔兰、斯里兰卡、巴基斯坦，还有以色列，哪儿有乌托邦主义者呢？这些地区的斗争仅仅与权力、土地、团体身份认同以及宗教有关。然而，对于所有那些被民族、宗教或种族的观念煽动了的人来说，乌托邦仍是一个很方便的标签。"③任何复杂的历史现象和历史联系一旦被标签化，便一方面具有夺人眼球、耸人听闻的宣传效果，一方面也遮蔽了许多复杂的社会真相和历史教训。

匈牙利作家道洛什·久尔吉的《1985》描绘的是"老大哥"死后的社会乱象，那可并不是什么人民梦寐以求的至福之地和自由世界：反犹分子主张的是"犹太人该为一切负责"，人道主义高喊的是"像你这样的家伙，都应该被吊死"，曾经的社会主义者打出的标语是"重新回到资本主义"，曾经的资本主义者所高扬的旗帜则是"重新回到社会主义"……观念的混乱、社会的四分五裂、人类的极端的原子化等，所构成的绝不是什么"历史的终结"和自由、民主的乌

---

① ［美］丹尼尔·辛格：《谁的新千年——他们的还是我们的》，曹荣湘、褚松燕、丁开杰译，中国人民大学出版社 2002 年版，第 222 页。

② ［美］莫里斯·迈斯纳：《马克思主义、毛泽东主义与乌托邦主义》，张宁、陈铭康等译，中国人民大学出版社 2005 年版，第 15 页。

③ ［美］拉塞尔·雅各比：《不完美的图像——反乌托邦时代的乌托邦思想》之《前言》第 6 页，姚建斌等译，新星出版社 2007 年版。

托邦的实现。而在真实的历史场域中，冷战的结束，科技的发展，也并没有让人类有足够的信心相信我们再也找不出比资本主义体制更好的体制了。麦奎尔曾鞭辟入里地剖析了恩德莫公司制作的电视节目《老大哥》和一位华盛顿学生的声名鹊起的"网红"生活：在《老大哥》中，一群人在一个为期数月的时段里一起生活于一栋房子中，被数百万匿名的观众观看；1996 年，詹尼弗·林利开始"过直播生活"，用一部数码照相机将自己的一间学生宿舍的生活上传到网络，让无数匿名的偷窥者分享到自己分毫毕现的、有时还不无色情意味的私人生活。这是《一九八四》中的"老大哥"监控之下的生活和福柯将其与边沁的圆形监狱联系起来的现代处境的倒置："许多人现在不是害怕被观察，而是显然害怕未被观看。"①结合目前影视、网络、娱乐各界形形色色的没有风流韵事也要制造风流韵事的"求关注"行为，我们不得不说，从害怕隐私被侵犯到希望隐私被关注，个人隐私早已转化成了资本主义传媒时代的一种"生产力"。种种迹象表明，从《一九八四》到《1985》，乌托邦或许已死，但历史远未终结。

二　可能与不可能之间

但一定程度上，所谓乌托邦的终结和乌托邦的死亡，不过是"自由主义的反乌托邦主义者"希望它终结和死亡，正如同"自由主义的反乌托邦主义者"希望全球的社会主义体制都采取"休克疗法"突然终结和死亡一样。所以正如詹姆逊所说的，"对于今天的我们来说，最有趣的肯定是弄清楚为什么乌托邦会在一个时期内繁荣兴旺，而在另一个时期却销声匿迹"②。

赫茨勒注意到西方乌托邦思想大规模兴起的一个重要时间节点：1347 年

---

① ［澳］斯科特·麦奎尔：《媒体城市：媒体、建筑与都市空间》，邵文实译，江苏教育出版社 2013 年版，第 277 页。
② ［美］弗里德里克·詹姆逊：《未来考古学：乌托邦欲望和其他科幻小说》，吴静译，译林出版社 2014 年版，第 6 页。

首先在南欧地中海沿岸出现的黑死病,使欧洲的人口减少三分之一或二分之一,大批农奴的死亡造成了劳动力的缺乏和工资的上涨,某些世袭家族的整体消失甚至使某些农奴发现自己实际上主宰着广阔的庄园。这样的历史变动,使各地的封建主逐渐认识到了他们完全依附于劳动者,而不是劳动者依附于封建主,这也是劳动者第一次看清楚自己劳动的价值和自己的阶级地位:"下层阶级就像刚会飞的小鸟一样,开始认识到他们也有翅膀。黑死病促进了阶级分化的进程。从那时起我们看到阶级觉悟逐渐发展起来,并出现了公认的阶级利益。新的阶级正在从封建与庄园社会及其内部关系的解体中逐渐形成,开始对社会、工业和政治条件产生影响。大家对占有土地的资本家和劳工之间的裂痕看得越来越清楚。这一裂痕使我们看到了社会的不安定现象。为了减轻这一痛苦,社会改革者从此忙碌起来,并构想出一个不存在不安定和矛盾的理想社会。"①社会的分化既启发了底层民众的阶级觉悟,也启发了社会改革家的乌托邦想象。随后由哥伦布所引发的"地理大发现",更是激发了经典乌托邦作家和思想家的空间想象力。莫尔的《乌托邦》(1516 年)、安德里亚的《基督城》(1619 年)、康帕内拉的《太阳城》(1623 年)、培根的《新大西岛》(1626年)、哈林顿的《大洋国》(1656 年)等经典乌托邦文学名著纷纷面世。

格雷戈里和萨金特曾将莫尔之后的乌托邦传统的发展概括为四个主要历史阶段:第一,16 世纪和 17 世纪的宗教激进主义催生了各式各样的平等主义规划,这一脉络的思想最终导致了 19 世纪的社会主义;第二,从 16 世纪开始的地理发现之旅促成了对原始民族的美德与罪恶等问题的热烈讨论;第三,17世纪以降的科学发现和技术更新给人类呈现出无限进步的前景,例如可以获得更健康的体魄,更长的寿命,可以随心所欲地征服自然。这也引发了 20 世纪的科幻小说和表达我们时代的焦虑与恐惧的反乌托邦、敌乌托邦想象;第四,在 18 世纪末北美和法国的革命运动中,力图达到更大程度的社会平等的

---

① [美]乔·奥·赫茨勒:《乌托邦思想史》,张兆麟等译,商务印书馆 1990 年版,第 120 页。

理想风起云涌。① 可以说,自 16 世纪以来,人类的重大社会运动与历史变动都伴随着乌托邦思想和乌托邦实践,两者之间构成了一种相互触发的共生关系。

但任何乌托邦思想和乌托邦实践,从其诞生起便面临着"名不正,则言不顺"的危险境地。由于"乌托邦"一词本身即含有"乌有之乡"的意思,乌托邦思想者和实践者一开始便不得不为乌托邦的可能性、真实性、合法性做各种各样的辩护和论证。甚至采用小说形式来建构乌托邦世界的莫尔、安德里亚等人,也被迫绞尽脑汁、想方设法为这种可能性、真实性、合法性做各式各样的保证和证明。莫尔预见到《乌托邦》要面对各种各样的读者的指责和攻击:"多数人对学问一窍不通,不少人瞧不起学问。无文化的人对绝不是无文化的任何东西总认为不合胃口,把它排斥。一知半解之徒把不是堆砌陈词废语的一切看成平凡无奇。有些人只赞赏老古董;无数的人敝帚自珍。张三忧郁成性,听不得笑话;李四又缺乏风趣,拿诙谐当禁条。"②安德里亚告诫自己的基督教读者:"要是有人怀疑我书中所描述的真理,那么可以让他暂且不要下评语,等到海上旅行和漫游的各项报告都出来之后再说吧。"③这事实上是将是否真理的价值评判交由未来时间来决定。

乌托邦思想和实践所面临的最多指责之一,是乌托邦异想天开,不可能实现。但正如科拉科夫斯基所说的:"有理由认为,在某一时间内的不可能仅仅通过在其不可能时将其陈述出来就可以变成可能……作为乌托邦的乌托邦的存在是其最终不再是乌托邦的先决条件。""乌托邦是社会巨变的先决条件,就像不现实的努力为现实的努力提供前提一样。"④在人类的文明史上,有太多被前人认为是乌托邦的东西都在后人那里得到了实现。甚至今天被"自由主义

---

① See:Gregory Claeys and Lyman Tower Sargent , *The Utopia Reader*, New York and London:New York University Press,1999, p.3.

② [英]托马斯·莫尔:《乌托邦》,戴镏龄译,商务印书馆 1982 年版,第 6 页。

③ [德]约翰·凡·安德里亚:《基督城》,黄宗汉译,商务印书馆 1991 年版,第 10 页。

④ [波兰]莱泽克·科拉科夫斯基:《走向马克思主义的人道主义——关于当代左派的文集》,姜海波译,黑龙江大学出版社 2013 年版,第 66、67 页。

的反乌托邦主义者"所津津乐道的自由民主制度,在封建时代也曾是被人视为天方夜谭的空想。在哈林顿创作《大洋国》的时代,资本主义的民主选举制度还是乌托邦的想象,然而正是这种想象,成为后来一系列制度设计的重要思想资源。赫茨勒注意到:"麻省宪法中关于'法律王国'和轮流执政的原则直接取自《大洋国》。无记名投票写进了纽约州的第一部宪法;这在哈林顿提出这个想法后一百年就实现了。1872 年这种想法终于在英国得以胜利实现。当把这种想法用于议会与地方性选举时,人们采取了极严密的措施来维护哈林顿的秘密投票的基本要点。"①乌托邦思想永远走在现实的前面,现实当然也在不断地效仿、调整、修正乌托邦的规划和设计。热衷于原地踏步、维护现状的鼠目寸光的头脑永远也理解不了这其中的辩证法。他们在享受着前人的乌托邦思想和实践所带来的某些习焉不察的人类文明成果的同时,又在鼠目寸光地扼杀新的乌托邦思想和人类的未来。正是在这样的意义上,赫茨勒引用了哈珀先生的话:"正是由于理想主义树立了一个完全值得努力争取的目标,人类才日益趋于完美。而反对者却以为,只要将之说成是空想就可一举抹杀了这种主张。空想这个贬义词用起来是轻而易举的,但一般只有目光短浅的人才用它。"她并且强调说:"幸而历史上发生了伟大的运动,例如废除奴隶制,可以证明一度毫无疑义地被视为空想的思想,在社会进化中却业已付诸实现——这不仅使那些一直坚信的人感到满意,而且对那些持反对意见的人亦复如此。"②乌托邦的理想同现实的历史之间永远有差距,甚至欧文这样提倡短工时制的空想社会主义者,在自己的带有乌托邦色彩的社会实验中,也没能达到今日的八小时工作制的要求。然而,正如恩格斯注意到的,"欧文的竞争者迫使工人每天劳动十三至十四小时,而在新拉纳克只劳动十小时半。当棉纺织业危机使工厂不得不停工四个月的时候,歇工的工人还继续领取全部工资。虽然如此,这个企业的价值还是增加了一倍多,而且直到最后都给企业主们带来大量

---

①　[美]乔·奥·赫茨勒:《乌托邦思想史》,张兆麟等译,商务印书馆 1990 年版,第 286 页。

②　见[美]乔·奥·赫茨勒:《乌托邦思想史》,张兆麟等译,商务印书馆 1990 年版,第 264 页。

的利润"①。正是这种社会实验,让欧文领悟到了资本家榨取工人劳动的剩余价值的秘密,也让他体察到了自己还有更大的余地给工人以更好的工作环境和更高的人的尊严。卡贝所构想的伊加利亚共和国的工作时间"曾经是十至十八小时,后来逐渐地缩减,现在已经确定为夏天七小时,冬天六小时,从早晨六点或七点工作到下午一点。我们还要进一步缩减它。"②莫尔也希望每人每天只工作六小时,斯金纳的《瓦尔登湖第二》中,社员甚至每天只工作四小时。结合今天的八小时工作制和劳动现状,这一类的构想和描写当然是乌托邦的,并没有化为现实。但是,我们不要忘记,正是欧文"通过他发表关于工业在新机制之下与劳动有关的人道主义思想并借助强烈的宣传鼓动,对第一个劳动法的通过具有极大的影响,这就是1819年的《英国工厂法》"③。我们也不要忘记,在1886年芝加哥工人大罢工争取八小时工作制时,当时的美国工人平均每天要工作十四至十六个小时,甚至十八个小时;而是在今天科技已高度发达,客观条件已允许工薪阶层劳动时间大幅缩短的情况下,类似富士康等血汗工厂流水线上的劳动者的劳动时间和强度却增加了,五加二、白加黑的工作模式所导致的"过劳死"现象屡屡见诸媒体。克拉里甚至得出了这样的结论:现代资本主义的逐利模式和高度扩张,甚至不断地侵蚀和挤压了本属于人的生物学要求的睡眠时间——以北美地区为例,20世纪初每人每天平均的睡眠时间是十小时,而今天成年人每人每天平均的睡眠时间则只有六点五小时。④面对这样的历史和现实,重提这一类的说法是大有必要的:"现实和理想虽有很大差距,但我们知道,除非有一个崇高的理想树立在它的面前,现实是不会有

---

① [德]弗里德里希·恩格斯:《社会主义从空想到科学的发展》,《马克思恩格斯选集》第3卷,人民出版社1972年版,第413—414页。
② [法]埃蒂耶纳·卡贝:《伊加利亚旅行记》第一卷,李雄飞译,商务印书馆1978年版,第148页。
③ [美]乔·奥·赫茨勒:《乌托邦思想史》,张兆麟等译,商务印书馆1990年版,第271—272页。
④ 参见[美]乔纳森·克拉里:《晚期资本主义与睡眠的终结》,许多、沈清译,中信出版社2015年版。

长足进步的。"①"即使我们不能完全实现建立这种国家的思想,我们所写的一切也绝不会是多余的,因为我们提出了一个力所能及的可以仿效的榜样。"②而为了回应对乌托邦理想立意太高、不切实际一类的指责,我们也许还有必要牢记中国古人的名言:"取法其上,仅得其中;取法其中,仅得其下。"

事实上,无论是乌托邦思想家还是乌托邦实践者,从一开始便一直在为乌托邦的可能性和有效性辩护。以卡贝为例,他说:"我坚决地相信:只要一个国家的人民和政府真正地采纳了共产原则,就不难使共产社会成为现实。而且,我还深信:由于当代工业的发展,现在要建立共产社会,比以往任何时候都更为容易;由于蒸汽和各种机械的使用,生产力有了显著的而且将是无止境的发展,这就保证了我们有可能实现富裕的平等;而且,任何社会都不如共产社会那样地有利于提高艺术和其他一切合理的文化享受。"③当然,他也同时主张,共产制度和君主制度、共和制度等一样,可以有多种形式:"我并不妄自认为自己已经一下子就找到了这样一个伟大的共产社会的最完善的组织形式,我只是想提供一个例证来说明共产制度是可行的和有效的。"④同大部分乌托邦文学作品一样,卡贝在《伊加利亚旅行记》中不惜以政论的形式,长篇累牍地论证这种可行性和有效性——主人公狄纳罗引用康斯坦 1795 年发表的《论共和制政府的威力》中的话说:"每一个时代都总有一些庸人要拿过去来否定将来;而他们的后人呢? 尽管眼看着这些庸人的高论已被历史进程推翻,尽管也在讥笑前人的谬误,可是自己却在模仿他们,照样不遗余力地发表各种革除新事物

---

① [美]乔·奥·赫茨勒:《乌托邦思想史》,张兆麟等译,商务印书馆 1990 年版,第 266—267 页。
② [意]康帕内拉:《论最好的国家》,见《太阳城》,陈大维、黎思复、黎廷弼译,商务印书馆 1980 年版,第 67 页。
③ [法]埃蒂耶纳·卡贝:《伊加利亚旅行记》第一卷,李雄飞译,商务印书馆 1978 年版,《序言》第 3 页。
④ [法]埃蒂耶纳·卡贝:《伊加利亚旅行记》第一卷,李雄飞译,商务印书馆 1978 年版,《序言》第 4 页。

的预言,不同的只是否定的是另外一些事物罢了!"①当然,所谓可能不可能的问题,本质上很大程度是主观上需要不需要、信任不信任乌托邦的问题。卢克斯观察到卡贝《伊加利亚旅行记》获得了巨大的成功,但是,"它赢得的群众不是社会的各个阶层,而仅仅是无产阶级,这是唯一的一个认真对待乌托邦主义的社会阶层,他们把这部小说当成社会改造中的福音书,其原因是,这个阶层正是在这个时候刚刚形成一个阶级,并且他们在一切只要能称得上革命二字的活动中,感受到了自己的力量,他们本能地感到自己会像凤凰涅槃一样再生,一个新的社会一定会在灰烬中成长起来,首要的原因是:无产阶级在经济上受的压迫是如此令人不能容忍,以至于任何一个圣徒,只要他能指出一条摆脱贫困的生活出路,他就肯定会得到无数无产者的拥护"②。卢克斯引用历史材料,记录下了当时受苦受难的群众对卡贝及其理想的信任和热爱:一位年近80的老工人步行30英里,为的是"在生前能有幸见一见这位用笔和自己的生命为穷人和工人的利益忠诚服务的人";一位年轻姑娘写道:"……谁会不希望把公社当成自己心中的偶像,自己希望的目标,自己幸福的象征? 只有那些穷凶极恶、丧尽天良的人才会恨您! 公社——这是我的理想王国,自从您把我引进她的领地,我就学会了要热爱她。"③而事实也确实证明:立场决定一切。当卡贝通过多种途径筹集资金、招募有共同理想的成员在美国的瑙武建立起具有乌托邦色彩的移民区时,远在巴黎的法官却"甚至不相信地球上有瑙武这个城镇,他们也难以想象这个事实:一个手头上经常流通成千上万个法郎的人居然不仅不贪污这笔钱,而相反,却使自己遭受在辩论中提到过的种种磨难,所

---

① [法]埃蒂耶纳·卡贝:《伊加利亚旅行记》第二、三卷,李雄飞译,商务印书馆 1978 年版,第 333 页。
② [德]海因利希·卢克斯:《艾蒂安·卡贝和伊加利亚共产主义》,钱文干、钱霖生译,商务印书馆 1992 年版,第 94 页。
③ [德]海因利希·卢克斯:《艾蒂安·卡贝和伊加利亚共产主义》,钱文干、钱霖生译,商务印书馆 1992 年版,第 97 页。

以他们还是判了卡贝两年徒刑,剥夺政治权利5年"①。这堪称一个信什么有什么的极佳例证,表明了乌托邦的可能与不可能问题,很大程度上首先是主观上需要不需要、信任不信任的问题。需要它,便会为之奋斗;信任它,乌托邦思想便会转化为乌托邦的实践,乌托邦的理想便会在实践中不断得到实现和修正。

贝拉米在《回头看》中借人物之口描绘了自己的乌托邦理想:"我那个时代的小说家一定认为,世界上最困难的事情莫过于创作这样的小说,在这种小说里,不包含贫与富、知识与愚昧、粗鲁与高雅、尊贵与卑贱对照下的一切影响,也不包含由于社会荣誉感和野心而产生的一切动机、对金钱的追求、对贫穷的恐惧以及为自己和别人而产生的各种卑下的渴望;在这种小说中,确实还应该有丰富的爱情内容,但这种爱情却不会遭到由于地位不同和贫富悬殊而产生的那种人为障碍的损害,也不会为任何事物所左右,而只是出自真心相爱。"对小说来说,十全十美的社会的实现当然不是什么幸事,没有了冲突矛盾便没有了小说。理论上,乌托邦的完全实现即意味着小说的消亡。现有的乌托邦小说从艺术性的角度来说并不高,其重要的症结正在这里。然而,脱离文学的虚构领域,在真实的历史场域,向往和追求理想社会的实现仍是值得的。因为,正如曼海姆所说的:"乌托邦的消失带来事物的静态,在静态中,人本身变成了不过是物。于是我们将面临可以想象的最大的自相矛盾的状态,即:达到了理性支配存在的最高程度的人已没有任何理想,变成了不过是有冲动的生物而已。这样,在经过长期曲折的,但亦是史诗般的发展之后,在意识的最高阶段,当历史不再是盲目的命运,而越来越成为人本身的创造,同时乌托邦已被摒弃时,人便可能丧失其塑造历史的意志,从而丧失其理解历史的能力。"②而这样的世界,虽然既可以称得上是乌托邦的终结的世界,也可以称得上是历史的终

①　[德]海因利希·卢克斯:《艾蒂安·卡贝和伊加利亚共产主义》,钱文干、钱霖生译,商务印书馆1992年版,第155—156页。
②　[德]卡尔·曼海姆:《意识形态与乌托邦》,黎鸣、李书崇译,商务印书馆2000年版,第268页。

结的世界,但本质上只能是人类避之唯恐不及的恶托邦的世界。此外,如果我们不将这种乌托邦实现的过程视为一个一蹴而就、一劳永逸的过程,那么,也就不会无视这样的事实:到目前为止,正是人类无数变革现实的乌托邦冲动,将人类推向了一个脱离野蛮、渐趋文明的过程;而且在现实社会中,人类也并不缺乏推动乌托邦实现的动力。因为,正如贝拉米所说的:"凡是具有远见的人都会同意,现在的社会正是巨大变革的征兆。问题只是在于变好还是变坏。那些相信人性本善的人们,倾向于前一种看法;那些相信人性本恶的人们则抱着后一种看法。"①不相信财产公有制、人人平等的乌托邦世界可以实现的人们所持的一个重要理由,是认定人天生是自私的动物,他们想象不出有比崇尚弱肉强食的丛林法则更好的社会。然而,事实上,人天生也是利他的动物——人类利他的冲动甚至能克制利己的冲动,从而表现出对弱者的同情、幼者的关怀、老者的照顾。这正为人类的乌托邦冲动和追求提供了合乎人性的坚实基础。而正是在这样的意义上,对人类来说,乌托邦不仅是必要的,而且是可能的。

三　理想的乌托邦与现实主义的乌托邦

迄今为止,在思想和实践的领域,人们都不难找出支持和反对乌托邦的具体例证。有人将其视为天堂,有人将其视为地狱;有人将其当作天下大同的愿景,有人将其当作极权主义的温床。在实现乌托邦的具体时间表上,同样也众说纷纭:贝拉米在《回头看》中乐观地相信乌托邦的理想社会形态在五十年之内即可实现,但其反对者则认为要把实现的时间改为七十五个世纪才恰当。甚至同一个卡贝,在《伊加利亚旅行记》中展望从现实社会转入共产社会的前景时,还认定应当有一个三十年到一百年的过渡期(因为逐步的改革不可能在

---

① 〔美〕爱德华·贝拉米:《后记·世界进步的速度》,《回头看》,林天斗、张自谋译,商务印书馆1984年版,第241—242页。

短时期内培养出具有共产思想的一代新人），但现实的发展使卡贝在几年后做
出了乐观的非理性的估计，将这一过渡期缩短到了二十年到五十年。① "一万
年太久，只争朝夕。"人类天生期望社会进步的步子快点、更快点，因为正如贝
拉米所说的，如果那种认定理想的社会形态需要七十五个世纪才能达到的观
点是正确的话，"世界的前途无疑会让人感到沮丧"②。因此，在要不要乌托邦、
乌托邦是否可能之外，人们在如何实现乌托邦、多长时间实现乌托邦之上，也
形成了众多的思想分歧。

在人们的印象中，马克思、恩格斯是同空想社会主义对立的，但他们分明
又提出了那种消灭了阶级、消灭了劳动分工的全面发展的人的生活愿景："上
午打猎，下午捕鱼，傍晚从事畜牧，晚饭后从事批判。"③他们还清楚地提出了与
大部分空想社会主义相似的有关所有制的愿景："共产党人可以把自己的理论
概括为一句话：消灭私有制。"④所以正如李维塔斯所说的，如果拥有一个美好
社会的图景就是乌托邦主义者，那么，马克思、恩格斯也许恰好可以归入乌托
邦社会主义之列；马克思主义与空想社会主义之间的差异，不在于是否持有社
会主义社会的图景或存在于这种图景的内容之上，而在于如何达成乌托邦的
途径、转变的过程之上。⑤ 由于早期空想社会主义者处于一个阶级斗争还不很
发达的时期，也由于他们本身的生活地位，"他们拒绝一切政治行动，特别是一
切革命行动；他们想通过和平的途径达到自己的目的，并且企图通过一些小型

---

① 参见[德]海因利希·卢克斯：《艾蒂安·卡贝和伊加利亚共产主义》，钱文干、钱霖生译，商务
印书馆1992年版，第38页。

② [美]爱德华·贝拉米：《后记·世界进步的速度》，《回头看》，林天斗、张自谋译，商务印书馆
1984年版，第239页。

③ [德]马克思、恩格斯：《德意志意识形态》，《马克思恩格斯选集》第1卷，人民出版社1972年
版，第38页。

④ [德]马克思、恩格斯：《共产党宣言》，《马克思恩格斯选集》第1卷，人民出版社1972年版，
第265页。

⑤ See：Ruth Levitas, *The Concept of Utopia*, Philip Allan, 1990, p.45.

的、当然不会成功的试验,通过示范的力量来为新的社会福音开辟道路"①。然而,尽管马克思和恩格斯多有批评,但仍然承认这些社会主义者和共产主义者的著作抨击了现存社会的全部基础、含有批判的成分,"提供了启发工人觉悟的极为宝贵的材料";只是到后来,当"阶级斗争愈发展和愈具有确定的形式"时,马、恩才断言"这种超乎阶级斗争的幻想,这种反对阶级斗争的幻想,就愈失去任何实践意义和任何理论根据",他们尤其反感欧文、傅立叶、圣西门的信徒们"死守着老师们的旧观点"。② 维埃拉正确地指出了马克思主义的乌托邦思想的特征:"马克思主义事实上将其科学理论所提供的决定论情感与乌托邦属于未来的观念融合到了一起,从而根据现实对乌托邦进行了重新定义:一方面,认为乌托邦本质上是某种在历史进程的最后阶段可以达成的东西,另一方面,对达成的方式也做出了明确限定。"③确实,以《哥达纲领批判》为例,马克思一方面推崇人类平等的权利,但另一方面又主张在现有的经济结构中平等的权利还只能是一种不平等的权利,只有在共产主义社会的高级阶段,当劳动分工已经消失,劳动不仅仅是谋生的手段,而是生活本身的第一需要的时候,并且是在集体财富极大地丰富之后,"社会才能在自己的旗帜上写上:各尽所能,按需分配"④。所以总体上,马、恩的乌托邦思想,体现出一种双重性。他们所推崇的乌托邦,既是理想的乌托邦,也是现实主义的乌托邦。

马克思主义乌托邦思想与空想社会主义之间的分歧,折射出了整个乌托邦思想史的多元取向。李维塔斯在《乌托邦的概念》中从内容、形式、功能三个方面有力地分析了乌托邦思想的多元性。其他学者也对多元的乌托邦思想进

---

① [德]马克思、恩格斯:《共产党宣言》,《马克思恩格斯选集》第 1 卷,人民出版社 1972 年版,第 282 页。

② [德]马克思、恩格斯:《共产党宣言》,《马克思恩格斯选集》第 1 卷,人民出版社 1972 年版,第 283 页。

③ Fátima Vieira, "The Concept of Utopia", in: *The Cambridge Companion to Utopian Literature*, edited by Gregory Claeys, Cambridge University Press, 2010, p.14.

④ [德]马克思:《哥达纲领批判》,《马克思恩格斯选集》第 3 卷,人民出版社 1972 年版,第 12 页。

行了各种各样的分类和剖析。雅各比区分出了蓝图派的乌托邦思想和反偶像崇拜的乌托邦思想,诺齐克则区分出了三种乌托邦立场:"帝王式的乌托邦思想,它主张强迫所有人都进入某一种样式的共同体;传教式的乌托邦思想,它希望说服所有人都生活在某一种特殊的共同体之中,但是不强迫他们这样做;存在主义的乌托邦思想,它希望某种特殊样式的共同体将存在下去(将能够生存下去),尽管不一定能普遍化,但那些希望按照它来生活的人们则可以这样做。"①而无论人们怎样对乌托邦思想进行划分,它们都会呈现出某种同中有异、异中有同的既互有重叠、又不无差异的思想景观。

而一旦思想的力量转化为行动的力量和实践的力量,乌托邦的效果总体上也是多元的,既有可能促进社会和文化的进步,也有可能导致社会和文化的倒退甚至灾难。我们在礼赞乌托邦思想的巨大精神力量和批判功能、补偿功能及实践功能的同时,也要时刻警惕对它的"帝王式"的推进和运用可能导致的阴暗面。

为了解决目前思想场域对乌托邦要么彻底否定、要么虔诚赞扬而引发的思想论争,达成一种理性的思想平衡,有些学者(如约翰·罗尔斯、乔治·劳森、埃里克·奥林·莱特)试图寻找第三条道路,纷纷探讨所谓"现实主义的乌托邦"概念,将乌托邦重新定义为民主、多元主义语境中具有乌托邦愿景的一个开放性进程。伯克尔提出,最好将现实主义的乌托邦理解为具有激励作用的乌托邦思想,同时又阻止各种独裁主义的危险后果。伯克尔并且区分出了三种类型的现实主义的乌托邦:第一种类型通过将乌托邦的愿景限制在此时此地可能实现的事物之内,从而达到比传统的乌托邦更为现实。例如,这种类型的乌托邦会抵制一个期望人类光工作、不睡觉的世界,因为睡眠是一种生物性的需要。第二种类型通过增加一个将现实与乌托邦愿景联系起来的路标,从而达到比传统乌托邦更为现实。第三种类型是伯克尔自己所主张的,即将

---

① [美]罗伯特·诺奇克:《无政府、国家和乌托邦》,姚大志译,中国社会科学出版社 2008 年版,第 383—384 页。

乌托邦理解为一个进程,这个进程不是通向一个特殊愿景的进程,而是一个包含多样、多元的乌托邦的持续进行的展望乌托邦愿景的元进程(meta-process)。① 辛格则提出了更为具体的实现乌托邦的条件和措施:第一是给乌托邦加上形容词"现实的",以明确"要使乌托邦变成现实,政治工程就不能是水中捞月,而必须建立在现实社会的可能性之上";第二是要"丢掉革命"的想法,"并牢记终极目标与当前形势之间的显著差异",也就是一方面要放弃在一夜之间实现乌托邦的幻想,另一方面,"在平时妥协、有让步的斗争中,我们永远不要忘记我们长远的目标";第三是涉及团结,一方面,争取实现乌托邦的斗争和实践必须是全球性的和综合性的,但另一方面,"个人的斗争和运动必须保持独立"。② 总体来看,"现实主义的乌托邦"概念的提出和实践,一方面折射出了目前人类思想、文化界乌托邦冲动和实践处于总体衰落的现实处境,一方面也体现出人类的永恒的乌托邦冲动和实践在困境中求生的不屈追求和新的调整。

简言之,人类要不要乌托邦是涉及态度的取舍问题,乌托邦可能实现还是不可能实现是人类的能力问题,而如何实现则涉及方法问题。目前的情形是,由于文明的进步、科技的发展,人类实现乌托邦和达成理想社会的能力得到了很大提高,但人类在想象乌托邦和理想社会的能力上出现了显著衰退,在要不要乌托邦、如何实现乌托邦之上比以往出现了更多的分歧和论争。早在 20 世纪 70 年代末,《西方世界的乌托邦思想》的作者便观察到,科技手段的越来越多与人类目标的可悲贫乏之间,出现了使当今批判的历史学家极为忧虑的不对称现象——前者使一切皆有可能,而后者却呈现为"思想、幻想、愿望、乌托邦"的惊人贫乏:"科学家们告诉我们,他们现在可以十分精确地描绘在一个荒

---

① See: Marit Böker, "The Concept of Realistic Utopia: Ideal Theory as Critique", http://onlinelibrary.wiley.com/doi/10.1111/1467-8675.12183/pdf.

② [美]丹尼尔·辛格:《谁的新千年——他们的还是我们的》,曹荣湘、褚松燕、丁开杰译,中国人民大学出版社 2002 年版,第 223 页。

无人烟的星球之上建立一个太空殖民地所必需的各种程序。但当涉及描绘将在那儿做什么时，在这一领域里最活跃的人也只不过是在一个新的没有重力的环境中重建郊区——园林俱乐部之类。"①某种程度上说，"历史的终结"论是人类丧失想象自己未来的多种可能性的结果；只有当人类丧失了想象未来、特别是更为美好的未来的能力时，才会拘泥于当下的生活模式和社会模式，将自己的时代误认为人类所有的希望和理想都实现了的时代，满足于一种典型的犬儒主义的历史终结论的幻觉之中。

好在每一部研究乌托邦和乌托邦文学的著作，几乎都会注意到奥斯卡·王尔德的如下看法："不包含乌托邦的世界地图甚至是不值得一瞥的，因为它忽略了人类总是会造访的一个国度。当人类踏上这个国度时，它尽收眼底，而看到一个更好的国度，人类又重新扬帆起航。进步就是乌托邦的不断实现。"②在这个总体上唱衰乌托邦的时代，王尔德的看法，或许仍不失为对人类的永恒提醒，并将成为乌托邦思想和乌托邦文学重新扬帆起航的精神动力。

---

① Frank E. Manuel and Fritzie P. Manuel, *Utopian Thought in the Western World*, The Belknap Press, 1979, p.811.

② 引自：Lyman Tower Sargent, *Utopianism: A Very Short Introduction*, Oxford University Press, 2010, p.1.

经典的高度与创新的焦虑

今日中国文学面临困境的两种表现,一是文学经典影响的式微,二是文学创新能力的不足。但这或许不过是一个问题的两面——经典影响的式微必然带来创新能力的不足,创新能力的不足也必然伴随经典影响的式微。而且,这种文学的困局,扩大点说还不单纯是中国文学的问题,它还是整个世界文学的问题。即使以毕生之力来品读、研究、推广文学经典的哈罗德·布鲁诺,也不能不以无可奈何的挽歌语调写道:"诚实迫使我们承认,我们正在经历一个文字文化的显著衰退期。我觉得这种发展不可逆转。"①

面对这种不可逆转,有人将其归咎于电视、网络媒体文化的崛起,有人将其归咎于高等教育的平民化导致了审美能力的普遍降低,还有人将其归咎于文学创作的过分市场化带来了"劣币淘汰良币"的现象,当然也有人像布鲁姆那样认为,是大学中以女性主义者、马克思主义者、新历史主义者、解构主义者、拉康派、符号学派为代表的"憎恨学派"的风起云涌,扰乱了文学的审美标准和经典尺度,"媒体大学(或许可以这么说),既是我们衰落的症候,也是我们进一步衰落的缘由"②。

然而文学经典影响的衰落并不意味着经典本身价值的衰落。即使是布鲁姆也注意到,尽管他所说的"憎恨学派"为了抛出更多的经典作家的候选人(如

① [美]哈罗德·布鲁姆:《中文版序言》,《西方正典》,江宁康译,译林出版社2005年版,第3页。
② [美]哈罗德·布鲁姆:《中文版序言》,《西方正典》,江宁康译,译林出版社2005年版,第3页。

非裔美国人和女性作家等），不惜重新定义文学并主张任何一种美学立场都是一种意识形态，但在对真正的经典作家的定位和评价上却并无太大分歧——西方的经典就是以莎士比亚和但丁为中心的。其中的因由，我想与经典的形成与确立机制有关。人们常常试图确立经典的普遍标准，如人性的标准、审美的标准、独创性、超越性之类，但经典的形成和确立，最终所留下的似乎只有一个标准，是否能逃脱时间的残酷之手而死里逃生或死而复生。在这样的意义上，布鲁姆说经典是"一份幸存者的名单"①无疑是恰当的。不能通过时间的汰选和考验的文学作品不能成为经典，用布鲁姆的话来说，除了色情作品之外，"一项测试经典的古老方法屡试不爽：不能让人重读的作品算不上经典"②。经典作家和经典作品的永恒的生命力，即存在于历代读者的不断的重读、重释和重新发明之中。我们可以想象某个当代的优秀作家和作品会成为经典作家和经典作品，但正如布鲁姆所说的，批评家并不能造就经典之作，正如任何憎恨也不能造就它们一样，"对经典性的预言需要作家死后两代人左右才能够被证实"③。而这其实也就是我们通常所说的盖棺才能定论的意思。

不过，在经典作家和经典作品的语境中，有时盖棺也还不能定论。文学传统的形成和文学经典的确立还有更复杂的机制。在自然科学甚至社会科学的领域里，后出的成果往往会形成"长江后浪推前浪"的现象，但在文学创作的领域里，后出的优秀作家作品却不会降低前代伟大的作家作品的价值。人们不会因为有了莎士比亚便忘记了荷马，不会因为有了卡夫卡便不再去阅读巴尔扎克。文学的继承与发展、复古与创新，甚至会构成钱锺书在《论复古》中所说的那种"必死必朽"的人死而复生的现象："日月无休息的运行，把我们最新的人物也推排成古老陈腐的东西；世界的推陈出新，把我们一批一批的淘汰。易卜生说得好：'年轻的人在外面敲着门呢！'这样看来，'必死必朽'的人就没有

①　[美]哈罗德·布鲁姆：《西方正典》，江宁康译，译林出版社2005年版，第27页。
②　[美]哈罗德·布鲁姆：《西方正典》，江宁康译，译林出版社2005年版，第21页。
③　[美]哈罗德·布鲁姆：《西方正典》，江宁康译，译林出版社2005年版，第412页。

重见天日的希望么？不然！《新约全书》没有说过么？'为什么向死人堆中去找活人呢？——他不死了，他已在坟墓里站起来。'"①当然，这死而复生的人是否因此便获得了永生和不朽，是另一问题，他仍然得接受时间的汰洗和考验。在《鬼话连篇》中，钱锺书曾区分了"immortality"的两层含义："不朽"和"不灭"。"不朽"包含着一个好的、肯定的价值判断，"不灭"却只是一个纯粹的存在判断；"'不朽'是少数人的 privilege，'不灭'是一切人的 right"②。古今中外所有的作家从其肉身的存在来说，其实都是"必死必朽"之人，但其中少数的伟大作家因为创作了"流芳百世"的经典著作而获得了"不朽"的特权，而更多的作家只是在争取自己的"不灭"的权利。而所谓"憎恨学派"有时也不过重新发掘那些已经湮灭的作家，放大他们为女性代言、为底层发声等的创作行为的价值，为其争取重新"不灭"的机会，并试图赋予其"不朽"的色泽，但这样的作家作品是否真的能实现咸鱼大翻身，从此进入经典作家作品的行列，则仍然有待时间来证明。

爱默生说过：只有传世之作才值得继续流传下去。③ 这话既昭示了经典的高度，也说明了经典的自负与傲慢。经典的难以企及的经典性，足以产生对后来作家的压抑和后来作家对经典作家的反抗，从而构成布鲁姆所说的"影响的焦虑"。它意味着正像歌德和海明威所觉悟到的，任何一个认真的当代作家，都不是同自己的同辈人竞争，而是同古代的伟大人物和死去的优秀人物一决高下。海明威曾说："这好比长跑运动员争的是计时表，不仅仅是要超过同他一起赛跑的人。他要是不同时间赛，他永远不会知道他可以达到什么速度。"④前代经典的存在，就如人类 100 米竞赛史上不断被刷新的纪录，跑不进 10 秒

------

① 钱锺书：《论复古》，《写在人生边上 人生边上的边上 石语》，生活·读书·新知三联书店 2002 年版，第 334 页。

② 钱锺书：《鬼话连篇》，《写在人生边上 人生边上的边上 石语》，生活·读书·新知三联书店 2002 年版，第 334 页。

③ 见［美］欧文·白璧德：《文学与美国的大学》，北京大学出版社 2004 年版，第 127 页。

④ ［美］海明威：《同马埃斯特罗的独白》（1935 年），北京师范大学文艺理论教研室编《文艺理论学习参考资料》下册，第 999—1000 页。

以内的运动员注定会被挡在经典时刻的门槛之外。甚至某些号称武侠经典、女性文学经典之类的作品,也难以在文学经典的高门槛面前获得登堂入室的殊荣。这真足以让后来者焦虑和绝望。在过分的焦虑和绝望的主宰下,甚至无论研究者还是创作者都会产生一种扭曲、变态的所谓独创行为。因为正像白璧德在《文学与美国的大学》中所说的,"真正的原创性实在太难了,因为这要求作品既表现出普遍人性真理,同时又具有鲜明的个人风格"①。在达不到这种原创性的情况下,将研究与出风头等量齐观、将反传统建立在无知与无畏的基础之上便成为获得"创新"之美名的两种最佳途径。当然也有人自知难以达到不朽而急流勇退,"人往高处走,水往低处流"的俗谚在这类人那里便只剩下了后半句,而长此以往,一个民族、一个国家的文学的未来在这种价值取向的引导下便必然走向一个不可逆转的衰落过程。而事实上,在我看来,人们面对经典的高度,大可不必垂头丧气。因为虽然每个肉身"必死必朽"的人大多不能进入不朽的行列,但可以留下自己生命和情感的足迹,甚至在一个偶然的时空里拨动另一个人的心弦。至少,当我读到安扎尔杜的如下诗句时,是不禁为其深深打动的。而其作者,恰恰是可以归入布鲁姆多有非议的"憎恨学派"的:

> 1950 英里的开放性伤口
>
> 划开一个印第安人的村庄,一种文化
>
> 使我长长的身体虚弱不堪
>
> 标界的篱桩扎入我的身体
>
> 让我四分五裂啊我的王我的王
>
> 这是我的家
>
> 是我有着带刺铁丝网的
>
> 形销骨立的边缘

---

① 〔美〕欧文·白璧德:《文学与美国的大学》,北京大学出版社 2004 年版,第 149 页。

当然,人类并不十分清楚经典生成的内在机制。浪漫主义者主张天才最重要,现实主义者主张生活最重要,女性主义者主张性别政治的正确性最重要,然而人们几乎可以找出反驳这每一种主张的强有力的反证。甚至在《欣赏经典》中,王小波还不忘记叮嘱人们,"经典作品是好的,但看的次数不可太多",因为"看的次数多了不能欣赏到艺术——就如《红楼梦》说饮茶:一杯为品,二杯是解渴的蠢物,三杯就是饮驴了"①。这当然也不无道理,诚如王小波所说的:《天鹅湖》是芭蕾舞剧的经典,但最坚强入迷的人看上 300 遍,也照样会觉得难过至极。不过,总体说来,可以肯定的是,经典肯定更经得起人们的不断重读,而有经典意识的作家也更有可能创造出不朽的杰作。而所谓经典意识,其中的一个重要构件就是艾略特在《传统与个人才能》中所说的那种历史的意识,即不仅要理解过去的过去性,而且要领悟过去的现存性:"这个历史的意识是对于永久的意识,也是对于暂时的意识,也是对于永久和暂时结合起来的意识。就是这个意识使一个作家最敏锐地意识到自己在时间中的地位,自己和当代的关系。"②意识到自己在人类文化链条上的暂时性的宿命而仍不失对永恒性的追求,或许是伟大作家和不朽作品得以产生的一个基础。

---

① 王小波:《欣赏经典》,《沉默的大多数》,中国青年出版社 1997 年版,第 437 页。
② [英]艾略特:《传统与个人才能:艾略特文集·论文》,上海译文出版社 2012 年版,第 2 页。

图书在版编目(CIP)数据

中国新文学的多元审美选择 / 王爱松著. —南京：
南京大学出版社，2020.12

(教育部人文社会科学重点研究基地南京大学中国新
文学研究中心学术文库 / 丁帆主编)

ISBN 978-7-305-24002-7

Ⅰ.①中⋯ Ⅱ.①王⋯ Ⅲ.①中国文学-现代文学-
文学美学-研究②中国文学-当代文学-文学美学-研究
Ⅳ.①I206.6

中国版本图书馆 CIP 数据核字(2020)第 238125 号

出版发行　南京大学出版社
社　　址　南京市汉口路 22 号　　　邮　编 210093
出 版 人　金鑫荣

丛 书 名　教育部人文社会科学重点研究基地南京大学中国新文学研究中心学术文库
书　　名　中国新文学的多元审美选择
著　　者　王爱松
责任编辑　郭艳娟

照　　排　南京紫藤制版印务中心
印　　刷　南京爱德印刷有限公司
开　　本　718×1000　1/16　印张 20　字数 274 千
版　　次　2020 年 12 月第 1 版　2020 年 12 月第 1 次印刷
ISBN　978-7-305-24002-7
定　　价　88.00 元

网　　址　http://www.njupco.com
官方微博　http://weibo.com/njupco
官方微信　njupress
销售热线　025-83594756